1

Paris, 13 juin 2019.

L'autocar Mercedes-Benz de l'association Bus des femmes débarqua porte de Pantin sous une pluie battante, aux alentours de deux heures du matin. Comme chaque jeudi, il descendit la bretelle du boulevard périphérique et se gara à proximité de la porte où travaillaient une dizaine de prostituées nigérianes.

Cinq militantes munies de parapluies et de prospectus en descendirent et se dirigèrent vers elles. Certaines prostituées s'éloignèrent aussitôt pour les éviter. D'autres écoutèrent leur laïus sur la prévention du sida et les hépatites, mi-désabusées, mi-amusées.

La plupart d'entre elles affichaient une vingtaine d'années, à l'exception d'une adolescente menue aux longues tresses savamment attachées en chignon. Elle portait une jupe courte et un top bleu ciel moulant. Légèrement à l'écart, elle observait la scène, comme si elle hésitait sur l'attitude à adopter.

Une bénévole vint lui parler. L'adolescente esquissa un geste de refus, elle jeta un bref coup d'œil à la BMW noire stationnée à une trentaine de mètres de là puis se résolut finalement à écouter. Elle accepta de cette femme un dépliant sur les MST et un rendez-vous pour un test de dépistage la semaine suivante. La bénévole lui demanda son âge, mais elle ne répondit pas. Lorsqu'elle leva à nouveau les yeux, deux Nigérians en colère sortaient de la BMW en hurlant et piquaient un sprint dans leur direction.

Un vent de panique souffla sur les prostituées. Elles cessèrent de sourire, se débarrassèrent des prospectus et se mirent à invectiver les bénévoles, en français, en anglais, en igbo ou en yorùbá.

Un rictus fugace éclaira le visage de l'adolescente. Elle prit une profonde inspiration, s'extirpa de la cohue et se mit à courir à toutes jambes vers le bus.

— Justice ! Justice ! Justice ! cria-t-elle en s'engouffrant à l'intérieur, lançant des coups d'œil terrorisés autour d'elle.

Les Nigérians fendirent la meute de prostituées et de bénévoles et se jetèrent sur le bus. Le chauffeur referma les portes. Les deux proxénètes martelèrent la carrosserie de coups de poing et de pied, s'adressant en français au chauffeur pour qu'il ouvre sous peine de représailles, en yorùbá à l'intention de l'adolescente pour qu'elle soit la seule à comprendre les horreurs qu'ils lui promettaient lorsqu'ils l'auraient sortie de là par la peau du cou.

Serena Monnier, journaliste au quotidien *Le Monde*, et la bénévole qui étaient dans le bus à ce moment-là se réfugièrent dans le fond avec l'adolescente. Elles tremblaient de peur autant qu'elle. Une barre de fer apparut comme par enchantement dans les mains de l'un des types, l'une des vitres étroites de la porte explosa, le plus enragé des deux Nigérians s'arcbouta sur le battant et tira de toutes ses forces, afin de se ménager une ouverture.

Le chauffeur lança le moteur, prêt à démarrer au cas où, puis il s'arracha à son siège, attrapa un extincteur et frappa au hasard mains, épaules et crânes des assaillants à sa portée, jusqu'à ce qu'une sirène de police retentisse non loin de là. L'enragé se rua une dernière fois sur la porte, fourra la main sous son pull et brandit un revolver qu'il pointa sur le chauffeur, par la vitre brisée.

— Ouvre!

Le chauffeur ne bougea pas, les yeux rivés sur le canon de l'arme. L'extincteur roula au sol. Les prostituées et les bénévoles formaient un arc de cercle muet autour de la scène qui s'élargissait au fur et à mesure qu'ils reculaient, prêts à se jeter à terre si le type se mettait à tirer.

Des voitures s'entassaient au feu rouge, en arrière-plan. Des visages curieux ou sidérés se tournèrent vers eux derrière les pare-brise, des vitres s'entrouvrirent, un portable apparut pour filmer la scène.

Le Nigérian s'excita :

— Ouvre, putain!

La sirène de police se rapprocha. Le feu tricolore passa au vert. Les voitures s'éloignèrent dare-dare. L'autre proxénète secoua la tête. Il saisit le bras de son comparse par la manche et prononça des paroles que Serena Monnier n'entendit pas. L'instant d'après, les deux hommes s'enfuyaient jusqu'à leur véhicule, démarraient en trombe et disparaissaient au sommet de la bretelle d'accès du boulevard périphérique.

La fugitive jaugea longuement Serena Monnier, avant de se passer la langue sur les lèvres et de s'éclaircir la voix.

— Je m'appelle Jasmine Dooyum, dit-elle d'une voix franche. Je vais bientôt fêter mes quinze ans et je veux vivre.

2

Kaduna, nord du Nigeria, 11 janvier 2020.

La ville étouffait.

4 h 15. Le thermomètre avoisinait les 35 °Celsius. Le quartier chrétien de Barnawa semblait sur le point de se dissoudre. Routes bétonnées, trottoirs en terre battue et toits en tôle chauffaient l'air à blanc, rendant à la nuit la fournaise accumulée le jour.

Adossé au capot du 4 × 4 Toyota, Ira Gowon réajusta la sangle de son pistolet-mitrailleur Uzi, sortit un mouchoir de la poche de son treillis et s'essuya longuement le front et la nuque. Le noir de son uniforme tranchait avec le beige de la carrosserie. Sur le revers de son gilet pare-balles, le logo de la Special Anti-Robbery Squad, la brigade spéciale de répression des vols de la police nigériane, tracé en lettres blanches : S.A.R.S. KADUNA.

Un pick-up noir remonta Gora Street en trombe, en direction de l'hôpital général Gwamna Awan, soulevant au passage un nuage de poussière ocre qui l'aveugla un instant.

Le policier suivit le véhicule du regard jusqu'à ce qu'il ne forme plus que deux points rouges lumineux au loin, puis il se retourna. Le caporal Vitalis Udo, un colosse de près de deux mètres, s'activait dans le coffre. Même tenue, même logo, même armement. Une cicatrice brunâtre lui barrait le front. Udo referma finalement le hayon et le rejoignit. Il exhiba une flasque d'ogogoro qu'il tendit à son collègue. Sa main tremblait. Gowon renifla bruyamment et fit *non* de la tête. Udo haussa les épaules. Il but une longue rasade et fit disparaître la flasque sous sa veste. Le mauvais whisky lui fit l'effet d'une décharge électrique. Les tremblements cessèrent aussitôt.

Les deux hommes grimpèrent à bord du Toyota. Le premier réflexe d'Udo fut d'allumer le moteur pour relancer la climatisation. Un souffle d'air frais envahit aussitôt l'habitacle. Gowon ferma brièvement les yeux de soulagement, puis il sortit son mobile et composa un numéro.

La voix rocailleuse du directeur de l'usine Master Brewers de Kaduna Olowu Nurudeen résonna à l'autre bout du fil.

— Dis-moi que les nouvelles sont bonnes, Ira !

Gowon fixa la rue devant lui.

— Le problème est résolu, déclara-t-il.

Nurudeen soupira de soulagement.

— Définitivement ?

— Tout ce qu'il y a de plus définitif, monsieur.

— Tu as fait du bon travail.

Nurudeen éclata de rire avant de couper la communication. Gowon fixa l'écran de son téléphone d'un air pensif, avant de le balancer sur la tablette.

Udo demanda :

— On va où ?

Gowon alluma une Marlboro, inspira une dose de nicotine et expira longuement.

— Au nord, murmura-t-il dans un nuage de fumée. Le plus au nord possible.

La ville des laissés-pour-compte défilait à vive allure derrière le pare-brise, entre vestiges de l'héritage colonial, industrie en dégringolade, urbanisation galopante et démographie exponentielle.

Le chaos humain succédait au chaos urbain.

Le Toyota longea un moment le complexe industriel Kaduna Textile Limited, en partie désaffecté, puis l'immense bidonville de Down Quarters, véritable décharge à ciel ouvert. Ils traversèrent ensuite une vaste étendue de maisons sans étage, grouillant le jour de tacots rouillés et de pétrolettes, suintant la misère et la mort, avant d'arriver à proximité des bâtiments flambant neufs de Master Brewers Nigeria Incorporated, que tout le monde ici appelait MB, la plus grosse usine de production de cette partie du pays. Le royaume des seigneurs de la bière de Kaduna.

Les avenues s'animèrent, en dépit de l'heure matinale. Les voitures des employés venant relever l'équipe de nuit croisaient les camions chargés jusqu'à la gueule de canettes de First et de sodas. Des femmes portant à bout de bras des casiers de bière apparurent comme par enchantement sur le bas-côté et sur les trottoirs, main-d'œuvre bon marché permettant d'alimenter les petits commerces, les bars clandestins et les villages qui ceinturaient la ville.

Les mains rivées au volant, Udo était concentré sur la route. Il cuvait son ogogoro en silence. Gowon fuma jusqu'à ce qu'ils arrivent en vue des poutrelles métalliques de l'Old Railway Bridge, enjambant le fleuve Kaduna qui séparait la ville en deux.

Au sud, une industrie moribonde, une raffinerie de pétrole, des monuments à la gloire du passé et des églises chrétiennes. Au nord, des résidences secondaires luxueuses, l'hippodrome de

Lugard Hall, les clubs de polo versus les écoles coraniques fréquentées par des populations musulmanes déjà éreintées par la pauvreté endémique, trois décennies d'épidémie de sida et les exactions commises depuis 2009 par l'organisation sunnite Boko Haram.

Des années plus tôt, le sergent-major Ira Gowon aurait fermé sa gueule. Il se serait contenté des cent quinze euros que la police nigériane lui octroyait chaque mois et des bakchichs qui lui permettaient de doubler sa solde et de mettre de l'argent de côté pour les futures études de son fils. Lorsqu'il s'était engagé dans la police d'État, en 1998, il croyait que le pays était en train de changer. Il imaginait des lendemains qui chantent. Plus tard, en 2015, alors qu'il commençait à douter, il avait placé de grands espoirs dans l'élection de Muhammadu Buhari. En vain.

Moins d'une décennie après, la situation s'était lentement dégradée. Gowon avait vu sa ville sombrer. La capitale Abuja et Lagos-la-Géante, sur la côte atlantique, explosaient. Leurs trente millions d'habitants mobilisaient toutes les énergies et nourrissaient tous les espoirs. Le gouvernement nigérian délaissait Kaduna. Il se fichait que la plupart des habitants du Nord manquent d'eau et d'électricité. Gowon et ses semblables pouvaient bien crever de faim, de soif, du sida, du virus Ebola, de cette saloperie de Covid-19 dont on commençait à parler ou être égorgés par des fanatiques islamistes, pourvu que le Sud s'enrichisse et devienne le centre du monde néolibéral africain.

Gowon ne pouvait pas le supporter.

Ses aïeux peuplaient ce territoire depuis des siècles. Désormais, il était père. Son fils grandissait ici. Comme ses semblables, il était l'avenir de ce pays. Puisqu'ils ne pouvaient pas compter sur Abuja, ils prendraient leur propre destin en main.

Aujourd'hui, Ira Gowon avait choisi son camp.

Kaduna avait besoin d'hommes et de policiers comme lui.

Capables de résister aux prêches des barbares islamistes venus du Nord, ainsi qu'aux tentations que les politiciens décadents leur faisaient miroiter, aux belles paroles des élites libérales pro-occidentales et aux promesses du pouvoir corrompu du Sud. De vrais patriotes nigérians comme lui et le caporal Vitalis Udo. Eux et des milliers d'autres. Prêts à tous les sacrifices pour redonner à Kaduna sa grandeur, sa gloire et son indépendance passées.

Y compris à se salir les mains pour laver cette terre de la vermine.

Le Toyota atteignit la voie express Abuja – Zaria. Gowon baissa la vitre et balança son mégot qui vola en mille étincelles dans leur sillage. Un courant d'air frais suivi d'une puissante odeur d'humidité pénétra dans l'habitacle. Le grondement sourd des eaux du fleuve lui parvint enfin.

Il indiqua du doigt la bande d'arrêt d'urgence.

— Là, ce sera parfait.

Vitalis Udo acquiesça. Il attendit qu'ils passent sur le pont pour ralentir, puis il se déporta sur la droite. Gowon attrapa sur la banquette arrière l'ordinateur et le portable de Pascal Calil et les jeta dans les eaux boueuses. Il fit un signe au conducteur. Udo accéléra et le 4 × 4 retourna s'insérer dans le trafic en direction des quartiers nord d'Ungwan Sanusi et de Rigacikun.

Soixante kilomètres plus loin, les maisons et les véhicules se raréfièrent, la savane se substitua aux zones urbaines. Gowon consulta l'horloge du tableau de bord. 5 h 52. Le soleil se lèverait dans moins d'une heure. Ils avaient encore le temps. Ils empruntèrent la première sortie après Katabu et bifurquèrent en direction de Jos, sur l'A11, une piste goudronnée qui filait vers l'est. Ils roulèrent quelques minutes sans croiser un seul véhicule jusqu'à arriver en vue d'une aire de repos pour les transporteurs routiers – en réalité, une vaste étendue de terre battue crevée d'ornières et de carcasses automobiles rouillées, au milieu de laquelle une cahute défoncée faisait jadis office de toilettes. L'endroit paraissait désert. Gowon estima que c'était le lieu idéal.

Il tapa des mains.

— Terminus.

Udo s'exécuta. Il avança le Toyota dans le fond, sous un arbre famélique, et manœuvra de sorte que les phares éclairent l'entrée du parking.

— Au cas où quelqu'un arrive, précisa-t-il.

Il se mit au point mort, serra le frein à main et siffla en grimaçant une lampée d'ogogoro. Gowon l'observa à la dérobée. Il ne comprenait pas l'intérêt que son collègue portait à ce tord-boyaux artisanal de 60° à base de mélasse de canne à sucre distillée et saturée en méthanol. L'ogogoro était bon marché, mais il tuait aussi sûrement qu'une balle de 9mm dans le foie. Les gens devenaient aveugles, à force de trop en boire. L'eau-de-vie provoquait démences et maladies cardiovasculaires. Des dizaines de Nigérians en mouraient chaque année. Au sud du pays, c'était l'hécatombe. De plus, ce truc était vraiment infect. Que les pauvres hères s'en contentent, à moins de vingt nairas le verre, Gowon pouvait le comprendre, mais son collègue n'était pas sur la paille. Il avait les moyens de noyer ses soucis avec du gin importé de qualité ou une bonne bière de chez MB.

Udo croisa son regard. Il lui tendit la flasque, comme s'il lisait dans ses pensées.

— Je sais que c'est dégueulasse, mais tu devrais en prendre, Ira. Ça booste la libido !

Gowon secoua la tête, amusé, puis il eut une vision fugace de ce qui les attendait et des relents acides lui remontèrent dans la gorge.

Il inspira un grand coup.

— Assez traîné !

Les policiers descendirent et se rendirent à l'arrière pour ouvrir le coffre. Une ampoule s'alluma automatiquement, éclairant la scène. Udo tira la bâche qui recouvrait le corps des deux prostituées, libérant une forte odeur d'urine et de merde.

Pieds nus, elles portaient pour tout vêtement une robe moulante rouge et or. Même coupe sexy destinée à mettre en valeur leur jeunesse, même écusson *First* cousu sur le buste. Pas de sang. Des liens enserraient leurs chevilles et leurs poignets, des marques violacées de strangulation zébraient leur cou. Leurs cheveux détachés, parfaitement lissés, leur masquaient en partie le visage.

Des Igbo. Probablement déplacées depuis le sud-est du Nigeria, après un passage par les bordels de Lagos ou de Benin City.

Gowon repensa aux paroles que la fille à la peau plus claire avait prononcées, après qu'il lui avait soutiré des aveux – « On va être bien sages, maintenant. On ne fera plus d'histoires, promis, juré. »Des larmes délayaient le mascara qui cerclait ses yeux immenses, dessinant des sillons sinistres jusqu'à la commissure de ses lèvres. L'autre n'avait rien dit, elle savait déjà ce qui les attendait. Elle ne s'était pas débattue, elle n'avait pas hurlé. Elle avait simplement souri à l'intention de sa sœur de misère, fixant une dernière fois ses traits juvéniles, puis elle avait fermé les yeux.

Udo fit claquer sa langue.

— On vire ces fichues robes, avant de les larguer, non ?

Gowon opina et désigna le bidon d'essence, dans le fond du coffre.

— On les brûlera ailleurs, sur le chemin du retour, ce sera plus prudent, dit-il en empoignant la cheville la plus proche.

3

Kaduna, 13 janvier 2020.

Le ciel était en feu. Le soleil flirtait avec la cime des montagnes en ombres chinoises qui longeaient l'A11. Le crépuscule enveloppait l'aire d'autoroute désaffectée d'un halo orangé. Installé au volant, le sergent Oni Goje fixait un point invisible devant lui. Sa voiture de patrouille blanche, stationnée sur le terre-plein central, détonnait dans le paysage. Sur son flanc, l'écusson de la Federal Road Safety, triangle rouge surmonté d'un aigle de couleur verte, partiellement décollé.

Le moteur tournait au ralenti.

À cause d'un défaut dans le système de climatisation, de la buée s'était formée par endroits sur le pare-brise et des relents de moisissure émanaient des tapis de sol et de la toile qui recouvrait les sièges. Pour masquer l'odeur, quelqu'un, probablement son prédécesseur, avait suspendu au rétroviseur un diffuseur de parfum vanillé, depuis longtemps desséché. Avec le temps, Goje avait fini par ne plus y faire attention.

Plus loin, dans le prolongement du capot, une bâche bleue neuve calée à l'aide de pierres avait été étalée avec soin au pied d'un tas de détritus et de ferraille rouillée. La lumière rasante du soir projetait sur le plastique des éclats blanc et or évoquant le miroitement cristallin d'une flaque d'eau. Des essaims de grosses mouches bleues tourbillonnaient autour, butaient rageusement dessus, remontaient pour prendre leur élan, puis revenaient à la charge avec entêtement, comme si elles cherchaient à en crever la surface.

La radio égrenait les mauvaises nouvelles. La police nigériane annonçait fièrement avoir tué en début d'année une centaine de bandits dans l'État de Zamfara, à la frontière du Niger, suite à la recrudescence du nombre d'enlèvements et des vols de bétail. Pour justifier le déploiement de près d'un millier de policiers, le porte-parole Jimoh Moshood prétendait qu'il s'agissait d'hommes armés qui terrorisaient la population et tuaient des innocents. Le poste émit une série de crachotements, interrompant le journaliste une fraction de seconde avant que le volume se stabilise à nouveau. La litanie reprit. Le 10 janvier, au nord de Kaduna, des éleveurs peuls avaient massacré dix chrétiens de Kafanchan et blessé onze autres. Les victimes comptaient un gosse de cinq ans, des personnes âgées et un pasteur. Des maisons avaient été incendiées. Un homme à la voix brisée s'égosillait au micro : « Les chrétiens se font tirer comme des poulets ! Les enfants sont massacrés, les femmes violées ou mutilées ! Le Nord saigne et le gouvernement d'Abuja reste silencieux. Aidez-nous, par pitié ! »

Toute l'histoire du Nigeria, résumée en quelques phrases, pensa Goje avec amertume. Un enfant magnifique et insatiable né du viol colonial et de l'union forcée entre des peuples incapables de s'entendre. Depuis, l'enfant avait grandi jusqu'à devenir un monstre incontrôlable, répandant rancœur et haine dans le cœur des hommes.

Goje tendit le bras pour couper le son, réajusta ses lunettes et consulta sa montre. 18 h 12. Il soupira longuement. Voilà près de trois heures qu'il avait contacté la police d'État pour signaler « l'incident » sur son secteur et qu'il attendait. Il jeta un bref coup d'œil à la bâche, hésitant à rappeler encore une fois, quand la Nissan du médecin légiste de Kaduna apparut enfin dans un nuage de poussière ocre à l'entrée de la bretelle d'accès. Goje cligna des yeux, ouvrit sa portière et posa un pied au sol en grimaçant. Un souffle d'air brûlant s'engouffra dans l'habitacle.

— Bon sang ! jura-t-il en étirant sa jambe.

Le véhicule vint se garer à sa hauteur, la vitre descendit, révélant un homme en surpoids d'une trentaine d'années, barbe fournie et blouse d'un blanc immaculé. Ce dernier désigna la bâche du menton.

— Elles sont là ?

Goje acquiesça. Le légiste hocha la tête, mais ne bougea pas, comme si l'idée de quitter la fraîcheur de son véhicule lui répugnait.

— Depuis longtemps ?

Apparemment pas assez pour que les forces de police d'État de Kaduna daignent se pointer, se retint de rétorquer Goje.

— Je ne sais pas, dit-il finalement. Deux, peut-être trois jours.

— Identifiables ?

En guise de réponse, Goje s'extirpa de sa voiture, glissa une cigarette entre ses lèvres et mima le geste universel qui signifiait : *Tu as du feu ?*

— L'allume-cigare ne fonctionne pas, précisa-t-il en montrant sa voiture.

Tandis que le légiste fouillait dans ses poches, il s'avança en direction de la bâche, s'immobilisa et ajouta :

— La fumée du tabac m'aide à supporter l'odeur de charogne qui se dégage de là-dessous.

Il attendit que le légiste le rejoigne avec un briquet, puis il s'accroupit, déplaça la pierre la plus proche de façon à libérer la bâche et tira d'un coup sec.

Deux jeunes femmes, la vingtaine, peut-être moins. Étranglées et jetées au milieu des poubelles comme de vulgaires déchets. Pas de vêtements, pas de bijoux, aucun papier. Rien que leur jeunesse anonyme.

Goje tira sur sa cigarette. La nicotine ne parvenait pas à atténuer la colère qui grondait en lui depuis qu'il avait découvert les cadavres quatre heures plus tôt, en faisant sa tournée hebdomadaire des aires de repos de l'A11. Il ne savait pas ce qui le minait le plus, leur nudité ou le fait que personne n'ait remarqué leur présence. Comme si ceux qui les avaient abandonnées là les respectaient si peu, même dans la mort, qu'ils n'avaient pas jugé nécessaire de les enterrer ou de recouvrir leur corps d'un voile de pudeur. Ou simplement de tenter de dissimuler leur crime.

Il était près de deux heures de l'après-midi lorsqu'il s'était avancé pour inspecter sommairement les lieux. La chaleur était écrasante, l'aire déserte. Il avait manœuvré dans le fond pour effectuer un demi-tour, avait laissé le moteur tourner et était sorti de son véhicule pour uriner. L'odeur de décomposition l'avait aussitôt pris à la gorge et lui avait coupé l'envie de pisser. Le bourdonnement des mouches l'avait guidé ensuite jusqu'au tas de détritus qui trônait à proximité. Il avait d'abord pensé à un animal sauvage ou à un chien crevé – une fois, plus au nord, il avait trouvé un chargement entier de restes de moutons, probablement jeté là par un équarrisseur clandestin peu scrupuleux, une montagne de squelettes de bêtes et de déchets intestinaux en proie à la voracité de dizaines de rats et de vautours qui se disputaient tendons, os et lambeaux de viande putréfiée, il n'avait eu d'autre solution que de les brûler à l'essence.

Puis il les avait vues, deux pantins désarticulés, mêlés à la ferraille, aux caisses en plastique éventrées et aux ordures, recouvertes comme le reste d'une fine couche de cette terre brune brûlée que le vent continuellement ramène de l'ouest. Ses jambes avaient vacillé, il était tombé à genoux en tremblant et il s'était mis à pleurer sans que les larmes semblent vouloir s'arrêter de couler. Peut-être qu'il était usé, qu'à cinquante-trois ans il avait atteint son quota d'atrocités, que la coupe était pleine. Peut-être que la plus menue des deux avait les mêmes grands yeux que Chidi, sa fille cadette. Peut-être qu'elles avaient sensiblement le même âge. Peut-être aussi que cela réveillait en lui cette angoisse viscérale et séculaire qui sourd dans le ventre de chaque père nigérian, depuis la nuit des temps. Peut-être enfin que c'était plus qu'il n'en pouvait supporter, depuis sa démission de la Nigerian Police Force, quatre mois auparavant. Il était alors policier d'État à Kaduna, un sous-officier, grade de sergent niveau 6, un non-commissionned officer payé 55 144 nairas mensuels. Il faisait partie des agents intervenus le jeudi 26 septembre 2019 dans la « maison de l'horreur », une école coranique où plus de trois cents élèves de nationalités différentes, des garçons, croupissaient, victimes de viols et de tortures à répétition.

Pendant qu'il écoutait le récit de l'un d'entre eux, quelque chose s'était définitivement brisé en lui. Oni Goje était un bon musulman, père de cinq enfants, un brave type. Tout ça le dépassait. Le lendemain, il donnait sa démission et demandait à être muté à la sécurité routière pour conserver son salaire. Ce qu'il vit et entendit ce jour-là dépassait tout ce qu'il pouvait concevoir. La mort, la corruption endémique, la misère, la détresse sociale, les femmes battues étaient son lot quotidien de policier nigérian, mais pas ça, pas des gosses livrés à la saloperie humaine.

Pas ces deux gamines qui auraient pu être ses propres filles.

Une fois sa crise terminée, Goje s'était redressé et avait épousseté avec soin son uniforme. Il avait photographié méticuleusement les cadavres avec son téléphone portable, s'attardant sur les détails, marques de strangulation, hématomes, ongles cassés. Il avait scrupuleusement noté la position des corps dans son carnet, et tous ces éléments factuels qu'il était chargé de compulser pour ses enquêtes lorsqu'il était à la NPF. Il avait ensuite transporté chacun des corps à l'écart des poubelles, avec délicatesse, comme s'il s'agissait de poupées de verre. Il les avait disposés sur le sol, mains sur la poitrine, en dépit de la procédure, puis il avait récupéré une bâche dans le coffre de la Corolla de service et les avait couverts pour les protéger des insectes et de la morsure du soleil. Là, une fois certain d'avoir fait de son mieux, il avait prévenu la police d'État de Kaduna dont dépendait son secteur, le médecin légiste et sa hiérarchie, puis il avait déplacé son véhicule de patrouille de façon à veiller sur elles.

— Une Igbo, dit-il en désignant la plus grande de l'index.

Le légiste haussa les épaules.

— Possible…

— L'autre aussi, je crois. C'est plus difficile à dire, étant donné l'état de son visage. Pas des filles d'ici, ni paysannes ni ouvrières, leurs mains sont soignées. Peut-être des étudiantes de Kaduna ou d'Abuja. Il faudrait vérifier les fichiers des disparitions.

Le légiste écouta poliment en hochant la tête, bien qu'il sût qu'un sergent de la sécurité routière n'était pas habilité à enquêter, ni même seulement à donner son avis. Ça, c'était le boulot des policiers d'État. Celui du sergent consistait à gérer les accidents de la route et à signaler les incidents de ce type aux autorités compétentes. Cette affaire ne le regardait pas. Goje pouvait presque le lire dans ses yeux. Il était son aîné, le laisser parler était une marque de respect, mais dès que les vrais enquêteurs débarqueraient, il devrait rester à sa place et leur passer la main.

— Des prostituées, sûrement, dit le légiste du bout des lèvres lorsqu'il eut terminé.

Goje opina.

— C'est ce que tu vas mettre dans ton rapport ?

Le légiste haussa les épaules.

— Qui s'en soucie de toute façon…

Le médecin était déjà reparti depuis un bon moment lorsqu'une camionnette de l'hôpital général de Kawo, un quartier situé à l'est de Kaduna, déboula. Un grand type en blouse blanche en descendit, sans couper le contact, et s'avança dans la lumière des phares pour saluer le sergent. Il s'exprimait en anglais. Son regard était fuyant, son haleine empestait la bière. Il lui présenta son accréditation et les papiers nécessaires pour la délégation de prise en charge des corps. Goje signa sans un mot et l'aida à transporter les cadavres à l'arrière.

— La police d'État ne viendra pas, n'est-ce pas ? dit-il quand l'employé lui serra la main.

— Celui qui a appelé le service mortuaire a précisé qu'ils enverraient quelqu'un à la morgue demain pour les formalités d'inhumation.

— Nom de Dieu… Il a donné une heure ?

Le type leva les yeux au ciel en ricanant, comme si la réponse allait de soi. Il tapota l'épaule de Goje avec condescendance.

— Il est tard, les routes ne sont pas sûres, tu ferais mieux de rentrer chez toi, dit-il avant de grimper au volant.

Il fit demi-tour et disparut dans la nuit avec son chargement, laissant derrière lui une odeur de gaz d'échappement.

Goje frissonna, écœuré. Il savait déjà ce qui allait se passer. Il n'y aurait pas d'enquête pour deux prostituées non identifiées. Leurs cadavres seraient numérotés, puis empilés à la morgue avec d'autres. À moins que l'une des jeunes femmes s'avère de bonne famille ou que quelqu'un se manifeste avec une liasse de billets pour qu'une enquête soit ouverte, demain ou d'ici quelques jours, un officier viendrait apposer la mention « affaire classée » dans leur dossier et signer le registre pour qu'elles soient enterrées sans tarder dans une fosse commune. Personne n'y pouvait rien et au moins, ces deux-là auraient une sépulture.

— Fin de l'histoire, dit-il pour lui-même en réintégrant sa voiture de service.

Il était près de minuit quand il se gara devant la petite maison qu'il louait dans le quartier est de Narayi, sur Pankshin Street. Les lumières étaient éteintes, tout le monde dormait, à l'exception de sa femme, Rose, qui veillait sur une chaise de la cuisine, accoudée à la table devant une série policière américaine. Le poste de télévision diffusait une lueur bleutée dans la pièce. Goje l'embrassa sur le front et lui demanda comment s'était passée la journée.

— Il y a des restes de riz jollof et des beignets d'*hakara* dans le frigo, répondit-elle avec lassitude sans quitter l'écran du regard. Je peux te les faire réchauffer, si tu veux…

— Je n'ai pas faim.

Les cadavres de cet après-midi se superposèrent aux images du téléviseur. Goje cligna des paupières pour les chasser, mais l'impression de malaise perdura. Il se tint debout, immobile, un long moment, les yeux dans le vague, jusqu'à prendre conscience que Rose avait coupé le son du poste et le fixait en silence, sourcils froncés.

— Ça va, Oni ?

Il tendit le bras et lui caressa tendrement la joue.

— Bien sûr que ça va, dit-il à voix basse. Tant que je reste aveugle et sourd.

4

Lagos, 18 février 2020.

Serena Monnier consacra l'essentiel des six heures trente que dura le vol direct Air France Paris – Lagos à repousser les avances du quadragénaire hollandais bedonnant assis à côté d'elle et à relire ses notes concernant l'affaire Dooyum.

Son affaire depuis huit mois.

Jasmine Dooyum, survivante de la traite nigériane à Nice, l'un des nombreux points de chute où sévissent les réseaux de prostitution en France.

Une jeune femme en colère de quinze ans à peine.

Prête à tenir tête aux proxénètes qui l'avaient ramenée, pour faire d'elle une esclave sexuelle, alors qu'elle n'avait pas encore quatorze ans. Aujourd'hui, l'une des principales parties civiles du procès-fleuve qui devrait avoir lieu devant la cour d'assises de Paris, à l'ancien Palais de justice.

Serena avait fait sa connaissance le 13 juin 2019, alors qu'elle essayait d'échapper à ses macs nigérians, porte de Pantin. La journaliste enquêtait depuis plusieurs jours en tant que pigiste sur la prévention du sida, des hépatites et des IST dans le milieu de la prostitution pour le quotidien *Le Monde*.

Sur le coup, Serena pensa qu'il s'agissait d'une jeune femme pourchassée par des proxénètes. Il s'agissait en réalité d'une jeune adolescente qui avait l'âge d'être au collège. Ses poursuivants étaient des criminels endurcis, membres connus d'un vaste réseau esclavagiste de proxénétisme franco-nigérian. Et ce qui se déroulait alors sous ses yeux de journaliste parisienne était une tentative d'évasion.

Jasmine Dooyum venait de remettre sa vie entre leurs mains.

Rien de moins.

Elle s'était assise dans le fond du Bus des femmes, entre Serena et Julie, une bénévole aguerrie, et n'avait ouvert la bouche qu'une fois les portes refermées et le bus parti, loin, le plus loin possible.

À partir de là, elle ne s'était plus arrêtée de parler.

Jasmine revenait de l'enfer. Elle s'exprimait en anglais la plupart du temps, ou dans un mauvais français mâtiné d'igbo, sa langue maternelle. Elle venait de Lagos. Elle se prostituait pour le compte d'un réseau qui l'avait fait venir clandestinement du Nigeria alors qu'elle n'était qu'une enfant. Elle voulait que ça cesse. « Ils sont la mort. Je suis la vie. Je veux vivre », avait-elle répété à plusieurs reprises.

En décembre 2018, elle quittait sa terre natale, le Nigeria, pour un long périple à travers le Niger et la Libye, contre trente-cinq mille nairas, environ soixante-quinze euros, et la promesse de suivre un apprentissage pour devenir coiffeuse, comme sa sœur aînée. Elles étaient une vingtaine comme elle, ainsi qu'une quarantaine d'hommes, très jeunes pour la plupart, sur la chaloupe qui les conduisit à travers la Méditerranée jusqu'à la Terre promise, l'Europe. L'embarcation ne valait rien, elle prit l'eau, ils durent écoper, et, pour finir, elle chavira. De longues heures plus tard, un bâtiment italien vint les secourir, mais il était trop tard, Jasmine était l'unique rescapée du naufrage. Idriss, celui à qui elle avait confié son sort, sa virginité et son passeport s'était noyé avec les autres. Bon débarras. « Je suis tirée d'affaire », avait-elle pensé alors. Mais elle se trompait lourdement.

Idriss n'était qu'un passeur. Ses contacts en Italie attendaient leur « livraison » avec impatience. Il n'en restait qu'une sur vingt, qu'à cela ne tienne, ils allaient s'occuper d'elle et se refaire de leurs pertes. Un type nommé Gabriel Shehu-Usman organisa son enlèvement du camp de réfugiés, lui fournit des faux papiers et la plaça dans un train pour Nice. Par un tour de passe-passe, la dette de trente-cinq mille nairas contractée au Nigeria explosa. Jasmine devait à présent trente-cinq mille euros. Près de cinq cents fois plus.

Les amis de Gabriel à Nice étaient un couple de proxénètes qui lui expliqua à coups de trique qu'elle n'étudierait pas la coiffure tout de suite. Pas avant d'avoir remboursé l'intégralité de ce qu'elle devait, plus les intérêts de la dette : le loyer de l'appartement où elle logeait, la nourriture, les fringues, la protection, la surveillance. Ils lui offrirent le kit complet de la parfaite prostituée, préservatifs, talons hauts et vêtements faciles à retirer, puis la confièrent à d'autres filles comme elle qui lui expliquèrent les tarifs, les prestations, et la frappèrent parce que sa jeunesse leur volait des clients.

Cela dura près d'un mois avant qu'elle parvienne à trouver la force de s'enfuir une première fois. Elle n'alla pas loin. Ils la rattrapèrent à Menton et crurent lui avoir fait passer l'envie de recommencer, mais ils ne firent qu'attiser sa rage. Jasmine attendit son heure et, pour sa deuxième tentative, elle atteignit Paris. Là encore, ils retrouvèrent sa trace. Le couple de macs niçois n'était que l'une des extrémités d'une pieuvre qui étirait ses tentacules sur la France entière. Deux semaines après, un comité d'accueil musclé la dénichait dans le squat où elle s'était réfugiée, près de la gare de Lyon. Elle fut enfermée, battue, violée, des jours durant, jusqu'à ce qu'elle les supplie de lui redonner une chance de les rembourser.

Là encore, ils crurent l'avoir brisée. Là encore, sa rage décupla.

Jasmine était une guerrière. Elle tint bon de longues semaines, à Vincennes, puis à Pantin, jusqu'à cette nuit de juin 2019.

Depuis, Serena ne l'avait plus quittée, y compris lors de son audition, trois heures après. À l'officier de police qui l'interrogeait, Jasmine mentit sur son âge, son nom et sa situation pour ne pas se retrouver aussitôt placée, confiée à la police aux frontières ou pire encore. Elle connaissait la musique, malgré sa jeunesse. Elle présenta Serena comme une amie de longue date et la supplia en douce de l'héberger quelques jours. Serena joua le jeu et accepta sans hésiter comme s'il s'agissait d'un cadeau que la jeune Nigériane lui offrait. Jasmine lui ouvrit son cœur, Serena lui accorda sa confiance. Elle lui donna un double des clefs, un toit, lui paya des vêtements de son âge, puis elle l'écouta, des jours durant, sans prendre de notes, de peur de briser le fragile équilibre qui s'installait entre elles. La journaliste prit la mesure de l'ampleur de ses révélations, la dangerosité de l'empire tentaculaire auquel l'adolescente venait d'échapper et les conséquences que ça pourrait avoir sur son avenir, ici ou là-bas.

— Il te faut un bon avocat, lui suggéra-t-elle.

— Je n'ai confiance qu'en toi, rétorqua Jasmine. Tu es journaliste, tu es une femme, tu es une citoyenne française, tu peux raconter ce que j'ai vécu, le monde entier t'écoutera et te croira.

Serena lui caressa la joue en souriant.

— Ça ne suffira pas.

Jasmine Dooyum avait la rage chevillée au corps. Depuis son arrivée en France, elle ne s'était pas contentée d'attendre une occasion de s'enfuir. Elle avait aussi réfléchi à ce qui se passerait après son évasion. Pour elle, bien sûr, d'abord. À presque quinze ans, rien ne pouvait vous empêcher de rêver à des lendemains qui chantent. Pour sa famille, là-bas, au Nigeria, qui la croyait certainement morte. Mais aussi pour les salauds qui avaient fait d'elle une esclave. Pour eux, elle imaginait un traitement spécial. Du genre sanglant, comme dans *Léon*, ce film de Luc Besson qu'elle avait vu, enfant, où Mathilda, la jeune héroïne, apprenait à rendre coup pour coup après l'assassinat de sa famille.

Jasmine était Mathilda. Jasmine était un pur condensé nigérian de Mathilda, même si dans sa version du film, Léon était un proxénète pédophile du nom de Gabriel Shehu-Usman qu'elle devait également éliminer. La colère, ça aidait aussi à tenir.

Un voile noir assombrissait pourtant ses yeux quand elle évoquait sa soif de vengeance. Comme s'il s'agissait d'un poids trop lourd à porter maintenant qu'elle était libre de sa vie et de son corps. Serena lui présenta un de ses amis, Pierre Faure, un avocat expérimenté qui défendait depuis près de trente ans des associations de victimes de prostitution. Il pouvait l'aider à porter son fardeau. Il lui proposa mieux qu'une vendetta personnelle qui risquait, dans le meilleur des cas, de l'envoyer croupir en prison pour le reste de ses jours : un procès de grande ampleur inculpant tous les responsables de son calvaire et dont son témoignage serait la clef de voûte. À trois conditions. Qu'elle accepte qu'il la représente. Qu'elle lui livre absolument tout, les noms, les lieux, jusqu'aux détails les plus sordides. Enfin qu'elle promette de ne jamais se rétracter, par peur des représailles sur elle ou sur ses proches.

Jasmine accepta sans ciller.

— Ce sera un procès dur, violent et probablement dangereux, précisa Pierre Faure avec gravité.

Elle hocha la tête.

— Je sais.

Ses yeux brillèrent d'un drôle d'éclat.

— Je connais tout d'eux, ajouta-t-elle. J'ai tout mémorisé. Tout. Leurs noms, leurs visages, leurs signes particuliers, leurs tatouages, leurs manies, leurs fantasmes, les numéros de téléphone, les adresses, les clients. Ces gens-là ne se méfient pas d'une gamine qu'ils croient stupide et terrorisée. Écoutez-moi bien parce que je vais tout vous dire. Et je vais vous présenter d'autres filles comme moi qui accepteront peut-être de témoigner si je le leur demande.

Terrorisée, Jasmine l'était.

Stupide, jamais.

Elle avait effectivement une masse colossale d'informations à fournir. Huit mois durant, elle fit montre d'un courage à toute épreuve. Elle reprit l'intégralité de son récit pour maître Faure et Serena, contrainte de se remémorer chaque détail de son calvaire. Elle déposa plainte et dut endurer à de nombreuses reprises les questions des officiers de police judiciaire de la Brigade de répression du proxénétisme, de la Brigade parisienne de protection des mineurs, d'un juge pour enfants, puis les expertises psychiatriques et médicales, les confrontations à l'aveugle avec des proxénètes arrêtés au fil de l'enquête ou des clients interpellés avec d'autres filles lors de descentes de police. À maintes reprises, sa parole fut remise en question, faute de preuves suffisantes ou à cause de son jeune âge. On lui balança en pleine figure que son cas n'avait rien d'exceptionnel, qu'elles étaient des milliers comme elle, du Nigeria, bien sûr, mais aussi de Roumanie ou de Chine. Si elle se rétractait, cela ne changerait pas grand-chose à l'affaire. Une goutte d'eau dans l'océan de la misère humaine. Certaines de ses anciennes compagnes d'infortune nièrent et l'accablèrent pour se protéger. Elles la traitèrent de menteuse et de manipulatrice. Jasmine faillit crier grâce.

En septembre, elle fut scolarisée. Elle crut que ça y était, elle allait pouvoir vivre et respirer normalement, mais au bout de deux semaines, un policier vint la chercher au collège, en plein cours de mathématiques, devant les autres élèves, et il fallut recommencer et répéter les faits, encore et encore, parce que la procédure judiciaire en cours l'exigeait, puis affronter les regards soupçonneux de ses camarades et de ses professeurs le lendemain.

Cela se reproduisit plusieurs fois.

Parce que les filles comme Jasmine n'en finissaient jamais de payer pour des crimes qu'elles n'avaient pas commis. Elle était nigériane et sans papiers. Elle avait choisi la voie de la justice et la Mathilda qui peuplait ses fantasmes vengeurs ne dormait jamais vraiment. Pourtant l'avocat tint parole. Contre vents et marées, il obtint que ce procès rare ait lieu devant la cour d'assises de Paris et soit programmé au printemps suivant, dans l'ancien Palais de justice.

— Je vais y aller, dit Serena à Pierre Faure, un soir où Jasmine était rentrée en larmes, après un énième rendez-vous chez le juge pour enfants.

— Où ça ?

— Là-bas. Au Nigeria.

L'avocat soupira.

— Pour quoi faire ?

Serena leva les yeux au ciel et lui expliqua qu'elle avait besoin d'aller voir ce qui se passait au Nigeria, de rencontrer d'autres filles comme elle. Jasmine était une enfant quand elle avait quitté Lagos. Elle ne pouvait pas lui raconter ce qu'elle n'avait pas pu voir parce qu'elle était trop jeune. Serena souhaitait continuer à écrire sur la traite des Nigérianes et sur celles qui se battaient contre. Elle avait déjà pris contact avec des journalistes, là-bas, qui l'avaient orientée vers des ONG qui militaient contre les violences faites aux femmes. Elle s'était rapprochée de l'une d'elles, Free Queens of Nigeria, basée à Lagos et Abuja. Quand elle avait exposé au téléphone à sa fondatrice son envie d'enquêter sur les réseaux proxénètes, la femme avait ricané, puis elle lui avait expliqué patiemment que la prostitution au Nigeria était comme un puits sans fond, brassant des centaines de milliers de femmes. « Je vais être franche avec vous, l'avait-elle prévenue. Ça ne sert à rien. Vous ne ferez que raconter ce qui l'a déjà été des milliards de fois, en pure perte. Ça soulagera votre conscience, ça fera un bon papier en France, mais ici, ça ne nous sera d'aucune utilité et je perdrai mon temps avec vous. »

— J'imagine que tu ne l'as pas lâchée.

Serena grimaça.

— J'ai bien fait. Il y a une semaine, elle m'a rappelée avec une proposition.

— Laquelle ?

Serena pinça les lèvres.

— Elle s'est renseignée sur le procès de Jasmine Dooyum. Elle a lu mes articles sur le réseau de Nice. Ses partenaires et elle estiment que je peux leur être utile, là-bas, au Nigeria. Elle organise ma venue à Lagos, m'assure un hébergement, me donne accès à ses contacts, m'ouvre les portes des locaux de son ONG, promet de m'aider à retrouver la trace de la famille de Jasmine, à une seule condition, que je m'engage à enquêter en tant que journaliste européenne, non pas sur les réseaux de prostitution et les victimes de la traite, mais sur elles, sur Free Queens, sur les autres ONG qui, comme elles, œuvrent sur le terrain, sur leur travail de militantisme, sur les prostituées qui se tirent de cet enfer grâce à elles. Pour montrer que les choses peuvent changer, que la prostitution n'est pas une fatalité et que les Nigérianes peuvent prendre leur destin en main. Selon elle, personne n'écrit jamais rien là-dessus, alors qu'elles sont des centaines d'associations à se battre pour les droits des femmes à travers tout le pays. Elles ont besoin de visibilité, de lever des fonds pour financer leurs campagnes de prévention et d'un écho plus important auprès des décideurs européens. Depuis peu, la société nigériane bouge beaucoup sur ces sujets. Les langues se délient, notamment grâce à Free Queens. Il existe des journalistes indépendants au Nigeria, mais la plupart des organes de presse sont muselés ou corrompus, sinon menacés de mort dès qu'ils s'attaquent à ces sujets-là. Elles-mêmes risquent leur vie tous les jours. Une série d'articles pourrait servir leurs intérêts. Personne n'oserait s'attaquer frontalement à une journaliste française munie d'une carte de presse internationale.

L'avocat hocha la tête.

— Tu ferais office de bouclier, si je comprends bien.

Serena hocha la tête.

— Exactement ! J'ai trouvé l'idée géniale. Sur le principe, le sujet intéresse *The Guardian* et *Le Monde*. J'ai un peu de fric de côté. Alors, je vais faire mon boulot de journaliste et enquêter.

L'avocat ne commenta pas, un sourire perplexe aux lèvres.

— C'est à ça que je sers, non ? poursuivit-elle, agacée par son attitude.

— Le Nigeria est un endroit dangereux pour une journaliste blanche et donneuse de leçons.

Serena le toisa.

— Ne sois pas condescendant, Pierre. Mon boulot est terminé ici.

L'avocat sourit.

— Tu pars quand ? demanda-t-il.

— Demain.

— Jasmine est au courant ?

Serena s'adossa au fauteuil, l'air satisfait.

— Bien sûr ! C'est même elle qui m'a parlé de l'existence de ces ONG.

Faure haussa les épaules.

— Vous êtes aussi folles l'une que l'autre.

Serena sourit et écrasa crânement sa cigarette dans le cendrier.

— Tu as peur des femmes libres, l'avocat ?

Les marbres de l'aéroport international Murtala-Muhammed de Lagos étaient d'un blanc éclatant. Le hall grouillait d'hommes d'affaires en costume-cravate et de familles de voyageurs nigérians prêtes à embarquer, tirant et poussant chariots et valises. Peu de touristes, de nombreux policiers et militaires, aucune autre femme européenne seule.

Serena Monnier détonnait dans le paysage. Repoussant les services de plusieurs chauffeurs de taxi, elle se fraya un chemin jusqu'aux portes des arrivées et balaya le parvis du regard, en nage. La cofondatrice de l'ONG Free Queens of Nigeria l'attendait en double file sur le parvis, au volant d'un break Volkswagen noir. Elle passa la main par la vitre ouverte et lui fit signe de la rejoindre.

Un 4 × 4 Audi flambant neuf s'impatientait derrière elle. Son conducteur klaxonnait avec obstination pour qu'elle libère le passage. Serena s'empressa de fourrer sa valise sur la banquette et s'installa à l'avant.

— Favour Egbe, enchantée, lança-t-elle dans un anglais parfait, en démarrant aussitôt.

Cheveux courts et lissés, nuque fine, pommettes hautes et regard pénétrant, la jeune femme de vingt-quatre ans était très belle. Une alliance à la main gauche, ongles manucurés et une minuscule fleur tatouée derrière l'oreille en guise de maquillage. Serena s'était renseignée, Favour Egbe était une fille de bonne famille, étudiante en cinquième année de communication à Unilag, l'université de Lagos. Elle habitait un appartement de standing à côté de chez ses parents, dans un luxueux lotissement sécurisé de Victoria Garden City, sur la péninsule de Lekki. Une privilégiée. L'exact opposé de Jasmine Dooyum sur l'échelle sociale nigériane.

— Tu es mariée ? demanda-t-elle.

— Mon mari regrette depuis le premier instant d'avoir épousé une furie comme moi.

Serena esquissa un sourire.

— J'en doute.

Favour roula les yeux.

— Tu aurais vu sa tête, le jour où je lui ai parlé d'égalité des sexes et de partage des tâches ménagères ! Depuis qu'il est petit, sa mère lui raconte des histoires à dormir debout sur les femmes soumises de la bourgeoisie nigériane. Il n'a pas été déçu ! Je te le présenterai. C'est un homme bien.

Elle effleura l'avant-bras de Serena.

— Mais parle-moi de la France. C'est quoi, cette histoire de coronavirus ?

— Certains évoquent un risque épidémique. Il y a déjà plusieurs cas.

— Graves ?

Serena haussa les épaules.

— Apparemment, non. Disons que ça donne du grain à moudre aux ministres, après la crise des Gilets jaunes, et que ça occupe les éboueurs des chaînes d'information continue. Et ici ?

Favour feignit de frissonner de peur.

— Une nouvelle épidémie en Afrique ? Une épidémie de

Blancs, en plus, mon Dieu, quelle horreur ! s'exclama-t-elle, avant d'éclater d'un rire clair et joyeux.

Elle passa une vitesse, accéléra et s'engagea sur le Third Mainland Bridge.

— Douze kilomètres, dit-elle. La colonne vertébrale de la ville. Ce pont relie l'immense *mainland*, une sorte de magma tentaculaire de maisons collées les unes aux autres, à ce qu'on appelle ici les *îles*, les quartiers d'affaires et les résidences de luxe, là où vivent les privilégiés comme moi.

Favour tourna le bouton du poste de radio. Les lignes de basses endiablées d'un tube d'afro-pop se déversèrent dans l'habitacle. Favour alluma une cigarette mentholée en dodelinant en rythme et entrouvrit sa vitre.

— Wizkid, tu connais ?

Serena pinça les lèvres, perplexe, se demandant ce qu'elle fichait là.

— C'est une star nigériane, tu vas adorer ! hurla Favour en montant le volume d'une pichenette sur le levier du volant.

Serena jeta un œil par la vitre, sur sa droite. En contrebas, le gigantesque bidonville flottant de Makoko, plongé dans l'obscurité et recouvert d'un épais voile de fumée d'huile de paraffine. Plus loin, sur l'autre rive, brillaient les lumières des gratte-ciel de Lagos Island.

Favour capta son regard.

— Bienvenue à Lagos, ville de contrastes, mon amie ! dit-elle, comme si elle lisait dans ses pensées. Bienvenue à la Liverpool d'Afrique de l'Ouest !

Favour Egbe la déposa au pied d'un immeuble du lotissement huppé de Dolphin Estate. Elle devait rentrer dîner chez elle, en famille. Cette semaine, Serena logeait chez l'une des fondatrices de l'ONG, une blogueuse influente du nom d'Esther Lekwot, vingt-six ans. C'était le plus simple et c'était déjà bien mieux qu'un hôtel hors de prix en périphérie de la ville.

— Après, on avisera, dit Favour, avant d'ajouter, avec malice : si tu tiens le coup ici.

Esther était aussi douce et empruntée que Favour était exubérante, mais il émanait d'elle une aura attirante, entre colère, sagesse et force de caractère qui plut tout de suite à Serena. Elle prépara du poisson et du riz, parfumé au piment African Chili Balls et accompagné de bière. Elles s'installèrent sur la terrasse de son appartement pour manger. Aucune musique, juste le calme de la nuit, la chaleur écrasante, le ronronnement des groupes électrogènes qui crachaient leur fumée de diesel, et le bruit ténu des voitures qui empruntaient au loin le pont de Falomo.

Esther interrogea longuement Serena sur l'histoire de Jasmine Dooyum. Elle écouta ses réponses sans l'interrompre, se contentant de siroter son verre ou de relancer la conversation lorsqu'un point lui paraissait obscur, la poussant à parler d'elle avec un art consommé, comme si le parcours de la journaliste lui importait plus que l'histoire de la jeune prostituée. Serena en fut d'abord surprise, presque choquée, jusqu'à ce qu'elle comprenne, plus tard dans la soirée, ce que le cas de Jasmine devait avoir de banal, ici au Nigeria. Elle réalisa alors, vexée, qu'Esther avait une longueur d'avance sur elle et que toute journaliste expérimentée de trente-deux ans qu'elle était, elle ne l'avait pas vu venir. C'était Esther, la tête pensante, pas Favour. La jeune Nigériane en savait déjà long sur sa vie, alors que Serena ignorait tout d'elle. Depuis le début du repas, Esther sondait ses motivations avec intelligence, sans jugement aucun, sans chercher à la heurter, en prenant soin d'éviter qu'elle se sente mal à l'aise. Elle l'évaluait, d'une certaine manière, mais avec bienveillance. « Si tu tiens le coup ici », avait dit Favour avant de repartir. C'était peut-être cela qu'elle voulait dire : *si Esther accepte ta présence.*

Serena décida de s'en ouvrir à son hôtesse :

— Ça va ? J'ai passé le test avec succès ? lança-t-elle avec humour, tandis qu'elles terminaient la vaisselle.

Esther s'immobilisa pour la dévisager, un sourire contrarié aux lèvres.

— Je suis désolée si je t'ai donné l'impression de te faire passer un examen, dit-elle finalement. C'est dans ma nature. Les filles se moquent souvent de moi à cause de ça. Je suis méfiante, surtout vis-à-vis de ce qui m'est étranger.

Serena opina.

— Je suis une étrangère, ici.

— Ce n'est pas ce que je veux dire.

— C'est pourtant ce que je suis, alors, mettons les choses au clair tout de suite : je suis une journaliste, blanche, pleine de préjugés, à peu près ignorante de tout ce qui se passe au Nigeria.

Esther protesta :

— Ce n'est pas...

Serena la coupa sèchement.

— Une jeune prostituée de quinze ans a remis sa vie entre mes mains, il y a huit mois, elle m'a fait confiance, elle a pris tous les risques. Je suis là grâce à elle. Ou à cause d'elle. Et c'est parce que j'ai une carte de presse internationale que tu as accepté de me faire venir.

Un ange passa. Esther lui prit le torchon des mains, le plia avec soin et le posa sur l'égouttoir. Elle se dirigea ensuite vers le frigo, en sortit deux canettes de First, et invita Serena à la rejoindre sur le canapé du salon.

— Favour et moi avons décidé de monter l'ONG Free Queens il y a dix-sept mois, dit-elle. J'étais militaire à l'époque. Sous-officier. J'étais mariée et je suis tombée enceinte. Quand j'en ai parlé à mon officier supérieur, je me suis fait sévèrement réprimander.

— Parce que tu attendais un bébé ?

Esther fit *non* de la tête.

— Parce que je ne lui avais pas demandé l'autorisation.

— Pardon ?

— C'était dans le règlement. Je l'ignorais. Mon corps appartenait à l'armée de ce pays, j'avais signé pour ça…

Serena siffla.

— C'est hallucinant.

— Ce n'est pas le pire.

Esther but une longue gorgée de bière. Ses doigts tremblaient.

— Mon mari était militaire, tout comme moi. Il connaissait ce point de règlement, contrairement à moi. Quand je suis rentrée à la maison, ce week-end-là et que je lui ai rapporté les propos de mon officier, non seulement il a pris sa défense, mais il a précisé que j'aurais dû lui demander son accord également. En tant que mari. Il a ajouté que le métier de militaire pour une femme n'était pas compatible selon lui avec celui de mère au foyer. Et il m'a frappée. Parce que je remettais en cause son autorité et qu'il allait passer pour un mari qui ne savait pas se faire obéir. Et aussi parce que l'article 55 du code pénal l'y autorisait.

Serena déglutit.

— T'as fait quoi ?

— C'était comme si je réalisais d'un coup que toute ma vie n'avait été qu'un énorme mensonge, que l'homme avec qui je vivais n'était pas celui que je connaissais. J'étais une femme dans un pays gouverné par des hommes et fait pour eux. Je n'étais qu'un objet. Rien de plus. Je me suis enfuie de ma propre maison, j'ai démissionné et j'ai demandé le divorce.

— Et l'enfant ?

Le visage d'Esther s'assombrit.

— J'ai choisi de ne pas le garder.

— Je suis désolée.

Esther eut un mouvement d'épaule.

— J'ai appelé la seule personne que je connaissais vraiment, poursuivit Esther. Le père de Favour est médecin. Il m'a aidée à faire passer le bébé, puis Favour m'a hébergée pendant deux mois. C'est là que nous avons pris la décision de créer Free Queens of Nigeria pour dénoncer les inégalités entre les femmes et les hommes de ce pays. Nous avons cherché des financements, trouvé un local, puis un deuxième, nous nous sommes rapprochées d'associations de quartier déjà existantes, nous avons lancé un appel aux dons, investi les réseaux sociaux, entamé un travail éducatif dans des écoles de quartier, auprès des jeunes filles et des jeunes garçons, pour les aider à identifier et dénoncer les violences sexuelles, modestement d'abord, puis plus largement, grâce au bouche-à-oreille. Il y a six mois, nous nous sommes rapprochées des principales organisations syndicales du Nigeria pour lancer une politique anti-harcèlement sexuel au travail. Peu d'entre elles ont répondu à l'appel, mais c'était déjà un début, et notre notoriété a continué de s'accroître, surtout via Twitter et Facebook. Bien sûr, il y a aussi la prostitution de masse...

Elle soupira avec fatalisme et but une nouvelle gorgée.

— Nous avons obtenu des subventions et de l'aide logistique de l'ONG Plan International, mais nous manquons de relais internationaux. D'où ta présence. En quelques mois, nous sommes passées de trois membres actifs à près d'une cinquantaine, réparties sur toute la ville, avec une antenne à Abuja, la capitale. Uniquement des femmes. Je t'emmènerai demain visiter nos locaux et rencontrer celles qui sont de permanence.

Esther se tut, les yeux dans le vague. Elle termina sa bière en prenant son temps. La canette de Serena était encore pleine. Elle la siffla d'une traite et se vautra dans le fond du canapé, épuisée. La tension de la journée retombait.

— Sacrée Jasmine, murmura-t-elle pour elle-même.

Esther réprima un bâillement. Elle tapa du plat de la main sur l'accoudoir, se leva et tendit la main pour l'aider à se mettre debout. Serena se redressa, accepta la main tendue et se laissa faire. Les deux jeunes femmes se firent face, si près l'une de l'autre que Serena pouvait sentir les arômes poivrés du parfum d'Esther.

La Nigériane se raidit, un peu, et lui lâcha la main.

— Tu dois être crevée, dit-elle.

Serena acquiesça en souriant et recula d'un pas. Esther lui rendit son sourire.

— Alors, bonne nuit, jeune journaliste française, blanche, ignorante et pleine de préjugés !

5

Kaduna, 21 février 2020.

Une chambre avec lit king size et draps de satin blanc au troisième étage du Deluxe Suites Superior Accommodation avec vue sur la piscine XXL et le Murtala Square Stadium. Centre-ville, à deux pas des boutiques branchées, dans le quartier militaire de Doka. Sécurité, consommation et plaisir, le grand luxe façon nigériane.

Petit-déjeuner du champion : un café serré et une hôtesse d'une vingtaine d'années prélevée dans le vivier MB Nigeria Inc. répondant au doux prénom d'Ebele. Peter Dirksen faisait défiler sur son iPhone SE les résultats de vente de bière First de la semaine pendant que la jeune femme se prélassait, les yeux mi-clos, une main sur son sexe flasque, l'autre pianotant négligemment la télécommande à la recherche d'une chaîne diffusant un programme musical.

Les chiffres étaient excellents. Les marques d'*extra stout* que MB avait lancées l'année dernière pour se positionner sur le marché de la bière brune cartonnaient à Lagos et Abuja. Grâce à une idée de génie que Peter avait soumise à sa hiérarchie deux ans plus tôt : augmenter le taux d'alcool pour se démarquer de la concurrence. Et accessoirement doper les ventes de près de trente-cinq points.

« L'alcool, c'est l'ivresse, l'ivresse ensorcelle les cœurs et dope les ventes ! » répétait-il à l'envi. Le principe était simple, produire une brune spécifiquement nigériane pour une clientèle nigériane. Contrairement à la *draught* brassée en Europe occidentale, la bière produite sur le continent africain, uniquement servie en bouteille, appartient à la variété des *extra stout*. Elle conserve la couleur brune et les saveurs café ou cacao propres à la Guinness concurrente, *mais* elle est également davantage alcoolisée, 7,5 à 8 degrés, contre à peine plus de 4 degrés pour les *draught*. Le tout grâce à un ingrédient magique, abondant, produit localement et très bon marché, le sorgho.

Les bonnes idées offensives, c'était son boulot depuis 2014. Peter Dirksen, trente-sept ans, était directeur général marketing MB Nigeria Inc., secteur Nord. Le triangle de la mort : Abuja, Sokoto, Kano. À mi-chemin entre le Nigeria occidentalisé du Sud et le Moyen-Âge des fanatiques de Boko Haram du Nord. Une zone commerciale dite DER. Dangereux, mais Extrêmement Rentable. Un triangle dont le centre névralgique était Kaduna, une des premières villes productrices de bière du pays.

Les islamistes dézinguaient du catholique régulièrement, les militaires avaient une façon bien à eux de faire régner la loi, la corruption favorisait un climat d'instabilité politique, mais, aussi étrange que cela puisse paraître, personne ne touchait au business de la bière. Immunité totale.

Comme si elle mettait tout le monde d'accord.

Un petit drapeau blanc flottant au milieu de guerres fratricides que Peter agitait comme un talisman magique.

Il travaillait alors pour le compte d'une société de consulting parisienne, sous la coupe d'un cador dans le domaine de la cigarette qui avait survécu à la chute du mur de Berlin, la loi

Évin et tous les plans antitabac des années 2000. En avril, un chasseur de têtes hollandais était venu le débaucher pour le compte de MB Afrique avant que la maison mère d'Amsterdam le fasse muter dans la filiale nigériane avec, pour mission, le développement marketing des marques du groupe au Nigeria. Le plus gros marché d'Afrique. Ici, la bière « ensorcelait les cœurs » de plus de soixante-dix des deux cent six millions d'habitants que comptait le pays. À ce niveau-là, ce n'était plus une aubaine, mais un miracle néolibéral.

Attention, personne n'avait dit que c'était facile. Peter Dirksen n'avait pas chômé en six ans. Il avait fallu moderniser les méthodes du groupe et les adapter au climat et à la morale nigérians. Composer avec les spécificités antagoniques du pays. D'un côté, des marchés émergents extrêmement lucratifs et des clients de plus en plus solvables. De l'autre, une instabilité financière, des conflits ethniques et une corruption endémique qui compliquaient les approches en matière de stratégie, de marketing et de vente.

Certes, le Nigeria vouait un culte à la bière. Elle faisait partie de chaque moment clef de la vie, de chaque rituel. Ça commençait à la naissance. On en donnait quelques gouttes au nourrisson pour qu'il devienne plus fort, et la mère en prenait après l'accouchement pour doper son lait. Mais le Nigérian moyen était versatile. Il était accro au produit, mais pas à une marque. Vous baissiez la garde cinq minutes, et merde, ce con-là se tournait aussi sec vers les produits de la concurrence sans état d'âme ! Le travail de Peter consistait précisément à lui enseigner le pouvoir de la marque. Sa marque.

La FIRST.

La véritable trouvaille de Peter. Son arme de consommation massive à lui. Le truc dont il était le plus fier. La First n'était pas un produit comme les autres. Il s'agissait d'une *pale lager*, une bière blonde à fermentation basse comme on en trouvait des centaines dans le monde, mais son modèle commercial était diabolique. Il consistait à amener chaque bouteille directement dans la main de chaque Nigérian. De l'usine au consommateur. Sans intermédiaire – enfin, sans intermédiaire réellement coûteux. Peu ou pas de publicité. Pas de slogans onéreux diffusés sur les chaînes nationales. Juste une armée quasi gratuite de petites mains nigérianes, hommes, femmes, de préférence jeunes, accompagnant chaque First dans les bars, les discothèques, les bouges les plus infâmes des bleds les plus paumés comme les boîtes les plus branchées des quartiers chics d'Abuja, les villas des nouveaux riches, sur les réseaux sociaux, sur les bords des routes, jusque dans les foyers eux-mêmes, la chambre des adolescents ou le canapé de leurs parents pendant les matchs de la Coupe d'Afrique des nations.

Accompagner était le maître mot. Celui que Peter chérissait parmi tout le vocabulaire novlangue du marketing. Accompagner dans chaque sens du terme. Étymologiquement, le compagnon est celui avec qui on mange le pain. Par extension, celui avec qui on boit une bière. Ou davantage, si affinités. Encore davantage, si rétribution. Et encore, encore davantage si rétribution et affinités.

Le sexe, voilà de quoi on parlait.

Le sexe, le fric et une First. On n'avait rien inventé de mieux pour réconcilier un imam, un prêtre, un sorcier et un militaire nigérians, tous quatre la main dans la culotte et le nez vissé dans le soutien-gorge balconnet d'une belle et très jeune hôtesse telle qu'Ebele. La First de Peter Dirksen ensorcelait les cœurs les plus endurcis et ressuscitait les pulsions les plus basses.

Grâce à la corruption, à l'instabilité et aux guerres de religion.

Simple, efficace.

Et déraisonnablement possible dans un pays comme le Nigeria.

Peter balança son portable sur le lit et s'étira. Comme s'il s'agissait d'un signal, les mains agiles d'Ebele s'activèrent sur son sexe. Le téléviseur diffusait un vieux morceau afrobeat du chanteur Fela Kuti. Les mains s'activèrent en cadence. Pendant que le sang affluait et que le plaisir montait, Peter fixa le plafond en souriant, songeant béatement à ce pays merveilleux qu'était devenu le Nigeria depuis que la loi du marché s'y épanouissait et à tout ce que la vie lui réservait de jouissance et de bénéfices futurs. Peter se dit ensuite que la belle Ebele avait vraiment des doigts de fée. Puis Peter ne pensa plus à rien.

Deux heures plus tard, Peter Dirksen avait réuni la crème de la crème de ses représentants de commerce dans un dépôt de First, à la périphérie de la ville. Une trentaine de Coccinelle Volkswagen modèle 2018 stationnaient devant le hangar, sous la surveillance d'une milice privée équipée de pitbulls et de matraques télescopiques.

Deux de ses meilleurs team managers, Adewale Kyari et Ameera Wase, prêchaient la bonne parole devant un parterre d'hommes, certains mineurs, qui s'apprêtaient à passer l'après-midi et une bonne partie de la nuit à quadriller le secteur pour y placer un maximum de bouteilles de First.

Adossé au mur, Peter observait la scène en connaisseur depuis le fond de la salle. Aujourd'hui, il supervisait. Demain, ses équipiers se débrouilleraient sans lui, dans un autre dépôt, un autre bled merdique, à l'ouest ou au sud de Kaduna, Barkono ou Dutsi.

La langue utilisée était le dialecte yorùbá. Peter ne comprenait pas un traître mot de ce qui se disait, mais il connaissait le texte, le scénario et la scénographie par cœur. Et pour cause, il en était l'auteur et le metteur en scène.

Kyari menait la danse :

— L'essence est à votre charge.

Murmure de protestation des représentants. Wase profita de ce flottement pour passer dans les rangs et distribuer des tee-shirts aux couleurs de la marque. FIRST en lettres d'or, imprimé sur le torse et dans le dos. Modèle unique, taille XL, pour que les clients en prennent plein la vue. Les représentants se servaient et les enfilaient, le temps d'oublier qu'ils devraient payer le diesel des Coccinelle de leur poche.

Kyari enchaîna :

— Dix casiers par vendeur à chaque voyage. Trois dans le coffre, sept sur la banquette arrière.

Les représentants s'esclaffèrent. Dix casiers, c'était la moitié de ce qu'ils pouvaient entasser dans la voiture qui leur était assignée. Et le quart de ce qu'ils escomptaient fourguer comme marchandise dans le temps imparti. Wase les rassura. Ils pourraient revenir se servir au dépôt autant qu'ils le souhaiteraient. Mais la règle était la règle : dix casiers, pas un de plus, à chaque voyage. La First était une *lager* de luxe. Les représentants des autres marques empileraient jusqu'au triple de casiers sur le toit de leur pick-up rouillé, mais MB Nigeria Inc. vendait de la *lager* de luxe, dans des écrins flambant neufs et propres, conduits par des brigades mobiles de vendeurs qui avaient la classe. Pas des soutiers qui risquaient de casser du verre au premier nid-de-poule venu.

Kyari déclara :

— Consommation d'alcool interdite.

Nouveau murmure de protestation. Wase sourit. Peter sourit parce qu'il savait ce qui la faisait sourire.

Kyari tendit le bras et indiqua les palettes de casiers, sur leur droite.

— En échange de tout cela, vous fixez le prix de vente des bouteilles aux clients.

Silence de stupéfaction dans la salle. Kyari en remit une couche :

— Je m'explique. Il s'agit d'une action promotionnelle, pas d'une simple livraison ou d'un démarchage commercial standard. Libre à vous ! Trois cas de figure : soit vous offrez les bouteilles, soit vous les vendez à prix coûtant, soit vous les faites payer au prix standard d'une First en magasin. Quel que soit le cas de figure, vous empochez la totalité des bénéfices.

Les visages s'illuminèrent. Les représentants se dévisagèrent, comme pour demander à leur voisin le plus proche : *J'ai bien compris ce qu'il a dit ?*

Kyari conclut :

— Vous avez bien entendu : les bénéfices seront votre salaire.

— Moins le prix du diesel, précisa Wase, tandis que les gars explosaient de joie.

Kyari croisa les bras, le temps que le calme revienne dans l'assistance. Il se racla la gorge et adressa un clin d'œil à Wase.

— Soyez courtois, soyez professionnels et n'oubliez pas de rappeler à vos clients que la marque First augmente les performances au lit, que la First assure plus que l'*extra stout* écossaise et surtout que la First ensorcelle les cœurs ! Merci à vous et au travail !

Peter Dirksen s'écarta pour laisser passer deux représentants qui se ruaient sur les casiers. Il félicita Kyari et Wase d'un signe de la main et sortit s'installer à l'arrière du 4 × 4 qui l'attendait dehors. Il donna au chauffeur l'adresse d'un restaurant gastronomique du centre-ville où patientaient de jeunes entrepreneurs prometteurs spécialisés dans le négoce du sorgho et un haut fonctionnaire du ministère de l'Agriculture qui venait réclamer sa part du gâteau en échange d'un contrat d'exclusivité avec les producteurs de l'Ouest. Dans le Nord, les prix flambaient depuis que se multipliaient les attaques de Boko Haram, et la main-d'œuvre infantile venait à manquer. Il était impératif de trouver de nouveaux fournisseurs et d'explorer de nouveaux territoires.

La veille, le directeur Olowu Nurudeen avait été très clair :

— Le conseiller Usman est gourmand, mais il a le bras long de ce côté-ci du pays et sans sorgho, pas de First. Nous avons besoin de lui. Je lui ai promis de financer Water of life, son programme d'alimentation en eau potable des villages de l'Ouest, à hauteur de 30 %. Concernant le pot-de-vin, ne cède que la moitié de ce qu'il réclame.

— Et s'il traîne des pieds ?

— Il acceptera, mais offre-lui en bonus les services d'une ou deux de tes hôtesses de charme. Le pauvre est veuf depuis l'an passé.

— Il n'est pas polygame, Usman ?

Sourire amusé du directeur.

— Bien sûr qu'il l'est. Cela n'enlève rien à son immense chagrin.

Peter acquiesça sans commenter.

— Tant que tu y es, ajouta Nurudeen de sa voix rocailleuse, fais-lui livrer quelques casiers de First. Qu'il montre à ses amis du ministère combien il aime la bière de qualité.

Le 4 × 4 rattrapa l'autoroute et prit la direction de Kaduna. Des centaines de véhicules défoncés et de poids lourds se pressaient sur l'asphalte surchauffé. La circulation se densifia à l'approche de la ville, puis s'immobilisa.

Il était midi passé, chaque bout de métal, chaque pare-brise, chaque panneau réfléchissait le moindre rayon de soleil. Des nuages de poussière fine comme de la cendre balayaient les voies par intermittence et brûlaient tout sur leur passage.

« Le sexe, le fric et la First », pensait Peter Dirksen confortablement installé dans sa bulle climatisée. Et les doigts de fée de sa mignonne petite hôtesse du matin – merde, c'était quoi son prénom, déjà ?

6

Kaduna, 21 février 2020.

23 h 35. Le Rainbow, un lounge bondé à la mode du nord de la ville, situé sur Benin Street, quasiment aux portes des bureaux gouvernementaux. Néons verts sophistiqués, jolies femmes aux robes criardes, afrobeat à fond dans les enceintes. La bière blonde coulait à flots. L'air était saturé d'un mélange de parfums français de contrebande, de transpiration et de fumée de cigarettes. L'ambiance était chaude et électrique.

Ira Gowon se fondait dans la masse. Il portait un pantalon de toile beige, une chemise à motifs verts et des baskets Nike. Il sirotait un Coca, en retrait, au bout du comptoir. C'était son septième soda, dans son septième bar depuis le début de la soirée. Il réprima un bâillement, héla le serveur et agita son paquet de Marlboro Light vide pour lui signifier de lui en rapporter un plein, puis il se tourna vers la salle.

Des fonctionnaires aisés dépensaient bruyamment leurs pots-de-vin en bouteilles de Dom Pérignon pour épater leur femme ou leur maîtresse. Ils attiraient dans leur sillage toute une clientèle cool et parasite d'employés de bureau et de petits chefs d'entreprise soucieux de promotion et de marchés publics.

Ceux-là n'avaient pas les moyens du champagne et se rabattaient sur la bière locale.

Autour d'eux, une armée de serveuses en robes moulantes rouge et or naviguait entre les tables, des bouteilles de First à la main.

Gowon était là pour elles.

La machine commerciale MB Nigeria Inc. tournait à plein régime, à contrecourant d'une économie en perte de vitesse. Revitaliser le nord du pays était l'obsession des dirigeants nigérians bien avant que Boko Haram commence à frapper. Dans les années 90, la méridionale Lagos avait été dépossédée de son titre de capitale au profit de la septentrionale Abuja, une ville artificielle créée de toutes pièces par l'État fédéral. Mais le rééquilibrage Nord-Sud n'avait pas fonctionné, Lagos avait continué de se considérer comme capitale, à gagner en puissance, à enfler jusqu'à atteindre vingt-deux millions d'habitants. Les villes du Nord comme Kaduna s'étaient retrouvées satellisées puis isolées, et la pauvreté y avait explosé en deux décennies. Pire, Kaduna était devenue le dortoir d'Abuja aux loyers prohibitifs, depuis qu'un train rapide chinois les reliait.

Le fric qui remplissait les caisses de ce bar venait en grande partie d'Abuja. Ira Gowon s'assurait qu'il n'y retourne pas et fournisse du travail à la main-d'œuvre locale.

MB Nigeria Inc. le payait pour qu'il surveille les filles qui fourguaient de la First aux clients. Officieusement, Gowon, lui, s'assurait que les filles soient originaires de la région, qu'elles touchent leur part et qu'elles rapportent leur salaire à la maison.

Leur boulot consistait à inciter les clients à consommer *la bonne bière*, et uniquement celle-là. Elles buvaient elles-mêmes de la First, toujours la même bouteille qu'elles étaient supposées faire tenir toute la soirée pour ne pas être ivres. Certaines d'entre elles repartaient parfois avec les clients les plus entreprenants, mais ce qu'il se passait à l'arrière des berlines et dans les ruelles adjacentes ne regardait pas Gowon.

Tant qu'elles touchaient leur part.

Gowon avait encore en travers de la gorge l'affaire des deux filles, cinq semaines plus tôt. Éliminer des gamines n'était pas bon pour les affaires. Voilà pourquoi il supervisait désormais lui-même le recrutement des filles. Le directeur Nurudeen et ce renard de Peter Dirksen qui gérait les opérations promotionnelles de MB avaient fait la gueule, mais ils avaient fini par céder. Gowon était leur principal allié dans la police. Il pouvait également devenir leur principal ennemi et menacer leurs petits trafics. Ils avaient besoin de lui et ils le savaient. Gowon était chez lui, à Kaduna. Pas eux. Il veillait à ce qu'ils ne l'oublient jamais.

Il siffla le reste de sa canette et rota. Le serveur fit glisser les Marlboro devant lui. Gowon le remercia d'un hochement de tête, décacheta le paquet et alluma une cigarette en observant, amusé, le manège d'une des hôtesses First, sur sa droite.

La jeune femme était immense, un peu maigre à son goût. Elle devait mesurer un bon mètre quatre-vingts d'insolence, que ses talons aiguilles rehaussaient encore d'un cran. Elle n'était pas belle, à proprement parler, mais la lenteur calculée de ses mouvements et son bagout lui conféraient un charme qui occultait la nature de sa présence ici. C'était surtout, à l'évidence, une commerciale hors pair.

Ses doigts couraient sur les épaules et les biceps d'un type écarlate d'une trentaine d'années en chemise blanche et cravate dont le dos musculeux ruisselait de sueur. Des cadavres de First vides s'alignaient sur la table basse devant lui et ses amis. Plus l'alcool l'engourdissait, plus la fille le complimentait sur sa carrure et sa force en roucoulant à son oreille, plus il remettait de tournées. Dans le même temps, elle lançait des œillades à son voisin, un gros puant qui devait être le boss du premier et qui se sentait pousser des ailes, supposant qu'elle chauffait son subalterne pour mieux l'atteindre.

À tort, bien sûr.

C'était un jeu de dupes, elle visait les deux.

Au départ, les deux types savaient qu'elle était là pour les pousser à la consommation. Mais le Rainbow était un endroit sélect et non un bar à entraîneuses miteux, la fille était une hôtesse de la marque First et non une vulgaire pute. Le fait qu'elle s'adresse à *eux*, et non à leurs collègues, les mettait dans une position avantageuse de séducteurs qui les flattait et à laquelle ils ne savaient répondre qu'en commandant une nouvelle tournée. L'alcool et les charmes de la fille aidant, ils entraient en compétition, finissaient par oublier peu à peu l'arnaque, ainsi que la petite amie ou l'épouse qui les attendait à la maison.

Puis ils passaient à la caisse.

Le week-end venu, pour épater ses amis, son père ou son beau-frère devant un bon dîner à la maison, le type numéro 1 achèterait un casier de First parce que consciemment ou pas, il associerait cette marque de bière au souvenir d'un moment où, pour une fois, c'était lui le roi, celui que la serveuse canon du Rainbow avait élu beau gosse de la soirée, qu'elle avait tripoté, malgré ce début de calvitie et sa bedaine naissante qui déplaisaient tant à sa femme. Le type numéro 2 s'offrirait un casier pour se rappeler combien il valait mieux que son collègue et combien il en avait dans le slip, lui à qui la fille avait taillé une petite pipe reconnaissante sur la banquette de sa Toyota cinq portes, une fois tous ses collègues rentrés chez eux.

Le but de la manœuvre résidait sur ce point précis : disséminer la First comme un virus dans toute la bonne société de Kaduna puis, par contagion, dans les couches plus populaires. Les filles étaient un produit d'appel. Elles formaient l'épicentre de la vague de contamination qui suivrait. Elles touchaient un revenu fixe par soir, puis une commission sur chaque bouteille vendue qu'elles partageaient avec le bar. Plus les types buvaient, plus elles percevaient de primes. Mais le gros des ventes de First avait lieu en dehors du bar, plus tard, dans les supermarchés et là, MB Nigeria Inc. empochait le jackpot. Les salaires des filles n'étaient évidemment pas indexés sur les profits de l'entreprise.

Le jeu de dupes continuait, mais à leurs dépens, cette fois-ci. Et il se renouvelait tous les soirs sans qu'elles s'en rendent compte.

C'était la méthode « Peter Dirksen ».

Les serveuses comme cette fille étaient entraînées à isoler dans un groupe les individus les plus vulnérables, les timides, les vaniteux, les frustrés, tous ceux qu'elles pouvaient mettre en valeur en les aidant à se désinhiber. D'emblée, elles snobaient ostensiblement les chefs, les leaders, les cadors, ceux qui achetaient du champagne à cinq cents dollars la bouteille. Vexés, ceux-là cherchaient alors à les séduire pour montrer qu'ils en avaient dans le pantalon. Ils leur proposaient à boire, elles réclamaient une bière parce que les bulles de champagne, c'était mauvais pour la libido, alors que la bière rendait les hommes *teeellement plus virils* ! Elles optaient pour une First – le bar ne proposait que cette marque, c'était le deal avec les équipes commerciales de Peter Dirksen. Les vexés finissaient donc à leur tour par payer leur tournée de bière.

Tous tombaient dans le panneau.

Même ceux qui connaissaient le numéro de charme par cœur. Même ceux qui s'étaient déjà fait prendre. Si la fille était compétente, elle pouvait monter jusqu'à quatre tournées par gogo.

Celle-là était particulièrement douée.

Depuis trente-cinq minutes que Gowon s'était installé au comptoir, elle en était déjà à sa sixième tournée, trois par type, dont l'avant-dernière n'était pas encore consommée qu'ils en avaient déjà passé une autre. Elle ne s'était pas encore absentée une seule fois à l'extérieur, elle n'avait laissé aucune main se promener sous sa robe, et il n'était pas encore minuit.

Gowon fit les comptes. À ce rythme-là, la fille gagnait presque autant que lui en un mois. Ce qui lui permettrait de payer ses études cette année ou de mettre un peu d'argent de côté. Cette pensée le fit sourire.

De fierté.

Son portable vibra. Le numéro du caporal Udo apparut à l'écran. Son sourire disparut aussitôt. Il fendit la foule, sortit sur la terrasse où le volume sonore était supportable et décrocha.

— Un problème ?

La voix d'Udo trahissait son excitation.

— L'Igbe's Garden Bar, sur Ikulu Street. Je suis devant. Des vendeurs de Guinness ont fait une razzia, cet après-midi. Plus une goutte de First.

— Qui t'a prévenu ?

— Une de nos filles. Elle s'inquiétait de ne pas toucher sa prime d'engagement.

Gowon hocha la tête.

— Elle est toujours là-bas ?

— Non. Elle craignait qu'on pense qu'elle était passée à la concurrence.

— Rappelle-la. Qu'elle se pointe demain au même endroit et qu'elle passe le mot !

Il réfléchit un instant avant d'ajouter :

— Dis-lui aussi de ne pas s'inquiéter pour sa prime, pour ce soir.

Udo se racla la gorge.

— On fait quoi ?

Gowon ricana.

— J'arrive.

Vitalis Udo portait un treillis militaire arborant le logo de la SARS. Il était ivre et empestait l'ogogoro. Il ouvrit le coffre de son 4 × 4, en sortit une barre de fer qu'il tendit à Gowon, une batte de baseball, un coup-de-poing américain et des grenades lacrymogènes qu'il fourra dans ses poches. Les deux policiers traversèrent la rue au trot et pénétrèrent dans l'Igbe's Garden Bar.

Gowon rejoignit à grandes enjambées le barman qui cherchait à tâtons une arme sous le comptoir et le roua de coups avant de s'attaquer aux miroirs et aux rangées de bouteilles alignées derrière lui, tandis que le caporal Udo fonçait dans le tas, frappant à la batte tout ce qui avait le malheur de croiser sa route, sans distinction : videurs, serveurs, clients, enceintes, tables en verre, baies vitrées.

La musique s'interrompit. Il y eut un bref flottement, puis des hurlements de panique succédèrent aux basses d'afrobeat. Les clients épargnés par Udo se précipitèrent, qui aux toilettes pour se planquer, qui dans la rue pour s'enfuir. Les plus courageux dégainèrent leur portable, depuis la porte d'entrée pour filmer la scène, puis décampèrent alors que le caporal brandissait sa batte et les menaçait des pires sévices, avant de reprendre son travail de démolition.

Quand il eut fait le ménage derrière le bar, Gowon empoigna l'employé, roulé en boule sous l'évier, le visage en sang, le tira à lui et cria :

— Quatre questions simples qui appellent quatre réponses rapides. Moins on perd de temps, plus vite on s'arrête, d'accord ?

Le type acquiesça, les yeux écarquillés. Ses jambes tremblaient, un filet de bave sanguinolent coulait sur son tee-shirt. Gowon resserra son étreinte.

— Ton nom ?

— Isa… James Isa.

— Bien, James Isa, maintenant, dis-moi où sont les stocks de bière ?

L'employé désigna une trappe, derrière lui. Gowon passa la tête par-dessus le comptoir, interpella le caporal Udo et la lui montra.

— Occupe-toi de ça ! ordonna-t-il.

Il tira ensuite Isa à l'écart, pour laisser passer Udo, et lui posa sa deuxième question :

— Je sais que tu n'es pas le responsable de cet établissement.

L'employé secoua la tête à toute vitesse.

— Non, non, c'est pas moi !

— C'est une bonne chose pour toi. Donne-moi son nom.

— Joseph Saidu.

Gowon renifla.

— Saidu, Saidu, ça me dit quelque chose…

Il souleva un peu plus le type.

— Où est-ce que je peux le trouver ?

Isa hoqueta :

— Une maison sur Osogbo Road, à l'est, au 125.

Gowon fronça les sourcils.

— Près de l'entrepôt de textiles YA Magina, c'est bien ça ?

Isa opina. Gowon relâcha sa prise et lui tapota la joue.

— Merci pour ta coopération, James.

Il se redressa.

— On y va !

Il y eut un craquement sinistre, suivi d'un vacarme de verre brisé, des bruits de pas dans l'escalier, puis la tête du caporal Udo, sourire aux lèvres, apparut enfin dans l'ouverture.

— Il ne reste plus une seule bouteille intacte de Guinness dans cet établissement, patron.

Joseph Saidu occupait une villa rénovée sur deux étages, coincée entre deux immeubles, et à laquelle on accédait par un portail en métal, filmé par deux caméras de vidéosurveillance, l'une incrustée dans l'un des piliers de l'entrée, l'autre fixée à un lampadaire de l'autre côté de la rue. Des halogènes éclairaient la façade, les allées et la BMW rutilante qui trônait au pied du perron.

Gowon émit un sifflement admiratif. Le caporal Udo évalua mentalement la solidité du portail et estima que le pare-chocs de son 4 × 4 tiendrait le coup. Il passa la seconde, accéléra et fonça. Le portail céda, la partie gauche du pare-chocs et un bout d'aile également. Udo jura, passa la troisième, et emboutit la BMW sur le côté par esprit d'équité.

Une sirène hurla, une fenêtre s'éclaira à l'étage, une deuxième au rez-de-chaussée. Finalement la porte d'entrée s'ouvrit en grand sur un Nigérian torse nu, aux pectoraux et abdominaux travaillés à la fonte, un fusil entre les mains. Udo le cueillit au coup de poing américain, le plexus d'abord, le menton ensuite, avant de le saisir à la gorge et de le déposséder de son arme sans ménagement.

Gowon fit claquer son briquet, alluma une cigarette, tira plusieurs bouffées, puis mit le feu à la mèche imbibée d'essence qu'il venait d'insérer dans le réservoir de la BMW.

Joseph Saidu cria, les insulta en anglais et cria à nouveau. Udo le frappa une seconde fois au plexus, aux côtes ensuite, à la tempe enfin. Saidu s'effondra, le souffle coupé, en larmes, les yeux rivés sur sa berline en flammes, à l'instant précis où son réservoir explosait, libérant assez de chaleur pour faire oublier une poignée de secondes la température caniculaire de la nuit, et interrompant définitivement l'alarme de la voiture.

Gowon tira sur sa cigarette, retira sa cagoule, épousseta sa chemise, monta les marches et se pencha sur Joseph Saidu.

— Tu me remets ? murmura-t-il.

Le type acquiesça en baissant les yeux. Gowon s'accroupit près de lui en soupirant.

Il déclara :

— Tu avais un accord avec Peter Dirksen, non ?

Saidu secoua la tête avec frénésie et ouvrit la bouche pour protester. Gowon fit « chut » de l'index, Saidu cessa de s'agiter.

— Tu avais un accord avec Peter Dirksen, répéta Gowon. Et quels étaient les termes de cet accord ?

Saidu jeta un œil à Udo, puis revint sur Gowon.

— Exclusivité.

Gowon cala sa cigarette entre ses lèvres et applaudit.

— Exactement.

Il leva les mains en l'air.

— Pourtant, tu as décidé de vendre la bière concurrente. Pourquoi faire une chose pareille ?

Il prit Udo à témoin.

— Pourquoi ?

Saidu ne répondit rien. Gowon insista :

— Vas-y, je t'écoute !

Saidu hésita. Udo leva le poing. Saidu se décida à prendre la parole.

— Ils ont dit que ça n'était pas légal, ces contrats d'exclusivité, balbutia-t-il. Que MB n'avait pas le droit de faire ça, que ça ne passerait pas devant un tribunal, qu'on vivait dans un pays de libre entreprise et que j'avais tout intérêt à traiter avec eux, qu'ils respectaient le droit des affaires, eux, qu'ils avaient le bras long et des amis au gouvernement, à Abuja...

Gowon siffla, agacé, et désigna la BMW en flammes du menton.

— C'est loin d'ici, Abuja, tu sais. Tout le monde se fiche de ce qui se passe à Kaduna, là-bas. Tout le monde se fiche de nous, de nos usines et de nos bars.

— Putain, vous…

Udo lui délivra une claque sur la nuque. Saidu se tut. Gowon continua :

— Et ils t'ont proposé de l'argent.

Saidu ricana, d'un air las.

— Ouais…

Gowon se releva.

— Tu ne recommenceras pas, n'est-ce pas ?

Saidu rit jaune.

— À votre avis ?

Gowon s'accroupit à nouveau, lui saisit la mâchoire et le força à le regarder droit dans les yeux.

— J'aimerais que tu me le dises, Joseph. *S'il te plaît.* Ça te ferait du bien. Ça me ferait du bien. Ça améliorerait nos relations.

Saidu céda.

— Je ne recommencerai pas.

Gowon sourit, comme s'il était réellement soulagé. Il lâcha Saidu, se releva, jeta son mégot et l'écrasa du talon.

— Merci, Joseph. Appelle James Isa, ton barman. L'hygiène de ton bar laisse à désirer. Dis-lui de passer un bon coup de balai. Les casiers seront livrés demain, en début d'après-midi. Les filles arriveront vers dix-neuf heures, comme d'habitude.

— C'est le quatrième, ce mois-ci, dit Vitalis Udo, une fois qu'ils furent repartis.

Gowon ne répondit pas, absorbé par les lumières de sa ville qui défilaient devant le pare-brise. Il se dit que Kaduna était un bel endroit autrefois, riche et prospère, et qu'elle pouvait le redevenir, pour peu qu'on fasse preuve de bonne volonté. Il ralluma une cigarette, baissa la vitre et se mit à siffloter un vieil air en yorùbá que sa mère lui chantait quand il était gosse.

7

Kaduna, 22 février 2020.

La campagne « Alex Williams », héros de cinéma populaire made in MB Nigeria Inc. battait son plein. Les publicitaires de l'agence Sootchi & Sootchi avaient investi le centre commercial ASD City Mall et mis les bouchées doubles. Affiches, guirlandes de ballons aux couleurs de la First, marquage rouge et or au sol.

Peter Dirksen jubilait. Dix mois de matraquage publicitaire, de spots agressifs *First Beer Spirit* déclinés sur les chaînes de télévision nationales et les stations radio locales, pour un final en apothéose sous forme d'une superproduction britannico-sud-africaine populaire baptisée *Vital Force*. Les aventures d'un playboy, une sorte de James Bond nigérian, volant au secours de la veuve et de l'orphelin, et concluant chacune de ses cascades par la dégustation ostensible d'une bouteille de First bien fraîche en déclamant des slogans sur mesure du type *First, bien plus qu'une bière* ou l'inoxydable *La First ensorcelle les cœurs*.

Un pur thriller d'action africain à l'américaine à la gloire de la marque First. Réalisé par un inconnu, filmé au Cameroun, au Ghana, au Kenya, en Afrique du Sud et au Nigeria, et intégralement créé et financé par MB Nigeria Inc. Montant du budget : jamais communiqué. Salaire des acteurs : jamais communiqué. Impact net des bandes-annonces et de la publicité sur les ventes de First : 17 % d'augmentation au 31 décembre 2019. Les actionnaires hollandais pouvaient se frotter les mains et sabrer le champagne. Il s'agissait du placement de produit le plus rentable de l'histoire du cinéma.

Le marketing de l'authentique dans toute sa splendeur : force, intelligence, compassion, amitié, raison, virilité et bière. L'ultra-misogyne 007, ses Aston Martin, ses Rolex et ses vodkas martini « au shaker, pas à la cuillère » ? Remisés au rayon antiquités ! Alex Williams, lui, buvait de la First, en toute simplicité, et affichait la générosité et le don de soi d'une Mère Teresa – la plastique virile en sus. Identification garantie. Le secret du succès du film se nichait dans un unique détail : tout le monde au Nigeria pouvait se payer une pinte de First.

Peter Dirksen bandait comme un âne. À dix minutes de l'avant-première du film d'action, les travées de l'Espionage Cinema grouillaient de tout ce que Kaduna comptait d'influenceurs, d'animateurs vedettes, de politiques et de journalistes de premier plan. Les flashs des appareils photo crépitaient, des nuées de portables filmaient, Instagram et Twitter saturaient.

Lorsque l'acteur et mannequin d'origine jamaïcaine Denis Campbell, qui incarnait le rôle principal à l'écran, et la belle Sud-Africaine Inaya Nkosi, robe de soirée rouge à paillettes or, le rejoignirent sur scène, la salle leur réserva une ovation tonitruante. Aux yeux du public, le trio Dirksen, Campbell, Nkosi incarnait la First.

Peter saisit le micro. Il présenta les acteurs, entre deux salves d'applaudissements, remercia le président Buhari, le ministre Mohammed, le cinéma nigérian et la liberté d'entreprendre, puis il conclut :

— Quand on vous dit que la bière First ensorcelle les cœurs !

Debout au premier rang, le directeur Olowu Nurudeen exultait. Il se tourna vers son voisin de droite, le ministre de l'Information et de la Culture Lai Mohammed, qu'il gratifia d'une accolade, en susurrant :

— Peter Dirksen est si beau parleur qu'il pourrait fourguer des casiers de First à un abstinent !

Le ministre lui rendit son accolade.

— Parlez-moi de mon pourcentage.

Nurudeen le fixa en souriant.

— Parlez-moi d'abord de gel des taxes agricoles sur la culture du sorgho dans les plaines de l'Ouest et de diminution des coûts de production, répondit-il du tac au tac.

Le ministre feignit de s'offusquer.

— Restez poli, cher directeur !

Nurudeen sourit de plus belle. Il exhiba son chéquier et un Montblanc rouge plaqué or.

— Je préfère rester compétitif, monsieur le ministre.

Après la projection, Peter Dirksen avait convoqué toute l'équipe du film et les team managers de MB au Nina's Palace sur Somalia Road, un night-club cosy du sud de la ville.

Convoqués, et non « conviés ». Peter tenait à la nuance. On buvait à l'œil, on dansait et célébrait le succès du film, mais même sous les stroboscopes, on continuait à travailler pour MB Nigeria Inc. et à soigner les relations publiques. Les véritables invités de marque étaient les acteurs économiques et politiques de Kaduna à qui il fallait tenir compagnie – traduisez : cirer les pompes et pomper le nœud.

Soirée privée, tenue incorrecte conseillée, jouissance corporate exigée, ambiance « Après le boulot, c'est encore le boulot ». Tape-à-l'œil et tendance. Beaucoup de First, de cocktails exotiques, de bonne humeur de circonstance et d'hôtesses First chaudes comme la braise rémunérées en heures supplémentaires.

Pour convaincre les buveurs que la First donnait encore plus de puissance et de virilité que les bières concurrentes, rien de tel qu'une démonstration par l'exemple. Il était inenvisageable de diffuser ce genre de slogan à la télévision, mais possible de le mettre en application dans une discothèque branchée en associant danses lascives, moments privilégiés dans un salon privé, strings et seaux de First glacée.

Peter Dirksen avait trouvé des petits surnoms à sa marque de bière. Il ordonnait à chacune de ses employées de les utiliser tandis qu'elles se laissaient peloter par un haut fonctionnaire, un général ou un conseiller ministériel.

On ne disait plus First, mais *Black Power*.

On ne commandait pas une First, mais une bonne pinte de *Viagra*.

Le comique de répétition payait. Ça commençait par une plaisanterie et se concluait toujours par une association d'idées imprimée dans un recoin obscur du cerveau. L'appellation n'était même pas mensongère, pas tant à cause des effets prétendument virils de la bière sur la libido des consommateurs, que de son impact concret sur les ventes.

Le P-DG de MB Nigeria Vincent Chikwe fit une apparition en début de soirée pour féliciter en personne Peter Dirksen.

— Demande-moi ce que tu veux, déclara-t-il, un bloody mary à la main.

Peter alluma une cigarette

— Donnez-moi le poste et le salaire d'Olowu Nurudeen.

Chikwe se marra.

— Impossible.

Peter tiqua.

— Pourquoi pas ?

Chikwe ravala son rire, descendit la moitié de son verre et redevint sérieux.

— Olowu est nigérian, jeune homme, dit-il en lui tapotant l'épaule d'un air condescendant. Tu es blanc et descendant d'un peuple d'oppresseurs colonisateurs et sanguinaires. Il est le seul à pouvoir occuper un poste qui demande d'être au contact quotidien d'hommes de pouvoir nigérians. Parce qu'il est né ici, que son père a été conseiller de l'actuel président Muhammadu Buhari en 1983, lors de son coup d'État, et que sa femme est la treizième enfant d'une famille peule de Daura, tout comme notre bien-aimé président Buhari. Peux-tu en dire autant ?

— Je suis hors course à cause de ses origines et de la couleur de sa peau ?

Chikwe fit *non* de la tête et planta son majeur sur la poitrine de Peter.

— Ne dis pas de bêtises.

— Quoi, alors ?

— À cause de *tes* origines et de *ta* couleur de peau.

Peter ricana.

— Voyons, ce n'est pas sérieux ! Les affaires sont les affaires ! Le Français Vincent Bolloré est devenu le numéro 1 du transport logistique au Nigeria et, à ma connaissance, ni lui ni aucun membre de son équipe dirigeante n'est peul ou cousin germain du président Buhari !

Chikwe s'humecta les lèvres.

— Bolloré est plus malin que toi. Je sais de source sûre qu'il s'apprête à nommer l'ambitieuse et ravissante Folashade Akanni-Shelle à la direction de Bolloré Transports & Logistics Nigeria.

— Quand ?

— À l'automne.

— Nom de Dieu…

Peter siffla.

— Laissez-moi deviner, Nigériane ?

Chikwe opina.

— Elle a passé son enfance entre Ngoyi et Ifako Agege.

Peter ravala sa fierté en grinçant des dents et baissa le regard. Il inspira, expira et héla une serveuse pour lui réclamer une flûte de champagne.

6 h 45, premières lueurs de l'aube sur la terrasse du Nina's Palace. Les lieux étaient déserts. Des cadavres de bouteilles jonchaient le sol carrelé. Peter Dirksen dessaoulait doucement, allongé sur un canapé.

La fille qui lui massait les pieds s'appelait Treasure. Elle arborait une coupe afro. Des boucles immenses en forme d'étoiles pendaient à ses oreilles. Elle ne portait rien d'autre. Elle lui expliqua être métisse, nigériane par sa mère et anglaise par son père.

— Quelle ville ?

— Kaduna, répondit-elle.

Peter redressa la tête.

— Pas ta mère, la corrigea-t-il. En Angleterre, ton père…

Treasure piqua un fard.

— Manchester.

— Tu y es déjà allée ?

Elle fit la moue.

— Je ne l'ai pas connu. Il a travaillé deux ans ici, dans l'industrie pétrolière, à la NNPC, à la fin des années 90, puis il s'est tiré à la fin de son contrat. Ma mère était sa secrétaire. Fin de l'histoire.

Peter bâilla.

— Toi et moi, on se ressemble, murmura-t-il.

— C'est-à-dire ?

— Deux bâtards, reniés dans un même pays trop grand pour leurs ambitions.

Treasure gloussa.

— À une différence près, si vous me permettez.

— Laquelle ?

— Je suis la bâtarde qui vous masse les pieds.

Peter éclata de rire. Non pas à cause de sa remarque, mais parce qu'il réalisait que si le président Vincent Chikwe lui avait demandé de lui masser la plante des pieds, il l'aurait fait.

Ça faisait partie du job.

Peter était le bâtard qui léchait les pompes de sa hiérarchie et ça ne lui posait aucun problème, pourvu qu'on le paie en conséquence. Bizarrement, cette pensée l'apaisa.

Il continua à sourire pour lui-même en se traitant de malade, finissant par s'endormir sous les caresses de Treasure, comme un enfant rassuré qui aurait retrouvé son doudou.

Lorsqu'il émergea, deux heures plus tard, Treasure avait disparu. La terrasse était nettoyée, les tables rangées. Une employée du Nina's Palace terminait de remettre de l'ordre sur les canapés. Une autre triait les coussins souillés de ceux que les fêtards avaient épargnés, en prenant soin de ne pas le déranger.

Peter se redressa et interpella la plus proche d'entre elles.

— La fille, la métisse, vous savez où elle est ?

L'employée haussa les épaules sans répondre. Peter se leva, tangua un peu et se dirigea vers la sortie. Son téléphone sonna, alors qu'il atteignait le parking. Il ne reconnut pas le numéro. Il décrocha.

— Qui est-ce ?

Un raclement de gorge.

— Ira Gowon, répondit son interlocuteur, sur un ton

sardonique. Le flic de la SARS que vous payez pour mettre de l'ordre dans vos affaires.

Peter lutta brièvement contre un vertige.

— Je vous ai déjà dit de ne pas m'appeler sur ce portable.

— Ça fait vingt-quatre heures que j'essaie de vous joindre sur l'autre numéro. J'ai fini par me lasser de tomber sur le répondeur.

— Dans ce cas, appelez Olowu Nurudeen, s'agaça-t-il. C'est à lui de gérer les urgences quand je ne suis pas disponible.

Nouveau raclement de gorge.

— Je préférais voir avec vous directement.

Peter perçut une légère inflexion dans la voix du policier.

— Quoi ? Qu'est-ce qu'il y a ?

— Les deux filles...

Peter fouilla dans ses poches à la recherche d'un paquet de cigarettes. Il ne trouva qu'un briquet, ses clefs de voiture, sa carte bancaire et un numéro de mobile, griffonné à la va-vite au dos d'un reçu de carte bleue, portant le message *Rappelle-moi, si tu veux un autre massage des pieds*, signé *La bâtarde*.

— Lesquelles ?

Gowon renifla.

— Celles dont on a dû s'occuper, en janvier, vous savez, cette histoire de journaliste...

— Un problème ?

— Peut-être. On m'a dit qu'un type de la sécurité routière s'intéressait à elles et posait des questions.

Peter tiqua.

— Un type, tu veux dire un enquêteur ?

La ligne grésilla, puis la voix de Gowon résonna à nouveau.

— Non, non, un simple employé de la sécurité routière, celui qui a découvert les corps, je crois.

Peter s'emporta.

— Merde, qu'est-ce que tu veux que ça me foute, alors ? L'enquête a été classée, les filles ont été enterrées dans une fosse commune parce qu'on y a veillé, l'assassinat du journaliste a été étouffé, toutes les plaintes ont été retirées, point final.

— Je ne sais pas...Je me suis dit qu'il valait mieux vous le signaler.

— Occupe-toi plutôt des bars que me vole la concurrence.

Gowon fit claquer sa langue.

— Je suis dessus, ne vous faites pas de bile pour ça.

Peter leva les yeux au ciel et coupa la communication, sans attendre la suite. Il rempocha les clefs et le briquet, froissa le mot doux de Treasure et le jeta dans le caniveau, puis il chercha des yeux un bureau de tabac.

8

Kaduna, 23 février 2020.

Oni Goje se réveilla en sursaut. Un point noir se dessinait devant lui, au loin sur la route, derrière le pare-brise. Le point devint plus net jusqu'à former une silhouette, puis, au fur et à mesure qu'elle avançait vers lui, une vieille femme transportant sur son épaule un casier rempli de bouteilles de bière.

Le sergent se redressa sur son siège en bâillant, descendit de son véhicule de fonction et fit quelques pas pour se dégourdir les jambes, sans quitter la vieille femme des yeux.

Les couleurs du lappa rouge et vert qu'elle portait, noué autour de la taille, étaient délavées. Le tissu, de mauvaise qualité, poussiéreux et troué par endroits. Elle marchait sur le bas-côté, pieds nus, au milieu des bris de verre et des détritus que les gens jetaient depuis l'habitacle de leur voiture. Des poids lourds la frôlaient dangereusement, mais elle ne semblait pas s'en soucier, continuant cahin-caha de progresser vers sa destination, probablement l'un de ces débits de boissons misérables qu'on trouvait en bord de route et qui alimentaient en alcool les foyers modestes du quartier. La vente de ce casier, qu'elle avait sans doute dû payer de sa poche, ne lui rapporterait qu'une poignée de nairas, de quoi se payer un peu de riz. Ou de s'offrir une ou deux bouteilles de cette marchandise qui lui vrillait le dos.

Goje lui adressa un salut de la main quand elle passa à son niveau, auquel elle répondit par un sourire charmeur. Vue de près, la vieille dame n'en était pas une. Trente-cinq ans, peut-être moins. Ce que Goje avait pris pour des rides n'était que les marques de l'effort qu'elle produisait, la sueur et un peu de fatigue. Il hésitait à lui proposer de l'aider à porter son fardeau ou à s'installer à l'arrière du 4 × 4 avec son casier. Sa radio crépita. Le central signalait un accident, sur Zaria Road, dans le quartier de Rigasa. Goje frissonna. C'était son secteur. Il grimpa au volant et prit la communication, fixant le dos du tee-shirt jaune de la femme qui s'éloignait avec son casier.

— Sergent Goje, matricule 271-A. Je suis à côté, je m'occupe de l'accident.

Il prit une profonde inspiration, démarra, fit demi-tour sur la départementale et fila en direction du sud. Il passa le Kawo Bridge Kaduna, descendit dix kilomètres sur l'A2, il tourna à droite, après le centre commercial Tahir Plaza, plein ouest, sur une route cahoteuse de terre rouge qu'il connaissait bien.

Le jeudi 26 septembre dernier, à l'aube, il l'empruntait pour la première fois. Il était encore policier d'État à la Nigerian Police Force. Ce qu'il avait découvert là-bas le réveillait en sursaut à chaque fois qu'il s'endormait et le hantait quand il était éveillé.

Cinq mois plus tôt, à l'extrémité ouest de Rigasa. Des voisins portaient plainte depuis des semaines, à cause des hurlements émanant de la Maison Daru Imam Ahmad Bun Hambal, une école coranique de leur quartier. La police d'État de Kaduna avait mené un raid.

Le bâtiment, dont les hauts murs d'enceinte étaient surmontés de fils de fer barbelés, tenait en réalité plus du centre de redressement que de l'école. Il abritait un mélange d'étudiants de différentes nationalités, Nigeria, Burkina Faso, Bénin ou Tchad, confiés par leur famille pour apprendre le Coran, et de gamins de tous horizons à remettre dans le droit chemin, petits délinquants, voleurs, dealers, drogués, mais aussi homosexuels. On les appelait *Almajiri*, des enfants souvent issus de familles pauvres, sortis du système scolaire, placés en écoles coraniques sous la coupe d'imams autoproclamés, faute de structures publiques. Le gouvernement fédéral tolérait ces centres, pourvu que le nombre de gamins livrés à eux-mêmes dans les rues de Kaduna diminue et que leurs responsables ne dépassent pas les bornes.

Ils étaient près de huit millions dans le nord du pays. Ici, dans cette seule école, près de trois cents gamins en tout, mineurs pour la plupart. Certains étaient âgés de neuf ans à peine.

Enfermés, enchaînés, torturés et violés.

Pas « éduqués ».

Le raid révéla que les responsables de l'établissement les faisaient vivre dans des conditions inhumaines et dégradantes, sous couvert de pédagogie par la théologie. Les familles, qui n'étaient pas autorisées à pénétrer dans l'école, ignoraient ce qu'il s'y passait. Ou feignaient de l'ignorer. Les gamins qui essayaient de s'enfuir – et ils tentaient tous de fuir l'horreur – étaient suspendus par des chaînes, fouettés, battus, violés quand ils étaient suspectés d'homosexualité, enchaînés toute la journée à des jantes de camion qu'ils devaient traîner comme des boulets.

Aujourd'hui.

En 2019.

Comme à l'époque maudite des colonies et de la barbarie esclavagiste.

Alors que dans le même temps, la plupart des Nigérians de leur âge rêvaient de démocratie, de surconsommation, de liberté et partageaient leurs rêves, leurs espoirs avec la jeunesse du monde entier sur Instagram, Twitter, TikTok, Facebook et consorts.

Le sergent Oni Goje avait vécu l'assaut dans un état d'hébétude proche de la catatonie. Affecté à l'extraction des victimes, il devait prendre leur nom, leur âge et les accompagner jusqu'à des minibus qui les conduisaient au stade municipal avec leurs affaires personnelles, puis dans un camp près de l'aéroport où leurs familles viendraient les récupérer.

Il avait traversé des cours insalubres, pénétré dans des chambres de torture, aux murs recouverts de chaînes, de barres de fer, aux sols de terre battue souillés d'urine et d'excréments. Il avait croisé des regards apeurés, des visages émaciés, vu des marques de cicatrices sur le dos nu de certains, des plaies encore à vif aux chevilles et aux poignets d'autres, des gosses souffrant de malnutrition ou de déshydratation. Un jeune étudiant en droit de dix-neuf ans prénommé Jibrin lui avait expliqué qu'à son retour de Grande-Bretagne où il s'était converti au catholicisme sa famille nigériane l'avait envoyé ici, deux ans plus tôt, pour le mater. Sodiq, un adolescent d'une maigreur épouvantable, devait partir étudier les mathématiques en Afrique du Sud lorsque son père l'avait amené ici, pour lui mettre du plomb dans la tête. Sodiq était cultivé. Sodiq n'était pas stupide. En passant le pas du portail, il avait compris qu'il y avait un problème. Il en avait fait part à son père qui n'avait rien voulu entendre. Trois mois durant, on lui avait délivré un enseignement médiocre du Coran et de l'islam. Trois mois durant, comme il protestait, on l'avait obligé à avoir des rapports sexuels avec d'autres adolescents pour éprouver sa morale, puis on l'avait châtié parce qu'il était suspecté d'y prendre du plaisir. Deux de ses compagnons de cellule étaient morts de faim ou de mauvais traitements. Sodiq avait tenté de mettre fin à ses jours à trois reprises. À chaque fois, il avait été sévèrement puni pour ça.

À chacun d'entre eux, Goje avait prodigué des paroles de réconfort, comme s'ils étaient ses enfants, *Karò, fils ! Je te salue, ton calvaire est terminé, fils, on va bien s'occuper de toi, maintenant, on va te donner une bonne soupe à l'utazi et au poisson, avec des beignets d'akara, du riz jollof et de la bonne sauce piquante. Écoute-moi bien, fils, ce n'est pas ça, le Nigeria, ce n'est pas ça, Kaduna, ce n'est pas ça l'islam, fils, ce n'est pas ce qu'enseigne le Coran, je le jure*, au moins autant pour se convaincre lui-même que pour les rassurer.

Goje s'en souvenait comme si c'était hier. Les gosses avaient ensuite été pris en charge par l'armée, Goje était rentré chez lui et s'était précipité aux toilettes pour vomir son petit-déjeuner. Le lendemain, il démissionnait. Quatre mois plus tard, il trouvait le corps de ces deux jeunes femmes au milieu des poubelles, sur une aire de repos de l'autoroute A11, avec le sentiment amer que, d'une façon ou d'une autre, l'histoire se répétait, que son pays ne se préoccupait pas assez de ses enfants.

Goje, lui, ne les laisserait pas tomber.

Pas cette fois-ci.

Pas ces deux-là.

Perdu dans ses pensées, il repéra le croisement où avait eu lieu l'accident qu'on lui avait signalé par radio. Le blessé était un gamin d'une douzaine d'années qui transportait des bidons de lessive et avait été renversé par une voiture alors qu'il traversait la route. Des hommes l'avaient transporté à l'ombre, devant l'entrée d'un magasin, et avaient appelé la police. La propriétaire du véhicule, une grosse femme maquillée, hurlait qu'il s'était jeté sous ses roues et qu'elle n'y était pour rien. Les témoins assuraient qu'elle roulait à tombeau ouvert et que c'était un miracle que le porteur soit encore en vie. La victime s'en tirait avec une fracture à la jambe et son chargement perdu.

Goje s'accroupit près de lui.

— *Bao lowa*, fils ? demanda-t-il en yorùbá, d'une voix douce. Ça va ?

Le gosse opina en grimaçant de douleur, les yeux rivés sur le bout d'os blanc sanguinolent qui saillait de la plaie à son tibia.

— L'ambulance va bientôt arriver, ne t'inquiète pas.

Il tira deux billets de cent nairas qu'il glissa dans la poche de son pantalon en lui adressant un clin d'œil qui signifiait *Pour ta marchandise, fils, c'est notre petit secret*. Il en donna quatre de plus au type de l'hôpital qui vint le chercher, vingt-cinq minutes plus tard, pour couvrir les frais de transport et s'assurer qu'on le conduise bien auprès du médecin de l'hôpital public qui lui recoudrait la jambe.

Goje signa les papiers du constat, dressa le procès-verbal de la grosse femme qui le toisait avec mépris, puis il regagna son véhicule, jeta un œil à l'horloge du tableau de bord et décida qu'il avait largement le temps de passer au commissariat central déposer lui-même la paperasse avant d'aller récupérer ses filles au lycée. Et poursuivre son enquête sur les deux prostituées.

Le préposé au dépôt de plaintes, un petit policier à lunettes sec comme une trique répondant au nom de Prosper John Sunday, l'accueillit avec un sourire entendu.

— Comment vas-tu, aujourd'hui, sergent ?

Goje secoua la tête sans répondre, comme à son habitude. Il déposa sur le comptoir les papiers de l'accident, puis entreprit de remplir le formulaire qui lui permettrait de consulter les archives dont Sunday avait la charge.

Le policier l'observa faire avec amusement.

— Tu sais que je te laisserais entrer même sans ce fichu formulaire.

Goje signa et fit glisser la feuille devant lui.

— Je sais, répondit-il. Mais j'aime faire les choses dans les règles.

Sunday leva les yeux au ciel.

— Les règles ! s'exclama-t-il en raflant le trousseau de clefs qui pendait sur le mur, derrière lui. Tu dois bien être le seul agent de ce pays à vouloir les respecter.

Goje se passa la langue sur les lèvres.

— J'espère bien que non, marmonna-t-il en contournant le comptoir.

Sunday ouvrit une lourde porte à barreaux et conduisit Goje jusqu'à la salle des archives, une cave étroite et mal éclairée remplie d'étagères surchargées de cartons. Il l'abandonna un instant à l'entrée, près de l'unique table de la pièce, et revint les bras chargés d'une pile de dossiers qu'il déposa devant Goje.

— Voilà ce qui est arrivé depuis ta dernière visite. Comme d'habitude, les plaintes pour disparition inquiétante déposées ici, au commissariat central, et les copies de celles qui nous parviennent depuis le reste de la province.

— Quand elles arrivent jusqu'ici, précisa Goje en retirant sa veste et en la déposant sur le dossier de la chaise.

Sunday haussa les épaules. Il tapota de la main le haut de la pile.

— Ça fait combien de temps que tu m'honores de ta présence une à deux fois par semaine ? Un mois, peut-être plus.

Goje répondit d'un rictus énigmatique.

— Pour ce que ça sert…

— Tu ne veux toujours pas me dire ce que tu cherches ?

Goje haussa les épaules.

— Des fantômes, dit-il en saisissant le premier dossier.

Le néon situé au-dessus de lui clignotait par intermittence. Goje l'avait signalé à plusieurs reprises à Sunday qui avait promis de s'en occuper dès que la commande qu'il avait passée en décembre dernier arriverait. « Le livreur a dû avoir un accident, depuis le temps », avait commenté Goje. « Ou l'argent de la commande est tombé en route dans la poche d'un fonctionnaire du service des fournitures », avait rétorqué Sunday, sur un ton facétieux.

Goje s'étira en bâillant. Sous ses yeux s'étalait la déposition d'un homme originaire de la ville de Resa, plus à l'ouest, qui s'inquiétait de l'absence de sa femme, vingt et un ans, dont ni lui ni leur fille de quelques semaines n'avaient plus de nouvelles depuis le 3 décembre 2018.

La plainte avait mis plus d'un an et deux mois à parvenir jusqu'au commissariat central où les équipes d'enquêteurs étaient supposées la traiter et la diffuser à chaque commissariat central de chaque État fédéral du Nigeria. Au lieu de ça, comme les autres, son voyage administratif se terminait ici, et personne ne s'en préoccupait plus. La disparue était peut-être morte, tuée par son mari le jour même de l'enregistrement de la plainte ou assassinée par un détraqué à deux pas de chez eux. Elle était déjà loin, si elle s'était enfuie. Ou elle était rentrée chez elle depuis belle lurette, avait pu souffler la première bougie de sa fille et était sans doute enceinte d'un deuxième enfant. Dans tous les cas, à quoi bon décrocher son téléphone ou dépenser de l'argent public ? Mieux valait oublier toute cette histoire et passer à autre chose.

Goje inspecta les clichés représentant la disparue, une petite femme ronde appelée Ayomide, au regard pétillant, aux cheveux tressés façon *shuku* et aux épaules larges. Sur l'une des photos, elle souriait à l'objectif, les bras croisés sur sa poitrine, laissant apercevoir des mains noueuses, aux doigts musclés et ongles courts et abîmés. Ayomide était une femme au foyer, une paysanne ou une ouvrière. Pas une étudiante.

Par acquit de conscience, il vérifia les données médicales fournies par le médecin de famille qui venait d'accoucher la jeune femme, deux semaines plus tôt. Mensurations : 1 m 63, 77 kg. Goje soupira longuement. Aucune concordance avec son affaire.

Il referma le dossier et consulta sa montre. 11 h 27. Encore dix minutes et il devrait filer. Il tira vers lui la pochette suivante, l'ouvrit machinalement et comprit tout de suite qu'il tenait enfin quelque chose.

La jeune femme qui le fixait sur l'unique portrait que contenait le dossier ressemblait trait pour trait à l'une des deux filles.

Celle qui avait la peau plus claire.

Victoria Namo, étudiante en médecine, division Sciences de la santé, à la faculté de Kaduna, née le 23 juin 1999 à Alaka, au nord-ouest de Kaduna, fille d'Uche Namo, originaire de Benin City, et de Francis Namo, employé agricole à Alaka, aînée de six enfants, portée disparue le 11 janvier 2020. 1 m 72, 55 kg, athlétique, membre de l'équipe de handball de l'université. Elle occupait une petite chambre à la RKB Student Accomodation, une résidence étudiante réservée aux filles, sur Tafawa Balewa Way, à deux pâtés de maisons du First City Monument Bank.

Igbo par sa mère, famille modeste et étudiante, Goje ne s'était pas trompé.

Voici ce que contenait la déposition du père. Le jour de sa disparition, Victoria Namo buvait un verre avec des amies au Tiger Bar Lugbe, un café situé au sud de la ville où elle officiait comme serveuse pour payer ses études. Il était environ onze heures du soir, elle venait de terminer son service, ses amies l'attendaient pour rentrer ensemble en taxi à la résidence. Elle était sortie passer un coup de fil, seule, et n'avait plus jamais réapparu.

D'après Francis Namo, ses amies n'avaient pas porté plainte tout de suite, pensant que Victoria avait changé d'avis et était partie de son côté. Le policier qui avait pris la plainte avait rajouté, entre parenthèses, *Avec la conquête d'un soir?* mais il n'était pas précisé s'il s'agissait des propos du père ou d'une supposition du rédacteur. Ce n'était que le surlendemain, sans nouvelles, que les amies de Victoria avaient prévenu sa famille qui, elle, avait aussitôt contacté la police.

Goje feuilleta le dossier, en quête d'autres éléments.

Une affaire bâclée : aucune enquête de police à Kaduna, un seul dépôt de plainte au commissariat de Sabon Gari, le 13 janvier, transmis au central de Kaduna le 21 février. Aucun juge n'avait été saisi, pas de relevé des appels téléphoniques de la fille, pas d'interrogatoire des amies ou des employés du bar où elle travaillait, ni même de camarades universitaires.

Goje plongea la main dans la poche de sa veste avec fébrilité et en sortit le petit carnet noir dans lequel il conservait les notes prises le jour de la découverte des cadavres. Il compara les mensurations de son cadavre n° 1 à celles de Victoria Namo, puis il alluma son portable pour y chercher les photos qu'il avait prises des deux mortes.

Il s'agissait bien de la même personne, cela ne faisait aucun doute.

Goje déglutit, le cœur battant la chamade. Il compara une deuxième fois photos et mensurations, arriva à la même conclusion. Il remisa alors son carnet, photographia avec son téléphone l'intégralité du dossier Victoria Namo, et, pour finir, rangea la pochette au milieu de la pile, enfila sa veste et regagna l'accueil.

L'horloge indiquait midi pile, il était en retard. Ses filles allaient devoir patienter.

Sunday referma derrière lui.

— Tu as trouvé quelque chose, aujourd'hui ? demanda-t-il en pendant le trousseau de clefs à leur clou.

« Ça se pourrait bien, mon ami. Ça se pourrait bien... » pensa Goje, avec excitation.

— J'ai laissé les dossiers sur la table, comme d'habitude, éluda-t-il.

Dans le hall, il croisa un policier en uniforme de la Brigade spéciale de répression des vols, la SARS, un repaire de cow-boys violents et corrompus à la solde du Département des enquêtes criminelles et du renseignement de l'État, autrement dit du gouvernement fédéral.

Leurs regards se croisèrent.

La quarantaine bien sonnée, une carrure d'athlète, l'homme venait de passer les portes de service du commissariat et se dirigeait vers l'escalier.

Goje tiqua.

Il n'aurait su dire pourquoi, mais il eut brièvement l'impression que le policier l'observait avant qu'il ne s'aperçoive de sa présence. Comme si l'homme l'attendait ou plutôt, non, comme s'il le connaissait. Sans ralentir, Goje chercha dans ses souvenirs où et quand ils avaient pu se côtoyer, mais le visage du policier ne lui disait rien, pas plus que celui de son collègue. Il pressa le pas et franchit le seuil, avant de vérifier discrètement du coin de l'œil par la porte entrouverte si l'autre le suivait du regard – c'était le cas.

Sur le perron, la morsure du soleil et la chaleur lui firent l'effet d'une claque. Il contourna le bâtiment pour aller se mettre à l'ombre au lieu de couper par le terre-plein central, puis longea la haie d'hibiscus qui surplombait la voie d'accès.

Son portable sonna. Il décrocha aussitôt. C'était Nonye, son aînée.

— Tu es où, *baba*?

Goje sourit.

— Au paradis, dès que j'entends ta voix, ma fille, répondit-il en dévalant les marches qui menaient au parking.

Il lança un regard par-dessus son épaule, s'attendant presque à voir apparaître la silhouette du policier de la SARS, mais il n'y avait personne.

Nonye s'impatienta :

— *Baba*!

— Je suis là dans dix minutes, dit-il en se demandant comment annoncer à la famille de Victoria Namo qu'il avait retrouvé leur fille.

9

Lagos, 26 février 2020.

Les locaux de l'antenne des Free Queens avaient des airs de tour de Babel. Une version nigériane vivifiante et ultraconnectée de la puissance féminine face à la violence des dieux et des hommes qui régissaient ce pays. Serena Monnier ne savait pas où donner de la tête depuis son arrivée.

Esther Lekwot l'avait réveillée aux aurores. Elle lui avait juste laissé le temps de boire un café et de prendre une douche sommaire, puis elles avaient sauté dans le break Volkswagen de Favour Egbe qui les attendait en bas de l'immeuble, direction le quartier d'Akoka, à l'est, à proximité de l'université fédérale de Lagos.

Le QG s'étalait sur deux étages aménagés de bric et de broc et bercés par le ronronnement des climatiseurs et le clap-clap des ventilateurs. Desservi par des couloirs garnis de banquettes, il se répartissait en salles de cours et de formation, point presse, centre d'information et de documentation, librairie, fumoirs, ateliers communication sur les réseaux sociaux, atelier coiffure, banderoles militantes ou atelier informatique, coin cuisine et cybercafé. Chaque pièce était agencée de façon à donner sur le cœur du bâtiment, un patio ouvert et lumineux, parsemé de bougainvillées rouges démesurées, d'un hibiscus aux fleurs jaunes et blanches parfumées, sous lequel on avait improvisé des bancs et des tables avec des palettes et des casiers de bière vides.

Une ruche grouillante et vivante à travers laquelle Esther la guidait, prenant le temps de lui présenter chacune des élégantes qu'elles croisaient.

— Blessing, ma belle, *kedu* ? Ça va ? Je te présente Serena. Elle est journaliste, une Française, elle passera te voir, tout à l'heure, *daalu*, merci. Deborah, *biko*, s'il te plaît, il faut qu'on parle toutes les deux, on se voit tout à l'heure, *thanks*, ma chérie, Jenny, Jenny, *oh my God* ! j'adore ta nouvelle coiffure...

Elles étaient des dizaines à s'activer dans un ballet étourdissant. Des femmes entre deux âges, des gamines à peine sorties de l'adolescence, des mères, des filles, des sœurs, vêtues de jeans, de leggins, de shorts et de lappas multicolores qui ceignaient leurs hanches ou noués sur leur nuque, en tongs, en baskets Adidas ou pieds nus, arborant des tresses *isi-owu*, des coupes afro, coiffées en *shuku*, crânes rasés ou les cheveux dissimulés sous des foulards aux motifs exubérants. Certaines s'exprimaient en igbo ou en pidgin lagotien, d'autres en anglais ou en waffi, une sorte de créole issu des langues nigérianes et de l'anglais déstructuré, l'une d'entre elles maîtrisait le français, avec un léger accent marseillais, une autre l'italien et l'arabe littéraire. Toutes venaient d'ici et la plupart étaient passées par ailleurs, pour le meilleur et pour le pire. Chacune des langues parlées racontait leurs espoirs déçus, leurs trajectoires, le milieu où elles avaient grandi, les horreurs subies, leurs projets futurs, la beauté présente et à venir.

Serena était impressionnée. Par le nombre, par l'ampleur du projet et par l'énergie que ces femmes dépensaient. Esther l'abandonna aux alentours des dix heures entre les mains de Jessica pour vaquer à ses occupations.

Jessica était une ancienne prostituée de trente-deux ans. Elle dispensait aujourd'hui des cours d'anglais et animait un cercle de parole hebdomadaire où les participantes étaient invitées à raconter librement leur expérience. Le cercle occupait une salle minuscule d'une quinzaine de mètres carrés, aux murs couverts d'affiches d'information, de photos hétéroclites et de portraits de femmes. Au sol, tapis et coussins, disposés au petit bonheur et occupés par une douzaine de jeunes Nigérianes qui se turent brusquement lorsque Serena fit son apparition.

Jessica lui désigna un espace vide, dans l'angle opposé.

— Là-bas, contre le mur.

Elles se faufilèrent entre les participantes et s'installèrent comme elles purent. La conversation reprit aussitôt.

Gemma était ce qu'on appelle au Nigeria une *Italo*, une de ces filles qui avaient quitté leur pays pour faire fortune sur les trottoirs de Vérone. Son histoire était tristement banale, à l'instar de celles de ces quarante-cinq mille Nigérianes qui affluaient chaque année en Europe pour s'y prostituer.

En septembre 2017, à vingt-deux ans, Gemma s'était exilée vers l'Italie pour vendre son corps, avec la promesse d'y devenir riche.

Volontairement, c'est-à-dire dopée au mythe selon lequel certaines d'entre elles reviendraient au pays les bras chargés de billets, se faisant construire de vraies maisons, forer des puits pour avoir l'eau courante et paradant en décapotable dans les rues poussiéreuses de Benin City, à l'image de Dupay, véritable star de la prostitution à Lagos, dont un chanteur populaire avait fait un tube, glorifiant sa richesse et sa générosité, incitant ses consœurs à suivre la voie qu'elle avait ouverte. Volontairement, donc.

Ailleurs, ça paraîtrait impensable, mais ici, dans la misère du Sud-Est nigérian, l'option était sérieusement envisagée par ces jeunes femmes et soutenue par leurs familles.

Le mythe Dupay, Gemma en était revenue. Et elle voulait que ça se sache.

En fait de réussite, elle avait fait la pute six mois durant, le temps de rembourser passeur et proxénète, avant d'être arrêtée par la police italienne et renvoyée chez elle. Ça ne lui avait pas suffi. Gemma en redemandait. Elle était repartie dare-dare via le Sahara pour atteindre Gibraltar et faire la traversée avec dix-huit autres pauvres hères. Seules onze avaient survécu. Retour en Italie, Gemma y croyait encore. Une nouvelle rafle policière dans son hôtel de passe de Vérone la ramena à Lagos. Gemma était effondrée. Pas à cause de ce qu'elle avait vécu, mais parce qu'elle avait échoué. Sa famille refusait de la revoir. Gemma était désormais seule au monde.

Jessica intervint :

— Tes parents t'auraient-ils accueillie à bras ouverts, si ton « plan » avait fonctionné ?

L'assistance retint son souffle. Gemma ricana et serra les poings, le regard dur.

— Merde, tout le monde serait venu me saluer avec respect à ma descente d'avion si ça avait été le cas ! Ma propre mère m'aurait baisé les pieds, même si elle savait que j'avais dû écarter les cuisses quinze fois par jour pour ça !

Elle tremblait. L'assistance l'écoutait dans un silence religieux. Les participantes affichaient des sourires bienveillants. Gemma trembla un peu moins et poursuivit :

— Les proxénètes, ce sont les passeurs, les types qui nous cognent sur le trottoir, les clients qui abusent de notre jeunesse et de nos rêves, mais aussi la police aux frontières corrompue, les politiciens qui ne votent pas les lois pour nous protéger, la juge Nyako de la Haute Cour d'Abuja qui déclarait la semaine dernière dans la presse qu'il n'y avait pas de loi criminalisant le travail du sexe au Nigeria et que c'était une bonne chose, les flics qui prennent leur part quand ils nous arrêtent, les mères et les pères qui disent « amen » si on leur envoie du fric, les amis qui nous encouragent à tenter notre chance, les cousins qui mènent les tractations pour rendre service, les proches qui vous balancent, une pointe d'envie dans la voix, *Vas-y, toi, tu es jolie, tu as un beau visage, tu as de la chance, les Italiens ou les Français vont t'adorer, va tenter ta chance en Europe, ma petite, va risquer ta vie, ton honneur et ton intégrité pour nous ! Va chercher l'argent là où il est, va !*

Gemma était lancée. Elle ne tremblait plus. Elle enrageait, expliquant dans quel état rentraient les filles comme elle :

— Endettées.

Et le reste de l'assistance de compléter, comme le refrain d'une mauvaise chanson qu'elles connaissaient par cœur :

— Abîmées.

— Droguées.

— Malades.

— Rejetées.

— Pestiférées.

— Mortes !

Jessica se leva et désigna du doigt une affiche d'information punaisée au mur mettant en garde les jeunes femmes contre la tentation d'aller faire fortune à l'étranger.

Gemma inspira lentement. Des larmes coulaient sur ses joues, noyant le sourire magnifique qui éclairait son visage.

— À mon troisième échec, personne ne m'attendait à l'aéroport.

L'assistance hocha la tête. Les filles savaient. Ça avait été pareil pour elles.

— Ma mère était trop humiliée, murmura Gemma. Elle n'avait pas trouvé le courage de venir. J'ai dû prendre un taxi, payer le chauffeur en lui taillant une pipe et quand je suis arrivée à la maison, ma sœur a eu cette phrase terrible : « Alors, on en est toujours au même point, finalement ! »

Gemma se tut enfin, pleurant et riant, adressant des clins d'œil à celles qui plaisantaient, moins pour détendre l'atmosphère que parce que l'histoire de Gemma était aussi la leur. Des applaudissements fusèrent, puis une autre fille appelée Polly leva la main pour prendre la parole. Des yeux immenses et noirs comme la colère, une voix timide, une peau claire, presque blanche, et une expérience française. Dix-huit ans, dont deux à enchaîner les passes payées entre dix et trente euros, sans un seul jour de repos, à Château-Rouge, dans le XVIIIe arrondissement de Paris.

Serena écouta jusqu'à ce qu'Esther apparaisse dans le cadre de la porte et lui fasse signe de la rejoindre.

— Ça remue, pas vrai ?

Serena opina. Esther referma la porte en souriant et la prit par l'épaule.

— C'est important que tu les écoutes, pour comprendre d'où vient la petite dont tu t'occupes, en France.

Serena haussa les sourcils.

— Elles me rappellent Jasmine.

Esther éclata de rire.

— Justement, à ce propos, j'ai une surprise pour toi.

La surprise se prénommait Blessing. Il s'agissait de la jeune femme qu'Esther lui avait présentée, plus tôt dans la matinée. Elle ne connaissait pas Jasmine Dooyum personnellement, mais elle était originaire du même quartier et savait se repérer comme personne dans les méandres du bidonville de Makoko. Surtout, elle acceptait de la guider là-bas jusqu'à la seule adresse que possédait Serena, celle des parents de Jasmine.

La poignée de main de Blessing était franche et volontaire.

— Tu es prête à y aller maintenant ?

Serena consulta Esther du regard, comme pour dire : *Ça ne risque rien ?*

Esther grimaça.

— Je viens avec toi, ne t'inquiète pas, et un ami nous accompagne.

Blessing lui donna une tape amicale dans le dos.

— Tu sais nager, *fresh fish* ?

Fresh fish. Poisson frais. Serena comprit la subtilité de l'allusion dès qu'ils grimpèrent dans une pirogue pour pénétrer dans le bidonville, après deux heures de trajet en voiture.

Le qualificatif lui allait comme un gant. D'abord parce que la couleur de sa peau et ses yeux verts captaient les regards comme des aimants, qu'ils soient masculins ou féminins, y compris celui de Samuel, le molosse qui les accompagnait pour assurer leur sécurité. Ensuite parce que Makoko était surnommé la Venise du Nigeria. Tomber dans ses eaux boueuses et polluées équivalait à prendre un bain à l'entrée d'une station d'épuration.

Makoko était un labyrinthe insalubre et titanesque, peuplé de trois cent mille habitants qui n'existaient pas officiellement, vivant là depuis des siècles, survivant de la pêche, coincés entre deux eaux, dans des cabanes de fortune sans nom ni numéro, plantées à la surface de la lagune et ne figurant sur aucune carte ni aucun plan d'aménagement urbain.

Blessing connaissait le coin comme sa poche. Elle discutait avec le conducteur de la pirogue, insensible aux violentes odeurs de diesel et de poisson fumé qui prenaient Esther et Serena à la gorge. Alors qu'ils s'enfonçaient plus profondément au cœur du bidonville, elle leur indiqua du menton une usine de transformation de manioc sur pilotis, un peu plus loin, un boucher spécialisé dans la viande de chien ou encore une clinique de soins traditionnels, comme autant de curiosités touristiques et de preuves de l'ingéniosité de ses habitants. En dépit de ses vêtements de marque, Blessing était dans son élément. Elle avait grandi ici, à l'ombre du Third Mainland Bridge.

La tension monta d'un cran alors qu'ils approchaient du quartier de Yanshiwhe, le but de leur visite. Des femmes se cachaient le visage, des hommes en colère surgissaient aux fenêtres, des voix vociféraient en français et en yorùbá : « Qui êtes-vous ? Que voulez-vous ? Êtes-vous envoyés par les autorités ? Vous n'êtes pas les bienvenus ! Partez d'ici ! » Samuel glissa la main sous sa veste. Serena vit briller la crosse d'une arme de poing. Elle interrogea Esther du regard qui se contenta de hausser les épaules, comme si la chose était inévitable, sinon normale.

Serena détourna les yeux. Un rat énorme plongea dans l'eau depuis un ponton voisin. Un chien le suivit en aboyant comme un forcené.

Blessing s'écria :

— On y est !

Serena releva la tête. La pirogue s'était immobilisée devant une baraque en planches, montée sur deux étages à près d'un mètre au-dessus du niveau de l'eau. Un homme d'une trentaine d'années les fixait durement depuis le seuil.

Serena reconnut le frère de Jasmine sur-le-champ. La même attitude farouche que sa sœur, le même menton volontaire, le même front bombé, mais la ressemblance s'arrêtait là. Aucun éclat ne brillait dans les yeux las de Solomon Dooyum. Le ton de sa voix était cassant, chacun de ses gestes trahissait la haine qu'il éprouvait à l'égard de ces femmes, Esther en tête, qui venaient ici lui rappeler combien sa jeune sœur avait jeté le discrédit sur sa famille en paradant dans les médias français.

— Solomon accepte de nous parler uniquement parce que la mère de Blessing et la sienne se connaissent, lui glissa Esther avant qu'elles n'entrent à l'intérieur.

— Ses parents ne sont pas là ? demanda Serena.

Blessing secoua la tête et s'effaça pour la laisser passer. Leur garde du corps resta à l'extérieur, avec le piroguier. Esther, Blessing et Serena s'assirent sur l'unique banquette de la pièce principale. Solomon Dooyum resta debout, un œil sur elles, l'autre sur la porte d'entrée. Il ne leur proposa pas de partager le thé qu'il sirotait en écoutant Blessing lui expliquer qui était Serena et la raison de leur venue.

— Tu es cette journaliste dont Jasmine nous a parlé dans sa lettre, c'est bien ça ? lâcha-t-il une fois que Blessing eut terminé les présentations.

Serena acquiesça. Elle pesa chacun de ses mots avant de prendre la parole.

— Je suis à la recherche d'informations sur ceux qui ont organisé l'enlèvement de votre sœur, dit-elle la gorge sèche. Son transport en Libye depuis Lagos, jusqu'à son transfert pour la France.

Solomon, le regard fuyant.

— Qu'est-ce qui te fait penser que je suis au courant ? Tu crois que c'est ma famille et moi qui l'avons envoyée là-bas ?

Serena ne tomba pas dans le piège et se retint de répondre à cette provocation. Elle ne croyait rien, elle savait par Jasmine que c'était sa famille qui l'avait mise en contact avec un gars, qui connaissait un gars, qui en connaissait un autre, qui fournissait en chair fraîche l'un des membres du réseau de passeurs. Jasmine ne connaissait les noms d'aucun d'entre eux. Elle avait été droguée et s'était réveillée entre les mains d'un certain Idriss qui avait pour mission de la conduire jusqu'en Europe.

— Je ne sais que ce que Jasmine sait, et Jasmine ne sait rien, dit-elle après réflexion. Je n'accuse personne. Je ne suis pas là pour ça. Je suis là uniquement pour poser des questions. Jasmine vit avec la crainte de représailles sur elle et sa famille...

Solomon ricana.

— Elle n'avait qu'à y réfléchir avant de s'enfuir et de tous nous planter !

Blessing bondit.

— Merde, Solomon, ta sœur n'avait que quatorze ans ! Tu comprends ce que ça signifie, une gamine de quatorze ans contrainte de coucher avec des gros porcs de deux, trois, quatre, cinq, six fois son âge dans un bordel niçois, ou pas ? Ta sœur, putain, ta propre sœur !

Solomon pivota d'un coup vers elle et balança son verre à travers la pièce. Il était hors de lui. Les veines saillaient dans son cou, le long de ses bras, jusqu'à ses mains lardées de cicatrices. Il se rapprocha de Blessing en deux enjambées, la dominant de toute sa hauteur, et leva un index menaçant dans sa direction.

— Les conséquences des conneries de ma sœur, nous, on les paie tous les jours. Sa dette, c'est à nous qu'ils la réclament, maintenant...

Serena tiqua.

— *Ils* ? Qui ça, *ils* ?

Solomon continua de fixer Blessing sans ciller, ignorant Serena et sa question.

— Je peux payer la dette de Jasmine si tu me donnes un nom, dit Serena, espérant ainsi capter son attention. Je peux trouver l'argent. En échange, donne-moi un contact.

— Ça ne marche pas comme ça, jura-t-il, sans la regarder.

— Comment, alors ? Dis-moi !

Solomon secoua la tête, grommelant quelque chose en pidgin lagotien, avant de retourner se poster près de la fenêtre, comme si la vue avait le pouvoir de contenir sa rage.

Serena se tourna vers Esther.

— Qu'est-ce qu'il a dit ?

Esther soupira.

— Qu'il ne ferait jamais confiance à une journaliste française, ni à une bourgeoise lagotienne.

— Je ne te demande pas de nous faire confiance, cria Serena à l'intention de Solomon, mais d'avoir confiance en Jasmine, putain ! Ta sœur t'aime, malgré tout ce qui est arrivé, malgré le fait que tu l'aies traitée d'impure et de traîtresse la seule fois où tu as accepté de lui parler au téléphone en neuf mois. Je le sais, j'étais avec elle ce jour-là. J'ignore où elle trouve la force et l'amour pour faire preuve d'autant d'empathie, mais ta sœur comprend et elle est prête à pardonner. Elle veut revenir ici et vous revoir. Elle veut vous aider à vous sortir de là. Le truc, c'est qu'en échange elle a besoin d'un peu de soutien et elle veut des réponses, Solomon, et c'est ton devoir de les lui apporter.

La voix d'Esther s'éleva au-dessus de celle de Serena.

— Tu as peur ?

Elle s'adressait à Solomon. En guise de réponse, il se gratta la nuque, d'un geste nerveux.

— Tu as peur, insista-t-elle. Et ta peur passe avant Jasmine.

L'homme demeura de dos, immobile.

— Qu'est-ce que tu connais à la peur, lança-t-il avec dédain, toi qui es née avec une cuillère en argent dans la bouche ?

— C'est trop facile ! rétorqua Esther.

— Tirez-vous, murmura Solomon. Vous me faites perdre mon temps.

Esther explosa :

— Putain, c'est pas possible d'être borné comme ça !

Solomon fit volte-face, le poing levé, soudain menaçant.

— Tirez-vous, maintenant ! hurla-t-il.

Un chien se mit à aboyer, quelque part, dehors. Son cri se répercuta contre les parois de bois des taudis voisins, puis s'évanouit. La silhouette massive de leur garde du corps se découpa en ombre chinoise, dans l'entrée, arme à la main. Esther s'interposa, les bras levés, pour lui faire comprendre que tout allait bien, l'air de dire : *La situation est sous contrôle, tout le monde se calme*. Solomon toisa le molosse avec mépris. Les deux hommes se dévisagèrent en silence un instant. Solomon céda le premier et retourna à sa fenêtre. Il était en nage. De larges auréoles se dessinaient sur son tee-shirt, le long de sa colonne vertébrale et autour de ses aisselles. Les muscles noueux de son dos tendaient le tissu détrempé, mais il se tenait légèrement voûté, vaincu.

Blessing déclara :

— C'est fini, on y va.

Serena secoua la tête.

— Putain, c'est dingue...

Esther la saisit par l'avant-bras pour la tirer à l'extérieur. Serena se laissa faire, écœurée. Elles émergèrent sur le ponton brûlé par le soleil. L'air était moite, des nuées de moustiques tourbillonnaient au-dessus de l'eau noire parsemée de déchets plastique blancs. Un oblat catholique vêtu d'une longue robe grise les observait depuis le ponton voisin. Assise en retrait sur une chaise, une vieille femme arborant un lappa en tie-dye fuchsia berçait un nourrisson allongé sur ses genoux. Le garde du corps descendit dans la pirogue et tendit la main pour aider Esther puis Blessing à le rejoindre.

Serena empoigna la rambarde pour les suivre, puis elle changea d'avis, fit demi-tour et se précipita à l'intérieur.

— Jasmine aussi avait peur, connard ! s'écria-t-elle.

Solomon pivota et la fixa sans rien dire, le visage fermé, les yeux secs.

Serena fit un pas en avant.

— Elle était dans un pays étranger, perdue, sans amis, sans son grand frère pour la protéger. Elle avait peur de ceux qui la séquestraient, peur des policiers français, peur de témoigner, peur pour vous, peur des représailles, peur parce que tout le monde lui répétait de ne pas raconter son histoire. La bonne vieille rengaine merdique, « Nous, on ne parle pas », c'est bien ça, hein ! Mais tu vis dans quel monde, putain ! Figure-toi que parler l'a rendue heureuse. Témoigner devant les juges pour enfants l'a rendue heureuse. Quand elle sera à la barre, au procès, face à ses bourreaux, tu sais quoi, elle sera heureuse et elle rira, j'en suis sûre, elle rira de bon cœur en leur disant droit dans les yeux : « Vous êtes moches, et moi, je suis belle ! » Voilà ta sœur, Solomon, voilà ce qu'elle est du haut de ses quinze ans. Une survivante ! Une guerrière ! Tu voudrais quoi, qu'elle soit morte en mer, comme les vingt autres filles qui étaient avec elle sur ce speed-boat maudit ?

Serena était à bout de souffle, le regard planté dans celui de Solomon qui le soutenait, pour la première fois depuis le début de leur entrevue. Sa question resta suspendue en l'air, une poignée de secondes, puis le couperet tomba. L'homme acquiesça lentement, avant de se détourner.

— Oui, murmura-t-il. C'est exactement ça. Je préférerais qu'elle soit morte.

22 h 30. Le Metaphor, un club de jazz dissimulé derrière de grands murs sur Younis Bashorun Street, au cœur du très chic quartier de Victoria Island, dans la péninsule de Lekki. Une vieille bâtisse refaite à neuf sur deux étages, boiseries élégantes,

céramiques d'art aux murs, balustrades sculptées et terrasses discrètes. Ambiance cosy, cartes bancaires Visa Platine et réussite sociale. Le changement de décor était radical et surréaliste, à quelques kilomètres à vol d'oiseau à peine du bidonville de Makoko.

Favour Egbe et Esther Lekwot y avaient traîné la journaliste française pour lui montrer un autre visage de Lagos.

— Ce soir, on dissout les idées noires dans l'alcool !

Serena n'était pas certaine d'être en mesure d'encaisser la violence du contraste. Ça avait fait marrer Esther.

— *Take*, avait-elle déclaré d'une voix joyeuse. *And thank God and your skin complexion.*

Prends ce qu'on te donne et remercie Dieu pour la couleur de ta peau. Traduction sous-jacente : *Ne fais pas ta mijaurée ! J'étais là, j'ai tout vu, et moi aussi, j'ai besoin de penser à autre chose.*

Favour s'était moquée d'elle.

— Personne n'a besoin de ta compassion, ici, femme blanche, mais de tes devises !

Elles s'installèrent sous l'escalier de bois en colimaçon, dans le fond du grand salon converti en salle de concert, et commandèrent des shots de tequila. Un grand type timide et maladroit prénommé Jude les rejoignit peu après. Favour le lui présenta comme le petit ami intermittent d'Esther.

— Pourquoi *intermittent* ?

Moue complice de Favour.

— Parce que Esther ne se fera pas avoir deux fois !

Le club était bondé. Le DJ alternait les classiques de l'afrobeat, de l'Éthiopien Ka-La-Ka au Ghetto Blaster de Kiala Nzavotunga, et les tubes plus contemporains de David, Wizkid et Seun Kuti. La clientèle connaissait la playlist par cœur. Elle reprenait les titres à tue-tête, poussant bruyamment chaises et tables pour danser. Serena n'arrivait pas à se détendre. Elle se demandait si Solomon Dooyum connaissait seulement l'existence d'un lieu comme celui-ci.

Elle était la seule cliente européenne. De jeunes types éméchés, la vingtaine, lui lançaient des œillades appuyées. L'un d'entre eux tenta d'engager la conversation.

— Française ?

Favour lui susurra à l'oreille, en riant :

— *Fresh fish*, tu te souviens ?

Serena laissa faire un moment, avant d'aller se réfugier dans les toilettes quand il devint trop insistant. À son retour, le type s'était rabattu sur les occupantes d'une autre table et l'avait oubliée.

Plus tard dans la soirée, Jude et Esther s'éclipsèrent. Favour et Serena passèrent d'autres commandes. Chaleur et alcool apaisèrent les tensions, les nœuds dans le ventre de Serena s'assouplirent. Elle commença à s'amuser. Les deux femmes sympathisèrent avec un groupe de clients plus âgés qui les tirèrent sur la piste de danse, malgré leurs protestations.

Parmi eux, une Nigériane, qui n'arrêtait pas de lui lancer des piques sur sa façon de bouger, sur ses manières, rien de méchant, le genre *J'ai honte pour toi, viens, je vais t'apprendre !* Elle passa la main autour de sa taille et lui indiqua le rythme à imprimer. Serena ne protesta pas. Quand elle fut saturée de critiques, elle retourna à sa table. La femme la suivit et leur commanda un verre.

Elle travaillait pour la Nigerian National Petroleum Corporation, dans l'entretien des pipelines, ce qui n'avait rien de très gracieux. Depuis trois ans, elle sillonnait le pays, entre Lagos, Abuja et Kaduna, vivait dans des hôtels et dépensait son salaire en profitant de la vie dans des endroits comme le Metaphor. À l'instar de ses collègues ingénieurs, elle n'était pas très regardante sur les conditions de travail. La NNPC, ça payait bien, même pour une femme. Le fric était son passeport pour une liberté à laquelle peu de Nigérianes pouvaient prétendre.

À sa demande, Serena lui résuma sa journée. L'ingénieure l'écouta avec indolence. Serena s'en agaça ouvertement. La femme roula les yeux, siffla son verre de tequila en grimaçant, orienta la conversation vers des sujets plus légers et commanda une autre tournée.

Il était tard, Serena avait trop bu, elle était en sueur, la tête lui tournait un peu. Elle essaya de se lever, perdit l'équilibre et se rattrapa en tanguant. Un sourire désolé passa sur le visage de l'ingénieure. Elle appela Favour, qui titubait sur la piste, les accompagna dans la rue pour héler un taxi et emprunta d'autorité le portable de Serena pour y enregistrer son propre numéro.

— Au cas où tu te perdes, lui dit-elle avant de refermer la portière.

La radio diffusait un tube de Beyoncé. Le chauffeur sifflotait en rythme. Favour somnolait, la tête appuyée sur la vitre.

— Quel est mon problème ? demanda Serena à voix haute.

Favour ouvrit un œil, changea de position et se rendormit contre son épaule. Une goutte de pluie s'écrasa sur le pare-brise, creusant une traînée translucide dans la fine couche de poussière qui recouvrait le véhicule, suivie d'une autre, et d'une autre encore. Il y eut une brève accalmie, puis d'un coup, le ciel se déchira et des trombes d'eau s'abattirent sur la ville.

10

Kaduna, 27 février 2020.

Opération lèche-bottes et ambiance feutrée. La réunion se tenait dans un salon privé du Radisson Blu Hotel, au centre de Kaduna. Un téléviseur écran plat dans un angle de la pièce diffusait en sourdine l'enregistrement d'une émission de téléréalité et d'aventure financée par MB Nigeria Inc. et diffusée sur la principale chaîne du pays. Le logo rouge et or de la bière virile First apparaissait presque sans interruption sur chaque plan.

Peter Dirksen faisait le larbin pour le directeur Nurudeen. Il avait commandé des club sandwichs au bacon, des frites, des bouteilles de Perrier et des cafés latte pour l'équipe du cabinet du président fraîchement réélu Muhammadu Buhari en vue d'un échange informel sur l'avenir des relations entre le gouvernement et MB. Cinq hommes et une femme, plus Nurudeen. Peter était le seul Européen de l'assistance.

Officiellement, cette réunion n'avait pas lieu. Officieusement : *Sortez les chéquiers, messieurs les businessmen hollandais !*

Buhari était un président populaire au sud du pays, mais le Nord le haïssait. En 2015, il avait été le premier candidat de l'opposition à remporter un scrutin présidentiel dans toute l'histoire du pays. Le secret de sa réussite ? Trois promesses : faire du Nigeria la plus grande démocratie d'Afrique, stopper la corruption et virer l'organisation terroriste Boko Haram à grands coups de pied dans le cul. Les années avaient passé, Buhari avait remporté les élections de 2019 sans atteindre ses objectifs, une récession violente s'était installée, mais le prix du baril de pétrole brut s'était plus ou moins stabilisé autour de cinquante dollars, ce qui favorisait les affaires de ses alliés industriels. Buhari promettait des emplois pour relancer l'économie, MB Nigeria Inc. construisait des usines à bière et graissait la patte corrompue du gouvernement pour financer son inaction.

Le leitmotiv du directeur Nurudeen tenait en une assertion hollywoodienne : *Sur le marché de la bière, il y a un nouveau shérif en ville.*

Peter distribua les club sandwichs, puis s'attela à répartir des brochures publicitaires consacrées au bilan financier de MB Nigeria Inc. qu'il avait préparées à leur intention.

Nurudeen tenait le crachoir. Il était en verve. Il parlait librement de son existence d'expatrié, de son goût pour le tennis, de la qualité des terrains de golf d'Abuja et de Lagos, des hobbies de son épouse et des notes de ses enfants à l'école. La larme à l'œil, il leur raconta l'histoire d'une success-story nigériane, depuis ses débuts comme simple brasseur, trente ans plus tôt, à sa nomination au sommet de la pyramide par le conseil d'administration d'Amsterdam. Il aimait évoluer dans un milieu international et côtoyer les grands de ce pays. Il rappela son attachement et celui de son entreprise à la promotion de la culture nigériane, chère au président Buhari. La preuve, il organisait régulièrement, par le biais de sociétés spécialisées, des évènements autour de la peinture, de la musique et du cinéma. Les six hauts fonctionnaires l'écoutaient d'un air placide, en mâchant leurs frites et leur bacon.

Il leur répéta :

— Le Nigeria du président Buhari réunit toutes les qualités qu'un homme d'affaires patriote comme moi peut attendre.

La femme attrapa une serviette en papier et s'essuya les doigts.

— Mais ? demanda-t-elle.

Sourire forcé de Nurudeen.

— Je crois que nous n'avons pas été présentés.

La femme tapota la table du bout des ongles.

— Adaeze Abdullahi, directrice du service communication du président.

Peter intervint.

— Quel magnifique prénom ! Que signifie-t-il ?

Abdullahi manqua de s'étrangler. Elle se retourna vers lui, comme si elle découvrait son existence, et le dévisagea, l'air offusqué.

— Voilà bien une question condescendante ! rétorqua-t-elle, dans un anglais parfait. On s'en fiche de ce que signifie mon prénom ! Poseriez-vous seulement cette question à l'un des hommes ici présent ? Cela vous a sans doute échappé, mais le temps des stéréotypes sur la « femme noire », les compliments sur l'exotisme de nos prénoms, les *gazelles* et autres qualificatifs animaliers racistes et sexistes est révolu, monsieur Dirksen. Même les Nigérianes ont un nom de famille et peuvent prétendre à des postes à responsabilité. Certaines gagnent même plus que vous.

Ses cinq collègues pouffèrent. Nurudeen se racla la gorge. Peter ravala sa question et replongea le nez dans ses brochures. Adaeze *On-s'en-fiche-de-ce-que-ça-signifie* Abdullahi secoua la tête avec mépris et se retourna vers Nurudeen.

— Venons-en au fait, monsieur le directeur, reprit-elle en

langue yorùbá, aussi, laissez-moi vous parler franchement. Vous prétendez être animé d'intentions louables et patriotes, mais il est remonté jusqu'à nos oreilles que certains de vos concurrents se plaignaient de vos méthodes et de la façon dont leurs vendeurs étaient traités. C'est la guerre de la bière, d'accord. La concurrence est féroce. La moitié de la population de ce pays a moins de trente ans et aspire à boire de la bière, manger de la soupe pimentée en paix en regardant la Ligue des Champions de football à la télévision et vous êtes une demi-douzaine de sociétés à rêver de conquérir ce marché encore sous-exploité, nous le savons tous. Vous vous dites : « Je suis le nouveau shérif en ville, les autres ne sont que des tocards, il va falloir qu'ils s'y fassent, j'ai allongé plusieurs dizaines de millions de nairas pour financer la campagne de ce brave Buhari, il est donc normal que le gouvernement m'ouvre les routes du Nord avec des motards et des chars d'assaut, s'il le faut, pour que mes travailleurs circulent librement, que mes fournisseurs me livrent et que mes employés puissent fourguer mes casiers dans tous les points de vente de ce pays, sans risquer d'être arrêtés, tués par des terroristes islamistes, rackettés par des policiers corrompus et sous-payés ou contaminés par une nouvelle pandémie de sida, d'Ebola ou de paludisme. »

Elle marqua une pause, but une gorgée d'eau pétillante, puis elle se pencha sur la table, comme si elle s'apprêtait à révéler un scoop.

— Mais le nouveau shérif, ce n'est pas vous, c'est nous, articula-t-elle à nouveau en anglais, à l'intention de Peter. Nous et le président Buhari.

Il y eut un léger flottement. Une porte claqua quelque part. Une violente odeur de pluie leur parvint. Le vacarme de l'averse martelant la bâche plastique de la piscine de l'hôtel, sous la fenêtre, s'intensifia. Les regards se braquèrent sur Nurudeen. Ce dernier jeta un bref coup d'œil aux brochures de Peter, évaluant mentalement le poids que son bilan comptable pesait face aux assertions d'Adaeze Abdullahi. Peter se marrait intérieurement. Nurudeen était un roublard qui feignait l'humilité et la soumission pour prêcher l'échange de bons procédés. En réalité, il savait déjà quoi répondre, avec précision. Peter lui avait fait réviser son laïus le matin même. Il compta jusqu'à trois.

Un, deux, trois :

— Vous avez raison, lâcha Nurudeen en réajustant le nœud de sa cravate.

L'atmosphère se détendit. L'averse se calma. L'un des convives se pencha vers Peter pour lui demander s'il y avait du rab de club sandwichs au bacon. Nurudeen contourna la table, éteignit le téléviseur et saisit une télécommande d'un geste théâtral. L'écran vierge d'un vidéoprojecteur descendit du plafond derrière lui. Un graphique apparut, puis un deuxième.

— Dans un monde normal, je produirais juste de la bière, déclara Nurudeen, mais nous sommes au Nigeria. Ici, je dois produire de la bière, de l'électricité, du bitume et de la sécurité.

Des sourcils se froncèrent. Un sourire illumina brièvement le visage d'Adaeze Abdullahi qui voyait où il venait en venir. Nurudeen désigna un diagramme à l'écran.

— Mes marchandises et mes employés ont besoin de routes sûres. Mes usines ont besoin de courant pour fonctionner. C'est pourquoi je sollicite votre autorisation pour réparer les routes percées de nids-de-poule du Nord, installer six générateurs de douze mégawatts chacun pour pallier les incessantes coupures d'électricité et avoir recours aux services de la société de sécurité que vous nous conseillerez pour superviser le tout. À nos frais, cela va sans dire.

Nurudeen en remit une couche sous les applaudissements.

— Il s'agit d'un investissement sur le long terme qui offre de grandes opportunités. Un deal gagnant-gagnant. Bien sûr, nous n'aurons pas le monopole de ces infrastructures. Elles bénéficieront à l'ensemble des acteurs économiques et militaires du secteur, ainsi qu'à sa population.

Adaeze Abdullahi sourit.

— En échange de quoi ?

Nurudeen prit un air grave.

— Le gouvernement pourrait limiter par la loi la fabrication de bière artisanale, souvent produite dans des conditions sanitaires effroyables, dans des jardins, des caves ou des arrière-cours, dangereuse pour la santé de nos concitoyens, à des coûts ridiculement bas rendant impossible toute offre concurrentielle, et disons « assouplir » sensiblement sa façon de percevoir nos méthodes commerciales.

— Autrement dit, vous voulez que nous fermions les yeux.

Nurudeen toussa.

— Temporairement. Le temps que nous prenions nos marques.

Adaeze Abdullahi se leva, aussitôt imitée par ses collègues. Les pieds de leurs chaises crissèrent sur le carrelage à l'unisson.

Elle déclara :

— Nous allons y réfléchir.

Des poignées de main amicales furent échangées, puis les conseillers présidentiels quittèrent la salle de réunion. Dehors, l'averse redoublait. Peter Dirksen s'avança jusqu'à la fenêtre. Des torrents de boue traversaient le parking du Radisson Blu. Des chauffeurs en uniforme munis de parapluies vinrent chercher leurs hôtes sur le perron, pataugeant dans les flaques pour éviter qu'ils salissent robe et Weston cirées.

Nurudeen le rejoignit pour contempler le spectacle.

— Heureusement que notre accord ne comprend pas aussi la réfection de toutes les routes et des parkings de ce putain de pays, dit-il en se frottant les mains.

Ding ! Les portes de l'ascenseur s'ouvrirent sur le couloir du quatrième étage. Peter Dirksen en sortit en trottinant, se rendit devant la suite nº 427 et inséra une carte magnétique dans la fente prévue à cet effet. Il y eut un déclic, la porte s'entrebâilla. Peter la poussa d'un coup de pied et fit une entrée fracassante, un large sourire aux lèvres.

Les six vendeuses First en sous-vêtements rouge et or qui se prélassaient devant la première saison de la série *Narcos* sur Netflix bondirent sur leurs fesses et se mirent au garde-à-vous.

Peter retira sa veste, desserra sa cravate et ouvrit le frigo pour se servir une bière fraîche.

— Mauvaise nouvelle, mes petites gazelles du désert, il y a une femen intégriste constipée à la tête de l'équipe du cabinet du président Buhari.

Les filles firent la moue. Pour ménager le suspense, il décapsula la First, en but une longue rasade et fit claquer sa langue. Il posa la bouteille sur la table basse et acheva de retirer sa cravate.

— Une bonne nouvelle malgré tout, mesdemoiselles. Si vous voulez quand même toucher la prime que je vous ai promise, je suis à votre entière disposition !

Une hôtesse se rapprocha de lui, lascive, pour l'aider à se déshabiller.

Il lui administra une claque sur la cuisse.

— As-tu eu de bonnes notes ce trimestre, au moins ?

11

Kaduna, 27 février 2020.

Le Flame, un bar populaire situé sur Rigachukwa Road, trente minutes après la cloche de début du *happy hour*. Le repaire des jeunes cadres dynamiques de Kaduna ou ce qu'il en restait. En bordure du territoire des vendeurs de First, une vaste étendue dont les frontières étaient le fleuve Kaduna au sud, l'Independence Way à l'est, le cimetière de Burial Ground et le parc fédéral à l'ouest, reconnaissable aux nombreux établissements, débits de boissons et épiceries, aux murs d'enceinte le long des voies rapides, aux bus scolaires et même à un poste de police peint aux couleurs de la bière rouge et or. Au-delà, au nord, s'étendait le marché du principal concurrent de MB.

Le sergent Gowon émit un bref sifflement à l'intention de Vitalis Udo et lui indiqua la ruelle qui menait à la sortie de secours. Il attendit que son collègue s'exécute, compta jusqu'à dix, puis il pénétra dans le bar, son insigne SARS bien visible sur le revers de sa veste.

La salle était à moitié pleine. Une trentaine d'hommes en tenue décontractée, shorts, jeans et tee-shirts, pris en charge par une douzaine d'hôtesses First, occupait les lieux. Certains sirotaient un whisky-Coca ou de la tequila, mais la plupart tournaient à la bière, ronronnant au bras des serveuses.

— *Êkassan, good evening*, bonsoir, contrôle des papiers d'identité, *oya !* dit-il d'une voix forte, en observant l'effet que sa requête produisait.

Le barman le reconnut et lui adressa un salut mutique de la tête. Les conversations s'estompèrent un instant, le temps d'évaluer le nouveau venu, puis les clients, rompus à l'exercice, se contentèrent de sortir leur carte d'identité ou leur passeport et de le déposer à côté de leur verre.

La silhouette de Vitalis Udo se matérialisa dans l'encadrement de la porte de la réserve. Il lui fit un geste du pouce : *Rien à signaler*. Gowon contrôla pour la forme la table la plus proche, puis il se dirigea avec nonchalance vers le comptoir, pendant qu'Udo filait parlementer avec deux gros types éméchés qui tiraient les fléchettes dans le fond.

Le barman déposa un expresso devant lui.

— Comment allez-vous, sergent ? demanda-t-il en yorùbá.

Gowon sourit. Il appréciait qu'un type travaillant dans un établissement de Kaduna s'adresse à lui dans la langue de sa région. Il prenait ça pour une marque de respect et un gage de patriotisme.

Il porta la tasse à ses lèvres et huma le café brûlant avant d'y tremper les lèvres.

— Ton café est infect, Goodluck, mais ton accueil est irréprochable.

Le barman plia le chiffon avec lequel il essuyait le comptoir et le jeta sur son épaule.

— Vous me vexez. Je ne me fournis qu'en café rwandais haut de gamme.

Gowon ricana.

— Ton café, c'est du Milo et c'est Nestlé qui te le vend,

comme à 80 % des bars et des supermarchés de ce pays. Je le sais, ma femme achète le même par sacs de cinq kilos et j'ai droit au même bol fumant infect chaque matin que Dieu fait depuis sept ans que nous sommes mariés.

Sa voisine, une jeune hôtesse en robe moulante First, pouffa. Gowon tourna la tête vers elle.

— Tu trouves ça drôle ?

La fille ravala son rire et démentit prudemment, sans baisser les yeux pour autant. Gowon la dévisagea. Son air effronté lui plut. Les vendeuses employées par MB avaient des consignes, les concernant, Udo et lui. Rares étaient celles qui ne pissaient pas de trouille à l'idée d'un tête-à-tête avec eux. Mais la peur était une arme qui ne fonctionnait qu'avec les faibles et les imbéciles, et celle-ci en avait dans le pantalon.

— Comment t'appelles-tu ?

— Treasure.

— Tu es nouvelle ici, il me semble que c'est la première fois que je te vois.

Elle grimaça.

— Touchée. Avant, je bossais au Nina's Palace.

Gowon compléta :

— Au sud, sur Somalia Road. C'est plutôt chic là-bas, non ? Qu'est-ce qu'une fille intelligente comme toi a bien pu faire pour être mutée ici, dans ce trou à rats ?

Elle afficha une moue boudeuse pour évacuer la question. Gowon termina son expresso en grimaçant.

— Tu veux y retourner ?

Treasure haussa les épaules.

— Là ou ailleurs, de toute façon.

— Ce boulot ne te plaît pas ?

Elle le fixa, sans répondre. Gowon soutint son regard jusqu'à ce qu'elle baisse les yeux parce que c'était ce qu'on lui avait appris à faire dans ce cas-là. Il interpella le barman, lui demanda un stylo, puis inscrivit un nom et un numéro de téléphone dans la marge d'un prospectus qui traînait sur le comptoir avant de le faire glisser vers elle.

— C'est le numéro d'un cousin par alliance qui bosse au service comptabilité de l'université de Kaduna. Je sais qu'ils cherchent du monde au secrétariat, si jamais ça t'intéresse.

Treasure posa l'index sur le bout de papier et le tapota, comme si quelque chose l'empêchait de le prendre. Une ride contrariée se dessinait sur son front.

— Je dois faire quoi en échange ?

Gowon soupira.

— Appeler, c'est tout.

Les lèvres de Treasure formèrent un « o » étonné. Gowon hésita à ajouter que le cousin de sa femme était un type correct, qu'elle pouvait le contacter de sa part et qu'il y avait de bonnes chances pour qu'elle ait le poste, même sans diplôme, surtout si elle se recommandait de lui, mais il n'en fit rien. Il salua la fille, puis le barman, appela Udo et sortit.

Le reste de la tournée fut plus musclé. Une bonne partie de la nuit, Gowon roula les mécaniques, Udo rattrapa des récalcitrants dans les ruelles arrière et leur mit les points sur les « i ». Leur boulot consistait à surveiller le territoire de MB Nigeria Inc. Pas à débaucher des jeunes hôtesses First et leur offrir des emplois dans l'administration nigériane.

Le concept de *territoire* chez MB ne désignait pas qu'une zone géographique. Il était plus proche de ce qu'on pourrait appeler une charte mafieuse, basée sur un principe simple : *Vous qui vendez de la bière, vous m'appartenez ou vous dégagez.*

Un type désirait devenir son propre patron, ouvrait un

établissement tendance, vivotait six mois, puis, perclus de dettes, réalisait qu'il ne pourrait jamais rembourser la banque qui ne voyait en lui qu'un énième crève-la-dalle promis à la banqueroute. Les rapaces de MB Nigeria Inc. qui patientaient tapis dans l'ombre surgissaient un beau matin, toutes griffes dehors, contrats en main, et lui faisaient une offre qu'il ne pouvait pas refuser. Ils reprenaient sa créance, moyennant l'exclusivité. Le type renâclait un peu, pour la forme, laissait parfois traîner jusqu'à ce que les huissiers se pointent pour saisir sa maison et sa parabole, allait même jusqu'à crier au scandale, mais il finissait toujours par céder. MB prenait alors le relais avec l'artillerie lourde.

Les commerciaux débarquaient d'abord avec le pack complet pour relooker les lieux, pots de peinture rouge et or, chaises de jardin, tables respectant la charte graphique, frigos aux dimensions des produits MB, affiches, éléments de décoration. Le type retroussait ses manches, repeignait sa façade et son comptoir pour faire plaisir à son nouveau sponsor, notait soigneusement sur sa nouvelle carte les prix imposés, et attendait les livreurs de First et de marques dérivées pour pouvoir le soir même commencer à engranger ses premiers nairas.

Ça, c'était le scénario-étalon. Quand le type n'aspirait pas à reprendre sa liberté, céder aux sirènes de la concurrence, boire le bénéfice, bref qu'il ne jouait pas au con. Une fois sur deux, il fallait donc avoir recours au deuxième pilier de la charte MB : la force.

Gowon et Udo se chargeaient de cet aspect de la politique commerciale.

Le bon sens leur interdisait de tout casser, mais pour le reste, ils avaient carte blanche. Des informateurs surveillaient les cafés et les prévenaient en cas de fraude. Gowon et Udo sautaient alors dans leurs treillis et fonçaient donner des sueurs froides au gérant. Soit le contrevenant admettait ses torts et tout rentrait dans l'ordre, soit il fanfaronnait et ils devenaient brutaux. Retour à la case départ pour le type. Il conservait sa dette, ses locaux, sa clientèle et se résignait à respecter son exclusivité, mais cette fois-ci, les frais dentaires, les chaises cassées, les pots de peinture et les pinceaux étaient à sa charge.

Le bon sens ultraviolent.

Ce que Gowon qualifiait de cas de force majeure.

Le directoire de MB Nigeria Inc. comprenait ça. D'un point de vue strictement légal, ces pratiques étaient prohibées. D'un autre côté, Gowon et Udo représentaient la loi sur le territoire. Ils décidaient de ce qui était acceptable ou pas. À coups de poing et de barre de fer, si nécessaire. MB le comprenait très bien aussi.

En revanche, le directoire ignorait que le sergent Gowon avait introduit une petite variante. Il était pour la liberté d'entreprise si elle était patriote et favorisait l'emploi nigérian. Sa version nationaliste du capitalisme mondialisé. L'ultraviolence, oui, mais à échelle variable. Gowon et Udo ciblaient en priorité les établissements qui n'embauchaient pas de la main-d'œuvre originaire de Kaduna. S'il fallait cogner, Gowon cognait sans état d'âme, mais il était aussi capable de clémence quand le type appliquait la préférence régionale. Et il ne s'en prenait aux employés nigérians qu'en cas de faute impardonnable.

A fortiori lorsqu'il s'agissait d'employées.

Gowon aimait connaître les petites gens dont il défendait les intérêts. Il s'identifiait à elles. Il se sentait utile. Il s'enquérait de leur prénom, de leur situation de famille, prenait des nouvelles d'une mère souffrante ou du bulletin scolaire d'un fils. Il filait un billet à l'une, s'assurait que l'autre avait des préservatifs non périmés, secouait un peu celle qui n'en fichait pas une rame ou dépensait son salaire en pilules de codéine ou en cocaïne au lieu d'aider à financer les études d'une sœur ou d'un cousin.

Les filles redoutaient ses colères, il avait la réputation d'être un flic corrompu – qui ne l'était pas? – mais juste. Pourtant, quelque chose avait changé depuis le lancement de la First. Gowon se sentait bizarre mais il ne parvenait pas à mettre de mots sur ses états d'âme. Cette fille par exemple, Treasure, pourquoi diable lui avait-il filé le numéro de son cousin? C'était comme s'il cherchait à racheter ses fautes. Comme si cette fille réveillait quelque chose chez lui et que ça le mettait mal à l'aise. Il lui avait donné un coup de pouce, et après?

— Tu te ramollis, déclara Udo.

Gowon ne trouva rien à dire. Il continua de conduire, un bras à la portière, fixant d'un œil mauvais la silhouette d'un noctambule qui traversait la rue en titubant. Le caporal Udo hocha la tête, comme si son silence valait réponse. Son œil gauche était injecté de sang. Un type un peu excité avait jugé intelligent de le frapper avant d'essayer de s'enfuir, dans un bar clandestin de Kana Road. Udo l'avait rattrapé sur le trottoir et s'était défoulé sur son nez à coups de ranger. Gowon fit une embardée pour éviter l'ivrogne. Udo exhiba sa flasque d'ogogoro et en avala une lampée.

— Tu veux que je te dise, fit-il en revissant le bouchon, tu ne baises pas assez.

Gowon frappa le volant.

— Merde, mais de quoi je me mêle? cria-t-il. Je t'en donne, des conseils, moi?

Udo se raidit. Surpris par la violence de sa propre réaction, Gowon leva la main, comme pour s'excuser de son accès d'humeur. Udo marmonna un truc, puis il dévissa à nouveau sa flasque et but une autre gorgée.

— Quoi? demanda Gowon, sur un ton plus agressif qu'il ne l'aurait souhaité.

Udo secoua la tête.

— Putain, Ira, y a un truc qui ne tourne pas rond chez toi depuis quelque temps. Je veux dire, t'es là avec moi, tu fais le boulot comme d'habitude, tu t'impliques, ça je ne dis pas le contraire, mais t'es absent en même temps. Tu t'énerves pour un rien, quand tu prends ton service, t'as une gueule de déterré, comme si t'avais pas dormi, t'es pas dans ton état normal. C'est comme avec cette fille, tout à l'heure, au Flame, la vendeuse First…

Gowon grilla un feu et accéléra.

— Je discutais, c'est tout.

— Je ne sais pas, je t'observais et je me suis dit que tu la regardais d'une drôle de manière. On aurait dit que tu la prenais pour autre chose que ce qu'elle est, comme si c'était ta fille ou une amie. Tu la connais ?

Gowon plissa les yeux. Il tenta de visualiser la scène, Udo, épiant sa conversation avec Treasure, imaginant qu'il lui filait son numéro en espérant qu'elle le rappelle en le suppliant de venir la sauter plus tard, comme l'un de ces pauvres types qui peuplaient les bars à putes de la périphérie de la ville, incapables de faire l'amour à leur femme, et juste bons à se faire ramoner par une professionnelle de la moitié de leur âge. Gowon voulut lui dire qu'il se trompait et faillit lui avouer ce qu'ils s'étaient vraiment dit, la fille et lui, mais il redoutait la réaction d'Udo et préféra le laisser croire ce qu'il voulait.

Gowon cracha par la vitre.

— Non, non, c'est rien qu'une pute comme les autres, dit-il pour mettre fin à la conversation.

L'aube pointait derrière les toits de la ville. Gowon déposa Vitalis Udo devant chez lui, puis erra un moment au hasard des rues, dans les quartiers nord de Badarawa, Kawo et Ungwan

Dosa. Kaduna frémit, des lumières s'allumèrent aux fenêtres, les premiers travailleurs sortirent de chez eux, des femmes réveillaient leurs gosses afin de les préparer pour l'école.

Gowon remonta Jaba Road, prit la sortie au niveau du concessionnaire automobile Hajar Motors, et s'engouffra dans Hayan Banki, roulant au pas jusqu'au parvis de la mosquée Ridul Qur'an. Il manœuvra de manière à avoir une vue dégagée sur l'entrée du bâtiment et coupa le moteur.

L'appel du muezzin résonna peu après dans un haut-parleur. *Al-Fajr*, la prière de l'aube. Des fidèles affluaient d'un peu partout. Parmi eux, Oni Goje, le flic affecté à la sécurité routière qui avait retrouvé les cadavres des deux filles, en janvier dernier, affublé de la même djellaba grise qu'il portait chaque matin, depuis que Gowon le suivait, avant d'emmener ses filles au lycée et de prendre son service.

Gowon l'avait croisé par hasard au commissariat central, cinq jours plus tôt. Oni Goje semblait le dévisager. Il était allé voir Prosper John Sunday, le préposé aux dépôts de plainte, et l'avait questionné discrètement. Oni Goje lui rendait visite plusieurs fois par semaine, depuis un mois, mais il ignorait ce qu'il cherchait.

Gowon voulait en savoir plus sur lui. Il avait mené sa petite enquête. Goje passait pour un illuminé depuis qu'il avait démissionné de la police d'État. Ses anciens collègues se fichaient de lui dans son dos, le traitant de pédale et de faible, mais Goje était juste un vieux flic ordinaire un peu fatigué qui prenait soin de sa famille, fidèle à sa femme et musulman pratiquant.

Goje échangea un instant avec une poignée de fidèles, les écoutant avec déférence, d'un air bonhomme, puis le petit groupe s'anima et tous disparurent à l'intérieur de l'édifice.

Gowon s'étira en bâillant et alluma l'autoradio. Il se demanda ce qu'il fichait là, à épier les bons citoyens de Kaduna au lever du jour comme s'il s'agissait de criminels, au lieu d'être chez lui, confortablement installé dans son lit. Il se dit que Peter Dirksen et Vitalis Udo avaient raison à propos de lui. Il s'inquiétait pour rien et filait un mauvais coton.

Un journaliste égrena en yorùbá les informations du jour. L'épidémie de pneumonie virale avait dépassé les cent morts par jour en Chine. Pékin prétendait que ce coronavirus avait contaminé près de cinq mille personnes et que l'Organisation mondiale de la santé prévoyait l'envoi d'experts internationaux sur place.

Gowon monta le volume, mais le flash info ne donnait pas plus de précisions et le journaliste bascula sur un autre sujet. L'armée syrienne et ses alliés s'emparaient de la ville stratégique de Maarat al-Nouman, sur la route d'Alep. Il tourna la clef dans le démarreur. L'autoradio hoqueta, le moteur ronronna. La pandémie de Covid-19 s'étendait au Mexique, un premier cas venait d'être confirmé dans la capitale. Gowon passa la première, contourna la mosquée et descendit la rue. Son ventre gargouilla. Le cuistot du petit café qui faisait l'angle, en face de l'immeuble où Gowon logeait, sur Mando Road, préparait un fantastique potage d'*akamu* à la farine fermentée de maïs et des croquettes *chin-chin* à se damner.

Il jeta un œil à son portable et estima qu'il pouvait arriver à temps pour l'ouverture et éviter l'affluence. Il coupa l'autoradio, enclencha son gyrophare et pressa l'accélérateur pour rattraper la voie express Zaria avant les embouteillages du matin.

L'officier de la Federal Road Safety Oni Goje n'était qu'un petit flic sans importance, pensa-t-il en doublant un pick-up chargé de sacs de farine jusqu'à la gueule. Et Treasure, une fille qui vendait son corps pour toucher sa part du gâteau, comme les autres.

12

Alaka, 4 mars 2020.

Le village agricole d'où était originaire Victoria Namo consistait en un agglomérat de baraques de fortune, de maisons de briques rouges nues montées à la va-vite et d'une poignée de commerces, entouré de champs de manioc et de sorgho en périphérie nord de Kaduna. La maison qu'occupait sa famille, un empilement hétéroclite de parpaings, de tôles de bardage et planches de bois sur deux étages, ne se distinguait des dizaines autres habitations que par l'immense avocatier qui étirait ses branches contre la façade.

Ni adresse précise ni repères cadastraux. Le sergent Oni Goje dut s'y reprendre à trois fois pour la dénicher à proximité d'une station-service Habiba, coincée sur une langue de terre rouge boueuse, entre deux hangars, au milieu d'un îlot de jardins potagers.

Il se gara sur le trottoir d'en face et balaya la rue du regard.

Les pluies diluviennes qui s'abattaient sur la région depuis une semaine avaient transformé le paysage. Voies d'accès parsemées de profondes ornières, flaques barrant la rue dans lesquelles pataugeaient des chiens, touffes d'herbe grasse dans les fossés faisant le bonheur de chèvres gourmandes, bassines et cuves placées sous les toitures débordant d'eau, palétuviers et manguiers aux fruits gorgés de sucre, même la morsure du soleil semblait moins douloureuse.

Alaka était un endroit magnifique, malgré l'extrême pauvreté de sa population. Un village dans lequel il aurait aimé grandir et élever ses filles, si son boulot de flic ne l'avait pas contraint à émigrer en ville. Une vie tranquille à travailler la terre de ses ancêtres. Un groupe de gamins en tenue d'écoliers dévala la rue en hurlant. Goje sourit, même s'il savait que le regain n'était que temporaire. Le reste de l'année, l'endroit était sec, poussiéreux et brûlé, à l'image du dépotoir où Goje avait retrouvé le cadavre de la jeune Victoria.

Il descendit de son véhicule, épousseta les manches de sa veste et réajusta sa cravate. Dix jours qu'il attendait un jour de congé pour pouvoir venir ici. Dix jours qu'il cherchait ses mots. Voilà, il y était enfin, et à cet instant précis, il n'avait qu'une envie, prendre ses jambes à son cou et laisser Victoria Namo en paix, là où elle reposait désormais.

Il inspira, vérifia une nouvelle fois sa tenue et traversa la rue. La porte d'entrée était entrouverte. Une odeur de friture s'en échappait. Il frappa trois coups rapides, recula d'un pas et attendit. Une femme aux yeux cerclés de khôl et au menton tatoué se présenta. Trente-cinq, peut-être quarante ans, longiligne, vêtue d'un tee-shirt orange maculé de farine et d'un lappa brodé en coton turquoise et noir, les cheveux dissimulés sous une casquette Nike délavée.

Il déglutit.

— Uche Namo ?

La femme l'évalua brièvement en fronçant les sourcils avec perplexité, puis elle lui expliqua en pidgin lagotien qu'elle avait déjà sa propre religion, que son mari et elle étaient des membres fidèles de la communauté méthodiste de la Trinité, et qu'elle avait demandé à plusieurs reprises que les démarcheurs fondamentalistes catholiques et les protestants de l'Église du Centenaire cessent de les importuner. Sa voix trahissait un caractère patient, doux mais volontaire. Goje secoua la tête et lui tendit la main.

— Sergent Oni Goje de la Federal Road Safety.

Nouveau froncement de sourcils, inquiet cette fois-ci.

— Vous venez pour Victoria, c'est ça?

Goje opina, gravement. Uche Namo porta la main à sa bouche, ses yeux s'écarquillèrent et elle sembla s'affaisser, comme si elle savait déjà ce qu'il s'apprêtait à dire. Goje planta son regard dans le sien et s'y accrocha avec force pour ne pas reculer.

— Je suis porteur d'une bien mauvaise nouvelle, madame.

Francis Namo insista pour que Goje reste partager le déjeuner avec sa famille, un modeste plat de boulettes de purée d'igname arrosé de sauce d'*utazi* préparé par les sœurs cadettes de Victoria, mais personne ne termina son assiette, à l'exception des deux plus jeunes garçons de la fratrie.

— Pour vous remercier d'être venu jusqu'à nous et d'avoir effectué toutes ces recherches, ne cessait-il de répéter dans un mauvais anglais.

Uche se tenait en bout de table, aux côtés de son mari, les traits défaits, incapable d'avaler quoi que ce soit, fixant tour à tour Goje, ses enfants ou la porte, comme si son aînée s'apprêtait à surgir à tout moment. Un cadre photo représentant Victoria Namo entourée des siens occupait le mur derrière elle, à côté d'un crucifix en bois.

Goje éprouvait une peine sincère à leur égard. Les Namo formaient une famille aimante et soudée. Les trois cadettes de

Victoria portaient les mêmes vêtements simples que leur mère, mais Goje devinait à leur vivacité d'esprit et à leur manière de s'exprimer ouvertement en anglais, en yorùbá et en pidgin lagotien qu'elles suivaient assidûment les cours au collège le plus proche, qu'elles aussi comptaient poursuivre des études et qu'elles bénéficieraient du soutien de leurs parents si elles s'engageaient dans cette voie. Il imaginait sans peine les sacrifices que tous avaient dû faire pour que Victoria puisse partir étudier à l'université et il espérait que l'assassinat de leur sœur ne contrarierait pas leurs espoirs d'une vie meilleure.

Il attendit que le repas soit terminé et que les enfants quittent la pièce pour aborder l'une des principales raisons de sa visite.

Francis le fixa, surpris.

— Vous voulez notre permission pour enquêter sur le meurtre de notre fille ?

Goje acquiesça.

— La police d'État est-elle passée vous voir depuis que vous avez déposé plainte ?

— Personne n'est venu.

— Et pour cause. Personne n'a cherché à identifier le corps de votre fille. Personne ne s'en est même seulement soucié.

Francis croisa les bras.

— À part vous.

Goje opina. Uche glissa la main dans celle de son mari, tous deux échangèrent un bref regard.

— Pourquoi vous intéressez-vous à elle, dans ce cas ? demanda-t-elle, la voix cassée.

Francis approuva sa femme d'un mouvement de la tête.

— Vous n'êtes qu'un agent de la sécurité routière, pas un enquêteur, c'est bien ça ?

— Oui.

— Quel est votre intérêt ?

Goje sourit tristement.

— Je n'en ai aucun.

— Vous voulez nous aider, c'est tout ?

Goje se gratta le crâne, embarrassé. Il se redressa, fixant ses deux mains posées à plat sur la table, puis Francis et Uche.

— Je vais être franc avec vous, madame, monsieur, je crois que je n'y avais pas pensé avant que vous me posiez la question. La seule chose qui m'anime depuis que j'ai retrouvé le cadavre de votre fille, c'est de mettre des noms sur la colère que j'éprouve et de savoir. Savoir pourquoi Victoria et la fille qu'on a retrouvée avec elle ont été assassinées. Savoir qui a fait ça. M'assurer que ça ne se reproduira pas et que le corps de Victoria sera tiré de la fosse commune dans laquelle il a été jeté, faute d'identité, et qu'il sera enterré chez vous, aux côtés de vos ancêtres. Voilà pourquoi j'enquête sur elle.

Un courant d'air frais agita les rideaux d'organza suspendus aux fenêtres, suivi du claquement net d'un éclair, puis du martèlement assourdissant d'une averse sur le toit de tôle. La pièce s'assombrit, Uche sembla se tasser sur sa chaise, cramponnée à son mari afin que les ténèbres ne l'absorbent pas.

Goje expliqua en yorùbá que récupérer Victoria ne serait pas simple – il dit *Victoria* et non *le corps de Victoria*. Il y aurait des tas de démarches administratives, probablement des pots-de-vin à verser, que ça allait coûter de l'argent, qu'il était prêt à les aider. Francis hocha la tête. Goje exhiba les formulaires officiels qu'il avait apportés avec lui et les déposa sur la table. Il leur donna le nom du médecin légiste qui avait pris en charge leur fille, il détailla patiemment la procédure pour réclamer Victoria, la faire exhumer, puis la transférer d'un cimetière à un autre. Il leur traduisit les termes techniques. Le vacarme de la pluie sur le toit diminua d'un cran.

Goje marqua une pause.

— Il y a encore autre chose.

Francis le sonda du regard. Goje savait que ce qu'il s'apprêtait à révéler, aucun père ni aucune mère n'avait envie de l'entendre. Peut-être devrait-il s'entretenir seul avec Francis, peut-être devrait-il lui demander d'appeler ses filles pour qu'elles emportent leur mère et lui bouchent les oreilles, dans la pièce d'à côté.

Il eut brièvement pitié d'eux et faillit s'abstenir, mais Goje connaissait la musique. Cette scène, il l'avait déjà vécue de nombreuses fois quand il officiait encore dans les rangs de la police d'État. Rien n'était aussi trompeur que les apparences. Goje ne craignait pas tant la violence de leur réaction que de découvrir qu'ils étaient déjà au courant.

Il déclara :

— Il est fort probable que Victoria se prostituait.

Uche vacilla. Elle ouvrit la bouche, mais aucun son n'en sortit. Francis la prit dans ses bras, cligna des paupières et se passa la langue sur les lèvres. Il n'évoqua pas sa fierté ni sa honte, il ne se réfugia pas derrière son honneur bafoué. Il ne savait rien de la façon dont sa fille payait ses études.

Goje en fut confusément soulagé.

— Je suis désolé, dit-il.

— C'est de ma faute, psalmodia Francis. J'aurais dû envoyer plus d'argent, chaque mois, j'aurais dû travailler plus. On pensait que ça suffisait. On…

Uche l'interrompit :

— Nous irons chercher Victoria pour l'enterrer à Alaka, dit-elle d'une voix claire.

Elle pointa Goje du doigt.

— Vous trouverez qui a fait ça.

Goje plissa les yeux.

— Dans ce cas, reprenons tout depuis le début.

La pluie tombait sans discontinuer sur Bawan Dogo – Sabon Birni Road. Les véhicules roulaient au pas, à cause d'un barrage routier posté à la sortie du village de Rigachikun. Lutte antiterroriste. Les policiers cherchaient des armes et des engins explosifs. Un journaliste pérorait à la radio à propos du premier cas de ce coronavirus chinois diagnostiqué à l'aéroport international de Lagos. Le type revenait d'un séjour en Asie pour affaires. Les autorités l'avaient placé en quarantaine. Un médecin énumérait au micro la liste de ses symptômes comme on récite une comptine pour enfant.

Goje était coincé derrière une Peugeot 205 surchargée dont le conducteur parlementait avec l'agent qui faisait la circulation. Il vit un billet de dix nairas passer de la main à la main et la Peugeot repartir sans avoir été contrôlée. D'autres avaient moins de chance ou n'avaient pas envie de graisser des pattes. Une dizaine de voitures stationnaient sur le bas-côté, coffre et portières ouverts, sacs et valises éparpillés à la vue de tous. Chacune était l'objet d'une fouille en règle. Leurs occupants assistaient impuissants à la curée. Trempés jusqu'aux os, ils attendaient sous la pluie qu'on les autorise à repartir. Un bébé vagissait dans les bras de sa mère qui s'énervait après le policier penché sous son capot.

Goje observait la scène avec lassitude. Ces contrôles étaient impopulaires, mais nécessaires. La Nigeria Police Force devait faire face à la résurgence de groupes armés menaçant la sécurité des routes en même temps qu'à la multiplication de milices d'autodéfense volontaires fustigeant l'inaction du gouvernement fédéral. Les deux constituaient un problème insoluble. Les tensions augmentaient dans les régions du Nord. La multiplication d'unités spéciales policières chargées de régler la situation et le recours à des centaines de sociétés privées de sécurité, sud-africaines pour la plupart, ne faisaient qu'accroître le ressentiment de la population. Évidemment, les paramilitaires sud-af ne bossaient pas gratuitement. Le règlement des salaires des policiers d'État en pâtissait. Certains d'entre eux volaient leurs concitoyens pour compenser. Le ministère d'Abuja et le gouverneur de l'État de Kaduna s'en offusquaient en public, mais ils laissaient faire, faute de moyens. Un barrage routier comme celui-ci, c'était l'assurance de pouvoir payer le loyer à la fin de la semaine. Résister à la tentation ne faisait plus partie depuis longtemps des qualités morales de certains policiers résignés.

Quand le tour d'Oni Goje vint, le flic reconnut l'écusson de la Federal Road Safety sur la portière du 4 × 4 et il lui fit signe de passer. Goje avança, s'arrêta à son niveau et baissa sa vitre.

— Fais ton travail, dit-il en tendant ses papiers. Et ne compte pas que je te paie pour ça.

L'agent se raidit. Il rafla les documents d'un geste agacé, les parcourut avec attention en prenant son temps, puis les lui rendit.

— Tout est en règle, vous pouvez y aller, sergent.

Goje opina. Il remonta sa vitre et démarra en soupirant. Dans son rétroviseur, le policier le regardait s'éloigner, hilare, en agitant la main pour le traiter de « vieux fou ». Goje détourna le regard et consulta l'horloge. 15 h 38. Avec un peu de chance, il avait encore le temps de passer au commissariat de Sabon Gari avant la fermeture.

— Francis Namo, tu dis ?

L'officier Balogun se dandinait sur sa chaise. Il ne se souvenait ni de cette affaire et ni de ce paysan venu signaler la disparition de sa fille, le 13 janvier dernier.

— Ce n'est pas toi qui t'en es occupé ?

Balogun secoua la tête.

— Puisque je te dis que non.

Goje fit glisser devant lui le reçu de dépôt de plainte du 13 janvier que Francis Namo lui avait confié et sur lequel figuraient ses nom, numéro de matricule et signature. Balogun saisit le papier à deux mains et l'étudia un instant. Goje lui montra ensuite la photo qu'il avait prise de la copie du dépôt de plainte telle qu'elle avait été déposée le 22 février au central pour archivage, où figuraient les mêmes nom, numéro de matricule et signature, et paraphée de la mention *Affaire classée après enquête*, puis il lui demanda de la comparer au document original.

Balogun fronça les sourcils.

— Ce n'est pas ma signature, dit-il finalement.

— Où ?

— Sur le reçu du 13 janvier et sur la copie des Archives de Kaduna.

— Mais c'est bien ton nom et ton matricule, en bas, non ?

Balogun haussa les épaules.

— Il a dû y avoir une erreur.

Goje continua de brandir son portable.

— On utilise ton nom et ta réputation pour enregistrer une plainte et la classer sans suite, et tout ce que tu trouves à dire, c'est qu'il s'agit sans doute d'une fichue erreur !

L'officier se cala contre son dossier, les mains croisées sur la nuque.

— Et après ?

— Nom de Dieu ! s'écria Goje. Ça signifie qu'un policier de TON commissariat a repris la plainte de Francis Namo que tu as enregistrée le 13 janvier, qu'il a falsifié TA signature en prenant soin de ne pas mentionner son identité, puis qu'il a rangé le document dans la pile des affaires classées, avant que celui-ci ne soit envoyé pour archivage au central le 21 février.

Balogun se gratta le nez.

— Cool, mon frère ! Ne sois pas paranoïaque. Je suis sûr qu'il y a une explication logique à tout ça.

Goje ricana.

— Bien sûr qu'il y en a une, *mon frère* !

Il se pencha au-dessus du bureau.

— Quelqu'un cherche à dissimuler la mort de cette fille et c'est ton nom qu'il a inscrit au cas où un problème ferait surface.

Balogun blêmit.

— Quel problème ?

Goje se frappa le torse du plat de la main.

— Moi.

Balogun se leva brusquement, manquant de renverser sa chaise. Il contourna le bureau, alla jeter un œil dans le couloir, puis ferma la porte avec soin. Un rictus mauvais lui barrait le visage lorsqu'il se retourna.

— Tu te pointes ici avec de graves accusations, sergent Oni Goje, déclara-t-il sur un ton qui n'avait plus rien de cool ni de débonnaire.

Goje serra les poings.

— Tu me menaces ?

Balogun leva les mains en signe de détente.

— Qu'est-ce que tu veux ? Ta part ?

— Ma part ?

Goje renifla avec dédain. C'était donc ça, une simple histoire de corruption ? Un dossier classé en échange d'un peu de fric ?

Balogun sortit plusieurs billets de cent nairas de son portefeuille et les lui fourra de force dans la main. Goje les lui jeta à la figure. Balogun vit rouge et vint se coller contre lui.

— Putain, à quoi tu joues ?

Goje le repoussa violemment. Balogun perdit l'équilibre. Il chuta en arrière et se cogna le crâne contre une armoire métallique. Goje retrouva ses vieux réflexes. Il lui sauta dessus pour l'empêcher de se relever et bloqua son torse du genou. Balogun rua, mais Goje était plus massif et il parvint à le maîtriser. Il ramassa alors à tâtons des billets, les lui fourra dans la bouche et plaqua sa main pour que Balogun ne puisse pas les recracher.

— Donne-moi un nom, dit-il.

Balogun suffoqua. Une veine énorme lui barrait le front. Goje raffermit sa prise et approcha son visage de celui de l'officier.

— Rien qu'un nom et ma parole que notre discussion ne sortira pas d'ici.

Balogun rua encore un instant, Goje tint bon. Balogun émit un long gémissement de rage, puis ses muscles se relâchèrent d'un coup. Goje soupira. Il retira sa main et se releva, en sueur. L'autre se retourna sur le côté pour cracher un mélange de billets mâchés et de bile et reprendre sa respiration.

— Espèce de connard ! lâcha-t-il en se redressant.

Goje posa la main sur la poignée de la porte.

— Un nom, répéta-t-il pour la troisième fois.

Balogun secoua la tête.

— Caporal Vitalis Udo.

Goje tourna la poignée, ouvrit la porte en grand et sortit. Le couloir était vide. Il marqua un temps d'arrêt, réalisant qu'il venait de plonger tête baissée dans un nid d'emmerdes, puis il réajusta sa cravate, s'essuya le front de la manche et se dirigea vers la cage d'escalier.

— Tu aurais dû accepter le fric, mon frère, crois-moi ! cria Balogun dans son dos.

13

Lagos, 6 mars 2020.

Serena s'écarta de la fenêtre.

— Cette pluie va me rendre dingue.

Esther Lekwot déplia un foulard et entreprit de le nouer autour de sa tête.

— Il déluge, il y a de la boue partout, Internet ne fonctionne qu'un jour sur deux, les embouteillages doublent de volume, c'est ça, Lagos.

— On ne peut rien faire !

— *No food for lazy man*, commenta Esther en riant.

La devise de Lagos – pas de nourriture pour les fainéants. Serena leva les yeux au ciel. Ici, on ne disait pas *How are you* pour se dire bonjour, mais *How's work ?* Comment va le travail ? Parce que c'était la seule chose qui comptait. Mais comment bosser dans une ville tentaculaire entourée d'eau et paralysée par des averses incessantes.

Serena s'affala en soupirant sur le canapé, son portable à la main. Les nouvelles de France étaient alarmistes. Les médias ne parlaient plus que de ce Covid dont les cas se multipliaient un peu partout. Les autorités nigérianes ne recensaient qu'un cas sur le territoire, pourtant Serena recevait d'incessants messages vocaux hystériques sur WhatsApp de la part de ses parents qui s'inquiétaient pour elle. Ici, la psychose occidentale faisait marrer. Le Nigeria représentait à lui seul plus de cent mille morts de paludisme par an, quatre cent mille cas de tuberculose et deux millions de personnes atteintes du sida. Qui se souciait d'un virus chinois qui ne tuait qu'au compte-gouttes ?

Serena compulsait les notes prises depuis son arrivée. Elle avait suffisamment de matière pour un papier standard sur l'ONG Free Queens of Nigeria, mais elle n'était pas satisfaite. Il lui manquait encore des témoignages et quelque chose d'accrocheur, pour doper son article. Chaque piste qu'elle explorait la menait aux réseaux du nord du pays. Le Nord l'attirait. Le Nord agissait comme un aimant. Elle avait obtenu un délai supplémentaire au *Monde* et contacté le rédacteur en chef du quotidien anglais *The Guardian* qui maintenait son accord de principe. En parallèle, l'hebdomadaire francophone *Jeune Afrique* lui proposait une chronique sur le procès Jasmine Dooyum sous forme de compte rendu d'enquête de terrain. Serena avait accepté pour subvenir à ses besoins immédiats.

Elle consulta l'écran de son portable. Favour Egbe était supposée la conduire jusqu'à un centre d'accueil de réfugiées nigérianes depuis deux jours, mais la pluie compliquait tout.

Serena soupira.

— Le Nord m'appelle.

— Le Nord, c'est la merde, commenta Esther.

Serena grogna.

— La petite journaliste blanche n'est bonne que pour les spots touristiques du Sud civilisé et les photos de cartes postales, n'est-ce pas !

Esther roula les yeux.

— Le Nord est dangereux et tu le sais très bien, et pas uniquement pour toi.

Serena se redressa, agacée. Esther aimait provoquer, c'était dans sa nature. Son indolence et son cynisme de façade étaient une de ses multiples façons de dissimuler la colère qui l'animait.

Le grondement du tonnerre fit vibrer les vitres de la fenêtre. Serena s'étira. Esther la fixait avec intensité, un sourire apaisant aux lèvres.

— Tu es belle, pour une Blanche.

Serena fit la moue sans répondre. Elle attrapa son ordinateur et essaya de se concentrer sur l'article qu'elle était en train de rédiger sur le rite vaudou du *juju*, une cérémonie traditionnelle qui scellait le destin des candidates à l'exil. Esther lut les premières lignes, puis elle secoua la tête en ricanant.

— Merde, toi aussi, tu te mets à écrire sur ces conneries !

Serena se retourna, piquée au vif.

— Quoi ?

— Tu ne vois pas que c'est juste un putain de folklore exotique destiné à alimenter le grand mythe vaudou nigérian ?

— Du folklore ?

Esther la tança.

— Écrire sur le *juju*, c'est nourrir le *juju*.

Serena referma l'ordinateur d'un claquement sec et la dévisagea, tentant de savoir si Esther se moquait d'elle ou si elle était sérieuse.

Le terme de *folklore* était un peu léger dans sa bouche. Le *juju* était une vraie saloperie, si elle en croyait les nombreux témoignages qu'elle avait collectés. La veille de son départ pour l'Europe, la victime devait signer un pacte de fidélité et de non-renoncement à son voyage, en présence de sa famille, de ses futurs tortionnaires et d'un grand prêtre. Ce pacte prenait la forme d'une amulette, le *juju*, confectionnée à partir de prélèvements de cheveux, de rognures d'ongles, de sang menstruel, de poils pubiens, accompagnée de tout un cérémoniel mystique. En cas de rupture du pacte, c'est-à-dire du « contrat » de soumission, on lui promettait devant témoins la folie, l'infortune, la maladie, l'infertilité ou la mort. Certes, à court terme, ces croyances visaient à terroriser les exilées. Esther avait raison de parler de mythe, le *juju* n'était qu'un outil de contrôle psychologique des victimes. Son pouvoir de persuasion. Simplement parce qu'elles y croyaient. Et que leurs familles, leurs proches ou leur mac se chargeaient de le leur répéter.

Serena tapota l'ordinateur du bout des doigts.

— Tu sais très bien que le *juju* est pratiqué sur des gamines vulnérables comme Jasmine. Elles y croient, parce qu'on le leur fait rentrer dans le crâne à coups de trique. Tu trouves ça folklorique ?

Esther leva les yeux au ciel.

— Tu passes à côté de la moitié du problème, dit-elle avec une gravité qui surprit Serena. Le *juju*, ça marche sur les filles d'ici et sur les filles comme toi qui écrivent dessus. Le *juju* arrange tout le monde ici et chez toi. Pas seulement les criminels qui l'utilisent comme un rite de passage contre des adolescentes qui rêvent de faire fortune en Europe. Le *juju*, c'est un formidable prétexte pour les politiciens qui mettent l'émigration massive de jeunes Nigérianes sur le dos des croyances populaires alors que c'est leur corruption et leur inefficacité à lutter contre la pauvreté qui engendrent cette émigration, et donc la prostitution. C'est valable aussi pour les religions qui pointent du doigt le folklore *juju* au lieu d'en dénoncer les causes. Pour les médias qui relaient ces conneries bien exotiques et bien toxiques, à base de rognures d'ongles et de pertes menstruelles, avec ça, tu peux être sûre que les Nigérians vont encore passer pour des demeurés et des arriérés aux yeux des

Occidentaux. Et je n'oublie pas, bien sûr, les investisseurs étrangers qui profitent de ce climat néocolonial pour voler nos ressources minières, raser nos forêts et exploiter notre main-d'œuvre, en passant pour des modèles de vertu civilisationnelle. Merde, Serena, ouvre les yeux, on est en 2020 ! Le problème des gamines comme Jasmine Dooyum, c'est la misère, la domination masculine, le capitalisme ou Boko Haram, pas le *juju* ! Et le problème des journalistes comme toi, c'est qu'elles ne voient les Jasmine qu'à travers le prisme de la compassion. Alors, fais ton boulot, et fais-le vraiment !

Serena ouvrit la bouche pour protester, mais elle se ravisa, réalisant qu'Esther avait raison. Elle se contentait de faire du journalisme misérabiliste au lieu de suivre l'odeur de l'argent. La misère était un empire économique qui se bâtissait pierre après pierre depuis les hautes sphères de la société, là où le fric coulait à flots, pas dans les ruines du bidonville de Makoko.

— Le marché intérieur, dit-elle en rouvrant son ordinateur.

Esther attrapa un coussin.

— À qui profite le crime… L'Europe n'est que l'une des destinations de ces filles. Côté export, il y a aussi la Libye, le Congo, le Cameroun.

— Et le Nigeria, pour le marché intérieur.

Esther soupira.

— Le Nigeria, d'abord et avant tout.

Serena désigna le plafond d'un mouvement de la tête.

— Le Nord. Toujours le Nord.

Esther tira la langue. Le portable de Serena sonna. Le numéro de Favour s'affichait à l'écran. Esther fit la grimace. Serena s'excusa d'un haussement de sourcils et décrocha.

Favour lui avait obtenu un rendez-vous avec un membre du bureau de la NAPTIP, l'Agence nationale pour l'interdiction de la traite des êtres humains. L'entretien devait se dérouler dans un centre d'accueil où transitaient tous les réfugiés nigérians renvoyés d'Europe et d'Afrique du Nord. Le bâtiment se situait à la périphérie d'Obalende, à la frontière de Victoria Island, là où l'argent cessait de couler à flots. Le type s'appelait William Peter Ahmed et son boulot consistait à répertorier chaque nouvel entrant et à produire des statistiques.

Il était près de midi, heure de grande affluence sur les principales artères. Le moto-taxi slalomait à vive allure entre les voitures à l'arrêt. Favour et Serena tanguaient en cadence à chaque coup de frein ou changement brutal de trajectoire. Les motels de passes, bordels avec vitrine sur rue et débits de bière de Sanusi Fafunwa Street grouillaient déjà de monde, dans un vacarme vulgaire et assourdissant de moteurs, de klaxons, de cris, d'afrobeat, de techno et de rythmes à la mode.

La machine à cash de la chair fraîche ne s'interrompait presque jamais. *No food for lazy woman* – le dicton fonctionnait ici davantage qu'ailleurs. Des colonnes de travailleuses du sexe adolescentes arpentaient les devantures des échoppes, invectivant les automobilistes pour attirer leur attention, évitant les terrasses des bars qui occupaient tout le trottoir et les mains baladeuses des clients ivres.

« Suivre l'odeur de l'argent ! » pensa Serena pendant que les façades défilaient. Tout autour et dans les rues adjacentes, des baraques surpeuplées et branlantes logeaient les femmes de ménage, les femmes de chambre, les nounous, les cuisinières, les bonnes à tout faire, les chauffeurs, les jardiniers, les cireurs de pompes, les débrouillards et les prostituées qui constituaient l'essentiel de la main-d'œuvre bon marché et corvéable à merci employée par les riches habitants de l'île.

Le moto-taxi les abandonna au pied d'un bâtiment flambant neuf. Une dizaine de pick-up du Service d'immigration du Nigeria stationnait devant l'entrée. Favour et Serena se présentèrent à l'accueil où une femme leur demanda de patienter dans une salle d'attente climatisée. Leur interlocuteur les rejoignit quarante minutes plus tard sans prendre la peine de s'excuser.

— Richard Lawal, coordinateur principal à la NAPTIP, venez avec moi.

Le type détonnait dans le décor. Il portait un jeans, un tee-shirt, arborait des baskets cool et des lunettes de soleil de contrefaçon. Volubile, il s'exprimait en anglais sans accent. La visite fut rapide. Les locaux de l'Agence étaient répartis sur deux ailes. Dans la première, la partie administrative, les salles de formation et un centre de soins. Dans l'autre, les salles de transit « fermées » pour les réfugiés, aujourd'hui près de cent soixante migrants dont une quarantaine de femmes débarqués de Libye l'avant-veille et en attente d'être répertoriés. *Répertoriés* voulait dire triés en fonction des abus qu'ils avaient subis et *fermées* signifiait qu'en théorie personne de l'extérieur ne pouvait y avoir accès mais surtout que personne ne pouvait en sortir sans l'accord motivé des services d'immigration.

— Dans l'intérêt de ces réfugiés, insista Richard Lawal. Ceux-là n'ont jamais atteint l'Europe. Certains ont vécu l'enfer. Leur vie en Libye a été brutale et dangereuse, ils ont passé des mois, voire des années dans des prisons et des centres de rétention aux frontières du continent européen. Pour une autre partie d'entre eux, la vie qui les attend est pire encore.

— C'est-à-dire ? demanda Serena.

— Pour un tiers de ces femmes, le cycle de l'exploitation reprend là où il s'était arrêté avant leur exil. Soit parce qu'elles n'ont pas le choix ou qu'elles restent persuadées que la prostitution représente une alternative à la pauvreté, soit parce que leur famille les renie, soit parce que le trafiquant est un membre de leur famille. Ici, nous leur proposons l'accès à des services juridiques, des programmes spéciaux de réintégration, un logement, un soutien financier et psychosocial, en particulier pour les femmes victimes de traite humaine qui souffrent de dépression, d'anxiété, d'insomnies chroniques, de flash-back, de stress post-traumatique et de troubles du comportement. Nous avons également des centres d'hébergement fermés afin de pouvoir enquêter sur leur situation et d'essayer de les convaincre de témoigner au tribunal contre leurs trafiquants.

— Et ça marche ?

Il émit un ricanement las.

— L'an passé, nous avons réussi à monter près de mille dossiers de traite présumée suivis de cent quatre-vingt-douze enquêtes. Soixante personnes ont été poursuivies, mais seulement quatorze finalement condamnées. Dans la plupart des cas, les victimes retiraient leur plainte ou des fonctionnaires du gouvernement étaient accusés d'avoir accepté des pots-de-vin de la part des trafiquants arrêtés. Quand elles ne meurent pas directement dans nos bras. L'an passé, l'une d'entre elles, qui avait été forcée de se prostituer en Libye, est tombée enceinte et a fait une fausse couche, elle est décédée de septicémie peu après son arrivée. Elle avait refusé l'examen de santé d'arrivée pour que cela ne se sache pas, invoquant des principes religieux.

Favour lui tendit une lettre officielle sur laquelle figurait le tampon de l'Immigration nigériane.

— Nous sommes en contact avec cette femme, Diana Isah. Il semblerait qu'elle soit chez vous.

Lawal lut le papier avec attention, fixa ensuite longuement Favour, l'air de dire : *Comment as-tu obtenu ce laissez-passer, alors que la liste des réfugiés de ce Centre est supposée être secrète ?*, mais il ne fit aucun commentaire. Il se contenta de hausser les épaules avec fatalisme.

— On va vérifier ça, dit-il en empochant le document.

Puis il les guida dans un dédale de couloirs jusqu'aux bureaux de l'Immigration.

Diana Isah était une petite femme aux muscles noueux, aux cheveux ras et aux yeux immenses. Elle avait vingt-six ans et en paraissait cinq de moins. Elle était vêtue d'un bas de survêtement turquoise et or, de baskets rouges et d'un top blanc qui mettait en valeur sa poitrine et ses épaules musclées. Lorsqu'elle pénétra dans la salle mise à leur disposition par Lawal, elle se précipita aussitôt dans les bras de Favour comme s'il s'agissait d'une vieille amie.

— Vous vous connaissez ? demanda Serena, surprise.

Favour eut un geste affectueux sur le bras de la réfugiée, parsemé de cicatrices.

— L'an passé, Diana a transité par Pathfinders Justice Initiative, une ONG avec laquelle nous travaillons. Elle a été arrêtée par les flics à Nantes et renvoyée à Lagos, mais Diana est un chien fou. Elle a goûté à la vie française, entraperçu la lumière au bout du tunnel et elle ne vivait que pour retourner là-bas.

— Les routes du Nord, souffla Diana. Tout mais pas les bordels de Lagos !

Une ombre voila son regard.

— Cette fois-ci, je n'ai pas dépassé la Libye.

Les deux femmes s'enlacèrent à nouveau. Serena vit les yeux de Diana se remplir de larmes. Favour lui caressa la joue avec tendresse.

— Nous avons repris contact la semaine dernière, via un

avocat avec qui nous bossons à Tripoli. Voilà comment je sais qu'elle est ici. Mais ce n'est pas tout, elle connaît aussi Jasmine.

Diana s'essuya les yeux du dos de la main.

— Un peu, seulement.

Serena fouilla dans ses souvenirs.

— Elle ne m'a jamais parlé de toi.

— Nous nous sommes croisées quand je bossais à Nice. Si tu l'as au téléphone, dis-lui « la folle en imper », elle se souviendra.

Elle sourit tristement et alluma une cigarette

— Un soir, un client me propose de grimper dans sa caisse pour aller à l'hôtel. J'accepte, forcément, mais au lieu de ça, il prend la direction de la campagne, un bled complètement isolé. Quand je comprends que ça tourne au vinaigre, je tente de sauter de la voiture, tu vois, mais le type sort un couteau grand comme ça. Il abuse de moi, me dépouille de toutes mes affaires et, pour être sûr que j'aille pas à la police, me force à quitter mes fringues qu'il emporte avec lui. On était en plein hiver, j'étais nue, au milieu de nulle part et personne pour me secourir.

Elle tira sur sa cigarette et souffla la fumée au plafond.

— J'ai marché, marché, jusqu'à un petit village. J'étais gelée, je te jure. Ça a duré des heures, j'ai frappé à toutes les portes, mais personne n'ouvrait, alors j'ai fini par me planquer dans un massif de plantes, sur un rond-point, et je sortais pour demander de l'aide dès que je voyais des phares approcher. Évidemment, tous filaient dare-dare, jusqu'à ce type, vraiment chic, qui m'a donné son imperméable et m'a ramenée à Nice. Comme je refusais d'aller porter plainte, il m'a déposée au seul quartier chaud qu'il connaissait, le port. Je ne ressemblais à rien, j'avais l'air d'une vraie folle. C'est cette nuit-là que je suis tombée sur la petite.

Elle inspira deux bouffées supplémentaires et écrasa son mégot sur le rebord de la table en reniflant bruyamment.

Serena vit que certaines des cicatrices qui lui couraient sur les bras étaient d'anciennes coupures, d'autres des brûlures de cigarette.

— Jasmine venait d'arriver. Les autres filles se foutaient gentiment de ma gueule, mais elle me regardait avec effarement parce que ça faisait quoi, deux ou trois nuits qu'elle était là, et l'idée de se retrouver dans la même situation que moi la faisait carrément flipper ! On a parlé un peu, on s'est raconté nos vies et on s'est aperçues qu'on avait une amie en commun, une fille du nom de Kel Ugwu, originaire de l'État d'Edo. À l'époque où je cherchais à passer en France, en septembre 2016, Kel m'avait mise en contact avec un réseau qui passait par le nord du pays, mais ça n'a pas fonctionné pour moi. Je n'ai plus eu de nouvelles d'elle jusqu'à mon arrivée ici, avant-hier. Elle était là depuis quatre jours. Elle avait été refoulée à la frontière du Tchad, mais elle comptait bien repartir dès que l'Immigration aurait tamponné son fichu dossier. Elle m'a reparlé de ce réseau du Nord et d'un convoi qui s'organisait avec d'autres filles pour Abuja. De là, elle rattraperait cette hypothétique filière, direction Kaduna, Kano, près de la frontière, puis le Niger et enfin, la Libye, avant le grand départ pour l'Europe.

Favour fronça les sourcils.

— Cette femme, Kel, on peut la voir ?

Diana secoua la tête.

— Elle a eu son tampon hier. Elle doit être à Abuja à l'heure qu'il est.

— Comment Jasmine l'a-t-elle connue ? intervint Serena, perplexe. Elle m'a dit qu'elle avait été droguée et qu'elle ne se souvenait quasiment de rien jusqu'à ce qu'elle soit prise en charge par un dénommé Idriss.

Diana glissa une nouvelle cigarette entre ses lèvres.

— Avant d'être candidate à l'exil, Kel était coiffeuse,

lança-t-elle en faisant claquer son briquet. Elle bossait au même salon que Rayo, la sœur aînée de Jasmine.

Serena comprit où la jeune femme voulait en venir.

— Cette Kel, s'écria-t-elle, il faut à tout prix qu'on mette la main dessus ! T'a-t-elle dit quelque chose, avant de partir ?

Diana esquissa un sourire.

— Mieux que ça, dit-elle en adressant un clin d'œil complice à Favour. Elle m'a laissé une adresse, au cas où je me déciderais à la rejoindre.

Favour lui prit la main.

— Mais tu ne la rejoindras pas, n'est-ce pas ?

Diana entrouvrit les lèvres pour répondre, d'un air crâne, mais les mots restèrent bloqués dans sa gorge. Elle balbutia un truc que Serena ne capta pas, ses traits se déformèrent et elle fondit en larmes.

— Je préfère que tu ne viennes pas.

Esther ne décolérait pas.

— Favour m'accompagne, je ne risque rien ! lança Serena pour la rassurer. Cela fait des semaines qu'elle reporte son déplacement dans vos locaux d'Abuja.

— Tu es blanche, fulminait Esther. Mets-toi ça dans la tête une bonne fois pour toutes. Là-bas, c'est beaucoup plus compliqué qu'à Lagos !

Serena ne l'écoutait que d'une oreille. Tout s'était calé très vite. Elle avait pris ses dispositions dès son retour du NAPTIP et prévenu l'avocat Pierre Faure et Jasmine sur WhatsApp. Elle avait retrouvé les coordonnées mail d'un journaliste travaillant pour le quotidien *This Day* d'Abuja, contacté six mois plus tôt pour sa connaissance du milieu proxénète nigérian, lui avait aussitôt envoyé un message et s'empressait à présent de faire ses valises. Le départ était prévu pour le lendemain matin, à l'aube, en bus. Favour se chargeait de leur prendre des billets, quelqu'un les attendrait là-bas pour les conduire à leur hôtel et leur servir de taxi.

Esther s'écria :

— C'est trop dangereux.

— Mais non…

— Je suis sérieuse. Le Nord, c'est la merde.

Sa voix tremblait légèrement.

— *Vraiment* la merde, précisa-t-elle.

Serena lui passa la main dans les cheveux.

— Dans ce cas, accompagne-moi et protège-moi !

Esther esquiva sa main.

— Je ne peux pas.

Serena se pencha.

— Ma décision est prise, reprit-elle en anglais d'une voix douce.

Esther abdiqua. Elle saisit son portable, composa un numéro et échangea brièvement en pidgin lagotien avec un dénommé David. Elle hocha la tête à deux reprises, prit des notes sur une feuille, puis elle le remercia en anglais et raccrocha.

— Corey Stander, dit-elle en lui tendant la feuille. Voici ses coordonnées. Il est déjà sur Abuja. Il nous attendra à la gare routière.

Serena prit la feuille, en souriant.

— Tu viens, alors ?

— Stander est un ex-mercenaire sud-africain, un pro, éluda Esther. Il bosse pour Executive Outcomes, la société de sécurité privée avec qui je fais affaire dans certains de mes déplacements professionnels.

— Un ex-mercenaire ?

Esther haussa les épaules.

— C'est ce qu'il y a de plus sûr en matière de sécurité, au

Nigeria. Ils ne sont pas donnés, environ trois cencs dollars par jour, mais il y a pire et au moins, ceux-là sont honnêtes et fiables. Un peu bourrins dans le genre, mais tu t'y feras. De toute façon, tu n'as pas le choix. Il faut juste que tu le rappelles vers dix-neuf heures pour caler deux, trois trucs avec lui.

Serena lui rendit la feuille, incrédule. Esther secoua la tête.

— C'est non négociable, dit-elle.

14

Jaji, 7 mars 2020.

Peter Dirksen avait vu les choses en grand.

Incroyable, mais vrai :

L'AFCSC, un centre de formation pour les forces armées nigérianes, accolé à la base militaire de la Nigerian Air Force, dans la zone gouvernementale d'Igabi, à quarante kilomètres au nord de Kaduna. Un objet de fierté fédérale. Reconverti en petit paradis pour consommateurs de First en territoire musulman.

La fièvre du samedi soir façon MB Nigeria Inc. : un cocktail explosif de bière à foison, de braves soldats testostéronés et d'hôtesses de bonne volonté.

Peter l'avait rêvé, les effets délétères de la corruption nigériane avaient fait le reste. Il n'en revenait pas lui-même. Un pur délire décadent : près de huit cent cinquante jeunes en rut, encadrés par une centaine de soldats, quatre mille litres de First en bouteilles payés rubis sur l'ongle, l'équipe commerciale MB au grand complet, vendeuses en tenue sexy rouge et or comprises, un DJ de renommée nationale, des lasers illuminant le ciel au-dessus de la base et un buffet gargantuesque, avec pyramides de beignets d'*akara*, de croquettes *chin-chin* et *moi-moi*, soupières de sauce *egusi*, *utazi* ou *onugbu*, brochettes de *suya*, riz jollof à volonté et grillades de bœuf et de poisson.

Tout était parti d'un échange à bâtons rompus lors d'un brunch à trois avec le P-DG de MB Nigeria Inc. Vincent Chikwe, dans son domicile du quartier résidentiel d'Abuja, et le directeur de l'usine de Kaduna Olowu Nurudeen, quatre jours plus tôt. Ambiance boulot, eau gazeuse, gâteaux secs et vaisselle en céramique.

À Keffi, son village d'origine, Chikwe était un *eze*, un roi traditionnel affichant humilité et ascétisme, logeant dans une maison modeste, mais le reste du temps, il vivait avec sa famille dans un palais somptueux, en banlieue de la capitale, dont l'aménagement – marbre et dorures, moquette épaisse, collection de masques Ibo et de cimiers Ekoi, téléviseurs écran plat dans toutes les pièces – rappelait davantage le penthouse du président Donald Trump à Manhattan. Des domestiques béninois francophones, le nec plus ultra en matière de personnel d'intérieur, servaient le maître et ses proches à toute heure du jour et de la nuit, sa cave climatisée offrait les meilleurs crus et du champagne Bollinger à volonté – pas la moindre bouteille de bière, Chikwe trouvait ça vulgaire. Peter Dirksen n'y était invité qu'en de rares occasions, toujours pour le travail.

La discussion portait sur la pression exercée par la communauté musulmane pour interdire la consommation d'alcool dans les lieux publics. Le sujet était sensible. Peter enrageait. Les politiciens du Nord jonglaient entre leur électorat majoritairement musulman, l'introduction de la charia dans la loi et la soif d'expansion économique de leurs amis producteurs de bière.

Peter souhaitait développer le sponsoring d'évènements publics comme des concerts et des soirées dans des stades pour séduire la jeunesse. Il avait réservé un dixième des panneaux publicitaires de Kaduna pour les six prochains mois afin d'en faire la promotion. Levée de boucliers des ministres musulmans du gouvernement de Kaduna. Rétropédalage de Chikwe. Nurudeen avait aussitôt sollicité une réunion de crise.

Il déclara :

— Trouvons un compromis !

Peter trempa les lèvres dans son Perrier.

— Il suffit de piocher dans le budget relations publiques et d'arroser les politiciens, comme nous l'avons toujours fait, non ? À combien est le ministre, cette année, cinq cent mille, un million de nairas ?

Nurudeen réprima un sourire. Chikwe leva les yeux au ciel. Il but son eau pétillante et fit signe au serveur béninois de les resservir.

Peter joua la carte de la naïveté :

— Ne peut-on pas contourner la charia ?

Nurudeen ravala son sourire. Chikwe ne goûta pas la suggestion et jura. Le serveur qui remplissait le verre de Peter hoqueta et versa de l'eau sur la nappe brodée. Nurudeen se pencha vers Peter.

— L'épouse du président est sunnite, dit-il à voix basse.

Peter recula sur son fauteuil pour laisser le serveur éponger.

— Si on ne peut pas acheter les politiciens sur ce coup-là, qui alors ?

Chikwe se figea.

— Les militaires.

Peter fronça les sourcils.

— Les militaires de ce pays peuvent imposer des fêtes de la bière publiques aux politiciens sans offusquer la communauté musulmane ?

Nurudeen fixa le président Chikwe en souriant. Il voyait où il voulait en venir.

— Non, bien sûr que non.

Chikwe répondit à son sourire.

— Mais les militaires sont propriétaires des rares espaces fédéraux sur lesquels ni le gouvernement local ni les élites religieuses n'ont de pouvoir. Des lieux potentiellement publics *et* privés.

— Neutres, précisa Nurudeen.

Chikwe applaudit.

— Je crois que ça peut se faire, dit-il en brandissant son téléphone. Je passe quelques coups de fil. Peter, vous m'organisez ça pour ce week-end.

Peter Dirksen les dévisagea comme s'ils étaient subitement devenus fous. Nurudeen le laissa mariner un instant avant de l'affranchir.

— Les bases militaires, dit-il finalement, en lui tapant sur l'épaule. Ce sera votre nouveau terrain de jeux. Soyez ambitieux et créatif, mon petit, le président compte sur vous.

Contre toute attente, les généraux nigérians du Nord acceptèrent. MB Nigeria Inc. privatisa une partie de la base militaire de l'AFCSC de Jaji et Peter en fit une beuverie géante.

Il avait été créatif. Il visionna mentalement les fêtes de propagande orgiaques destinées à remonter le moral des troupes sur les camps américains pendant la guerre du Vietnam, avec alcool, pin-up et stars de la chanson, puis il apporta sa touche personnelle : cartons d'invitation MB à destination de la fine fleur de la jeunesse progressiste masculine de Kaduna, vigiles à l'entrée et First à gogo.

The place to be.

Les décorateurs locaux firent des miracles. Sous étroite surveillance des observateurs corrompus du gouvernement fédéral, ils relookèrent intégralement un immense hangar de la base, habituellement destiné à l'entretien des hélicoptères et des avions de chasse de la Nigerian Air Force. Écrans géants, boules à facettes, tentures rouge et or et dancefloor sur parquet flottant en épicéa de l'État de Cross River. Pour éviter que des hordes de jeunes Nigérians éméchés ne déboulent sur la voie publique, une fois la fête terminée, Nurudeen obtint du commandement de la base la construction d'une salle de repos pour les ivrognes, aux frais de MB. Il était convenu qu'ils y soient « retenus » et surveillés jusqu'à ce qu'ils soient sobres. Le bénéfice était quadruple : optimiser la sécurité de la soirée, respecter nos frères musulmans, préserver l'image de MB de jugements hâtifs de type *La bière, c'est vraiment mal!* et favoriser l'excès pendant la fête.

Restait une dernière question : une fête sans filles n'est pas bonne pour les affaires. Problème : une fête avec filles qui dégénère en territoire musulman et sur un site militaire fédéral encore moins.

Nurudeen ordonna :

— Soirée non mixte : pas de jeunes femmes de bonne famille.

Peter traduisit :

— MB Nigeria Inc. dispose d'une petite armée d'hôtesses First, formées à vendre de la bière par litres entiers et entraînées à œuvrer dans les bars de la ville. Je peux en prélever une centaine samedi soir et les affecter à la fête de Jaji.

Nurudeen tiqua.

— Est-ce suffisant ?

Peter opina gravement.

— J'en embaucherai une centaine de plus, s'il le faut.

Il contacta Chidi Bisson et Prince Torey, deux proxénètes notoires qui activèrent leurs réseaux et se chargèrent de l'approvisionnement. Des dizaines de filles débarquèrent le jour J pour tenir compagnie aux fêtards.

Les portes de la base s'ouvrirent au public à 19 h pétantes. La voix envoûtante de Gloria Gaynor s'éleva au-dessus de la piste – *At first I was afraid, I was petrified…* Les soldats reconvertis en guichetiers et les fils de bonne famille déboutonnèrent leur veste et invitèrent les jeunes Nigérianes rouge et or à danser. En retour, elles les invitèrent à boire de la First. La bière fit grimper la température et ensorcela les cœurs.

Le hangar-discothèque afficha complet à 21 h. Avant que minuit sonne, il fut acté de remettre ça le week-end suivant, sur une base militaire de l'État de Sokoto, au nord-ouest de Kaduna. Et celui d'après, sur la base aérienne de Kainji, située à New Bussa, dans l'État de Niger.

Le lendemain, peu après cinq heures, tandis que les derniers invités cuvaient dans la salle de repos et que les hôtesses First encore vaillantes prodiguaient des marques d'affection soutenues aux jeunes recrues chargées de veiller sur leur alcoolémie, la musique se tut et l'appel à la prière résonna depuis les haut-parleurs et les minarets des mosquées des villages environnants.

Peter Dirksen n'entendit rien. Toute la nuit, il fut exemplaire. Il somnolait, sur le siège passager d'un avion abandonné sur le bord de la piste d'atterrissage, la tête calée contre le hublot, attendant que le soleil se lève et qu'une nouvelle journée débute sur les terres fertiles de Kaduna.

L'air était lourd, des roulements de tonnerre faisaient vibrer la carlingue, le ciel rougissait sur la ligne d'horizon. Peter Dirksen faisait le plus beau métier du monde et il en était conscient.

Un soldat en uniforme se racla la gorge pour signaler sa présence.

Peter ouvrit les yeux.

— Oui ?

Le militaire ne répondit pas et s'effaça aussitôt pour laisser la place à un officier obèse, la calvitie prononcée, affublé de lunettes aux montures épaisses et d'une casquette verte à écusson rouge et or. L'homme déposa un porte-documents kaki sur la tablette, devant Peter, le fit pivoter vers lui afin d'en extraire une feuille comptable sur laquelle figuraient la date, la signature du lieutenant-général Benedict Kabiru Audu, responsable en chef de la base de Jaji, ainsi que le montant des émoluments dus à l'armée nigériane.

Il indiqua une case vierge, située en bas.

— Veuillez signer là, s'il vous plaît.

La somme était exorbitante. Peter siffla en connaisseur. Il relut le papier avec attention, fouilla dans les poches de sa veste, en vain, puis il releva la tête et lui adressa un clin d'œil complice.

— Auriez-vous un stylo à me prêter ? demanda-t-il en néerlandais.

Son interlocuteur s'exécuta, affichant un sourire sinistre.

— J'ai fait une partie de mes classes à l'ambassade du Nigeria à La Haye, dit-il dans la langue maternelle de Peter Dirksen. J'ai eu la chance de côtoyer un grand nombre de vos concitoyens en affaires avec mon pays, chefs d'entreprise, diplomates.

— Oh, vraiment ?

Vexé, Peter se hâta de parapher le document et de lui rendre son stylo pour qu'il s'en aille. Le comptable récupéra le tout et ajouta, sur un ton enjoué :

— C'est à peu près à cette époque-là que j'ai acquis la certitude qu'il ne fallait jamais faire crédit aux fils de pute comme vous.

15

Kaduna, 8 mars 2020.

Début d'après-midi, un open space au deuxième étage d'un immeuble désaffecté de la zone industrielle proche de l'usine Peugeot, au sud de la ville. La pièce avait été aménagée en bureau d'embauche. Impassible, un employé de MB en costume-cravate, installé derrière une table, jouait le rôle du recruteur.

Les candidates s'alignèrent face à lui, le long du mur qui donnait sur le couloir. Elles avaient été conduites là à bord de minibus, tôt dans la matinée, et patientaient depuis dans une salle attenante, le ventre vide. Certaines avaient les traits tirés, aucune ne s'était douchée depuis au moins vingt-quatre heures, toutes portaient la même panoplie vestimentaire rustique short / lappa / tee-shirt / tongs / foulard – ni maquillage ni bijoux.

Le sergent Ira Gowon tira sur sa Marlboro en grimaçant. Trente-sept, compta-t-il, en jetant un œil aux deux rabatteurs assis près de la baie vitrée.

Le premier, Chidi Bissong, était un trou du cul fini tiré à quatre épingles et un homme d'affaires avisé. Il officiait en tant que proxénète spécialisé dans la traite des femmes depuis des années. Sa longévité dans le métier tenait essentiellement à son carnet d'adresses, long comme le bras. Pour se couvrir, il fournissait en prostituées de luxe de nombreuses personnalités de la capitale, mais l'essentiel de son business consistait à ouvrir les routes de l'Europe aux filles qui alimentaient les bordels européens. Son territoire de chasse s'étirait de Benin City à Zaria, au nord. Il était à la tête d'une armée de petits criminels chargés d'acheter, transporter et vendre pour lui sa « marchandise ». Il ne gérait aucun trottoir ni aucune maison de passe. Il n'était à la tête d'aucun cheptel de filles, son royaume tout entier tenait dans un petit carnet noir qui ne quittait jamais la poche de sa veste Armani et sur lequel il inscrivait des dates et des chiffres dans des colonnes *débit* et *crédit*. Son leitmotiv, c'était *zéro stock, zéro emmerde*. Il n'employait jamais les mots *putes*, *prostitution* et *bordel*, leur préférant une novlangue qui plaisait à ses clients. Il ne possédait pas de portable, ne touchait jamais à la *marchandise* et se voyait comme une sorte de *partenaire* économique, d'*intermédiaire*, un *trader* qui achetait et vendait cinq à six mille *unités* d'un *produit* très demandé sur les *marchés* intérieur et extérieur.

Le trou du cul n° 2, son associé, faisait le sale boulot. Prince Torey était une brute épaisse qui n'existait que dans l'ombre de son maître. Lui ne parlait pas. Il exécutait.

Trous du cul n°s 1 et 2 n'étaient présents aujourd'hui que parce que le président Vincent Chikwe était un excellent client, doublé d'un homme influent au gouvernement fédéral. Mais la vraie raison de leur présence était que MB Nigeria Inc. représentait la promesse d'un chiffre d'affaires de près de deux mille cinq cents unités sur 2020 et 2021 – entendez : deux mille cinq cents filles recrutées par Bissong pour le compte de l'entreprise. Un sacré pactole.

Ira Gowon avait tiqué quand Olowu Nurudeen lui avait demandé de superviser le recrutement des hôtesses First par l'entremise de Bissong.

— Recrutées pour quoi ?

— Gagner leur vie en vendant de la First entre Lagos, Abuja et Kaduna.

— Pourquoi Bissong ?

Nurudeen avait soupiré.

— Nous avons besoin de plus de vendeuses, mais tu comprends bien que nous ne pouvons pas passer des petites annonces sur le campus d'Abuja ou dans les écoles de commerce. Bissong nous permet d'accéder au circuit parallèle...

— Pourquoi moi, dans ce cas ?

— Parce que Bissong est un criminel et que tu es notre caution morale.

Ces réponses suffirent à Ira Gowon pour fermer les yeux sur l'origine du recrutement, sur le contenu de la formation et sur ce que les filles recrutées devraient faire pour vendre la First. Tout ce que Gowon voyait – tout ce qu'il voulait voir – était que les filles sortaient de facto du circuit parallèle de Bissong.

N'importe quoi plutôt que la route de l'Europe.

Tout sauf les types comme Bissong.

Il terminait sa cigarette en fixant les deux proxénètes d'un œil mauvais, quand le recruteur réclama l'attention des candidates d'un claquement de doigts.

— Mesdemoiselles !

Gowon laissa tomber le mégot à ses pieds, l'écrasa du talon sur la moquette et croisa les bras pour observer ce qui allait suivre.

Le recruteur attrapa le carton avec lequel il était arrivé, le déposa sur la table et en sortit un paquet de passeports, des stylos à bille bleus et une ramette de papier. Il demanda à l'une des jeunes femmes d'assurer la distribution, puis, une fois que toutes furent équipées, il récita son laïus, en anglais :

— Nom, prénom, âge, diplômes, expérience.

Les candidates tiquèrent sur le mot *expérience*. Il précisa :

— Dans le secteur du commerce et de la vente.

Elles se dévisagèrent, lançant des coups d'œil interrogateurs en direction de Bissong qui les fixait en silence, impassible. Le recruteur tapa des mains et leur demanda d'accélérer le rythme. Elles s'exécutèrent. Le type patienta cinq minutes, prépara une pile de formulaires, puis il fit signe à la première jeune femme de s'avancer, saisit la feuille qu'elle lui tendait et la parcourut rapidement des yeux.

Il lut à voix haute :

— Ojo Mercy, 19 ans, sans diplôme, expérience professionnelle dans un salon de coiffure, c'est bien ça ?

La jeune femme acquiesça.

— Tu sais lire et écrire en anglais ? demanda-t-il.

Nouveau hochement de tête.

— Tu sais qui je représente ?

— MB Nigeria Inc.

— Tu as été briefée sur ce qu'on attend de toi ?

Elle hésita, risqua un bref coup d'œil à Bissong qui leva les yeux au ciel, puis répondit :

— Oui.

— Tu es motivée ?

Cette fois-ci, elle n'hésita pas.

— Oui.

Le recruteur opina d'un air satisfait. Il demanda à la fille de tourner sur elle-même et considéra tranquillement ses formes pendant qu'elle s'exécutait avec docilité. Il chercha ensuite le passeport correspondant, vérifia les nom, prénom et année de naissance, la date d'expiration, il compara la photo d'identité avec l'originale, puis il remplit le premier formulaire de la pile avec soin, avant de le retourner vers elle, désignant de l'index une case vierge en bas, à droite.

— Signe ici.

La fille signa, d'une main tremblante.

— C'est tout ?

Sourire agacé du type qui ajouta sur un ton faussement enjoué :

— Bienvenue chez MB Nigeria Inc. !

Il rafla le formulaire, le déposa à sa droite et déclara :

— Suivante !

Ojo Mercy récupéra son passeport et alla se poster derrière lui. Un murmure parcourut la file qui s'ébroua et progressa d'un mètre. Bissong ricana et se passa la langue sur les lèvres. Gowon ralluma une cigarette. Il n'aimait pas ça. La scène était sordide. Le mot *prostitution* n'avait pas été prononcé une seule fois, la jeune femme ne s'était pas déshabillée et personne ne lui avait demandé quoi que ce soit de vraiment déplacé, mais c'était pourtant ce qui se jouait derrière ce simulacre d'entretien d'embauche.

Gowon tira nerveusement sur sa cigarette et se détourna pour ne pas assister au prochain entretien. Dans la baie vitrée, il croisa son reflet et ne parvint pas à soutenir son propre regard. Il réalisa qu'il ressentait de la honte. Cette révélation le déstabilisa. Il s'agissait d'un sentiment nouveau pour lui.

Nouveau et dangereux.

Il fit demi-tour et fixa le profil de la candidate suivante, une petite femme aux épaules légèrement voûtées et au regard dur. Il s'accrocha à l'idée qu'elle savait ce qu'elle faisait, qu'elle avait choisi d'être ici, que bientôt elle ne serait plus la victime de salauds comme Bissong, mais employée par MB Nigeria Inc., avec de vraies perspectives d'avenir si elle tenait le coup, que ça valait mieux que la violence des passeurs libyens, qu'une traversée hasardeuse sur la Méditerranée, que les passes merdiques sur les trottoirs français ou italiens. Il parvint à se persuader que la honte n'était pas le problème, mais un révélateur.

Bissong était le problème.

Gowon entrevit alors une solution pour reprendre les choses en main et cela le fit sourire.

Il recouvra son calme, attendit patiemment qu'une occasion se présente et, lorsqu'une gamine qui prétendait être majeure se présenta devant le recruteur, il décida de contre-attaquer.

Il s'écria :

— Stop !

Il traversa la pièce dans un silence de mort, saisit d'autorité le passeport que le type feignait de vérifier, le brandit devant la candidate et compara son visage à celui de la photo. Il existait une vague ressemblance entre les deux, mais il était évident au premier coup d'œil qu'il ne s'agissait pas de la même personne.

Il demanda :

— C'est ta sœur aînée ?

Tétanisée, la fille se tourna vers Bissong, comme pour le supplier d'intervenir. Gowon l'attrapa par la nuque pour la contraindre à rester concentrée sur lui et sur le passeport.

— Réponds-moi !

Elle balbutia :

— Non.

Gowon rugit et balança le passeport dans les airs.

— Quel âge as-tu ?

— Dix-huit ans.

Il la gifla. La fille cligna des yeux pour retenir ses larmes. Chidi Bissong fit un pas en avant, prêt à intervenir. Gowon leva un doigt menaçant dans sa direction pour lui intimer l'ordre de rester en dehors de ça. Bissong s'immobilisa.

— Ton âge, répéta Gowon.

— Dix-huit ans, répéta-t-elle.

La deuxième gifle, plus violente que la précédente, lui arracha un cri de douleur.

— Tu mens !

— Dix-huit, dit-elle encore une fois, en pleurant.

Gowon leva le poing pour la frapper, mais Bissong s'interposa. C'était le signal. Gowon braqua son arme de service sur la tempe du proxénète. Son associé Prince Torey dégaina un revolver qu'il pointa sur Gowon. Le caporal Vitalis Udo recula d'un pas et mit en joue Prince Torey. Les filles se jetèrent par terre en hurlant. Le recruteur plongea sous la table. Seule la gamine resta debout, pétrifiée.

— Elle ment ou pas ? demanda Gowon.

Bissong se tourna doucement pour lui faire face. Le canon de l'arme ciblait à présent son front.

Il déclara froidement :

— Ne touche pas à ma marchandise.

Gowon grimaça au mot *marchandise*. Bissong afficha un sourire mauvais et esquissa le geste de saisir le canon de l'arme. Gowon arma le percuteur et l'abattit à bout portant, puis il pivota, réarma et braqua Prince Torey à l'instant précis où le caporal Udo pivotait vers lui. Torey ne joua pas au héros. Il resta debout, arme au poing. Gowon ajusta lentement l'angle de son tir, de façon à viser le front du proxénète. Torey fit la moue. Il jeta un œil à Udo. Un sourire narquois éclaira son visage, puis il écarta les bras, ouvrit la main droite. Son revolver tomba sur le sol et rebondit dans un claquement métallique. Il ne lâcha pas Gowon des yeux pendant toute la manœuvre.

— Qu'est-ce qu'il se passe, maintenant ? demanda-t-il en langue yorùbá.

Sa voix était enrouée, presque rugueuse, comme si parler lui coûtait un gros effort.

— Je crois que tu viens d'hériter d'une affaire florissante qui ne demande qu'à prospérer davantage, répondit Gowon.

Torey ne manifesta aucune émotion particulière.
— Je vois, fit-il.
Gowon se racla la gorge.
— J'ai décidé de t'épargner, ne l'oublie jamais.
Torey opina. Gowon soupira.
— La question est : es-tu prêt à prendre la relève ?
Torey se contenta de hausser les épaules.
— J'imagine que ça devait arriver un jour ou l'autre, dit-il, en désignant le cadavre de Bissong.
— Je veux te l'entendre dire. Es-tu de taille ?
— Oui, je crois que oui.
Gowon fit claquer sa langue.
— Nom de Dieu, Prince ! s'exclama-t-il d'un air agacé. Vu les emmerdes qui se profilent, *croire* que tu es à la hauteur de la tâche qui t'attend ne me suffira pas.
Torey fit craquer ses phalanges.
— Je le suis. Ça ne fait aucun doute.
Satisfait, Gowon hocha la tête. Il contempla un instant le corps sans vie de Bissong à ses pieds, puis il le désigna du menton.
— Débarrassez-moi de ça, dit-il à l'intention de Prince Torey et d'Udo.
Il se retourna ensuite vers la gamine. Elle s'était pissée dessus. Des gouttelettes de sang lui maculaient une partie de la figure.
Il demanda d'une voix douce :
— Comment t'appelles-tu ?
— Abigail.
Il tendit la main pour lui caresser la joue.
— Abigail, répéta-t-il, comme s'il cherchait ses mots. À présent que ton bourreau est mort, tu peux me le dire, à moi, quel est ton âge ?
La gamine fixa le recruteur dont la tête émergeait, au-dessus

de la table. Quelque chose se brisa en elle, des larmes inondèrent ses joues.

— Dix-huit ans, dit-elle en tournant légèrement la tête pour parer un nouveau coup.

Gowon sourit.

— Tu veux ce boulot, n'est-ce pas ?

Elle opina.

— Tu es prête à tout pour l'obtenir, même à mentir au policier qui vient d'abattre celui qui s'apprêtait à te vendre comme du bétail.

Abigail hocha la tête, lentement. Ses larmes redoublèrent. Gowon frotta du pouce le mélange de sang et de larmes sur sa pommette.

Il chuchota pour qu'elle soit la seule à l'entendre :

— Je suis désolé, ma fille.

Il la cogna si violemment sur la tempe qu'elle tomba à genoux, sonnée.

Puis, à voix haute, en yorùbá :

— Les règles établies par Bissong sont désormais abolies. Personne n'embauchera de mineures aujourd'hui, ni les autres jours. MB Nigeria Inc. ne fait affaire qu'avec des personnes en règle. Je m'en porte garant. Faites passer le mot. Si certaines d'entre vous souhaitent revoir leur copie, c'est le moment. Celles qui veulent partir sont libres de le faire. Pour les autres, je vous invite à bien réfléchir avant de vous présenter devant moi.

Les candidates se relevèrent peu à peu. Abigail se redressa sur les coudes. Deux filles aussi jeunes qu'elle se détachèrent du groupe et vinrent l'aider à se mettre debout, puis elles se dirigèrent vers la porte.

Gowon tapa des mains.

— On reprend tout depuis le début !

Le caporal Udo dégageait une odeur âcre de transpiration et de mauvais alcool.

— Putain, Ira, tout ce merdier pour des putes !

Gowon ne dit rien, les yeux rivés sur les feux arrière de la voiture qui les précédait. La nuit était tombée depuis deux heures, mais le bitume de Stephen Shekari Avenue, surchauffé toute la journée par le soleil, maintenait le thermomètre à des niveaux insupportables.

Il était fatigué. Son cerveau carburait à plein régime. Vingt-trois filles avaient été embauchées aujourd'hui, selon ses règles. Elles avaient perçu une avance sur salaire et avaient été placées dans une pension, le temps de s'organiser. Il avait lui-même signé le registre et filé un billet au gérant afin qu'il l'appelle sur-le-champ s'il y avait le moindre problème. Les autres avaient été renvoyées dans leurs familles ou à la rue. Tout le monde ne pouvait pas être sauvé, mais elles avaient néanmoins été dédommagées pour ça.

Restaient les centaines de candidates à venir.

Gowon évaluait toutes les difficultés et les remous que la mort de Chidi Bissong et l'avènement de Prince Torey ne manqueraient pas de provoquer. Il pensait aussi aux opportunités que ces changements offraient. Pour Prince Torey au trône. Pour lui. Pour les habitants de Kaduna. Il visualisait avec netteté le travail colossal qu'il allait devoir abattre pour compenser cette perte et regagner la confiance des responsables de MB Nigeria Inc. quand ils l'apprendraient.

Le caporal Udo renifla bruyamment et cracha par la vitre

— Nom de Dieu, quelle journée, c'était chaud !

Il lui administra une tape sur l'épaule.

— C'est toi le nouveau maître du jeu, maintenant.

Gowon ricana. L'idée lui plaisait assez, mais il ne se faisait pas d'illusions. Il allait devoir rendre des comptes et ça n'allait pas être une partie de plaisir. Demain, Udo et lui seraient peut-être morts. Il s'y était préparé. Il était prêt à assumer ses actes.

Il bifurqua sur Constitution Road. La circulation se densifia, les voitures roulaient au pas. Il alluma la radio. Après les informations nationales, le speaker donna le micro à la porte-parole d'une ONG de Lagos qui commença par ces mots : « Aujourd'hui, 8 mars 2020, Journée internationale des droits de la femme, les féminicides au Nigeria en nette augmentation… » Udo se marra. Gowon coupa la radio et lança le gyrophare, se déporta sur la bande d'arrêt d'urgence et accéléra. Les pneus du 4 × 4 labouraient le bas-côté, projetant un nuage de poussière et de gravillons sur les véhicules de la file de droite. Ils atteignirent le petit pont, au niveau du New Moon Light Hotel. La sonnerie de son téléphone retentit. Gowon attrapa son portable et jeta un œil à l'écran. Il sourit quand il vit le nom qui s'affichait.

Udo gueula :

— Attention !

Gowon releva les yeux et évita de justesse une mobylette stationnée sur le côté. Il donna ensuite un brusque coup de volant pour ne pas percuter la voiture de gauche. Le 4 × 4 chassa, Gowon réussit à se rétablir par miracle. Udo se resservit une rasade d'ogogoro.

Gowon ralentit et décrocha.

— Tu as salement merdé, dit le directeur Olowu Nurudeen.

— Je sais.

— Tu devais surveiller les transactions, pas buter les fournisseurs !

— Je suis flic. C'est mon métier, lutter contre la criminalité.

Nurudeen s'esclaffa.

— Sans blague !

— On ne pouvait pas faire confiance à ces types.

Nurudeen toussa.

— Bien sûr que non, mais on avait un accord.

Gowon déglutit.

— Maintenant, on va pouvoir gérer toute la chaîne de recrutement des vendeuses.

— On ? s'exclama Nurudeen.

— Pardon, *je* vais m'en occuper. Avec *votre* accord. Ça sera plus profitable pour tout le monde.

Nurudeen ne répondit rien, ce qui pouvait signifier : *Je vais y réfléchir*. Ou l'inverse.

Gowon enfonça le clou :

— Ces fils de pute salissaient notre ville. Ils n'avaient rien à faire à Kaduna.

Udo le regarda bizarrement. Gowon prit la bretelle à droite et passa sous le pont. La ligne grésilla, la communication fut brièvement interrompue, puis la voix de Nurudeen résonna à nouveau, crescendo :

— Tu te rachètes une conscience, Ira ?

Gowon coupa la sirène.

— Il faut bien commencer par quelqu'un, dit-il.

16

Kaduna, 8 mars 2020.

Hellen Ali était métisse. Ses yeux bleu lagon cueillirent Goje par surprise dès qu'elle retira ses lunettes de soleil pour le saluer. Elle lui avait donné rendez-vous sur le campus, près d'une dalle en béton où étudiants et lycéens venaient faire des figures de skate. Un lieu fréquenté et public.

— C'est pas contre vous, hein, dit-elle en lui serrant la main, mais les flics, j'ai pas confiance. Y a toutes ces histoires qui circulent depuis quelque temps à la fac, ces filles abusées par des policiers de la SARS. Je préfère qu'il y ait du monde autour de moi...

Goje plissa les yeux.

— Ne vous en faites pas pour ça.

Il désigna un muret derrière eux, à l'ombre d'un néré.

— On s'assoit là pour discuter ?

Hellen acquiesça et fourra ses lunettes dans son sac à main. Goje s'épongea le front et s'installa de façon à lui faire face.

Hellen était telle que Francis Namo la lui avait décrite, même s'il avait omis de lui parler de la couleur de ses yeux : une boule de nerfs, version poids plume. Elle portait le voile. Musulmane croyante, mais pas pratiquante. Elle étudiait la chimie, en cinquième année. Elle partageait une chambre étudiante avec Victoria Namo à la RKB Student Accomodation depuis deux ans. Elles avaient fait connaissance au club de handball de la fac. Hellen était ailier droit, Victoria, plus imposante, pivot. Victoria était une bosseuse, comme elle. Les jeunes femmes s'étaient liées d'amitié. Lorsqu'un lit s'était libéré à la résidence étudiante, Hellen, qui connaissait les problèmes d'argent de Victoria, lui avait proposé la place. Elle n'avait jamais eu à le regretter.

— Je suis originaire de l'État de Gombe, à l'est, dit-elle d'une voix douce. Fille unique. Mon père s'est saigné aux quatre veines pour me payer mes premières années d'études, avant que je décroche cette bourse privée de la Nigerian National Petroleum Corporation.

Goje émit un sifflement admiratif.

— Plutôt rare pour une femme, sans vouloir vous offenser.

Hellen le fixa d'un air agacé.

— Il s'agit d'une bourse au mérite. Ils ne m'ont pas prise parce que j'étais une femme mais parce que j'étais la meilleure de ma promotion, de très loin. N'allez pas croire que…

Goje l'interrompit d'un geste de la main en signe d'apaisement.

— Je ne sous-entendais rien.

Hellen le sonda en réajustant son voile.

— Tant mieux, dit-elle.

Un skateur les frôla en trombe et exécuta une pirouette sur le muret, à quelques mètres d'eux. Sa planche percuta une pierre, il perdit l'équilibre et se rétablit in extremis. Goje s'épongea à nouveau le visage.

— Dites-moi ce qu'il s'est passé ce soir-là, au Tiger Bar Lugbe.

Le regard d'Hellen s'assombrit.

— Victoria avait trouvé ce petit boulot de serveuse pour compléter l'argent que lui envoyaient ses parents. Elle bossait dur, terminait tard, généralement à deux, trois heures du matin, jusqu'à la fermeture, mais elle ne se plaignait jamais. Je l'aidais quand je pouvais, pas souvent, mais elle tenait à son indépendance. Fin novembre, elle m'a annoncé qu'elle avait obtenu une promotion. Plus de retard dans le loyer, elle rentrait plus tôt que d'habitude. Elle était plus secrète aussi, plus taciturne.

— C'est-à-dire ?

Hellen se passa la main sur la nuque, mal à l'aise.

— J'en sais rien. J'aurais dû… J'étais en pleins partiels, elle aussi, on n'a pas pris le temps d'en parler, bref, on s'est retrouvées début janvier, nos examens de premier semestre en poche, et avec des amis, on a décidé de lui faire une surprise et de la retrouver au Tiger après les cours. Elle portait cette tenue sexy qu'elle rapportait le soir pour la laver, cette robe rouge et or, un peu vulgaire, aux couleurs de cette marque de bière qui fait fureur chez les jeunes.

— La First, compléta Goje. Trop légère. Les vieux préfèrent la Guinness.

Hellen fronça les sourcils.

— Je pensais que vous étiez musulman. C'est ce que Francis, le père de Victoria, m'a dit, quand il m'a appelée pour organiser notre rencontre.

Goje opina, les yeux baissés.

— Je n'ai pas dit que j'en buvais.

Hellen secoua puis hocha la tête, l'air de dire qu'elle désapprouvait, mais que chacun était libre de faire ce que bon lui semblait.

— Victoria portait cette robe moulante quand on est arrivés. Lorsqu'elle nous a aperçus, elle nous a fait un signe de la main, un peu gênée, elle est aussitôt allée voir le barman, ils ont eu une discussion qui paraissait houleuse, puis elle est venue nous embrasser, elle est retournée bosser, s'est absentée pendant une bonne heure et nous a rejoints à notre table à son retour. Elle a décrété qu'elle avait terminé son service. On a passé le reste de la soirée ensemble.

— Elle vous a dit où elle était, tout ce temps ?

Hellen fit *non* de la tête.

— Pas vraiment. Juste qu'elle avait des trucs à régler.

— Des trucs ?

Hellen écarta les bras.

— Oui, des *trucs*, c'est tout ce qu'elle a dit. Elle avait l'air triste, enfin, c'est ce que je me suis dit sur le coup, mais après ça, on a passé un super moment et…

Goje la coupa.

— Victoria se prostituait ?

Hellen se raidit.

— Pourquoi dites-vous ça ?

Goje ignora sa question.

— Vous y avez pensé, n'est-ce pas ?

Elle ne répondit pas tout de suite. Elle le dévisagea un long moment avant d'acquiescer.

— Quand l'avez-vous compris ?

— Tout de suite. Dès novembre. Tout ce fric… Je ne suis pas stupide, beaucoup d'étudiantes tombent là-dedans, ça ou la drogue.

Goje soupira d'un air las. Il ne fit aucun commentaire sur le fait qu'Hellen lui avait menti, ainsi qu'aux parents de Victoria.

— Vous lui en avez parlé ?

— Évidemment ! s'exclama-t-elle.

— Comment a-t-elle réagi ?

Hellen serra les dents.

— Avec courage et détermination. Comme une femme

intelligente et brillante de vingt ans, la tête sur les épaules, qui a pris la douloureuse décision de vendre son corps pour se payer le droit d'étudier au Nigeria. Victoria n'est pas une gamine. Elle ne faisait pas ça pour s'offrir des fringues de marque et le portable dernier cri. Elle m'a juré qu'elle maîtrisait et qu'elle arrêterait dès qu'elle aurait trouvé une autre solution.

Goje frissonna. Un coup de vent vint agiter les branches du néré au-dessus d'eux. Les gousses longilignes qui pendaient à ses extrémités s'entrechoquèrent sans bruit en cadence. Le ciel s'obscurcit.

Il déclara :

— Ce soir-là, ces *trucs* qu'elle est allée faire pendant une heure, c'était ça. Elle était avec un client.

Hellen opina tristement.

— Elle vous l'a dit ? demanda Goje.

— Non.

— Vos autres amis n'étaient pas au courant, pour elle ?

— Non. Bien sûr que non, *Inch'Allah* !

Cette expression religieuse dans la bouche d'Hellen Ali surprit Goje, puis il réalisa qu'elle résumait parfaitement la vie de Victoria Namo. Une discussion récente avec sa fille aînée lui revint à l'esprit, à propos de ce livre de Chigozie Obioma, *La prière des oiseaux*, qui l'avait perturbée. L'histoire était celle d'un jeune garçon qui ne se contentait pas des mauvaises cartes distribuées par le hasard et qui tentait de s'élever au-dessus de sa condition, avec courage et abnégation. Dans le roman, sa vie était racontée par son *chi*. Dans la culture igbo, le *chi* était l'esprit protecteur, l'ange gardien qui veillait sur chaque individu, qui savait tout de lui. À la mort de son hôte, le *chi* l'accompagnait dans l'au-delà, avant d'occuper un nouveau corps. Le corps hôte n'était qu'un vecteur mortel pour le *chi* qui était éternel. Or la notion d'éternité appartenait aux esprits et à Dieu, ce que l'on traduisait au Nigeria en ponctuant chaque fin de phrase par *Inch'Allah* ou *By God's Grace*. Comme ce garçon, Victoria cherchait à dépasser sa condition et échapper à son destin. Comme lui, elle se cassait les dents sur le réel, souillée, assassinée, puis abandonnée sur une aire d'autoroute par les dieux et les démons qui géraient la vie des filles comme elle.

Il se mit à pleuvoir, une pluie fine et drue. Les skateurs s'égaillèrent peu à peu, puis disparurent. Des étudiants coururent s'abriter sous le porche d'un bâtiment administratif, de l'autre côté de la dalle de béton. Goje et Hellen se rapprochèrent du tronc de l'arbre afin de ne pas être mouillés.

— Et après ? dit Goje. Pourquoi est-elle sortie seule fumer une cigarette ?

Hellen fit *non* de la tête. Une lueur de colère dansait dans ses yeux.

— Elle n'était pas seule. Une des filles qui bossait au Tiger l'accompagnait.

— Prostituée, elle aussi ?

— J'imagine.

Goje frémit. Il visualisa mentalement le corps de la deuxième fille abandonnée sur l'aire d'autoroute. Il saisit le bras d'Hellen.

— Vous *imaginez* ?

Le ton de sa voix était plus dur qu'il ne le désirait. Hellen le fusilla du regard et se dégagea d'un geste brusque.

— Victoria ne m'avait pas donné de détails sur ce qu'elle faisait, s'emporta-t-elle. J'ignorais pour qui elle bossait, qui la payait, avec qui elle travaillait, je ne l'ai jamais vue avec un client, elle n'en a jamais ramené un à la résidence.

— Pour ne pas vous impliquer.

Hellen corrigea :

— « Pour qu'au moins quelqu'un sache qui je suis vraiment ! », voilà ce qu'elle disait.

— Elle est donc sortie avec cette fille. Comment s'appelait-elle ?

— Je n'en sais rien, dit-elle, décontenancée. J'avoue que je n'ai même pas pensé à me renseigner.

Un étudiant vint se réfugier sous l'arbre, interrompant leur échange. Goje le pria vertement de dégager et relança Hellen.

— Ensuite ?

— Rien. Ne les voyant pas revenir, nous sommes allés voir. Elles n'étaient plus là, ni l'une ni l'autre.

Goje devina la suite.

— Vous vous êtes dit qu'elle avait dû partir avec un client et vous avez persuadé ceux qui vous accompagnaient qu'elle était fatiguée et était sûrement rentrée de son côté, je me trompe ?

Une larme coula sur la joue d'Hellen.

— J'ai attendu toute la nuit. J'ai essayé de la joindre sur son portable, j'ai laissé des messages, en vain, jusqu'à ce que je tombe directement sur sa messagerie. J'ai compris qu'il y avait un problème. Je me suis rendue au commissariat le plus proche pour signaler sa disparition, mais le flic qui m'a reçue m'a traitée comme une gamine et n'a même pas voulu m'écouter. Je suis revenue avec un ami étudiant, un homme, en me disant que ça aurait plus de poids. Le flic de garde n'était plus là, mais son collègue a refusé de prendre notre plainte. Il nous a conseillé d'attendre encore, dit que ces choses-là arrivaient tous les jours, qu'il fallait juste s'armer de patience.

— Alors vous avez prévenu le père de Victoria pour le mettre au courant.

Hellen pencha la tête pour s'essuyer les yeux.

— Vous connaissez la suite.

La pluie s'intensifia. Goje proposa qu'ils aillent se mettre à l'abri dans sa voiture, stationnée en contrebas. Hellen déclina.

Elle tapota son sac de la main.

— J'ai cours dans dix minutes.

Goje n'insista pas. Il la remercia d'avoir accepté de lui parler de Victoria. Elle le remercia de l'avoir écoutée. Ils se serrèrent la main.

— C'est formidable ce que vous faites pour la mémoire de Victoria.

— Même si ça ne sert à rien ?

Un éclat triste illumina son regard.

— Tenez-moi au courant, dit-elle.

Goje la regarda s'éloigner sous l'averse. Il hésita une seconde, puis il s'élança à sa poursuite. Hellen ne ralentit pas quand il parvint à son niveau.

— J'ai oublié de vous dire, j'étais avec Francis Namo avant-hier, au cimetière Makabarta. L'administration funéraire a finalement donné son accord pour qu'il puisse récupérer le corps de votre amie.

Hellen s'immobilisa et se retourna pour lui faire face, les yeux brillants.

— Je l'ignorais.

Son foulard et sa djellaba étaient trempés. De l'eau et des larmes ruisselaient sur son visage. Elle tremblait. Goje se retint de la prendre dans ses bras pour la consoler, comme il l'aurait fait avec sa fille.

— L'inhumation aura lieu à Alaka vendredi prochain, réussit-il à articuler.

Hellen le remercia d'un hochement de tête, avant de reprendre sa course et de disparaître derrière le rideau de pluie.

Quatre jours plus tard. Pause déjeuner, à proximité de la mosquée Izzal Islam. Le café se résumait à un minuscule local vide repeint aux couleurs de la marque de bière First, ouvrant sur une ruelle perpendiculaire à College Road, et un mélange hétéroclite de chaises en métal ou en plastique disposées en demi-cercle sur le bord de la chaussée. Un baffle suspendu au-dessus de l'entrée du débit de bière crachait des tubes d'afro-pop sans discontinuer.

Fixée sur le revers de la porte métallique, une affiche publicitaire pour la marque Lux mettant en scène le regard sensuel de Genevieve Nnaji. La célèbre actrice de Nollywood semblait veiller sur Oni Goje qui dégustait une soupe de poisson pimentée agrémentée de beignets de haricots. La pluie s'était arrêtée de tomber vers dix heures. À ses pieds, un filet d'eau noire croupissait dans le caniveau et l'habituel torrent de boue et de déchets plastique s'était tari, pour ne laisser qu'une constellation de flaques disséminées ici et là.

Les beignets d'*akara* étaient secs. Goje avala le dernier et le fit passer d'une lampée de soda en bouteille. L'arrière-goût douceâtre saveur mangue apaisa ses muqueuses presque instantanément. Goje repoussa son assiette en rotant. Il déplia la petite serviette en papier fournie avec les couverts, s'essuya et la froissa, avant de la laisser tomber dans le reste de soupe.

À la table voisine, un type au visage grêlé croquait dans un sandwich libanais. De la mayonnaise coulait sur ses doigts. Le serveur déposa devant lui une bouteille de First, la décapsula d'un mouvement sec du poignet et fit demi-tour pour retourner à l'intérieur.

Le type grêlé l'interpella en yorùbá tandis qu'il pénétrait dans le café.

— Eh, toi ! Ma capsule !

Le serveur leva les yeux au ciel. Il tourna la capsule entre le pouce et l'index, jeta un rapide coup d'œil au verso, grimaça et fit volte-face pour la rendre au client. Son geste fit sourire Goje. La combine était vieille comme le monde.

Il était d'usage d'ouvrir la bouteille à table afin que le client soit certain que rien n'avait été mélangé à sa bière ou qu'elle n'était pas coupée avec de l'eau ou une bière meilleur marché, mais certaines marques comme la First faisaient gagner des lots, dont la nature était imprimée sur le verso de la capsule couronne. Certains serveurs peu scrupuleux repartaient avec la capsule pour vérifier qu'il ne s'agissait pas d'un ticket gagnant pour la loterie organisée par la marque. Les équipes marketing de la First offraient aux veinards des téléviseurs, des générateurs diesel, des sacs de riz ou même des chèvres vivantes, et une fois par mois, une voiture ou une moto. Le grêlé le savait – il n'avait pris de la First que pour ça. Voilà pourquoi il réclamait sa capsule.

Voilà aussi pourquoi le serveur s'était assuré de la mention inscrite au verso avant de faire demi-tour. Le cas échéant, il l'aurait certainement subtilisée et remplacée par une capsule perdante qu'il conservait dans sa poche. Personne ne gagnait rien d'autre que des produits dérivés merdiques, casquettes, tee-shirts ou autocollants rouge et or, mais le mirage du gros lot à la portée de tous était entretenu à grand renfort d'affiches publicitaires placardées sur les axes principaux de Kaduna montrant les visages radieux d'un couple de propriétaires d'une Peugeot 301 neuve ou de groupes d'amis installés sur un canapé en cuir et regardant un match de l'équipe nationale de foot du Nigeria sur écran plat, télécommande dans une main et bière First dans l'autre.

Le grêlé voulait sa part de chance. Même un porte-clefs ferait l'affaire. Il s'empara de la capsule perdante déposée sur le bord de la table, la retourna et la jeta d'un geste rageur dans le dos du serveur qui s'éloignait.

— Voleur ! s'écria-t-il. Rends-moi ma capsule !

Le serveur revint sur ses pas pour protester. Le client le menaça du doigt. Le ton monta entre les deux hommes. Goje contempla un instant sa bouteille. Il se demanda si le système des capsules gagnantes existait aussi avec les sodas. Il la saisit par le goulot, la termina d'une traite, puis il cala un billet sous son bol, se leva et descendit tranquillement la rue en direction du Tiger Bar Lugbe.

Le bar où travaillait Victoria Namo avant d'être assassinée était ce genre d'établissement tendance que fréquentaient les jeunes ingénieurs, les cadres et les étudiants friqués des écoles de commerce de Kaduna. Pas les types comme Oni Goje. Ce monde-là n'était pas le sien. Il détonnait dans le paysage.

Le barman inspecta son uniforme d'un œil torve lorsqu'il s'approcha du comptoir. Goje commanda un café et s'installa de façon à observer la salle.

Pas de chaises en plastique ni de relents de beignets frits, mais une odeur de cuir et des fauteuils confortables. Pas de fuji music ni d'afro-pop dans les enceintes, mais un fond sonore jazzy. La clientèle ne portait ni tongs ni ces tee-shirts publicitaires Shell ou First que l'on gagnait en faisant le plein de son pick-up à la station-service du coin, mais des baskets, des jeans et des chemises de marque, des lappas brodés et des coupes de cheveux sophistiquées.

Goje avisa trois serveuses, vêtues de la même robe moulante rouge et or que celle dont était vêtue Victoria Namo, le soir de son assassinat. Les jeunes femmes évoluaient d'une table à l'autre, prenaient les commandes, souriaient aux plaisanteries des clients, roulaient les yeux avec une nonchalance calculée. Leurs gestes étaient sensuels, sans doute plus que nécessaire. Goje déglutit. Un frisson glacé lui parcourut le dos. Il prit conscience de ce qu'il n'avait pas su voir, lorsqu'il avait relevé les indices sur l'aire d'autoroute. Victoria Namo et sa sœur d'infortune étaient nues, laissant supposer que c'était parce qu'elles avaient été abusées avant d'être abandonnées là, au milieu des détritus. Mais il y avait peut-être une autre raison à ça, si évidente qu'elle lui avait échappé : leurs meurtriers les avaient déshabillées pour faire disparaître leurs tenues.

Il s'attarda sur les mouvements des trois serveuses. Son champ de vision se rétrécit et cibla le logo de la marque First qui ceignait leurs hanches, leurs pubis et leurs fesses. Il releva les yeux, balaya la salle et vit le sigle FIRST en lettres de sang et d'or gravé jusque dans les moindres recoins, sur les bouteilles disposées sur des étagères, sur les affiches publicitaires sous verre, savamment encadrées, sur les verres, les poignées de portes dorées, les vases vermillon, sur les piqûres de rappel rouge et or dans les détails du mobilier, le papier peint noir piqueté d'une infinité blanche de F, de I, de R, de S et de T.

Ce qui n'était qu'une intuition devint une certitude.

Le café eut soudain un parfum de mort. Goje reposa sa tasse, sans même y tremper les lèvres, nauséeux. Il laissa un billet sur le comptoir, se précipita à l'extérieur pour vomir son déjeuner dans le caniveau, puis il remonta la rue pour regagner sa voiture, ne s'arrêtant que pour acheter un paquet de cigarettes bon marché à deux cents nairas et une boîte de pastilles mentholées à un vendeur de rue. Il se hissa au volant, farfouilla dans la boîte à gants pour y trouver un briquet et composa le numéro de son domicile.

Sa femme décrocha. Il prit des nouvelles des filles, l'avertit qu'il travaillerait tard ce soir et ne pourrait pas aller chercher la cadette au lycée, ils échangèrent brièvement à propos des fiançailles d'une voisine et du temps qu'il faisait, puis il raccrocha, se mit en route et baissa les vitres pour faire circuler l'air.

Le soleil de l'après-midi tapait dur sur la calandre. Oni Goje opta pour une place à l'ombre, à contre-jour, sur le trottoir opposé, à une centaine de mètres en contrebas du commissariat central. Il coupa le moteur, régla ses rétroviseurs de façon à multiplier les points de vue sur l'entrée et le parking, puis il décacheta son paquet de London, jeta l'enveloppe sur le tapis de sol et attendit en fumant.

Il était près de neuf heures et demie lorsque le caporal Vitalis Udo se pointa, à bord d'un imposant 4 × 4 de la Special Anti-Robbery Squad nigériane.

Il se gara à l'arraché, devant une issue de secours. Trois policiers que Goje ne connaissait pas s'extirpèrent du véhicule avec lui. Le caporal Udo était impressionnant pour un Nigérian. Crâne rasé, épaules larges, biceps saillants, il dominait ses collègues d'une tête. Tous pénétrèrent dans le bâtiment, puis Udo en ressortit accompagné d'un jeune policier, quarante minutes plus tard. Ils grimpèrent à bord du 4 × 4. Udo manœuvra et démarra sur les chapeaux de roues. Goje compta jusqu'à dix avant de s'engager sur l'avenue à son tour.

Le 4 × 4 de la SARS prit la direction des quartiers nord de la ville. Le trafic était encore dense à cette heure tardive, les terrasses des restaurants et les rues grouillaient de monde. Goje n'eut aucun mal à le suivre sans se faire repérer jusqu'à sa première escale, un bar huppé de Tudun Nupawa, à deux rues de la station de police d'Ungawan Sanusi.

Le même manège se répéta toute la nuit aux quatre coins d'une zone située entre le fleuve, l'autoroute A2 et le quartier de Kurmin Mashi, au nord, de 21 h 40 à cinq heures.

Le caporal Vitalis Udo se garait à distance de l'établissement pour ne pas être repéré. Son collègue et lui y pénétraient par surprise, l'un par l'entrée principale, l'autre par l'issue de secours, quand il en existait une, ou en renfort. Ils étaient habillés en civil. Ils agissaient sans mandat policier. Ils demeuraient à l'intérieur dix à trente minutes, avant de repartir vers leur destination suivante. À l'exception de l'arme qu'ils portaient à la ceinture de manière ostensible, ils entraient et sortaient les mains vides et seuls.

A priori, une simple activité de surveillance, aucune transaction visible – pour le compte de qui et à quel titre ? Pas de collecte de fonds, d'échanges d'enveloppes ou d'un « impôt » policier.

Point commun entre la vingtaine de débits de boissons visités : le logo rouge et or.

Tous commercialisaient de la bière First. Tous employaient des serveuses en robes moulantes aux couleurs de la First. Tous servaient une clientèle qui avait les moyens de se payer de la First. Tous visaient des hommes aisés qui semblaient apprécier la compagnie des serveuses en robes sexy rouge et or.

Oni Goje vit des serveuses se retirer aux toilettes, en ressortir sans leur robe, vêtues d'une tenue civile, comme si elles avaient terminé leur service, raccompagner ensuite des clients jusqu'à leur voiture, puis en ressortir vingt minutes plus tard, rembaucher, renfiler leur robe et retourner servir. Il les vit agir sous le regard impassible de Vitalis Udo et de son collègue. Il en vit certaines échanger avec les deux policiers comme s'ils se connaissaient.

Il ne vit pas de relations amicales, mais des rapports de travail d'employées à gardes-chiourmes.

Il ne vit pas d'argent mais des jeunes femmes qui se prostituaient vraisemblablement en dehors de leur lieu de travail, avec des clients rencontrés sur leur lieu de travail, avec l'aval de deux policiers en civil de la Special Anti-Robbery Squad de Kaduna qui les surveillaient, elles et leur lieu de travail.

Or, la prostitution gratuite n'existait pas. Si les clients ne payaient pas directement les filles, soit ils passaient par un intermédiaire, peut-être le bar lui-même, mais Goje n'avait rien observé de tel, soit le coût de la prostitution était implicitement compris dans le prix des bières de marque First.

Ce qui signifiait peut-être que MB Nigeria Inc. réglait les prestations des prostituées.

Oni Goje termina son paquet de London et prit une pastille à la menthe pour faire passer le goût de bile amère qui lui remontait dans la bouche. Toute la nuit, il avait enchaîné les cigarettes et les pastilles, incrédule, mesurant l'ampleur du trafic qui prenait forme sous ses yeux.

Pendant qu'il filait le 4 × 4 de la SARS, il refit mentalement le parcours de Victoria Namo cette nuit de janvier. Il l'imagina abandonnant Hellen Ali et ses amis, avant de sortir rejoindre dans sa voiture un client du Tiger Bar Lugbe, en compagnie de sa consœur anonyme. Il échafauda des hypothèses crédibles. Numéro un : quelque chose avait mal tourné avec le client, puisqu'elles n'étaient jamais revenues. Question : qui était le client ? Numéro deux : les filles n'étaient pas surveillées à l'époque – Hellen Ali n'avait évoqué aucun policier ni aucun homme armé dans le bar ce soir-là. Numéro trois : depuis la mort de Victoria, les règles du jeu avaient changé, les serveuses étaient surveillées, elles retiraient leur robe *avant* leur passe, elles la renfilaient *après*. Numéro quatre : les nervis et les serveuses étaient payés par une seule et même entité, MB Nigeria Inc.

Goje roulait à l'aveugle, sur ces routes et ces avenues des quartiers nord qu'il connaissait par cœur. La nuit changea progressivement de couleur sous ses yeux, virant du noir au rouge et or des phares, des feux tricolores et des bouteilles de First.

Les établissements surveillés et leur clientèle racontaient l'histoire de Kaduna, une ville rongée par la misère et gangrenée par la corruption.

Ils longèrent des clubs huppés, la villa luxueuse du milliardaire nigérian Aliko Dangote, les palais des sbires gouvernementaux, puis des alignements de hangars de contrebande de pièces détachées automobiles, d'immeubles commerciaux en cours de construction, de bâtiments délabrés et de maisons en ruine. Ils ralentirent devant les grilles de MB Nigeria Inc. et les immenses hangars des chaînes de production de First, de bière sans alcool et de sodas. Ils passèrent en trombe devant des commerces chrétiens incendiés, des écoles fermées, des mosquées fraîchement sorties de terre. Oni Goje vit toutes sortes de sigles, d'acronymes et de pancartes religieuses de toutes obédiences que ses amis, voisins et collègues fréquentaient, Église anglicane, Église catholique, Église presbytérienne du Nigeria, Convention baptiste, les lieux de culte des Winners Chapel de l'Église mondiale de la Foi Vivante et des illuminés de la Redeemed Christian Church of God ou des Assemblées de Dieu.

Partout autour, omniprésent, le logo First, comme un grillage de fils de fer barbelés invisible, encerclant ou quadrillant des réserves-îlots de pauvres hères réfugiés dans la foi. Partout les mêmes filles en rouge et or, livrées en pâture comme monnaie d'échange entre ces deux mondes, celui du pouvoir et de l'argent, celui de la résignation et de la pauvreté.

Au petit matin, le 4 × 4 de la SARS quitta enfin son territoire, traversa l'autoroute A2 et alla se ranger devant le portail d'une maison cossue, dans le quartier ouest de Sabon Gida, sur Gwari Road. Le caporal Udo sonna à l'interphone. Le portail s'ouvrit automatiquement. Udo n'entra pas et patienta sous le lampadaire qui surplombait le trottoir.

Des silhouettes apparurent peu après sur le perron éclairé, en ombres chinoises. Goje tendit le cou et distingua deux hommes qui s'avançaient dans l'allée. Le premier était un Européen, grand, blond, chemise élégante, pantalon de toile beige. Goje ne l'avait jamais vu. Il brandit son portable, zooma et prit une photo. L'homme serra la main de Vitalis Udo et s'effaça pour laisser passer le deuxième, un policier en uniforme de la SARS que Goje reconnut aussitôt.

Leurs regards s'étaient brièvement croisés dans le hall du commissariat central, trois semaines plus tôt. Comme si le flic le surveillait.

Goje prit une nouvelle photo. Le policier passa à côté de Vitalis Udo sans le saluer, puis s'installa d'autorité au volant. Le Blanc remonta l'allée, Udo grimpa à l'arrière, le 4 × 4 démarra aussitôt la porte refermée et disparut au coin de la rue dans un crissement de pneus. Goje attendit la fermeture du portail et l'extinction des lumières, puis il se faufila jusqu'à l'interphone et lut le nom qui figurait à côté de la sonnette, *Peter Dirksen.*

Goje s'étira en bâillant et décida qu'il en avait assez pour aujourd'hui, mais quelque part au centre de commandement de la Federal Road Safety, une standardiste matinale en décida autrement. Elle prit un appel urgent en appuyant sur l'une des touches de son clavier et le transféra à l'agent de secteur. Le poste radio de Goje grésilla, il tendit le bras et prit la communication d'un geste las.

— Sergent Goje, j'écoute.

Un accident de voiture près de Rihogi, à l'est. Trois véhicules impliqués, sept blessés dont un guérisseur, conducteurs fortement alcoolisés après une fête dans une brasserie artisanale.

— De la First ? demanda-t-il, par réflexe.

La standardiste éclata de rire.

— Pourquoi, ça change quelque chose pour le constat ?

17

Abuja, 16 mars 2020.

Le Prixaire Pure, un petit hôtel correct à vingt-cinq euros la nuit sur Bissau Street, proche du centre-ville d'Abuja. La connexion Internet était de mauvaise qualité. Le visage pixellisé de Jasmine Dooyum apparaissait par intermittence à l'écran.

Serena Monnier se prit la tête entre les mains, à bout de nerfs.

— Je ne sais pas quoi faire, dit-elle.

La réponse de Jasmine lui parvint hachée, incompréhensible. Serena lui demanda de répéter, mais sa requête se perdit dans les limbes et la communication fut interrompue. Serena tenta de rappeler, en vain. Dépitée, elle lâcha le portable sur le lit et sortit sur la terrasse. Devant elle, s'étiraient les pelouses de Wuse Rock Park, minuscule havre de paix au cœur de la capitale. Juste sous ses pieds, les touristes nigérians se prenaient en photo à l'ombre d'un ravenala majestueux en forme d'éventail. Plus loin, une jeune femme en lappa blanc poussait un landau dans l'herbe, précédée par deux gamins turbulents courant après un ballon. Serena les suivit des yeux un moment, puis elle les perdit de vue lorsqu'ils passèrent derrière un bosquet de bougainvilliers en fleur.

Serena se retourna et s'accouda à la balustrade.

Elle avait visité les locaux Free Queens d'Abuja et rencontré certaines des donatrices de l'ONG, des femmes influentes de la bourgeoisie nigériane, mais ses recherches sur Kel Ugwu ne donnaient rien. La jeune femme avait disparu. Dix jours à faire le tour des refuges et des bars malfamés des quartiers chauds d'Abuja, en pure perte. Personne ne la connaissait, personne ne l'avait croisée depuis le 6 mars, date à laquelle elle avait dû arriver.

L'adresse que Diana Isah leur avait filée correspondait à un club miteux du quartier d'Ankuru, le De Point Lodge, un repaire pour *happy few* nigérians, entièrement relooké en rouge et jaune à la sauce First, une marque de bière à succès. Si Kel Ugwu y avait travaillé, personne ne s'en souvenait. Serena et Esther Lekwot interrogèrent chacune des serveuses, photo à l'appui, elles n'essuyèrent que des réponses négatives. Première impasse.

Pascal Calil, le journaliste du quotidien *This Day* qui enquêtait sur les réseaux de prostitution, avait été retrouvé mort le 11 janvier dernier, pendu au balcon de l'appartement qu'il louait dans le quartier chrétien de Barnawa, pourtant réputé l'un des plus sûrs de Kaduna. Toutes ses affaires avaient disparu, papiers, ordinateur, portable. Le rédacteur en chef qui lui annonça la nouvelle, Paul Bala, un type blasé aux yeux cernés qui avait peu de temps à leur consacrer, expliqua que l'enquête avait été bâclée. Faute d'éléments, les policiers avaient classé l'affaire.

— Laissez-moi deviner, pas de témoins ? commenta Serena.

Paul Bala haussa les épaules, d'un air fataliste. Il penchait pour l'hypothèse islamiste. Prendre pour cible la presse indépendante était devenu un sport national pour les fanatiques religieux. Il y avait eu plusieurs attentats kamikazes contre les bâtiments abritant les rédactions de journaux nigérians du nord du pays, ces dernières années. Le 26 avril 2012, les locaux de *This Day*, Abuja, avaient été soufflés par une bombe artisanale. Bilan, neuf morts, dont le kamikaze. Les menaces, les coups de fil anonymes, les lettres piégées étaient le lot quotidien de la rédaction. Dans l'affaire Calil, un homme appartenant à la secte islamiste Boko Haram avait été arrêté le lendemain par les forces d'intervention de la police nigériane sur dénonciation anonyme. Soupçonné un temps d'être le commanditaire de l'assassinat du journaliste, qui avait signé un mois plus tôt un papier à charge contre le groupe fondamentaliste et son implication dans des attentats à la voiture piégée contre des églises chrétiennes, il avait finalement été relâché après trois semaines de prison. La police n'avait rien communiqué à ce sujet, ni le ministère de l'Intérieur, mais les collaborateurs de Pascal Calil n'étaient pas dupes, Boko Haram avait cherché à le faire taire. Pascal Calil était un professionnel tenace, rigoureux et incorruptible, ce qui constituait autant de raisons pour que sa vie soit mise en danger dans cette partie du Nigeria. Il avait payé son intégrité le prix fort – paix à son âme.

— Cet assassinat ignoble est une attaque contre le journalisme et la liberté d'expression, s'insurgea Paul Bala avec emphase. Mais je vous rassure, aucune menace ou intimidation n'affaiblira notre résolution à poursuivre son travail.

Serena en profita pour brandir sa carte de presse comme un étendard.

— À ce propos, rebondit-elle, Pascal Calil aurait-il laissé des notes ou des documents sur les filières de la prostitution ?

Le rédacteur en chef secoua la tête, catégorique :

— Vos sources datent, madame Monnier, ironisa-t-il d'un ton condescendant. Allez au Niger, en Libye, en Italie ou en France, si vous désirez enquêter sur ces réseaux mafieux. Ou bien faites comme vos confrères occidentaux, une virée à Benin City.

Serena n'insista pas. Selon Paul Bala, l'information devait se concentrer sur les vrais sujets nigérians, la crise démocratique que traversait le pays, les efforts de relance économique, la malnutrition et les guerres fratricides du Nord. Serena tenta de le relancer sur l'existence d'archives informatiques, mais Paul Bala indiqua l'horloge au mur et la congédia d'un « Bonne chance pour votre enquête sur les prostituées ! ». Fin de l'histoire et deuxième impasse.

Le président Macron avait ordonné un confinement total pour enrayer l'épidémie de Covid-19 qui avait provoqué la mort de cent quarante-huit Français. Le monde était sidéré. Pas le Nigeria. Sa mère, l'avocat Pierre Faure, les services de l'ambassade de France, et enfin Jasmine la pressaient à tour de rôle de rentrer se réfugier au pays, dans son vingt-sept mètres carrés avec vue sur cour du XXe arrondissement. Serena venait de passer les trois derniers jours au téléphone pour les convaincre qu'elle ne risquait rien et qu'elle avait encore du travail ici. Sa propre sécurité était assurée par un Sud-Africain qu'elle payait trois cents balles la journée pour veiller sur elle.

Corey Stander.

1 m 87, 110 kg de muscles, suffisamment malin pour s'être installé à son compte, sous contrat non exclusif avec la société militaire privée Executive Outcomes, les cadors sud-africains de la sécurité et de la logistique, et suffisamment stupide pour croire que tout pouvait se résoudre avec un bon angle de tir. Le mercenaire qu'Esther lui avait imposé ne la lâchait pas d'une semelle depuis leur départ de Lagos. Corey Stander prenait son métier très à cœur. Selon lui, le danger pouvait venir de partout, à chaque instant et par n'importe qui ou n'importe quoi.

Trois points positifs à son actif.

Corey Stander était noir de peau, ce qui n'attirait pas

l'attention sur lui, tant qu'il n'ouvrait pas la bouche et que son accent sud-africain ne le trahissait pas.

De plus, il ne nourrissait aucun a priori sexiste ou raciste sur le genre humain en général, et les femmes en particulier – c'était sans doute pour cela qu'Esther faisait appel à lui pour son travail. Sa philosophie de vie se résumait à un constat sans appel : l'humanité était un ramassis d'ordures, quelles que soient leur orientation sexuelle, leur origine et leur religion. Son expérience sur le terrain avait conforté sa tendance à la misanthropie. Que Serena soit une femme active, blanche, indépendante et non mariée ne lui posait aucun problème, à partir du moment où elle suivait ses conseils et n'entrait pas dans la ligne de tir.

Pour finir, il était plutôt de bonne compagnie. Sa voix grave résonnait comme un moteur diesel et une vraie empathie perçait par moments sous son blindage d'acier trempé.

Corey Stander et des centaines d'autres comme lui avaient débarqué au Nigeria en 2014 dans les rangs de Sociétés militaires privées, à l'appel du gouvernement nigérian, dépassé par la progression de Boko Haram. Contrat à durée limitée. En quelques semaines, Stander et ses petits camarades avaient refoulé les islamistes aux frontières du Nord, à l'arme lourde et à bord d'hélicoptères d'attaque Mi-24. Un peu trop efficacement. La rapidité de leur offensive avait fait des remous, l'emploi de mercenaires par le gouvernement révélé l'impuissance du régime de Jonathan Goodluck, président à l'époque. Les Nigérians s'étaient émus de la faiblesse militaire de leur pays. Aux élections de 2015, Muhammadu Buhari avait battu le président sortant et mis fin à leur CDD. Comme quelques autres, Stander avait fait le choix de rester au Nigeria à son compte, séduit par le climat de guérilla permanente, les boulettes de gari jaune à la sauce *utazi* et le potentiel commercial de sa petite affaire de sécurité domestique.

Voilà ce que Corey Stander racontait à Serena quand ils se déplaçaient seuls. Lorsque Esther Lekwot ou l'une des membres de Free Queens les accompagnaient, il se contentait d'écouter. Sa présence était néanmoins pesante. Parce qu'elle était quasi permanente, mais surtout parce qu'elle rendait impossible toute forme d'intimité avec les femmes que Serena rencontrait depuis dix jours. La présence d'un mâle au profil de tueur à gages n'était pas propice aux confidences. Surtout pour des femmes dont les rapports avec les hommes se résumaient aux mots *violence*, *sexe* et *fric*.

Au cours de leur déplacement au Laguna Lounge Bar d'Independence Avenue, pour un rendez-vous difficile à obtenir avec une femme du nom de Racheal, Serena avait supplié :

— Laisse-moi seule avec elle.

— Je vois ce que tu veux dire, avait lâché Stander, mais comme Esther a dû te l'indiquer, règle numéro un du contrat qui nous lie : je te suis partout et c'est non négociable.

Serena soupira :

— Dans ce cas, je romps le contrat.

Il lui rendit son soupir.

— Impossible.

— Ça me paraît simple, pourtant.

Il pencha la tête vers elle, sans quitter la route des yeux.

— J'ai un contrat *moral* avec Esther, dit-il sur le ton de la confidence. Dès qu'une situation est potentiellement dangereuse, je reste à tes côtés.

— Mais c'est moi qui te paie, pas elle.

Il se redressa, un sourire aux lèvres.

— Techniquement, pas tout à fait.

Serena écarquilla les yeux.

— Pardon ?

— Esther Lekwot et Favour Egbe sont de bonnes clientes.

En m'occupant de toi, je leur rends service. Esther m'a même proposé un petit supplément au cas où sa petite protégée française préférerait voler de ses propres ailes.

Serena croisa les bras.

— Mais tu as refusé.

Stander pouffa.

— Personne ne dit *non* à Esther !

— Il n'est jamais trop tôt pour commencer.

— Ça ne marche pas comme ça, ici.

— Ici, au Nigeria ? Quel rapport ?

Le sourire de Stander s'élargit.

— Dans cette voiture. Dans cette ville. Dans ce pays. Sur ce continent tout entier.

Serena se retourna vers lui, agacée par son petit jeu à énigmes. Stander tourna la tête et la fixa. Il ne souriait plus.

— Ce sont les Nigérians qui donnent les ordres chez eux, pas la petite Blanche.

Serena ne trouva rien à répondre, soufflée. Stander lui adressa un clin d'œil.

— Tu paies, ou pas, mais *nous* décidons.

Les locaux du Legal Defence Assistance Project, une ONG constituée d'avocats fournissant une aide juridique gratuite aux victimes de violences sexuelles, occupaient l'intégralité du cinquième étage d'un immeuble de bureaux climatisés aux larges baies vitrées à l'angle de Constitution Avenue et de Shehu Shagari Way dans le très sécurisé quartier des affaires d'Abuja. Esther Lekwot y avait rendez-vous avec d'autres représentantes d'ONG, comme Stand to end Rape et Cleen Foundation, pour discuter organisation d'une manifestation qui devait avoir lieu dans l'après-midi. Elle avait accepté que Serena l'accompagne à condition que Corey Stander reste devant la porte.

À leur arrivée, Esther l'avait confiée aux bons soins d'Olabisi Zenke, une ancienne juge à la retraite, veuve d'un haut fonctionnaire nigérian, qui occupait son temps libre à militer pour l'application des lois contre les violences conjugales. La richissime septuagénaire mettait à profit ses moyens et son influence pour faire avancer sa cause. Elle était ravie de servir de guide à une journaliste française.

— Tu vas voir, c'est un phénomène, souffla Esther. Elle est incollable en droit des femmes.

Olabisi Zenke grimaça.

— Elle me flatte uniquement parce que l'immeuble m'appartient, dit-elle dans un anglais parfait.

L'endroit grouillait de jeunes Nigérianes qui s'activaient à la confection de banderoles et de slogans percutants en vue de la manifestation contre les violences faites aux femmes.

— Aucun risque que des policiers viennent saisir le matériel ici, commenta Olabisi Zenke. C'est l'avantage des quartiers bourgeois, il y a beaucoup trop d'avocates au mètre carré.

Serena désigna un groupe de quatre femmes occupées à découper du tissu.

— D'où viennent-elles ?

— De la 3e Avenue, un refuge mis en place en octobre dernier par l'ONG ProjectAlert. Il y en a trois comme celui-ci dans l'État. Celui dirigé par l'Église de l'Assomption sur Kwame Nkrumah Cres qui en profite pour convertir les filles, celui du ministère des Affaires féminines qui est une structure fantôme servant à absorber l'essentiel des subventions publiques dont nous manquons, et celui de ProjectAlert. Ces quatre-là sont toutes victimes de violences sexuelles. Elles viennent nous voir parce qu'elles n'ont nulle part où aller. Elles n'ont pas d'argent, leur famille les rejette, leur mari les bat ou elles tentent d'échapper à leur proxénète. Nous les aidons à structurer et à financer leurs plaintes.

— L'État ne prend pas les frais de justice en charge ? demanda Serena, surprise.

Olabisi Zenke secoua tristement la tête.

— Au Nigeria, le Code criminel de 1990 prévoit que les femmes victimes de violences sexuelles portent à elles seules le fardeau de la preuve. Alors même qu'elles viennent de subir les pires sévices, elles doivent pouvoir trouver la force psychologique, physique et les ressources pour financer la procédure judiciaire, fournir le transport aux agents d'enquête et payer les tests médicaux qui prouveront qu'elles ont été violentées. Très peu de victimes ont les moyens de se payer tout cela. Quand elles les ont, elles doivent encore trouver un agent de police qui accepte d'enregistrer leur plainte et qui ne soit pas trop gourmand en pot-de-vin.

— C'est insensé !

Olabisi Zenke ricana.

— C'est très sensé, au contraire.

— Oui, mais…

— Article 78bis du Code criminel, l'interrompit Olabisi Zenke. Les maris ont le droit d'« utiliser des moyens physiques pour punir leur épouse, pourvu que cela ne donne pas lieu à des lésions corporelles graves, lesquelles sont décrites comme la perte de la vue, de l'audition et de la parole, la défiguration ou des blessures pouvant entraîner la mort ». Vous en voulez encore ? C'est toujours la même histoire, mademoiselle Monnier. Ces lois sont votées par des hommes qui protègent les hommes. Ces mêmes hommes nomment ensuite des femmes comme moi à des postes de juges pour appliquer ces lois misogynes.

— Ce qui revient à débouter les plaignantes à coup sûr, dit Serena.

Olabisi Zenke acquiesça.

— Quand elles arrivent jusqu'ici !

Serena fronça les sourcils.

— C'est-à-dire ?

— Très peu d'entre elles connaissent notre existence.

Elle désigna la baie vitrée, derrière elle, donnant sur Millennium Park et les buildings luxueux du Centre des affaires.

— Nous ne vivons pas dans le même monde. Ces femmes-là ne mettent jamais les pieds dans les beaux quartiers. Elles ne savent même pas qu'il existe une aide juridique. Elles ignorent que les bourgeoises comme moi connaissent aussi des maris violents ou défendent leurs droits. On parle tout de même d'une femme sur quatre victime de violences sexuelles, au Nigeria ! C'est colossal ! Nous partons de rien, ou presque. Le gouvernement ne produit ni statistiques ni aide véritable. Nous devons tout faire.

— Nous ?

— Les Nigérianes. Quelle que soit notre condition.

— C'est pour ça que vous travaillez avec des associations comme Free Queens.

Olabisi Zenke jeta un œil en direction de la porte derrière laquelle Esther avait disparu, quelques minutes plus tôt.

— Pas seulement. Par définition, en cas d'agression, impossible d'intervenir au domicile conjugal ou dans une chambre d'hôtel de passe.

— C'est le rôle de la police.

La septuagénaire leva les yeux au ciel.

— Nous avons donc cherché un endroit relativement neutre où les trouver, les identifier et éventuellement leur proposer notre aide. Figurez-vous que nous l'avons déniché. Sur le modèle du Sexual Assault Referral Centre de St Mary, à Manchester, au Royaume-Uni, nous avons monté un Centre d'aiguillage à l'hôpital universitaire d'Abuja. Triple bénéfice pour ces femmes. Nous leur fournissons tout ce qu'il faut en matière de traitements médicaux d'urgence, d'examens médico-légaux et de conseils juridiques.

— Elles peuvent aussi choisir de se taire.

— À nous de les orienter vers le refuge ou vers la structure adéquat.

Serena hocha la tête.

— Combien d'entre elles avez-vous pu aider ?

Olabisi Zenke la fixa longuement, avant de répondre :

— Vingt-cinq par mois, en moyenne.

Serena ne trouva rien à dire, tant le chiffre était faible en comparaison des besoins. Une porte s'ouvrit, une femme interpella Olabisi Zenke.

— Le devoir m'appelle, s'excusa-t-elle.

Serena la regarda s'éloigner, pensive. Elle avisa l'une des quatre jeunes femmes, arborant un foulard orange vif. Menue, elle ressemblait à Jasmine, en plus âgée. Même sourire, mêmes cicatrices sur les bras. Elle avait étalé au sol une banderole et y traçait au marqueur noir les mots STOP RAPE ! en lettres capitales. Serena s'avança pour proposer son aide.

Constitution Avenue, en plein centre-ville, cinq milliers de femmes, tee-shirts noirs *#MeToo*, *Free Queens of Nigeria* et *Sexual harassment not on my watch*, bannières au vent, bloquaient la circulation aux cris de « *Stop rape ! Stop domestic violence !* ».

Esther Lekwot et Olabisi Zenke étaient en tête de cortège. Serena se tenait en retrait, sous étroite surveillance de Corey Stander, mal à l'aise, à qui certaines filles lançaient des regards assassins.

— La peur change de camp, on dirait, lui susurra Serena, sourire en coin.

Une sono diffusait de la musique. La jeune femme au foulard orange vint se placer à ses côtés. Le nom de Kel Ugwu ne lui disait rien, mais elle lui raconta qu'elle avait bien connu Pascal Calil qui l'avait interviewée, trois mois plus tôt. Elle démentit les propos de Paul Bala, le rédacteur en chef de *This Day*. Calil enquêtait bien sur les réseaux de la prostitution dans les milieux économiques, lorsqu'il avait été assassiné.

— Économiques ? demanda Serena.

— Secteur industriel, marchés publics, investisseurs étrangers, tu vois le genre.

Serena voyait. La Nigériane lui fila le numéro d'une ancienne prostituée qui officiait désormais comme manucure dans un salon au nord d'Abuja.

— Joycee Naya, une nana géniale ! Elle connaît tout de cette ville. Va la voir de ma part, ma sœur. C'était l'une des informatrices de Pascal Calil, elle rêvait de devenir journaliste.

— Et toi, tu rêves de quoi ?

La jeune femme roula les yeux et ondula du bassin, au rythme du morceau que diffusaient les haut-parleurs, puis elle s'écria :

— Danser jusqu'au bout de la nuit dans les jardins du président Buhari reconvertis en dancefloor géant !

Elles éclatèrent de rire. Autour d'elles, l'ambiance était à la fête, en dépit des slogans et des regards hostiles des passants. Des policiers de la SARS postés à chaque intersection encadraient les manifestantes et les femmes qui les rejoignaient. Certains mimaient des gestes obscènes auxquels des filles répondaient d'un « Pas ce soir, chéri ! » ou d'un doigt d'honneur.

Leurs rires puissants et libérateurs résonnèrent deux heures durant, puis les personnalités et les officiels quittèrent le cortège peu à peu. Restèrent toutes les autres, excitées par la foule et brûlant d'envie de faire entendre leur voix jusqu'au palais présidentiel.

Les nervis de la SARS se massèrent autour d'elles et commencèrent à isoler des petits groupes. Des matraques apparurent dans leurs poings. Serena se souvint alors des paroles sardoniques d'Olabisi Zenke, « Aucun risque qu'ils viennent, c'est l'avantage des quartiers bourgeois, il y a beaucoup trop d'avocates au mètre carré », quand Corey Stander la tira en arrière, en criant :

— Maintenant on se tire, ils vont attaquer !

Joycee Naya était une survivante. Elle avait fêté ses vingt-huit ans dans un camp de redressement islamique à Ibadan, dans le quartier Ojoo, au sud-ouest du pays, alors qu'elle essayait de repartir pour l'Europe. Elle partageait sa cellule avec de nombreuses adolescentes, des femmes souffrant de troubles psychiatriques et des lesbiennes.

Dénoncée par son père qui entendait ainsi l'aider à revenir dans le droit chemin, elle s'était enfuie au bout d'un mois de calvaire et avait atterri à Abuja, au refuge de ProjectAlert, après des semaines d'errance entre Lagos et Kaduna. À bout de forces, elle y avait fait la connaissance de Pascal Calil qui l'avait hébergée un moment. Ils avaient sympathisé, il lui avait appris à lire et à écrire, en échange de toutes les informations qu'elle pourrait lui livrer sur les réseaux de passeurs nigérians.

Joycee était à présent une femme ronde et apaisée qui songeait à écrire un livre pour raconter son histoire. Elle exerçait ses talents de manucure dans un salon de coiffure chic situé sur Byazhin Road, à Kubwa, au nord-ouest d'Abuja. Ses clientes étaient les femmes des sous-officiers instructeurs et des gradés du NYSC Camp voisin, l'un des plus gros centres d'entraînement militaire du pays chargé du service national des jeunes recrues.

C'est là, dans un café proche où elle avait ses habitudes, qu'elle avait donné rendez-vous à Serena, deux jours après son appel.

Joycee opta d'emblée pour le tutoiement.

— Et appelle-moi Nay, je préfère, dit-elle en lui serrant la main.

Puis elle désigna Corey Stander.

— C'est quoi, ça ?

Serena pouffa.

— Le garde du corps sud-af de la journaliste blanche.

— J'aime bien ton autodérision, commenta Joycee en se marrant.

Elle claqua des doigts à l'intention du barman et commanda trois bières. Corey Stander déclina. Elle mima une moue de dédain.

— T'es chiant, pour un Sud-Af !

— Je ne bois pas quand je travaille.

— Eh bien fais une pause !

Elle montra les tables voisines du menton, hilare.

— Regarde, il n'y a que des militaires, ici. Ce bar, c'est Fort Knox ! Ta petite protégée ne risque rien, c'est mon territoire.

Stander se renfrogna. Un serveur déposa les bouteilles de First sur la table. Joycee siffla la moitié de la sienne d'un air espiègle, puis Serena lui demanda de lui parler de Pascal Calil.

Joycee raconta sa rencontre avec le journaliste et son projet d'articles au long cours sur la prostitution nigériane en entreprise.

— C'est pour ça qu'il a été assassiné, je le sais, assena-t-elle. Cette histoire de Boko Haram est un coup monté des enquêteurs parce qu'ils n'arrivaient pas à retrouver les coupables ou parce qu'ils étaient de mèche, tout le monde te le dira.

— Tout le monde ne parle pas, de toute évidence…

Joycee tapota la table d'un doigt accusateur.

— Les journalistes de ce pays sont tous des lâches et des miséreux. Pascal m'a raconté que MB Nigeria Inc., l'un des plus gros brasseurs du pays, lui proposait entre deux cents et cinq cents euros pour un article complaisant en exclusivité. Lui a refusé, mais d'autres ont fait le boulot à sa place pour améliorer le quotidien. Ils recevaient des coupons pour des casiers de bière gratuits, on leur disait qu'ils écrivaient de belles histoires, des places se libéraient pour leurs enfants dans certaines écoles privées. Toutes les entreprises font ça, ici. Les sociétés qui font bosser les journalistes ne veulent pas de critiques, elles veulent juste de la bonne information. Pascal, ça le rendait dingue, parce que tu ne peux pas lutter contre cette forme de corruption. Tu sais combien ça gagne un journaliste nigérian, dans le Nord ?

Serena secoua la tête.

— Cent cinquante euros par mois, déclara Joycee. Les mecs ont des gosses à faire bouffer. Il leur faut des à-côtés s'ils veulent vivre dignement. Tu ferais quoi, toi, si on te proposait le double ou le triple de ton salaire pour dire du bien du premier brasseur du pays ?

— Sur quoi le renseignais-tu exactement ? Tu connaissais certaines de ces sociétés ?

Joycee but une gorgée.

— Certains des types sur lesquels il enquêtait étaient mes clients. Mon souteneur avait des contacts à la Nigerian National Petroleum Corporation, chez Total, dans les télécoms aussi, chez Globacom, et dans l'armée.

Elle termina sa bière et saisit celle de Stander, en lui adressant un petit clin d'œil.

— Récemment, j'ai entendu parler de fêtes sur des bases militaires autour de Kaduna, avec bière et filles à volonté, mais je n'y ai jamais participé. La rumeur dit que ceux qui gèrent ça recrutent jusqu'à Lagos. La rumeur dit aussi que ça existe depuis que les musulmans ont pris le pouvoir au nord et que les lois sur l'alcool se sont durcies dans les lieux publics. Le problème avec les rumeurs, ces temps-ci, c'est qu'elles ont un peu tendance à tout mettre sur le dos des musulmans…

— Tu connais des filles qui s'y seraient rendues ?

Joycee fit *non* de la tête. Serena lui montra une photo de Kel Ugwu.

— Je suis à sa recherche depuis dix jours. Elle a quitté Lagos le 6 mars. Elle ferait peut-être partie de ces filles recrutées.

— Jamais vue, dit Joycee, mais je peux me renseigner pour toi.

Elle fit le signe des doigts qui signifiait *argent*. Serena consulta Stander du regard. Il fit la moue, l'air de dire qu'elle perdait son temps. Serena déposa deux billets de cinq cents nairas sur la photo. Joycee rafla le tout. Serena présenta ensuite une photo de Jasmine Dooyum prise quelques jours après leur rencontre.

— Celle-là est très jeune, dit Joycee.

Elle observa longuement la photo.

— A priori trop jeune pour ce genre d'activités, poursuivit-elle. Les hommes d'affaires qui font appel à des filles sont juste là pour passer du bon temps. Je veux dire, il y a certainement des amateurs de gamines dans le tas, mais pour ça, il y a d'autres réseaux.

Serena posa l'index sur la photo.

— Mais c'est possible ?

Joycee fit claquer sa langue, dubitative.

— Je ne connais pas l'histoire de cette petite, mais je sais deux, trois choses sur la manière dont elles sont traitées. Leur jeunesse et leur virginité valent beaucoup d'argent sur le marché européen. Beaucoup trop pour les gâcher au cours de parties fines entre businessmen.

Elle saisit la photo entre ses doigts.

— Ça date de quand, son affaire ?

— Jasmine a quitté Lagos en décembre 2018 et a débarqué en Europe un mois et demi plus tard.

Joycee siffla.

— À cette époque-là, je bossais sur Kaduna. Si cette gamine y est passée, je ne m'en souviens pas, désolée.

Elle reposa la photo. Serena la récupéra.

— Son passeur s'appelait Idriss.

Une lueur s'alluma dans les yeux de Joycee.

— Lui, en revanche, je connais. Idriss Azeez Danjuma, dit Idriss. Des bons contacts dans la police et dans l'administration. Il achète des lots de filles à bas prix, puis il les ramène lui-même en Europe à ses contacts sur place. Là-bas, il leur annonce le montant réel de la facture, dix ou vingt fois le prix annoncé au départ, avant de revenir en avion en chercher d'autres. Il se paie au pourcentage sur le remboursement de la dette et en nature. Un putain de porc.

Serena prit des notes avec fébrilité sur son téléphone. Joycee Naya venait de lui apporter sa première information solide en un mois d'enquête.

— Apparemment, les porcs ne savent pas nager, déclara-t-elle.

— Noyé ?

— Au large de Lampedusa.

Joycee grimaça.

— Heureuse de l'apprendre, même si d'autres auront pris la relève depuis. Des Idriss, il en existe des centaines, au Nigeria. Par contre, un paquet d'entre eux se fournissent auprès d'un gros réseau du Nord basé à Kaduna et géré par un porc catégorie poids lourds du nom de Chidi Bissong. Lui était unique en son genre.

Serena cessa d'écrire.

— Était ?

— Tu devrais lire la presse locale, ironisa Joycee. Le roi Bissong est tombé il y a dix jours. La police d'État de Kaduna s'est vantée de l'avoir abattu au cours d'une opération visant à démanteler un vaste réseau de prostitution.

Elle tapota à toute vitesse sur son portable, puis le tendit à Serena. En une du journal nigérian *Premium Times*, la photo d'un cadavre ensanglanté, au pied d'un groupe de policiers encagoulés et armés de la NPF, sous le titre *Kaduna : Victoire de la Nigerian Police Force contre le crime organisé*.

Serena se tourna vers Stander.

— Tu avais entendu parler de ce type ?

Le mercenaire secoua la tête.

— Pas avant aujourd'hui. Mais j'imagine que la guerre de succession a déjà débuté et qu'un autre le remplacera bientôt.

Joycee opina tristement.

— Les cow-boys corrompus paradent, les journalistes corrompus du *Premium Times* leur servent la soupe, les porcs se battent entre eux pour se partager le nouveau territoire. Et les victimes, dans tout ça, qui s'en soucie vraiment ?

18 h 30. La circulation était étrangement fluide. Les yeux dans le vague, Corey Stander tenait le volant d'une main, l'autre posée sur son genou droit. Serena ruminait en silence son échange avec Joycee Naya. La noirceur de ses pensées contrastait avec les richesses que les nantis d'Abuja étalaient le long de l'autoroute A234, à perte de vue. À l'est, les reflets irisés de l'arrosage automatique des greens de golf et des terrains de polo. À l'ouest, en ombres chinoises, Three Arms Zone, une sorte d'immense disque de pelouses et de marbre sur lequel se dressaient la Cour suprême, l'Assemblée nationale et la villa présidentielle.

Serena plissait les paupières derrière ses lunettes de soleil tant les lumières rasantes du crépuscule l'éblouissaient.

— Comment fais-tu pour rester dans ce pays, les bras croisés ? demanda-t-elle subitement. Comme si tout ce merdier n'existait pas, comme si tu ne le voyais pas.

Stander prit la bretelle conduisant à Udi Hills Street sans répondre. Serena le fixa durement, irritée par son mutisme.

— Ça ne te fait donc rien ?

Ils longèrent les grillages de l'IBB International Golf sur cinq cents mètres, passèrent devant le parking du Country Club, puis le Transcorp Hilton Abuja, un luxueux hôtel cinq étoiles avec vue sur la Three Arms Zone. Stander contourna ensuite le Millennium Park, par la gauche, et arriva peu après en vue de l'hôtel où ils logeaient. Il dénicha une place près du portail, coupa le moteur et pivota pour faire face à Serena.

— Et toi, pourquoi es-tu venue ici ?

Serena le dévisagea crânement, la main sur la poignée de la portière. Pour me rendre utile, hésita-t-elle à lui rétorquer, avant de réaliser la futilité de sa réponse. Ses motivations n'étaient pas meilleures que celles de Corey Stander. Ni pires. C'était douloureux de l'admettre.

— Pour faire mon boulot, dit-elle en ouvrant la portière.

18

Kaduna, 20 mars 2020.

La cérémonie d'inauguration du nouveau bâtiment de stockage de produits de première nécessité de la MB Health & Nigeria Foundation débuta en grande pompe à midi. Les services communication du groupe avaient mis les bouchées doubles. Un parterre de journalistes venus de Lagos et d'Abuja mitraillaient la scène.

Le tableau était touchant et surréaliste.

De gauche à droite : Peter Dirksen, le président de MB Nigeria Vincent Chikwe, les trois représentants nigérians du Fonds mondial de lutte contre le sida et le paludisme, le directeur commercial du PSG et Sunday Dare, le ministre de la Jeunesse et des Sports, et son assistant. Au centre, légèrement à l'avant : une dizaine de jeunes bénévoles de la Fondation entourant l'ancien gardien de l'équipe de football nigérian, la légende Peter Rufai, vainqueur de la Coupe du Nigeria en 1982 avec les Stationery Stones, puis de la Coupe d'Afrique des nations en 1994, tenant dans ses mains un maillot du club parisien flanqué du numéro 10 et du logo rouge et or FIRST.

À leurs pieds, toute une panoplie de produits pharmaceutiques et de matériel sanitaire : un empilement savant de bidons d'antiseptiques, de kétamine, de propofol, d'analgésiques, d'antipyrétiques, de médicaments antipaludiques et antibactériens, de bonbonnes d'oxygène, de paquets de pansements hémostatiques, de couches pour enfants ou de boîtes de préservatifs.

En arrière-plan : un hangar d'une centaine de mètres carrés, murs blancs et toit en tôle verte sur lequel trônait une pancarte rouge et or *MB Health & Nigeria Foundation*. La ressemblance avec le lettrage et la charte graphique du logo FIRST était troublante.

Peter murmura à l'oreille du président Chikwe :

— Souriez, président, la photo fera les gros titres de la presse nationale.

La conférence de presse qui suivit avait lieu dans un salon privé du Transcorp Hilton, à deux pas du palais présidentiel. Seuls les huiles et les journalistes avaient été conviés. Les bénévoles de la Fondation avaient été priés de rester au hangar pour compter leurs stocks – « Merci pour votre travail formidable et bonne journée ! » Des serveurs en livrée attendaient le feu vert de Peter Dirksen pour déboucher les bouteilles de champagne et lever les serviettes blanches qui protégeaient les petits-fours des mouches.

L'œil humide d'émotion, le président Chikwe vantait à la tribune le modèle social prôné par MB Nigeria Inc.

— La qualité de nos produits passe par la santé de ceux qui travaillent pour nous. Tous nos employés subissent des tests médicaux, surtout ceux qui sont en contact avec le public, vendeurs et vendeuses, commerciaux.

Il se tourna vers l'un des représentants du Fonds mondial de lutte contre le sida et le paludisme, puis vers le directeur commercial du PSG.

— Bien sûr, tous passent un test sida, et nous leur distribuons les brochures de prévention, grâce à la générosité de nos partenaires.

Peter réprima un sourire. Chikwe ne mentait pas. Les vendeuses First étaient testées toutes les semaines. Le sida et les maladies vénériennes figuraient en haut des priorités des équipes médicales du groupe. Pour la santé de leurs clients et pour celle des cadres de MB qui souhaitaient bénéficier de leurs talents. Peter y veillait personnellement. Le médecin du site MB d'Abuja l'avait surnommé *Good Doctor* à cause du soin particulier qu'il portait à vérifier chaque dossier. Chikwe omettait toutefois de préciser pourquoi leurs vendeuses subissaient ces tests et pourquoi leurs clients les jugeaient indispensables et les réclamaient.

— Mais cette année, nous voulons aller plus loin encore, poursuivit Chikwe. C'est pourquoi la fondation MB développe aujourd'hui deux axes prioritaires. D'abord, promouvoir l'agriculture nigériane en soutenant la production locale de riz, de sorgho, de manioc et de fonio, en lieu et place des traditionnels malt, orge et houblon, avec l'ambition qu'ils représentent d'ici 2025 plus de 60 % des matières premières de nos usines. Cette politique d'approvisionnement révolutionnaire contribue à créer des emplois agricoles en même temps qu'elle diminue les nuisances et les coûts de transport.

Applaudissements dans l'assistance, sourires convenus à la tribune. Peter leva les yeux au ciel.

— Mais ce sont surtout nos engagements humanitaires, éducatifs et sanitaires que nous voulons développer en priorité, surenchérit Chikwe, des trémolos dans la voix. Il y a trente ans, le Nigeria accueillait notre entreprise à bras ouverts. Il est normal que nous prenions pleinement notre part dans le redressement de notre magnifique pays. Avec le soutien sans faille de notre partenaire parisien et du ministère de la Jeunesse et des Sports, nous nourrissons l'objectif ambitieux de réduire au Nigeria les inégalités entre nantis et démunis et d'éradiquer les épidémies qui font des ravages, en particulier dans le nord du pays. Distribution de médicaments, patronage d'équipes sportives locales, construction d'écoles, soutien aux infrastructures hospitalières et aux stations de traitement des eaux usées dans les zones rurales.

Le portable de Peter vibra dans sa poche. Il quitta la salle en catimini. Il consulta l'écran. Une ligne fixe, indicatif de l'État d'Abuja, numéro inconnu. Il décrocha, perplexe.

— Allô ?

Une voix féminine étrangère, peut-être belge ou française.

— Qui est à l'appareil ?

— Serena Monnier, journaliste au *Monde*.

Peter reconnut l'accent parisien, mais se garda bien de lui répondre en français, pour maintenir une distance.

— Comment avez-vous eu ce numéro ? demanda-t-il sèchement.

La journaliste éluda la question.

— Vous êtes Peter Dirksen, c'est bien cela ?

Peter pensa : Française et impertinente.

— Lui-même, mais…

La journaliste le coupa :

— Je me suis rapprochée du secrétariat de la MB Health & Nigeria Foundation dont vous êtes le vice-président. J'ai entre les mains une brochure qui précise que votre fondation finance en partie le programme de prévention des femmes victimes de violences de la Commission nationale des droits de la personne au Nigeria, lancé par le ministère des Affaires féminines à Abuja en juin dernier, au Centre Kurudu.

— Pardon, mais où voulez-vous en venir ?

— Je mène une enquête sur les réseaux de prostitution au Nigeria et, si vous le voulez bien, j'aimerais échanger avec vous sur la façon dont MB Nigeria Inc. protège ses salariées de…

Les oreilles de Peter bourdonnèrent lorsque la journaliste mentionna les mots *réseaux*, *prostitution* et *Nigeria* et il n'écouta pas la suite. Une sirène ALERTE DANGER s'enclencha automatiquement dans son cerveau et se mit à hurler. Il s'efforça de rester le plus calme possible.

— Vous pouvez me rappeler votre nom, s'il vous plaît ? demanda-t-il.

— Serena Monnier.

Il nota une légère inflexion dans le ton de sa voix, comme une hésitation. Il s'engouffra dans la brèche.

— Bien, mademoiselle Monnier. Je suis désolé mais vous tombez extrêmement mal. Peut-être pourrais-je vous rappeler plus tard dès que j'aurai un peu de temps devant moi ?

Il s'excusa encore une fois, elle le remercia, puis il raccrocha. La sirène ALERTE DANGER perdit en volume, mais ne s'éteignit pas pour autant.

Peter se connecta aussitôt à Internet et tapa fébrilement le numéro de la journaliste pour lancer une recherche. Bingo ! L'appel avait été passé du Prixaire Pure Hotel, 21 Bissau Street, à Abuja. Il mémorisa le nom, puis il écrivit *Serena Monnier* dans la barre de recherche Google. Des dizaines d'occurrences apparurent. Peter cliqua au hasard avec frénésie. Serena Monnier était pigiste. Elle collaborait au *Monde*, mais également au quotidien *The Guardian* qui drainait un public anglo-saxon, européen et africain, jusqu'au Nigeria. Elle avait publié plusieurs papiers relatifs au procès de proxénètes nigérians en France dont le principal témoin à charge était une adolescente du nom de Jasmine Dooyum qu'elle érigeait en victime de la traite des femmes et en héroïne nigériane.

Peter parcourut ses articles à toute vitesse. Il n'était fait mention de MB Nigeria Inc. nulle part. Peter se persuada que la probabilité qu'elle l'appelle vraiment à propos du programme de prévention de la Fondation était envisageable. La sirène se mua en un simple avertissement : PRUDENCE. Peter se détendit, le bourdonnement dans ses oreilles cessa pour de bon. Il bloqua le numéro de téléphone de l'hôtel Prixaire de façon à ne plus être importuné par la journaliste, décida de garder cet appel pour lui, puis il fourra son portable dans la poche intérieure de sa veste et retourna à l'intérieur s'asseoir au dernier rang.

Il observa les hommes à la tribune, le président Chikwe et les autres. Tous nigérians. Des types qui avaient gravi les échelons un à un, en dépit de tous les pièges tendus, des types qui avaient su fermer les yeux, cirer des pompes, faire le dos rond, prendre l'argent qu'on leur donnait sans demander d'où il venait ni si c'était juste ou injuste qu'il leur revienne à eux et pas à d'autres, sans doute plus méritants, plus intègres, d'autres qui rêvaient peut-être de changer les choses au Nigeria et de servir leur pays avec plus de zèle que leur propre carrière et les intérêts de leurs maîtres.

Peter ne les méprisait pas pour ça. Il les admirait au contraire, parce qu'ils avaient su saisir les opportunités, placer autour d'eux des fidèles, des serviles. Ce faisant, ils avaient peu à peu constitué leur propre empire au sein de MB Nigeria Inc. et repris le pouvoir que le siège social d'Amsterdam leur avait volé quand ils n'étaient encore que des brasseurs de bière locale à la petite semaine. Des décennies plus tôt, des hommes comme Peter Dirksen auraient été à la tribune. Des Européens. Des Blancs. Pas de Nigérians. Aujourd'hui, ces derniers faisaient leur révolution nationaliste.

Peter Dirksen n'était pas amer. Après tout, les hommes comme Chikwe reprenaient ce qui était à eux, laissant de copieux pourcentages sur les bénéfices au passage – rien n'était gratuit.

Le Nigeria était leur pays. Bientôt, les types comme Peter Dirksen ne seraient plus les bienvenus. C'était déjà dans l'air. C'était inévitable. Lui aussi serait remplacé par un jeune loup formé à Lagos ou Paris en école de commerce ou bien par le cousin d'un Vincent Chikwe, le beau-frère d'un Olowu Nurudeen ou encore l'homme de confiance du président Buhari ou de son successeur. Peter devrait partir tôt ou tard, et, Dieu merci, il ne comptait pas s'éterniser. Qu'ils se débrouillent entre eux, qu'ils placent leurs hommes ou qu'ils se cassent la gueule, c'était dans l'ordre des choses. Peter s'en moquait dans le fond. Il était libre comme l'air, libre d'aller et venir, à l'instar des produits qu'il vendait, son passeport « blanc » européen en poche, alors qu'eux seraient toujours coincés ici, que leur pays s'effondre ou qu'il tienne ses promesses. Ils étaient chez eux, mais en même temps, ils en étaient prisonniers et ils y crèveraient. La libre circulation des marchandises ne s'appliquait pas à eux. Quand ils ne voudraient plus de lui, quand le sorgho ne pousserait plus, quand les islamistes du Nord auraient gagné ou quand la direction d'Amsterdam estimerait qu'il n'était plus utile, Peter irait là où étaient les affaires de la bière, au Congo, au Kenya ou au Mozambique, d'autres marchés à conquérir, d'autres business juteux, d'autres politiciens à corrompre, d'autres paysans à affamer, d'autres filles à baiser, d'autres richesses fabuleuses à acheter et à revendre, d'autres taux de rentabilité à deux ou trois chiffres, d'autres paradis à exploiter par des types comme lui, libres de faire des affaires au paradis des affaires. Jusqu'au jour où le Nigeria aurait à nouveau besoin de lui et viendrait le supplier, lui ou un Russe ou un Chinois, de revenir investir, construire des usines et employer ses enfants.

Peter fixa le président Chikwe, en souriant. « Tu peux me mépriser, pensa-t-il avec amusement. Tu peux rappeler à tout bout de champ que je ne suis pas chez moi, que je ne suis que de passage, tu auras raison, mais ça ne changera rien à la fin de l'histoire : le passeport blanc gagne toujours. »

Chikwe transpirait comme un bœuf. Son discours s'éternisait. Il s'écoutait parler. Il énumérait à présent les boissons sans alcool que MB commercialisait à destination de sa clientèle musulmane, pour répondre aux attaques malhonnêtes de la concurrence sur sa prétendue responsabilité dans l'augmentation des chiffres de l'alcoolisme au Nigeria. La moitié de l'assistance bâillait, l'autre lorgnait du côté de la rangée de bouteilles de Deutz alignées sur la table du buffet.

— La First Classic, Strawberry et Pineapple, en bouteille ou en Tetrapak, la Fayrouz ananas, poire ou saveur exotique en canette, la boisson énergétique First MB Extra, produite dans nos usines de Lagos et de Benin City dans des bouteilles consignées, respectueuses de l'environnement…

Peter croisa les bras. Son voisin de droite se racla la gorge pour attirer son attention. Peter tourna la tête et reconnut le secrétaire du directeur commercial du Paris Saint-Germain Football Club qui se dandinait sur sa chaise. Il esquissa un sourire poli. Le type prit ça pour l'invitation qu'il attendait et se pencha vers lui.

— Ça se passe comment, après les formalités ? chuchota-t-il.

Peter jeta un œil au buffet, puis au type, sans saisir le sens de sa question. Il fronça les sourcils. Le type lui adressa un clin d'œil complice.

— Après le déjeuner, précisa-t-il. Vous savez…

Peter percuta.

— Oh, je vois !

Le visage du secrétaire s'éclaira, puis vira à l'écarlate. Peter n'eut pas besoin de baisser les yeux pour vérifier s'il bandait comme un âne. Il repensa à l'appel de la journaliste du *Guardian*. Son esprit associa les mots DANGER POTENTIEL et prudence. Il les rangea dans un tableau à deux colonnes intitulées AVANTAGES et INCONVÉNIENTS. Il pensa que la First était désormais la « bière partenaire officielle » de cinq grands clubs européens, avec Arsenal, la Juventus, le Real Madrid et Manchester City. C'était la classe internationale, la promesse d'un avenir commercial radieux et c'était lui qui signait le chèque. Il se dit qu'il serait dommage de ternir cette formidable opération de communication pour une histoire de cul déplacée avec une vendeuse First.

Peter déclara :

— Pour cette fois-ci, ça ne sera pas possible, je suis sincèrement désolé.

Il désigna du menton le directeur commercial du PSG, à la tribune.

— Dites à monsieur Molinaro qu'il y a eu un contretemps avec les filles qui étaient prévues cet après-midi.

Le type débanda aussi sec.

— Il va être terriblement déçu.

Peter sourit et posa la main sur son avant-bras.

— Pas de petites robes rouge et or aujourd'hui.

19

Burkornu, 20 mars 2020.

— Quel est le prénom de ta fille ? demanda Gowon.

La femme dit :

— Abisoye.

Gowon hocha la tête.

— Quel âge ?

— Dix-neuf.

Gowon leva un sourcil.

— As-tu un document pour le prouver comme je te l'ai demandé la semaine passée ?

La femme lui tendit les papiers qu'elle pétrissait entre ses doigts depuis dix minutes. Gowon les saisit d'un geste solennel et les déplia. Il s'agissait d'une déclaration d'âge sous serment et d'une lettre d'attestation d'état civil sur l'honneur, pas d'un certificat de naissance. Il était écrit : Abisoye Sani, née le 7 janvier 2001 à Rihogi, État de Kaduna, zone administrative de Burkornu, de Zion Sani (père) et Lylian Garba-Sani (mère). Il vérifia le cachet des bureaux de l'administration locale, plia la feuille en deux et la glissa dans sa poche.

— Je vérifierai ça, déclara-t-il

La femme se frotta les mains pour masquer le léger tremblement qui les agitait. Gowon tapota sa poche de la paume.

— Mais ça devrait aller, ne t'inquiète pas, précisa-t-il. Tout m'a l'air en règle.

Il parcourut l'unique pièce de la cahute du regard. Il faisait une chaleur à crever. Un chien famélique était affalé contre le mur, côté porte. L'animal lui jetait des coups d'œil inquiets par intermittence. Gowon ne s'attarda ni sur les murs de briques crues ni sur les fissures au plafond larges comme le pouce. Il ignora l'absence d'eau courante, d'électricité et de décoration. Il passa rapidement sur le poêle à bois de mauvaise qualité, sur l'odeur de friture incrustée dans les murs et sur l'unique sac de riz suspendu à une poutre. Il vit aussi la multitude de minuscules efforts pour lutter contre l'insalubrité. Il observa longuement les détails, le sol de terre battue parfaitement balayé, les couvertures de laine empilées dans un angle et pliées avec soin, les casseroles en laiton cabossées et brillantes d'avoir été récurées, les étagères brossées. Il se dit que cette femme se débattait pour maintenir une sorte d'équilibre entre la vie et la mort. Le monde n'était pas parfait. Les guerres fratricides et la misère déchiraient le Nigeria en deux. Lagos au sud captait tous les regards. Kaduna au nord n'était qu'un morceau de terre magnifique et désespéré au cœur d'un monde imparfait dans un pays déchiré. Le sergent Ira Gowon aimait cette terre plus que lui-même. Sa mission sacrée consistait à l'arpenter jour et nuit pour écouter son cri de désespoir et panser ses plaies. Quelqu'un devait bien se taper le sale boulot.

Gowon se tenait devant une caisse en bois retournée faisant office de table. Son interlocutrice avait une quarantaine d'années. Elle était plantée sur le pas de la porte, pieds nus. Un lappa rouge délavé ceignait sa taille, contrastant avec le blanc de son tee-shirt. Elle économisait chacun de ses gestes et de ses mots. Seules ses lèvres bougeaient quand elle répondait à ses questions.

Elle fixait Gowon d'un regard absent, c'est-à-dire que ses yeux étaient plantés si profondément dans ceux du policier et de façon si troublante qu'ils semblaient à la fois les envelopper et les traverser de part en part comme s'ils n'étaient qu'un simple prolongement des siens, d'une noirceur démultipliée. Gowon n'osait pas ciller de peur que cette noirceur prenne possession de lui.

— D'où viens-tu ? demanda-t-il pour conjurer le sort.

— Du Nord, à la frontière du Niger.

— Kurukuru ? Sokoto ? Daura ?

Elle secoua la tête.

— Shinkafi ? tenta-t-il.

— Non.

— Katsina ?

Elle dodelina de la tête.

— Batagarawa, un village, juste en dessous.

Gowon sourit.

— Ça doit être un endroit splendide. J'imagine que ça a été un déchirement de le quitter.

La femme ne sourit pas.

— Si vous connaissiez Batagarawa, vous ne diriez pas ça.

Gowon devait avoir l'air surpris par sa remarque parce que la femme crut bon d'ajouter :

— Lorsque Zion est venu demander ma main à mes parents et qu'il a parlé de m'emmener plus au sud, je n'ai pas hésité. Même si j'ignorais si c'était un homme bon, même si j'ignorais surtout pourquoi diable il avait jeté son dévolu sur moi, j'ai supplié mon père à genoux d'accepter pour pouvoir me tirer de cet enfer.

— Batagarawa, c'était si dur que ça ?

Elle embrassa la pièce du regard en ricanant comme si la réponse était écrite en gros caractères sur les murs.

— Sans doute que non, finalement.

Elle s'interrompit brusquement, la bouche en « o », comme s'il n'était pas dans ses habitudes de parler autant à un étranger, en particulier quand cet étranger était un policier qui se proposait de racheter la dette qu'elle avait contractée auprès d'un proxénète décédé appelé Chidi Bissong à qui elle avait déjà vendu sa fille dix jours plus tôt.

Gowon plissa les yeux.

— Alors, tu te dis qu'Abisoye devrait aller tenter sa chance ailleurs.

Elle opina. Ses mains se remirent à trembler.

— Tenter sa chance loin d'ici, dit-il. Loin de Batagarawa, loin de Burkornu.

— Oui.

— Loin de cette baraque miséreuse où tu vis depuis que ce brave Zion t'a enlevée à ton père.

— Oui, souffla-t-elle d'une voix faible.

Gowon s'accouda à la table.

— Cent euros, c'est une sacrée somme.

Elle hocha la tête. Gowon se gratta le menton.

— Ce que ce brave Zion gagne en une année à essayer de faire pousser du sorgho, le dos brisé, sur le lopin de terre poussiéreux qu'il loue à la sortie du village, je me trompe ?

Elle secoua la tête.

— Ou qu'il dépense en bouteilles d'ogogoro ou aux cartes pendant que tu pries pour le salut de tes enfants et le tien à l'église méthodiste de ton quartier, susurra Gowon.

La femme pinça les lèvres.

— C'est ce qu'il fait, hein ? Il boit cette saloperie de tord-boyaux de raphia fermenté pour oublier le jour où il a cru que vous pourriez vous en sortir, toi, lui, la belle Abisoye et vos quatre autres gosses.

Gowon essuya une larme imaginaire sur sa joue.

— Ton histoire est triste, Lylian.

— Oui, monsieur.

— Très triste.

— Je sais, monsieur.

— Tu as honte de ce qu'il est devenu, n'est-ce pas ?

La femme acquiesça avec énergie. Gowon glissa la main dans sa poche et en sortit une liasse de billets de cent nairas.

— Et tu te sens coupable à ton tour.

La femme se figea. Ses mains s'arrêtèrent de trembler. Toute son attention se portait à présent sur l'argent que Gowon venait de déposer sur la table.

— C'est vrai, déclara-t-elle. J'ai honte, terriblement honte.

Gowon se mit à compter les billets.

— C'est pour ça que je te donne ce fric, à toi.

La femme acquiesça. Gowon répartit les billets en tas de cinq mille nairas chacun.

— À toi seulement, pas à Zion.

La femme quitta le seuil et s'avança. Gowon saisit chaque tas et les empila pour n'en former qu'un seul sur lequel il posa sa main à plat.

— Cet argent est sacré.

La femme s'immobilisa devant la table.

— C'est le prix du sacrifice d'Abisoye pour racheter toutes tes erreurs passées.

— Je sais.

— Cet argent, tu vas le cacher là où ni Zion ni le diable ne pourront le trouver.

Gowon retira sa main du tas de billets.

— Et tu ne le sortiras que pour payer les études des frères et des sœurs d'Abisoye.

La femme tendit les doigts vers les billets. Gowon vit la concupiscence dans son regard et remit sa main. La femme suspendit son geste.

— Promets-le-moi.

La femme cracha.

— Je le jure.

Gowon lui saisit brutalement le poignet, lui tordant le bras et l'épaule, puis il lui plaqua la main de force sur le tas de billets. La femme grimaça de surprise. Gowon pencha la tête près de son oreille.

— À toi seulement, répéta-t-il.

— Oui, oui.

Gowon resserra sa prise. La femme émit un cri de douleur.

— Pour l'avenir de tes enfants. Pour l'avenir de Kaduna. Pour l'avenir du Nord.

La femme écarquilla les yeux.

— Oui, oui, je te le jure !

Gowon se pencha encore plus près, sa bouche contre son oreille, son souffle chaud dans son cou ruisselant de sueur, son nez à lui plongé dans l'odeur musquée de ses cheveux à elle. Il respira à pleines narines le parfum de sa misère. Il respira à pleines narines la puanteur de sa concupiscence et de son désespoir.

Il s'écria :

— Sinon, je viendrai m'occuper de toi, Lylian.

Il serra encore plus fort, à lui briser le poignet et l'épaule, puis il la libéra d'un coup sec et recula. La femme resta un long moment pétrifiée, haletante, jaugeant Gowon, le fric, puis Gowon, puis le fric. Gowon gagna le pas de la porte, sans un regard en arrière.

Dehors l'attendaient le nouvel intendant Prince Torey et son homme de main, Sodiq Jimoh. Torey se tenait de profil, au volant du 4 × 4 Hyundai noir. Placide, il fumait, la nuque calée contre l'appui-tête. Jimoh était assis à l'arrière, à côté d'Abisoye Sani. Le moteur tournait au ralenti, les vitres étaient fermées, le système de climatisation ronronnait.

Gowon s'approcha. Il posa la main gauche sur le toit brûlant, saisit la poignée de la droite et ouvrit la portière avant. Un souffle d'air frais mêlé de fumée et de l'odeur du tabac froid l'enveloppa une fraction de seconde. Gowon frissonna. Il croisa brièvement le regard déterminé d'Abisoye et comprit qu'il était inutile de lui demander si elle était prête.

Il jeta un coup d'œil à Torey et grimpa à bord.

— C'est fait, dit-il en s'asseyant.

Il ne ferma pas la portière. Torey tira une bouffée sur sa cigarette, l'écrasa dans le cendrier et se retourna pour lui faire face.

— Cette situation est bizarre, tu ne trouves pas, sergent ?

Gowon fit claquer sa langue.

— Bizarre ?

Torey sortit une nouvelle cigarette de son paquet et la glissa entre ses lèvres.

— Tu sais ce que je veux dire.

Gowon l'invita à poursuivre d'un geste de la main.

— Dis-moi.

Torey soupira.

— D'habitude, les types comme toi ne secondent pas les types comme moi dans leurs activités criminelles. Ils n'achètent pas de filles à leurs parents pour les confier à un souteneur comme moi. Ils ne jouent pas le rôle d'intermédiaires dans des transactions douteuses.

Torey désigna Abisoye du pouce, puis Gowon, puis sa propre poitrine.

— Les types comme toi protègent les filles comme elle et courent après les types comme moi pour les mettre en prison.

Gowon hocha la tête sans rien dire. Torey exhiba un Zippo en or massif et alluma sa cigarette.

— C'est bizarre, répéta-t-il. C'est la septième aujourd'hui, mais ça reste bizarre.

Gowon resta mutique. Il sentait le regard d'Abisoye fiché dans son dos. Dans le silence de l'habitacle, il percevait sa respiration saccadée. Torey tira une latte, inspira et souffla la fumée de côté.

— Pourquoi tu t'imposes tout ça, sergent ?

Jimoh ricana à l'arrière.

— Pourquoi tu te compliques la vie pour ces putes ? poursuivit Torey.

— Ce ne sont pas tes oignons, dit Gowon d'une voix calme.

Torey émit un petit rire amusé. Il tourna la tête et fit un clin d'œil à Abisoye.

— Tu entends ça, sacrée veinarde, le sergent Ira Gowon veille sur toi. Tu en as de la chance ! Ne le déçois pas, hein ! Il place beaucoup d'espoirs en toi, il voit l'avenir de Kaduna à travers toi, alors sois à la hauteur, petite pute.

Gowon donna un violent coup de poing sur le tableau de bord devant lui.

— Ne parle pas d'elle comme ça.

Torey le toisa.

— Le mot *pute* te dérange, c'est ça ?

— Ne parle pas d'elle comme ça, répéta Gowon.

Torey tira crânement sur sa cigarette et inhala la fumée.

— C'est pourtant ce qu'elle…

Gowon ne lui laissa pas terminer sa phrase. Il le saisit à la gorge d'une main et le plaqua contre la vitre. Torey hoqueta, sa cigarette vola en une gerbe d'étincelles sur ses genoux. Il battit des mains pour essayer de se dégager et l'éteindre.

— Putain, t'es malade !

Gowon lâcha sa prise, fulminant. Torey se cogna le crâne contre la vitre. Gowon frappa de toutes ses forces l'appui-tête, frôlant la tempe de Torey.

— Je te confie cette gamine, connard. Prends-en bien soin.

Il se pencha, ramassa la cigarette qui était tombée sur le tapis de sol et la lui tendit.

— Prends-en bien soin et surtout ne déconne pas avec elle.

Torey le dévisagea comme s'il était fou.

— Putain de merde, sergent, tu te prends pour un saint ou quoi ?

Gowon le toisa.

— Fais ce que je te dis, c'est tout. Assure-toi que cette fille et les autres soient bien traitées, point ! Ne les qualifie plus jamais de petites putes, ni devant moi ni dans mon dos, parce que ce n'est pas ce qu'elles sont ! Ces filles se sacrifient pour l'avenir de leur famille. Pour l'avenir de ce pays. Elles se sacrifient pour toi et moi. Elles font ce que tu n'auras jamais les couilles de faire ! Ces filles sont des saintes, voilà ce qu'elles sont.

Torey secoua la tête

— Putain de merde…

— Des saintes qui sacrifient ce qu'elles ont de plus cher pour notre salut.

Gowon lui tapota la joue.

— À présent, elles sont sous ta protection. S'il leur arrive quoi que ce soit, je t'en tiendrai pour personnellement responsable.

Torey roula les yeux et mima de la main le geste qui signifiait : *Encore plus dingue que ce que je pensais !* Jimoh s'esclaffa.

Gowon croisa son regard dans le rétroviseur. Jimoh cessa aussitôt.

Gowon dit :

— Je passerai à la pension dans la nuit pour m'assurer que tout va bien.

Il garda la bouche ouverte, comme s'il s'apprêtait à ajouter autre chose, mais il se ravisa. Il descendit alors du véhicule sans prendre la peine de claquer la portière. Une bourrasque de vent balaya la rue, projetant sur lui son souffle poussiéreux et brûlant. Gowon plissa les paupières et courut jusqu'à sa voiture, comme s'il avait le diable à ses trousses.

20

Kaduna, 21 mars 2020.

La nuit tomba, la pluie s'interrompit vers deux heures du matin. Comme tous les soirs depuis huit jours, Oni Goje rentra chez lui en catimini. L'air était lourd, l'atmosphère moite, les murs de la maison semblaient dégouliner de sueur. Quelque part à l'étage, sa femme et ses filles dormaient. Il alluma le téléviseur et coupa le son. Comme s'il attendait ce signal, un papillon de nuit surgit de nulle part pour butiner l'écran.

Épuisé, Goje se servit un grand verre d'eau qu'il but en savourant chaque gorgée. Il s'en servit un deuxième et s'assit sur le canapé du salon face à l'écran mutique. Il s'assoupit presque aussitôt. Plus tard, le jappement d'un chien depuis la maison voisine le réveilla. La pluie avait repris, une pluie fine et têtue qui s'acharnait sur le toit de tôle, comme une multitude d'ailes de papillons sur une multitude d'écrans de télévision. La pièce était plongée dans le noir. Le téléviseur s'était automatiquement mis en veille. Sa main droite tenait toujours le verre d'eau, mais son contenu s'était renversé sur le canapé. Goje passa les doigts sur le revêtement en coton installé par sa femme pour protéger le cuir, déjà sec. Il jeta un œil par la fenêtre, cligna des paupières, regarda sa montre et somnola encore quelques minutes. Le ciel se dégagea puis blanchit, le salon s'éclaira peu à peu, les étoiles s'évanouirent au-dessus du dôme de la mosquée Ridl Qur'an, deux rues plus loin, le muezzin hurla dans les haut-parleurs l'appel d'*Al-Fajr*.

Oni Goje se leva pour se rendre à la salle de bains, il se déshabilla pour faire ses ablutions, il se lava avec soin trois fois les mains, jusqu'aux poignets, il se rinça trois fois la bouche en portant l'eau à ses lèvres à l'aide de sa main droite, trois fois le nez en aspirant et expirant l'eau portée avec la main droite, trois fois le visage à deux mains, les bras, jusqu'aux coudes, le bras droit d'abord, le gauche ensuite, il se passa les mains mouillées dans les cheveux, du front jusqu'à la nuque d'abord, de la nuque jusqu'au front après, il frotta ses oreilles, puis ses pieds, trois fois, glissant l'auriculaire entre chaque orteil, le pied droit, puis le gauche. Quand il eut terminé, il se rhabilla, il déroula son tapis, *sajada*, il leva les mains devant lui, il murmura *Allahou Akbar*, il posa la main gauche sur sa poitrine, sa main droite sur sa main gauche, il récita l'invocation du commencement, *Gloire à Toi ô mon Dieu, louange à Toi ! Que Ton nom soit béni ! Que Ta gloire soit exaltée, il n'y a pas d'autre Dieu que Toi !* puis il entama la première sourate, *Bismillahi-Rahmani-Rahim, Au nom de Dieu, le Clément, le Miséricordieux !*

Oni Goje avait du mal à se concentrer, il prononçait mécaniquement les mots appris par cœur en arabe, il répétait mécaniquement les gestes, mais son esprit et son corps, à présent bien éveillés, étaient tendus vers un point situé au-delà des limites de son tapis de prière, au-delà de la fenêtre du salon, au-delà du dôme de la mosquée Ridl Qur'an, au-delà de l'autoroute A2, aux portes de Kaduna, derrière les grilles du royaume de Master Brewers Nigeria Incorporated, la plus grosse usine de bière du pays, sur les traces de Peter Dirksen depuis huit jours, dans l'ombre des milliers d'employés qui grouillaient autour de lui, des dizaines et des dizaines de serveuses en robes rouge et or qui se déhanchaient entre les tables des bars à bière, sous les caresses vulgaires des clients, il entendait le bruit des tireuses et des bouteilles de First qu'on décapsulait, le vrombissement des moteurs des camions-livreurs, le va-et-vient incessant, le claquement des mains baladeuses sur les hanches des vendeuses en rouge et or, il voyait le glissement des doigts sur leurs cuisses, puis entre leurs cuisses, dans la pénombre des ruelles derrière les bars ou de l'habitacle d'une voiture. Le film de ces images et de leur vacarme s'interposait entre chacune de ses prières, chacun de ses gestes, de plus en plus prégnant, de plus en plus réel, souillant ses mains, sa tête, ses bras et ses pieds, comme s'il ne s'était pas lavé et qu'il devait tout recommencer, les traits de Victoria Namo en surimpression, son sourire triste sur les photos de famille, son visage souillé de sang séché et de terre ocre sur les clichés de son cadavre, son corps nu démantibulé et blafard, émergeant d'un tas d'ordures et de carcasses rouillées.

Alors Goje secoua la tête et changea de position. Il ouvrit ses mains devant et autour de sa tête, prononça une nouvelle fois les mots saints *Allahou Akbar*, il s'inclina en mettant les mains sur ses genoux et il psalmodia à trois reprises *Soubhana rabbiya al-Adhîm*, *Gloire et louange à mon Seigneur tout-puissant*, avant de se redresser et de diriger ses mains vers ses épaules, il récita *Que Dieu entende celui qui Le loue*, et ainsi de suite, le même rituel mécanique, chacune des six positions, à genoux, mains vers le sol, paumes ouvertes contre terre, puis la tête relevée, puis sur ses talons, puis le front posé au sol, *Gloire à mon Seigneur exalté!* jusqu'à la fin, ses mains sur sa poitrine, la gauche en dessous, *Allahou Akbar*. Il prit conscience que Rose se tenait derrière lui, immobile, les bras pendant le long du corps.

Sans un mot, Goje se releva, saisit son tapis de prière, le

roula et le déposa à sa place, contre le buffet du salon, à côté de celui de sa femme, puis il se dirigea vers la table basse, récupéra son verre vide et se rendit à la cuisine pour le remplir à nouveau. Il but, gorgée après gorgée, jusqu'à satiété, avant de revenir dans le salon. Rose s'était assise sur le canapé. Du plat de la main, elle tapota le tissu à sa droite, un sourire fatigué aux lèvres.

— Viens t'asseoir avec ta femme, un instant.

Goje lui rendit son sourire fatigué et s'exécuta. Rose lui prit la main avec délicatesse et l'attira contre elle, Goje se laissa faire, leurs doigts s'entremêlèrent. Il sentit le rythme lent de sa poitrine et de son ventre qui se gonflaient et s'affaissaient à chaque respiration.

Elle pencha la tête et l'appuya contre son épaule.

— Ça va, Oni ?

Il embrassa ses cheveux avec tendresse.

— Bien sûr que ça va, dit-il à voix basse. Tant que je reste aveugle et sourd.

Rose se lova un peu plus contre lui.

— Mais tu ne l'es plus.

Goje regarda par la fenêtre, derrière le dôme de la mosquée, au-delà de l'autoroute, derrière les grilles du royaume des seigneurs de la bière, il vit le cadavre de Victoria Namo puis il cligna des paupières.

— Non, dit-il d'une voix à peine audible. Ni aveugle ni sourd. Je n'y arrive plus.

Oni Goje emmena ses filles au lycée, puis, comme tous les matins depuis huit jours, il s'installa en terrasse au Seven, un débit de boissons situé au nº 274, Gwari Road, dans Sabon Gida, à une centaine de mètres de la villa de Peter Dirksen. Il commanda un café, un grand verre d'eau pour se désaltérer et attendit.

Goje suivait Peter Dirksen à la trace. Il s'était renseigné sur lui. L'homme était le grand manitou de la First. Il était responsable marketing de MB Nigeria Inc. secteur Nord. Sur toutes les lèvres, il était associé à la marque de bière First. Peter Dirksen était Mister First. Voilà pourquoi Goje planquait tous les matins devant chez lui, attendant qu'il se lève et quitte le confort de sa villa cossue pour sa journée de travail.

Huit jours. Goje observa, approcha et interrogea tous ceux qu'il croisait dans son sillage, les employés, les ouvriers, les vendeuses, les commerciaux, les porteurs, les livreurs, les camionneurs, les petites vieilles qui grattaient quelques billets en transportant des casiers sur leur dos, les pauvres, les misérables, les exploités, les minuscules, les invisibles, uniquement ceux qui ne comptaient pour rien, qui gagnaient presque rien et qui acceptaient de parler cinq minutes en échange d'une bouteille ou d'un billet de cinq nairas.

Goje glana les informations au compte-gouttes, il prit des notes, il photographia à leur insu Peter Dirksen et son chauffeur, Peter Dirksen et ses hommes de main, Peter Dirksen et ses gangs de commerciaux, Peter Dirksen et les filles qu'il tripotait entre deux réunions, Peter Dirksen et ses supérieurs hiérarchiques, Peter Dirksen serrant la main des policiers nigérians corrompus et violents de la Special Anti-Robbery Squad Ira Gowon et Vitalis Udo, Peter Dirksen donnant des ordres à Ira Gowon qui donnait des ordres à Vitalis Udo, Peter Dirksen au téléphone, Peter Dirksen à l'entrée du bureau du ministère de l'Agriculture, Peter Dirksen dans les beaux quartiers de Kaduna, à la nuit tombée, Peter Dirksen et le policier Vitalis Udo en train de tabasser le gérant d'un débit de boissons, Peter Dirksen ivre mort montant dans un taxi accompagné d'une vendeuse rouge et or, Peter Dirksen sortant du taxi devant l'entrée du Radisson Blu, le nez dans le décolleté et la main dans la culotte de la vendeuse rouge et or, Peter Dirksen au Radisson Blu, Peter Dirksen et sa gueule de bois au réveil, Peter Dirksen rentrant chez lui, les couilles vides et la queue molle.

Goje chercha à brosser un portrait le plus fidèle possible des activités de Peter Dirksen pour mieux comprendre le parcours de Victoria Namo.

Il suivait et photographiait Peter Dirksen, mais Peter Dirksen ne l'intéressait pas.

Victoria Namo, si.

La First de Peter Dirksen n'était pas qu'une simple bière. Sans que Goje y prenne garde, elle était devenue une institution. Elle redessinait les cartes de la ville, la vie quotidienne et les déplacements de toute une population. Elle racontait l'histoire d'une ville et d'une région dont l'épicentre se cachait désormais derrière les grilles de l'usine monstre de Master Brewers Nigeria Incorporated. Elle déplaçait ceux qui la produisaient, la transportaient, la vendaient, la consommaient comme des pions sur un échiquier géant dont Peter Dirksen et ses maîtres seuls avaient une vue d'ensemble. Victoria Namo n'était qu'un pion parmi des milliers d'autres, un pion devenu dangereux, éliminé le 11 janvier 2020.

Goje n'était ni aveugle ni sourd.

Goje était fasciné.

Fasciné par l'ampleur de ce qu'il réalisait et écœuré jusqu'à la nausée.

Huit jours durant, dans le sillage de Peter Dirksen, il quadrilla les rues de Kaduna au volant de son 4 × 4 de fonction, la radio branchée en sourdine sur les informations internationales racontant une autre histoire, celle d'un virus chinois qui colonisait chaque foyer des puissances occidentales.

D'abord, il vit les travailleurs entrant et sortant de l'usine

MB six jours sur sept, douze heures par jour. Il ressentit leur joie, les jours de paie. Il lut la fierté sur le visage de ceux qui rentraient à leur domicile au volant de leur voiture ou de leur moto individuelles. Par les fenêtres ouvertes sur la rue, il aperçut les vieux verres collectors des marques MB et les sous-bocks First rangés sur les étagères, à côté des sourates du Coran encadrées et des photos de famille. Il les observa parader dans leur salon ou dans la rue avec le portable que la société MB leur avait donné, ou qu'ils avaient acheté avec des facilités de paiement. Il vit aussi les vendeurs manipulant les tablettes numériques prêtées par MB pour suivre l'évolution de leurs ventes. Il vit les mêmes tablettes entre les mains de leurs enfants concentrés sur leurs jeux vidéo, parce que chaque appareil fonctionnant encore au bout de deux ans leur revenait de droit. Il vit ceux à qui MB avait filé une solide prime de départ, en fin de carrière, et qui, faute de retraite, se lançaient, à soixante ans, dans la pisciculture, le cabinet-conseil, la boulangerie ou qui ouvraient un débit de boissons pour y vendre de la First à leur tour. Dans un bar sur Dutsinma Street, il écouta la complainte de cette veuve dont le mari, ancien salarié, était tombé malade d'épuisement à la chaîne MB, pas assez riche pour se payer le traitement adéquat au Kenya, puis était mort dans ses bras, trois mois plus tôt, la veille de Noël, et qui s'était vue remettre cinq ou six mille euros en liquide et quinze casiers de First pour solde de tout compte et pour fermer sa grande gueule. La veuve avait refusé, mais le type des ressources humaines lui avait dit que le fric et la bière iraient alors dans les poches de l'inspection du travail, alors elle avait accepté et vidé l'intégralité des bouteilles de First dans le caniveau, devant les grilles de l'usine. Au comptoir du Kaduna Lost, au 28, Ashir Road, il entendit la conversation entre le barman et un client fatigué qui se plaignait de ne plus trouver ni vin de palme ni bière de sorgho depuis que la First avait envahi les bars de la ville, au prétexte que ces boissons populaires ne respectaient pas les normes sanitaires. Le type se lamentait : « Je les aime, ces lavasses troubles, moi, la First, c'est juste bon pour pisser et pisser encore toute la nuit ! » Le barman surenchérit, à voix basse. Goje se pencha pour l'entendre regretter le chang'aa kényan, une bière de banane illégale surnommée *Kill me quick* par les amateurs et pourchassée par les autorités. Les gars de MB répandaient des rumeurs malveillantes selon lesquelles le chang'aa contiendrait des eaux usées, des rats et des cancrelats. « J'en distillais moi-même une cinquantaine de litres tous les mois, confia le barman, des regrets dans la voix. Je gagnais un paquet avec ça, mais ils ont saisi mon matériel, et j'ai perdu une bonne part de ma clientèle qui est allée chercher du chang'aa ailleurs. »

En journée, sur Zaria Road, dans tous les débits de boissons populaires, sans exception, ou lors des évènements promotionnels organisés dans les centres commerciaux ou les rues commerçantes, il constata que les promotrices de la marque First subissaient des attouchements non consentis. Celles-là ne portaient pas de robes rouge et or, mais des tenues si courtes et si moulantes qu'elles donnaient l'impression de s'offrir elles-mêmes plutôt que de promouvoir un produit. Elles ne connaissaient ni Peter Dirksen ni Victoria Namo. Il enregistra le témoignage anonyme de sept d'entre elles qui se plaignaient des relations sexuelles que leur chef de secteur leur imposait pour qu'elles puissent obtenir ou conserver leur emploi. En soirée enfin, il assista au ballet proxénète des policiers de la SARS et des vendeuses rouge et or. Ceux-là ne parlaient pas, celles-ci ne se confiaient pas. Elles connaissaient le nom de Peter Dirksen, mais il était impossible de les approcher. Impuissant, Goje les observait de loin, pour ne pas se faire repérer.

Il était 9 h 10. Le portail de la villa de Peter Dirksen s'ouvrit enfin. La BMW Série 7 qui le conduisait au bureau tous les matins apparut, prit à droite et remonta Gwari Road. Le portail se referma derrière elle. Comme tous les matins, Oni Goje déposa un billet de dix nairas sur la table du bar, grimpa dans son 4 × 4 et suivit la berline, les yeux et les oreilles grandes ouvertes.

L'occasion qu'il attendait depuis huit jours se présenta en fin d'après-midi.

17 h 37. La BMW s'immobilisa devant un bâtiment de deux étages situé sur Sunny Street, de l'autre côté du fleuve Kaduna. Goje passa devant sans s'arrêter en jetant un œil. L'enseigne au-dessus de la porte indiquait PENSION CHRISTY – FOYER POUR JEUNES FILLES. Il reconnut en dessous le logo de la Winners Chapel, l'Église de la Foi Vivante pentecôtiste, très influente au sud du pays. Il se gara à distance, coupa le moteur et s'essuya le front et la nuque de la manche. Il attrapa la bouteille en plastique qui traînait sous le siège passager, but une longue rasade d'eau chaude, et se cala confortablement sur le dossier en réprimant un rot.

Peter Dirksen s'extirpa de la berline et pénétra dans la pension. Goje brandit son portable et mitrailla la scène de photos. La nuit tomba, la rue plongea dans l'obscurité. Les carrés noirs des fenêtres du bâtiment s'illuminèrent les uns après les autres et devinrent des carrés blancs. Goje scruta chacun d'entre eux à la recherche de Peter Dirksen, mais il était trop loin pour voir ce qu'il se passait. De sa position, il ne distinguait que des silhouettes animées en ombres chinoises, comme au cinéma muet.

Quarante minutes plus tard, tous les carrés blancs s'éteignirent les uns après les autres, certains simultanément. Dirksen sortit peu après, son portable vissé à l'oreille, suivi d'une quarantaine de promotrices en robes rouge et or, encadrées par trois types en costumes bon marché qui ressemblaient plus à des gardes du corps qu'à des séminaristes. Goje mitrailla en dépit du manque de lumière.

Dirksen s'engouffra dans sa berline. Cinq fourgonnettes firent alors leur apparition et s'avancèrent en file indienne devant la pension. Les chauffeurs en descendirent, firent coulisser la portière latérale, tandis que les filles grimpaient à bord. Goje mitrailla, zooma sur les plaques d'immatriculation et mitrailla à nouveau. Les chauffeurs refermèrent derrière elles, les trois costauds se répartirent les véhicules, la BMW donna le top départ. Le convoi s'ébranla et disparut à l'angle de la rue.

Oni Goje remisa son portable, tourna la clef dans le démarreur, prêt à s'élancer à leur poursuite. Il saisit le levier de vitesse, mais suspendit son geste. Hésitant, il jeta un bref coup d'œil à l'angle de la rue. Les filles en tenues rouge et or se rendaient à leur travail servir des bières et écarter les cuisses. Il savait où elles allaient, dans quel secteur elles officiaient.

Il observa alors la devanture de la pension, hésita encore un instant, se traita d'imbécile, puis il coupa le moteur, rebut une rasade d'eau chaude, jeta un œil à gauche, à droite de la rue déserte, et traversa à grandes enjambées. Le cœur battant, il tira la lourde porte d'entrée et pénétra dans le bâtiment.

Le hall était désert. Dans le fond, l'escalier qui menait aux chambres, à gauche une salle à manger d'où émanaient des odeurs de friture, et au centre, l'officine, dont l'accès était barré par le comptoir d'accueil vide. Goje s'approcha à pas de loup et s'accouda au comptoir. Il ne détecta aucun mouvement. Face à lui, une porte vitrée sous laquelle filtraient un rai de lumière et le vacarme d'un téléviseur allumé sur un match de football. À droite de la porte, un panneau en bois sur lequel figuraient quarante-deux numéros de chambres et quarante-deux jeux de clefs suspendus à un clou. Au-dessus de la porte, un immense crucifix en plastique peint à la main.

Goje profita de l'occasion. Il contourna le comptoir, avisa le registre et l'ouvrit. À la lumière de son portable : quatre colonnes sur chaque page, une page par jour, numéro de chambre, nom, prénom et signature de la pensionnaire. Trois filles à la date du 21 mars. Il prit une photo, tourna les pages à rebours. Sept arrivées à la date du 20 mars, quatre départs. Il prit une photo et remonta encore dans le temps. 19 mars : une arrivée, cinq départs. 18 mars : douze arrivées, un départ. 8 mars : 22 arrivées, aucun départ. Il photographia et répéta l'opération jusqu'au 7 janvier : une seule arrivée, aucun départ. Il jeta un œil au 6 janvier : rien. Le 5 janvier : rien. Il remonta ainsi jusqu'au 1er janvier : vide. Il revint au 7 janvier, photographia le nom qui y figurait, puis il referma le registre et chercha des yeux le registre de l'année 2021. Il ne le vit nulle part. Il s'apprêtait à repartir quand, soudain, le fond sonore du téléviseur s'interrompit.

Goje s'immobilisa et coupa la lumière de son portable. Un bruit de pas lui parvint depuis la porte de l'officine, derrière lui. Goje lança un regard en direction de l'entrée, trop loin. Les pas se rapprochèrent. Goje chercha des yeux une issue, n'en vit aucune. En désespoir de cause, il s'élança vers l'escalier au moment où la porte s'ouvrait. Il y eut un déclic, un flot de lumière éclaira brutalement le hall, Goje grimpa les marches quatre à quatre pour courir se réfugier à l'étage et s'accroupit sur le palier, essoufflé. Il resta là un moment, guettant du bruit dans l'escalier, prêt à bondir, mais rien ne vint. La lumière qui lui parvenait depuis le rez-de-chaussée s'éteignit, une porte claqua, puis le silence à nouveau.

Goje se redressa, ralluma la fonction « lampe torche » de son portable et regarda autour de lui. Une veilleuse était allumée au milieu du couloir. Il y voyait assez pour distinguer une série d'une vingtaine de portes. Il pouvait redescendre ou continuer son exploration. Il se dit qu'une opportunité comme celle-là ne se représenterait plus. Il s'avança dans le couloir, compta les numéros et s'arrêta devant la première porte.

Numéro 11. Il saisit la poignée, la tourna sans rencontrer de résistance, la porte n'était pas verrouillée. Il ouvrit et s'engouffra à l'intérieur, puis referma aussitôt.

La pièce était minuscule, spartiate, pas de ventilateur, pas de climatiseur, aucun lavabo, pas de toilettes, un lit étroit, un matelas de mauvaise qualité, un drap, pas d'oreiller. Face au lit, une simple étagère et une penderie, protégées d'un simple bout de tissu fixé à des clous. Entre le lit et l'étagère, une fenêtre sans rideau donnant sur la rue.

Goje se concentra sur l'étagère. Quelques tee-shirts taille S, un jeans aux poches vides, des sous-vêtements, deux paires de chaussures taille 36, rien d'autre. Pas de papiers cachés entre les tee-shirts, aucune photo, rien de planqué dans les chaussettes ou les sous-vêtements. Il passa à la penderie. Suspendus à des cintres, deux jupes légères, un lappa blanc soigneusement plié, une veste élégante et une robe rouge et or estampillée du logo First. Il glissa la main sous les planches de l'étagère, renouvela l'opération dans la penderie, s'agenouilla pour vérifier que rien n'était caché dessous, en vain. Il retourna au centre de la pièce, fit un tour complet sur lui-même en quête d'une cachette ou d'un détail qui lui aurait échappé, leva les yeux au plafond, une simple dalle de béton peinte en ocre, jeta un œil à ses pieds, une dalle de béton lissé, ciselée en rectangles, de façon à imiter l'aspect du carrelage. Il s'assit sur le lit pour réfléchir, se releva, souleva le matelas, inspecta le sommier, reposa le matelas, retira le drap, passa la main sur la toile du matelas, remit le drap, puis se rassit. Il parcourut une nouvelle fois la pièce du regard, suivit des yeux la plinthe qui courait le long des quatre murs. Il ne remarqua aucune anomalie. Il se leva, colla son oreille contre la porte, n'entendit rien, ouvrit, passa la tête, sortit dans le couloir, referma derrière lui et passa à la chambre suivante.

Porte numéro 13. Même pièce minuscule, même lit spartiate, même dalle en béton, même étagère, même penderie. Goje inspecta le sommier avec minutie, les montants du lit, les planches des étagères et les poches des vêtements suspendus dans la penderie. Sur le mur, face au lit, deux posters, arrachés à un magazine, l'un représentant le musicien activiste 2Baba, crâne rasé, lunettes Gucci, un micro entre les mains, l'autre la chanteuse nigériane d'afrobeat Tiwa Savage, posant à moitié nue sur une plage de sable blanc à Miami, culotte échancrée, tresses blondes couvrant pudiquement sa poitrine. Goje décrocha la partie inférieure de chaque poster, les souleva un à un pour vérifier qu'ils ne cachaient rien, les fixa à nouveau. Il quitta la pièce et passa à la porte suivante.

Numéro 15 : configuration identique, déception identique. Numéro 17 : des revues féminines en anglais dissimulées sous le matelas, ainsi qu'un roman en anglais de Buchi Emecheta, *Second-Class Citizen*, glissé entre un pull et un tee-shirt I LOVE LAGOS. Goje feuilleta le livre à tout hasard, un ticket de cinéma en tomba. Goje le ramassa, Lagoshopping, salle 6, film *Vital Force*, séance du 6 mars 2020. Il remit le tout en place. Numéros 21, 23, 25, 27 et 29, configuration et déception identiques. Goje parvint au fond du couloir et refit le trajet en sens inverse. Numéros 28, 26, 24, idem.

Chambre n° 22, le lit était défait, des vêtements traînaient au sol, comme si sa pensionnaire s'était habillée à la hâte. La fouille ne donna rien. Goje se dirigea vers la fenêtre, souleva le rideau et jeta un œil à la rue. En se penchant, il distingua son 4 × 4. Il lâcha le rideau et retourna s'asseoir sur le lit. Il étudia la plinthe qui courait le long des quatre murs, ne remarqua aucune anomalie côté couloir ni côté cloison, mais repéra une planche légèrement disjointe côté fenêtre. Il se leva, s'accroupit, glissa ses ongles dans l'interstice, tira sur la latte de bois qui vint toute seule. Il plongea la main dans l'anfractuosité et sourit quand ses doigts rencontrèrent un paquet.

Il le saisit pour l'extraire de sa cachette. Une pochette plastifiée, maintenue fermée par un élastique qu'il défit avec fébrilité. Goje vida la pochette sur le sol. Elle contenait une liasse de billets glissée dans une enveloppe, un passeport nigérian et une lettre manuscrite. Goje compta l'argent, pas loin de quatre-vingt mille nairas. Le passeport était au nom de Kel Ugwu, née le 16 avril 1997 à Alaka, État de Kaduna, délivré le 7 août 2019. Goje le feuilleta. Deux tampons y figuraient, l'un libyen, douane de Tripoli, du 25 janvier 2020, l'autre nigérian, douane de Lagos, du 5 mars. Il fit défiler les photos du registre sur son portable, dénicha celle correspondant au numéro 22 : Kel Ugwu, arrivée le 6 mars. Le nom correspondait, la date était cohérente. Goje déplia la lettre. Écrite en un mélange de yorùbá et d'anglais, une dizaine de lignes, elle était adressée à Kel Ugwu et signée du prénom féminin Rayo. L'écriture était de mauvaise qualité, les lettres hésitantes, les mots mal orthographiés. La dénommée Rayo prenait des nouvelles de sa sœur, Jasmine, et suppliait Kel Ugwu d'avoir soin d'elle. Elle écrivait : *Ce n'est qu'une enfant, par pitié, surveille-la.* La lettre se terminait par un numéro de téléphone où la rappeler, indicatif de l'État de Lagos, mais un deuxième numéro avait été griffonné au dos. L'écriture était plus ronde, différente. L'indicatif était celui de Lagos également.

Goje recopia les numéros dans son portable, relut une dernière fois la lettre, remit l'enveloppe, la lettre et le passeport dans la pochette, resserra l'élastique, remisa le paquet au fond de la cache et remit la plinthe en place. Il se leva, parcourut une dernière fois la pièce du regard et se dirigea vers la porte. Des voix résonnèrent dans le couloir. Il se figea et tendit l'oreille. Des bruits de pas se rapprochèrent de la porte nº 22. Deux voix masculines distinctes s'exprimant en pidgin lagotien. Goje se précipita derrière le lit et s'aplatit au sol. Les pas claquèrent devant la porte, sans s'arrêter, et s'immobilisèrent plus loin. Cinq minutes passèrent. Les voix s'éternisaient. Goje releva la tête et jeta un œil à la fenêtre. Il se redressa, souleva le rideau, tourna la poignée et tira. Le battant s'ouvrit en grinçant, la porte gémit légèrement sur ses gonds à cause de l'appel d'air. Goje suspendit son geste, les yeux rivés sur la porte. Les voix cessèrent, puis reprirent. Goje fourra son portable dans la poche arrière de son pantalon et passa la tête pour s'assurer que la rue était déserte. Il se faufila ensuite sur la margelle extérieure, tira le battant de façon à le refermer, s'accroupit, s'accrocha des deux mains à la margelle, bascula dos à la rue, maintint sa prise à la force des bras, tâtonna du pied la façade, trouva une aspérité sur laquelle prendre appui, puis se laissa tomber.

La chute fut brève, il atterrit sur son pied gauche qui amortit le choc, il perdit l'équilibre, fit une roulade sur le trottoir en latérite, se releva d'un bond, courut comme un dératé jusqu'à sa voiture et s'y engouffra, prêt à filer. Il lança un regard au rétroviseur central, puis aux rétroviseurs extérieurs. Aucune lumière ne s'éclaira aux fenêtres, personne ne sortit en catastrophe de la pension. Il n'avait pas été repéré. Les minutes défilèrent. Goje se détendit, son rythme cardiaque ralentit et redevint normal. Il consulta l'horloge au compteur : 19 h 41. Il expira lentement, surveilla à nouveau ses rétroviseurs, sortit son portable et composa le numéro à Lagos écrit au dos de la lettre trouvée dans la chambre de Kel Ugwu.

Cinq sonneries, puis une voix préenregistrée sur répondeur :

— Agence nationale pour l'interdiction de la traite des êtres humains du Nigeria de Lagos. Nos bureaux sont fermés pour le moment. Les horaires d'ouverture...

Goje raccrocha sans écouter la suite. Il consulta les rétroviseurs et appela le deuxième numéro. Neuf sonneries, un déclic suivi d'un grésillement, puis une voix féminine résonna à l'autre bout de la ligne, en pidgin lagotien.

— Rayo ? demanda Goje en anglais.

Il y eut un instant de flottement, comme si son interlocutrice cherchait son identité.

— Qui est à l'appareil ?

— Mon nom ne vous dira rien, je suis policier, du moins, j'étais policier à Kaduna. J'ai trouvé votre numéro dans une lettre que vous avez écrite à Kel Ugwu, à propos de votre sœur Jasmine.

La voix, suspicieuse :

— Jasmine va bien, elle est à Paris, c'est quoi ces conneries ? Qui es-tu ? C'est Kel qui t'a demandé de m'appeler ? Qu'est-ce qu'elle veut ? Elle est avec toi ? Passe-la-moi !

— Non, non, dit Goje à toute vitesse, de peur qu'elle raccroche, j'enquête sur la mort de Victoria Namo. Je suis à la recherche d'informations concernant l'identité de la jeune femme qu'on a retrouvée avec elle, le deuxième cadavre…

La voix, cassante à présent, l'interrompit :

— Je ne connais aucune Victoria Namo.

Un bref silence suivit. Goje perçut ensuite des chuchotements à l'autre bout du fil, l'éclat d'une voix en colère, en arrière-plan, puis une nouvelle série de chuchotements, des bruits de lutte et d'autres éclats de voix.

— Fichez-nous la paix ! hurla une voix masculine avant de couper la communication.

Goje fixa un moment l'écran de son portable, interdit, puis il tourna la tête et s'arrêta sur le carré noir de la fenêtre de Kel

Ugwu, au premier étage, d'où il était descendu tout à l'heure. Il se dit que Lagos était loin, bien loin de Kaduna et de son enquête. Il rafla la bouteille d'eau sur le tapis de sol et la vida d'une traite. Il y eut du mouvement dans le rétroviseur central. Goje pivota lentement. Il vit deux hommes sortir de la pension. L'un d'eux alluma une cigarette, tendit son paquet à l'autre qui refusa, ils s'éloignèrent dans la direction opposée.

Goje fixa une autre fois le carré noir de la chambre 22, estima qu'il n'avait plus rien à faire ici, les filles ne rentreraient pas avant le milieu de la nuit. Il tourna la clef dans le démarreur, passa la première et remonta la rue. Plus loin, il s'arrêta à l'épicerie Okpanachi, acheta pour quinze nairas d'arachides et de frites d'igname pour ses filles, puis il emprunta le pont qui enjambait le fleuve Kaduna et rentra chez lui.

4 h 10. La nuit était étrangement bleue, presque irréelle. Brûlante et bleue, bercée par le vacarme des moteurs diesel que les habitants de Kaduna faisaient tourner en continu pour pallier les défaillances et les pannes à répétition du réseau de la NEPA, la compagnie nationale d'électricité.

Oni Goje ne parvenait pas à trouver le sommeil. Il était allongé sur le lit, à côté de sa femme qui dormait. De minuscules gouttes de transpiration perlaient sur ses tempes et le long de son cou, à la naissance de ses cheveux. Sa respiration paisible tranchait avec le vrombissement irrégulier des générateurs qui pénétrait dans la chambre par la fenêtre entrouverte. Goje déposa un baiser sur le front de Rose et se leva. Il enfila un tee-shirt, passa un jeans et une veste et se rendit dans la cuisine se servir un verre d'eau, puis il récupéra les clefs de la voiture de sa femme, une Opel Corsa grise, sortit de la maison en prenant soin de ne réveiller personne, et prit la direction du quartier Kamazo, à l'est.

À présent, il connaissait les lieux. Il se gara sur Sunny Street avec un bon angle de vue sur la fenêtre de la chambre nº 22, à une centaine de mètres en contrebas de la place qu'il occupait huit heures plus tôt. D'autres voitures stationnaient, sur le trottoir. Goje régla ses rétroviseurs de façon à surveiller l'entrée de la pension et l'intersection de la rue située derrière.

La première des cinq camionnettes qui transportaient les filles apparut au bout de la rue à 4 h 35. Les promotrices First qu'elle contenait descendirent et pénétrèrent aussitôt dans la pension. Certaines titubaient, d'autres gloussaient, toutes avaient l'air exténuées. Deux types les accompagnaient. L'un entra avec elles, l'autre demeura sur le pas de la porte, une cigarette aux lèvres. Goje se tassa sur son siège pour ne pas se faire repérer. Le chauffeur de la camionnette salua le type d'un geste de la main et décampa. Quelques fenêtres s'éclairèrent à l'étage, pas la numéro 22. Deux autres camionnettes suivirent peu après. Elles se délestèrent de leur chargement, puis repartirent aussitôt. Le type s'écarta pour laisser entrer les filles, mais resta dehors à fumer. D'autres fenêtres s'illuminèrent, d'autres carrés blancs, toujours pas la numéro 22. La quatrième débarqua vingt minutes plus tard, puis la cinquième à 5 h 10. Un troisième type en sortit. Pendant que la dernière camionnette s'éloignait, il rejoignit celui qui fumait, lui tapa une cigarette et les deux hommes restèrent là à discuter, avant de balancer leur mégot et de rentrer à leur tour.

Goje scruta la façade. À l'étage, la fenêtre de la chambre 22 s'alluma enfin. Une main tira le rideau, une silhouette menue se dessina dans le carré blanc et les volutes de fumée d'une cigarette s'élevèrent en clair-obscur. Goje se tordit le cou pour tenter d'apercevoir son visage à contre-jour. La jeune femme s'accouda au rebord de la fenêtre, laissant sa cigarette s'éteindre sans y toucher. Au bout d'un temps indéfini, elle la porta à sa bouche, fit claquer son briquet pour la rallumer, éclairant brièvement ses traits.

La scène dura deux petites secondes qui suffirent à Goje pour vérifier qu'il s'agissait bien de Kel Ugwu et qu'elle correspondait au portrait figurant sur son passeport.

Il résista à l'envie de descendre de la voiture et de lui faire signe. Il résista à l'envie de descendre et de la supplier de se laisser glisser le long de la façade et de fuir cet endroit maudit pour ne pas terminer comme Victoria Namo, cadavre nu bouffé par les vers au milieu d'une décharge. Au lieu de ça, il se contenta de la regarder terminer sa cigarette, refermer le battant et tirer le rideau.

Les fenêtres de l'étage s'éteignirent les unes après les autres. Il ne resta bientôt plus que la sienne. La silhouette de Kel Ugwu s'étira en ombre chinoise, au fur et à mesure qu'elle s'éloignait du carré blanc, ses gestes s'allongèrent et ralentirent jusqu'à ressembler à ceux d'une ballerine exécutant quelque figure lente et harmonieuse, puis le carré blanc redevint noir.

Le ciel s'éclaircit peu à peu au-dessus de Sunny Street. Goje s'étira, démarra, rentra chez lui et revint le soir même, peu avant dix-huit heures, guettant la camionnette dans laquelle la jeune femme grimperait.

Kel Ugwu officiait au Mamah Bhukka House & Lodge, sur Nidan Avenue. Terrasse ombragée, piscine et parterres de fleurs. Le bar était bondé. Il occupait le rez-de-chaussée et l'étage d'une maison ceinturée par un mur de deux mètres, surmonté de tessons de bouteille et gardé par deux vigiles.

La clientèle était aisée, essentiellement masculine. Des enceintes disséminées dans les angles diffusaient des tubes d'afrobeat. Le volume sonore était assourdissant. Les basses faisaient vibrer les bouteilles dans leurs casiers.

Goje gara son 4 × 4 à deux rues de là et se présenta au bar en civil, chemise *kenté* repassée et pantalon de toile beige. Il commanda une First dans laquelle il feignit de tremper les lèvres. L'odeur de sorgho fermenté lui fila la nausée. Il reposa sa bouteille. Prenant un air détaché, il regarda autour de lui. Il repéra aussitôt l'un des trois types chargés de la surveillance assis à une table, sur la terrasse.

L'homme fumait en compagnie de deux quadragénaires, les yeux rivés sur les mouvements lascifs d'une fille en maillot de bain minimaliste qui ondulait du bassin en rythme sur le bord de la piscine. Six promotrices First slalomaient entre les tables, un plateau à la main. Des rires alcoolisés précédaient et suivaient leurs déplacements. Goje ne vit Kel Ugwu nulle part. Il saisit sa bière, quitta son poste d'observation et grimpa à l'étage.

Changement d'ambiance. Le volume sonore et la température augmentèrent d'un cran. La salle, aux dimensions plus modestes, invitait à la promiscuité. Les serveuses en robes rouge et or devaient jouer des coudes et des hanches pour se frayer un passage entre les clients. Goje aperçut Kel Ugwu, dans le fond. Il posa sa bouteille pleine sur une table, se faufila jusqu'au bar, sortit une liasse de billets de cinquante nairas, commanda une autre First et attendit.

Une promotrice se présenta peu après, les yeux rivés sur les billets, sourire en coin. Goje leva sa bouteille pour lui signifier qu'il avait déjà ce qu'il lui fallait. La jeune femme lui adressa un clin d'œil en gloussant :

— Appelle-moi quand tu auras terminé, mon grand !

Kel Ugwu le frôla, un moment après, une commande à la main. Il la saisit par le bras et l'attira à lui d'un geste brusque. Kel Ugwu roula les yeux en guise de protestation.

Goje se pencha près de son oreille.

— Où est-ce qu'on peut être tranquilles, toi et moi ?

La jeune femme le dévisagea. Une ombre triste voila brièvement son regard, en même temps qu'elle lui adressait un sourire forcé. Elle indiqua de la tête l'une des portes situées sur leur droite.

— Celle avec le panneau *Privé*, susurra-t-elle. Deux minutes.

Elle lui caressa la joue du bout des doigts. Goje frissonna de honte et de dégoût. De honte pour lui, de dégoût pour elle.

— Rapporte-moi une bière, ajouta-t-elle en minaudant.

Goje l'observa filer entre les tables vider son plateau. Il commanda une First supplémentaire pour elle, régla les consommations, rempocha son fric, laissa passer Kel Ugwu et la suivit. La serveuse ouvrit la porte sur un couloir et la referma derrière lui. Musique et chaleur diminuèrent d'un coup. Seules les basses filtraient encore à travers les cloisons.

— Troisième porte à droite, dit-elle, passe devant, je suis juste derrière.

Goje l'attrapa par l'épaule de sa main libre.

— Attends, je…

Kel Ugwu lui intima l'ordre de se taire.

— Pas ici, mon grand, dit-elle en le repoussant des deux mains. Ne sois pas si pressé !

Elle se colla contre lui pour saisir la poignée de la porte, le pressa d'entrer et tira le loquet.

Nouveau clin d'œil.

— Un peu d'intimité.

Il s'agissait d'un box de deux mètres par deux, équipé d'une banquette, recouverte d'une housse noire, une tablette sur laquelle Goje déposa les bières, d'une poubelle et d'un lavabo sans miroir. Kel Ugwu baissa l'une des bretelles de sa robe d'une main, le forçant à s'asseoir de l'autre.

— Tu veux que je te suce d'abord ?

Goje fut pris d'un haut-le-cœur. Il attrapa la poubelle à deux mains, s'agenouilla et vomit son dîner. Kel Ugwu se couvrit la bouche et le nez de la main, l'air dégoûté. Goje se redressa en secouant la tête.

— Je suis désolé, vraiment désolé.

Il se rinça le visage au robinet, se gargarisa, se lava les mains et se rinça à nouveau le visage.

— Tu as quelque chose pour m'essuyer ?

La serveuse réajusta sa robe et lui tendit une boîte de kleenex. Goje piocha dedans.

— Merci.

Kel Ugwu ouvrit les deux First et lui en tendit une. Goje attrapa la sienne en grimaçant et en vida le contenu dans le lavabo.

— Je ne peux pas boire cette merde, lâcha-t-il.

Kel Ugwu haussa les épaules, dépassée. Elle but une gorgée de sa bière et s'assit sur la banquette.

— Qu'est-ce que tu veux faire, mon grand ?

Goje s'avança vers elle. Kel Ugwu se méprit sur ses intentions et posa la paume de sa main sur sa braguette. Goje la repoussa sèchement.

— Je suis entré dans ta chambre, la nuit dernière, j'ai fouillé partout et j'ai trouvé la lettre de Rayo qui parle de Jasmine.

Kel Ugwu bondit sur ses pieds.

— C'est quoi ce bordel ?

Elle le bouscula pour atteindre la porte. Goje la saisit par les épaules et la contraignit à se rasseoir.

— Laisse-moi t'expliquer !

— T'es qui, toi, d'abord ? Tu bosses pour Prince ?

Goje fit *non* de la tête.

— Je suis de la sécurité routière.

Kel Ugwu se releva d'un bond.

— T'es un flic ! s'écria-t-elle.

Goje plaqua la main contre sa bouche.

— Pas si fort, putain, chuchota-t-il. Non, non, je ne suis pas flic, je suis sergent à la Federal Road Safety.

Elle le roua de coups sur la poitrine pour se dégager.

— Laisse-moi sortir d'ici.

Goje raffermit sa prise.

— Écoute-moi, bon sang ! Je me moque de Rayo et de Jasmine, je ne suis pas là pour ça, je ne suis pas là pour te faire du mal non plus, c'est juste que dans sa lettre Rayo parlait de protéger Jasmine, alors je me suis dit que tu savais peut-être des choses, que tu étais plus maligne que les autres, avec ce paquet de fric et ce passeport que tu planques. C'est… C'est moi qui ai découvert le corps de Victoria Namo en janvier.

De sa main libre, il sortit son portable, sélectionna un fichier et le brandit devant les yeux de Kel Ugwu. Elle se débattit de plus belle.

— Regarde, putain ! jura-t-il en lui fourrant la photo sous les yeux.

Elle les écarquilla aussitôt et se figea, pétrifiée.

— C'est Victoria Namo, dit-il, c'est elle, tu la connais ?

Kel Ugwu acquiesça. Goje poursuivit :

— C'est moi qui ai trouvé son cadavre dans cette décharge à ciel ouvert, sur l'autoroute A11, après Katabu, au nord, c'est moi, mais je ne suis plus flic, je ne suis qu'un agent de la sécurité routière et je n'ai rien pu faire. Ils ont embarqué son cadavre, ils l'ont ramené à la morgue et l'enquête a été bâclée. Les flics qui ont fait ça sont des vendus, mais j'ai repris l'affaire en main, j'ai fouiné de mon côté, j'ai retrouvé sa trace, son nom et ses parents, j'ai remonté le fil, mais j'ignore qui il y a derrière.

Il pianota sur son portable et lui montra une autre photo. Kel Ugwu regarda à nouveau et se prit la tête entre les mains.

— Victoria n'était pas seule, dit Goje. Il y avait cette fille, avec elle.

Il tapota l'écran de l'index.

— Donne-moi son nom !

— Non, souffla-t-elle, horrifiée.

Goje la secoua.

— Je t'en prie !

Des larmes inondèrent les joues de Kel Ugwu.

— Je l'ai connue quand j'étais coiffeuse, à Lagos, hoqueta-t-elle, les yeux rivés sur la photo du cadavre.

Goje la secoua de plus belle.

— Des noms, donne-moi des noms.

— Musa Abwo, c'est elle, la fille sur la photo. Rayo Dooyum et Musa Abwo, elles travaillaient au salon de coiffure avec moi, mais on ne gagnait pas assez. Merde, on gagnait à peine de quoi survivre, alors on s'est mises en contact avec ce type qui promettait de nous emmener en Europe.

Goje se pencha vers elle.

— Qui ?

Kel Ugwu renifla. Goje l'enlaça et lui baisa le front. Kel Ugwu fondit en larmes.

— Qui, dis-moi, lui murmura-t-il dans le creux de l'oreille.

— Rayo a refusé de nous suivre, mais sa petite sœur, Jasmine, si. On est remontées jusqu'à Abuja, on est remontées jusqu'à Kaduna, et c'est là qu'on a fait la connaissance de Victoria. C'était une fille intelligente, une fille bien, elle voulait s'en sortir, elle avait un plan pour rester ici et gagner plein de fric, un type appelé Bissong, mais Jasmine était trop jeune, j'avais promis à Rayo, alors Jasmine et moi, on est parties toutes les deux et on est remontées plus haut encore, jusqu'au Niger, jusqu'en Libye, et là, j'ai perdu sa trace. Victoria et Musa, elles, sont restées.

Goje lui caressa le dos, les épaules, les cheveux.

— Jasmine est en sécurité, maintenant, murmura-t-il, elle est en France, c'est Rayo qui me l'a dit.

Kel Ugwu leva le regard sur lui, des larmes plein les yeux, des traces de rimmel noyées dans ses larmes, sur ses joues.

— Tu as eu Rayo au téléphone ?

Goje lui caressa les cheveux, le front, il essuya les larmes sur ses joues.

— Donne-moi des noms, dit-il d'une voix douce.

Kel Ugwu le fixa un long moment. On frappa à la porte, deux fois.

Une voix d'homme résonna :

— Tout va bien, là-dedans ?

Kel Ugwu ravala ses larmes.

— J'ai terminé, dit-elle avec force.

Goje l'attrapa par le poignet.

— Donne-moi des putains de noms, dit-il entre ses dents. Qui finance tout ça ? Qui a tué Victoria Namo et Musa Abwo ? Parle-moi de Master Brewers Nigeria Incorporated, parle-moi des usines de bière First, parle-moi de Peter Dirksen.

Kel Ugwu ouvrit la bouche, terrifiée, mais aucun son ne sortit. Goje la tira d'avant en arrière.

— Parle-moi des policiers Ira Gowon et Vitalis Udo de la Special Anti-Robbery Squad, Kel ! Dis-moi ce que tu sais ! Aide-moi !

Ces deux noms opérèrent comme une décharge électrique dans l'esprit de Kel Ugwu. Elle se rua sur Goje en rugissant, le frappa du poing et le roua de coups de pied et de genou. Goje lâcha prise, elle le poussa violemment contre le lavabo.

— Ne reviens plus jamais me voir, ne fouille plus jamais dans mes affaires !

Goje se redressa, le poing levé.

— Sinon ?

Kel Ugwu le toisa en ricanant.

— Tu es fou si tu crois pouvoir te battre contre ces gens-là !

Elle le repoussa ensuite dans le fond du box, se passa le visage sous l'eau, s'essuya, réajusta sa tenue, ouvrit la porte à la volée, regarda Goje une dernière fois, une tristesse infinie dans les yeux, puis elle disparut dans le couloir.

21

Abuja, 23 mars 2020.

Lugbe, Karum, Furah, des rues défoncées en latérite, des adolescents désœuvrés sur les bas-côtés, des baraques misérables aux couleurs criardes. Le nez dans son portable, Serena Monnier accompagnait Esther Lekwot dans ses maraudes dans les quartiers chauds d'Abuja. Leur taxi climatisé filait à vive allure.

Serena vivait en apesanteur, flottant dans un magma de misère nigériane et de pandémie mondiale. Elle passait des heures à faire défiler sur son portable le fil du *Monde* dédié au coronavirus. La connexion satellite était faible, les images mettaient parfois plusieurs minutes avant de se charger, les vidéos passaient rarement. La France était à l'arrêt, l'Europe retenait son souffle, la psychose était planétaire. Les avenues parisiennes désertes, les rideaux des magasins tirés, les Français hébétés, les files d'attente interminables devant les grandes surfaces, les caddies remplis de papier toilette, de pâtes et de packs de bière, les pénuries d'oxygène, les tutos pour fabriquer son masque, les carnets de bord d'écrivains en mal de notoriété, la danse du ventre du ministre de la Santé et des porte-parole gouvernementaux, les experts autoproclamés qui défilaient sur les plateaux des chaînes d'information en continu, la violence et l'absurdité des chiffres, des données, des statistiques évolutives, la Bourse qui dévissait, puis remontait jusqu'à atteindre des hauteurs vertigineuses. Serena pensait aux anciennes consœurs de Jasmine Dooyum au milieu de ce chaos, interdites de trottoirs parisiens et niçois désormais vides, privées de clients et de revenus, esseulées, terrées, enfermées à double tour dans les cloaques mal chauffés que leur louaient les marchands de sommeil et leurs proxénètes, paniquées à l'idée de finir étouffées par le virus chinois loin de leurs familles, loin de leur pays, livrées à elles-mêmes, suspendues aux informations. Serena peinait à imaginer ce qu'une telle situation donnerait ici, à Abuja, si elle était même seulement envisageable.

Le chauffeur du taxi sifflotait. Corey Stander, assis à l'avant, ne disait rien, perdu dans ses pensées. La radio diffusait un morceau du groupe éthiopien Ka-La-Ka. Esther Lekwot dodelinait de la tête en rythme. Serena consultait les chiffres anxiogènes du jour, en France. L'épidémie continuait de se propager, trois mille nouveaux cas avérés en vingt-quatre heures, cent quatre-vingt-six décès, soit un total de huit cent soixante depuis le début, vingt millions de masques chinois ou indiens en cours d'envoi. Le Premier ministre Édouard Philippe annonçait un durcissement de mesures de confinement et promettait de fermer les marchés en plein air.

Esther couvrit l'écran de son portable de la main.

— Arrête de lire ces conneries, dit-elle, en désignant un amas de maisons délabrées, derrière le pare-brise. Ça ne te sert à rien ici.

Serena la repoussa.

— Ça ne t'inquiète pas, toi ?

Esther haussa les sourcils.

— Et après ?

— Nom de Dieu, quand ça va arriver ici…

Le taxi fit une embardée, le mercenaire et les deux jeunes femmes furent projetés à droite, puis à gauche, le portable de Serena glissa par terre. Esther se pencha pour le ramasser.

— Laisse Dieu en dehors de tout ça, Serena, il a bien assez à faire au Nigeria.

Nouvelle embardée. Sans cesser de siffloter, le chauffeur braqua à gauche pour éviter un livreur d'une quinzaine d'années traversant la rue, un casier de bière sur l'épaule. Le saxophone de Ka-La-Ka couvrit le klaxon rageur de la voiture d'en face.

Esther se retourna pour voir si le gamin n'avait rien. Serena suivit son regard, mais le livreur avait déjà disparu dans la foule. Esther lui tendit son portable.

— Ton monde confiné n'est pas le sien, dit-elle en faisant allusion au gamin. Ton confinement, c'est un putain de luxe, pour lui. Ton virus occidental opère dans un monde parallèle à celui dans lequel il vit. Un virus parallèle dans un monde parallèle auquel personne n'a accès ici, et auquel tout le monde rêve pourtant.

— Ce n'est pas mon virus, protesta Serena.

Esther s'esclaffa.

— Encore moins le sien, crois-moi.

Corey Stander ricana.

— Quoi ? lui lança Serena sur un ton agressif.

Le mercenaire ne répondit rien. Serena se détourna contre la vitre. Esther Lekwot avait peut-être raison. Le constat était amer. Serena pataugeait. Elle regardait le monde nigérian avec ses yeux de journaliste française et ça ne donnait rien. Peter Dirksen, le type de la MB Health & Nigeria Foundation, ne répondait plus à ses appels. Même son de cloche au ministère de la Santé ou auprès de la Nigerian National Petroleum Corporation où Favour Egbe lui avait pourtant filé un contact en or au service communication. Serena n'était pas d'ici, ni dans ce taxi ni dans cette ville. Elle était plutôt douée dans son métier, elle savait regarder et écouter. Elle voyait la misère, elle entendait la détresse de toutes ces filles contraintes de se prostituer, mais si elle était à sa place à Paris, ici, elle était larguée. Elle passait du statut de sauveuse de Jasmine Dooyum à journaliste voyeuriste. Voilà ce qu'elle avait l'impression d'être devenue : voyeuriste. C'était ça, son nouveau boulot : mater la misère depuis le balcon confortable du Prixaire Pure Hotel, mater la misère à l'abri derrière la vitre de ce taxi, mater la misère par la fenêtre rassurante de l'écran de son portable. Comme une perverse. Voilà ce que lui renvoyait le regard en biais des Nigérianes, un mélange de mépris et d'envie : *Pourquoi viens-tu ici nous parler de misère, connasse, alors que nous rêvons de faire le trajet en sens inverse ? Repars d'où tu viens et emporte-nous dans ta valise !* Des années passées à essayer de se persuader que les cuisses écartées, les pipes à cent nairas, les mains au cul, les coups, les risques encourus sur les routes de l'émigration, la faim, la mort qui rôdait, et pire que tout, la honte, bordel de Dieu, la honte dans le regard de ceux qu'on aimait, tout ça était acceptable, supportable, tout ça en valait la peine, et cette journaliste venait vous dire que c'était sale, sordide, une abomination, elle leur renvoyait l'envers du décor, la misère de leurs sœurs parties là-bas, en France et en Italie. Serena détruisait leur rêve. Serena le salissait. Serena avait beau pointer du doigt les coupables, elle semblait agiter son passeport français et leur asséner en creux : *Pour moi, c'est facile, je viens ici quand je veux, je repars quand je veux, je dénonce, je photographie et j'écris sur qui je veux, mais pour vous, dans un sens comme dans l'autre, ça vous prendra des jours, des semaines, des mois, une vie de souffrance, de détresse, de sang et de mort, vous subirez les pires outrages, et une fois chez moi, dans mon pays de Cocagne, ce sera pire encore parce que vous serez des putes nigérianes, des putes sans papiers, à la merci des flics, des tarés et des proxos, mais aussi des politiques migratoires qui ne veulent ni de vous ni de vos rêves !* Alors chez Free Queens, on voulait bien boire des coups avec elle, poser pour de jolies photos de journaliste pour des magazines français, mais on pensait très fort : *Surtout, Serena, ne leur raconte pas ce qui les attend, elles savent tout ça bien mieux que tu le crois, leur rêve est le seul truc auquel elles se raccrochent, laisse tomber, occupe-toi de tes affaires, retourne dans ton hôtel écrire ton article, ne te mêle pas de leur vie, laisse-les tranquilles !*

Le taxi franchit un pont, doubla un camion-citerne à l'arraché et bascula sur Airport Road. Ka-La-Ka cessa de chanter pour céder la parole à un présentateur excité qui s'exprimait en yorùbá. Des étals de fruits et légumes, de bric et de broc jetés sur des bâches bleues, à même le sol, envahissaient le bas-côté. Esther tendit la main pour caresser la joue de Serena.

— Tu es à cran, aujourd'hui.

Serena l'esquiva sèchement.

— Non, je suis en colère.

— C'est un bon début, dit Esther en souriant.

Serena se retint de lui rétorquer qu'elle avait atterri à Lagos un mois plus tôt, pour un début, c'était long. Elle baissa sa vitre et alluma une cigarette. Le chauffeur se racla la gorge, le doigt pointé sur l'écriteau *No smoking* fixé sur le tableau de bord. Serena l'ignora, tira une bouffée et ferma les yeux, se laissant bercer par les hurlements des vendeurs à la criée, des moteurs deux temps des kékés et le concert de klaxons.

Joycee Naya avait organisé un rendez-vous dans un local reconverti en centre de prévention sida. À cause des embouteillages de milieu de journée, Esther et Serena arrivèrent avec une demi-heure de retard. Corey Stander était le bienvenu.

Le local était minuscule. Il servait au stockage de matériel, affiches, tracts, boîtes de préservatifs, brochures en anglais, en igbo, en haoussa et en yorùbá. Joycee leur présenta d'anciennes prostituées qui faisaient de la prévention sur le terrain. La plus jeune avait la vingtaine, la plus âgée approchait des cinquante ans. Leur association bénéficiait du soutien du Fonds mondial de lutte contre le sida et de dons privés. Serena exhiba le portrait de Kel Ugwu.

Les bénévoles secouèrent la tête, sauf une qui lui prit le portable des mains et observa la photo avec attention.

— Je crois que je la connais.

— Tu te rappelles où et quand ?

La femme s'adossa au mur.

— Tu sais, moi, je n'ai jamais vraiment bougé d'ici, donc c'était forcément à Abuja, mais te dire quand exactement, j'ai croisé tellement de filles pendant toutes ces années. Elle vient d'où ?

— Elle est originaire du Nord, de Kaduna, dit Serena, mais elle a passé pas mal de temps à Lagos. C'est là qu'elle a été vue pour la dernière fois. Elle venait d'être expulsée de Libye.

La femme lui adressa un clin d'œil en gloussant.

— Ma belle, la moitié des putes de ce pays passent par Lagos et sont expulsées de Libye un jour ou l'autre !

Les deux autres éclatèrent de rire. Serena se renfrogna.

— Désolée, dit la femme. Ne te vexe pas, on préfère rire de tout ça.

Serena lui signifia d'un geste de la main que ça n'était pas grave. La femme hocha la tête et se concentra sur la photo. Son visage s'éclaira subitement.

— Je sais, s'exclama-t-elle, c'était ici, à Abuja, début 2019, peut-être même fin 2018. On a passé trois, quatre jours ensemble dans une villa au sud de la ville. Elle faisait partie d'un groupe de filles en transit en affaires avec un type nommé Idriss, moi j'étais à résidence, si on peut dire. On était là pour le juju. Il y avait des gamines, avec elles, beaucoup plus jeunes, presque des enfants.

Le cœur de Serena bondit dans sa poitrine. Elle récupéra son portable et fit défiler les photos jusqu'à en trouver une de Jasmine Dooyum qu'elle brandit.

— Elle était là ?

La femme secoua tristement la tête.

— Je ne sais pas, ma belle, je suis désolée.

Serena agita son portable.

— Regarde, dit-elle en collant son visage contre le sien. Regarde bien !

La bénévole pinça les lèvres.

— C'est possible, mais je ne m'en souviens pas.

— Tu en es sûre ?

La femme leva les yeux et les planta dans ceux de Serena.

— Désolée, vraiment désolée, j'aurais aimé te dire que oui, mais ce n'est pas le cas.

Serena baissa les bras, dépitée.

— Je cours après des fantômes, souffla-t-elle avec lassitude.

La bénévole la plus âgée passa le bras autour de son épaule, d'un geste tendre.

— Nous sommes toutes des fantômes, dans ce pays. Personne ne nous voit, personne ne nous écoute.

Elle embrassa le local du regard.

— Cette association existe uniquement parce que nous sommes des fantômes tenaces, mais je suis certaine que personne au ministère des Affaires féminines ne sait ce que nous faisons.

— Pourtant quelqu'un doit bien savoir.

La bénévole secoua la tête. Derrière elle, une affiche représentant un jeune couple de Nigérians enlacés et une boîte de préservatifs chinois Aoni. Serena tiqua. Elle rempocha son portable et désigna le logo de la fondation MB Health & Nigeria, en bas de l'affiche.

— Qui est votre interlocuteur, chez eux ? C'est possible de le rencontrer ?

Les bureaux de la fondation MB Health & Nigeria se situaient en plein cœur du quartier huppé de Garki, face à l'église de la COZA, la Communauté de l'Assemblée de Zion, une organisation sectaire prosélyte extrêmement puissante qui soutenait également l'association. La décoration des locaux était sobre. Des plantes en pot dans l'entrée, murs blancs, une fontaine à eau près de la photocopieuse. Aucune affiche ne vantait les bienfaits de la bière.

Les logos Master Brewers et First n'apparaissaient nulle part.

Leur contact était un petit homme chauve en costume aux tempes grisonnantes qui se présenta comme le chargé de mission MB Health & Nigeria. Il les accueillit dans une salle de réunion, au rez-de-chaussée, tenant dans les bras une pile de brochures sur la politique santé de la Fondation.

Il salua Serena comme s'ils étaient les meilleurs amis du monde.

— Vous m'avez dit au téléphone que vous prépariez un article sur la prévention du sida au Nigeria.

Serena exhiba carnet et stylo en guise de réponse.

— Parlez-moi de MB Health & Nigeria, et dites-moi, pour commencer, comment vous sélectionnez les projets avant de les soutenir, sur quels critères ?

Sourire crispé du chargé de mission.

— Eh bien, nous disposons de relais auprès des associations nigérianes qui nous servent de « rabatteurs », si j'ose dire.

Serena regarda autour d'elle.

— Nous ? Je ne vois personne d'autre que vous, ici.

Nouveau sourire crispé.

— C'est-à-dire que la Fondation est une sorte de structure informelle, visant à fédérer des actions vertueuses. Disons que j'assure l'essentiel du travail, mais je ne suis qu'un intermédiaire du principal donateur.

Serena hocha la tête.

— Master Brewers Nigeria Incorporated, c'est bien ça ?

Le chargé de mission resserra sa cravate.

— Tout à fait.

— Avec la bénédiction du président Vincent Chikwe.

Le chargé de mission fronça les sourcils.

— Vous êtes bien renseignée.

Il saisit l'une des brochures qu'il avait rapportées et l'ouvrit à la page consacrée à la lutte contre les violences faites aux femmes. Une photo représentant une assemblée d'une centaine de personnes réunies sur le parvis du ministère des Affaires féminines illustrait une liste longue comme le bras d'associations bénéficiant de la générosité de MB. Serena reconnut certaines des militantes rencontrées ces derniers jours, des ministres nigérians, des femmes de ministres, des religieux influents proches du pouvoir. Peter Dirksen et Vincent Chikwe figuraient au premier rang. Le chargé de mission était absent.

Serena décida de modifier son approche. Elle tapota la photo du doigt.

— Voici donc vos rabatteurs.

Le chargé de mission se racla la gorge.

— Tout à fait.

Il tendit la main pour tourner la page et changer de sujet, mais Serena le prit de vitesse et plaqua la main sur le magazine, le faisant sursauter.

— Quelque chose me tracasse pourtant.

— Dites-moi.

Serena pointa son stylo sur Vincent Chikwe, puis Peter Dirksen.

— Pourquoi le premier producteur de bière du pays s'intéresse à des militantes féministes et à d'anciennes prostituées comme notre amie, ici présente ?

— Eh bien…

Serena l'interrompit.

— Ce que je veux dire, c'est ceci : qu'est-ce que Master Brewers Nigeria Incorporated y gagne ?

Le chargé de mission la fusilla du regard. L'air policé qu'il affichait depuis leur début s'évanouit. Il se leva, contourna la table, se dirigea vers la porte et l'ouvrit.

— Cet entretien est terminé, dit-il.

Serena passa l'après-midi enfermée dans sa chambre d'hôtel à rassembler ses notes et à écrire. Elle envoya par mail une première salve d'une dizaine de pages à la rédaction du *Monde* et du *Guardian*, avec cette mention : « Je tiens mon sujet. »

La réponse tomba à dix-huit heures, alors qu'elle s'apprêtait à lever le camp pour rejoindre Esther Lekwot en ville : « OK. Prends ton temps, la crise sanitaire bloque tout. Les tribunaux gèrent les affaires urgentes, mais reportent toutes les sessions qui peuvent l'être, le procès de Jasmine Dooyum risque d'être déplacé à cause du confinement. » Elle posta un message sur WhatsApp à l'avocat Pierre Faure, pour en savoir plus, puis elle se déshabilla, prit une douche rapide et se changea pour la soirée.

Le Space Lounge & Bar, sur Enugu Street. Ambiance jazzy et mojitos. Esther Lekwot débordait d'énergie. Ses rendez-vous avec deux ONG de défense des droits des femmes et la campagne que Free Queens menait sur les réseaux sociaux portaient leurs fruits. Leur message avait atteint les bureaux du ministère des Affaires féminines. Elle avait obtenu la promesse d'une audience dans la semaine pour l'organisation d'une grande marche, au début du mois d'avril. Quand Serena lui raconta le fiasco de son entrevue avec la fondation MB Health & Nigeria, elle dédramatisa.

— C'est la guerre pour nos droits, dit-elle en sifflant son verre. Tous les coups sont permis. Seul compte le résultat.

Elles enchaînèrent les cocktails, Esther invita Serena à danser. Corey Stander se détendit un peu et paya deux tournées. Le portable de Serena vibra. L'avocat Pierre Faure avait répondu à son message d'un laconique « Report du procès confirmé. Je ne connais pas encore la date. Je te tiens au courant ». Serena arrêta de compter les mojitos et laissa l'alcool la submerger.

Minuit passé, retour à l'hôtel. Les portes de l'ascenseur s'ouvrirent sur le couloir climatisé. Corey Stander s'effaça pour laisser passer Serena. Leurs vêtements empestaient le tabac froid. Serena souhaita bonne nuit au mercenaire et tituba en frissonnant jusqu'à la porte de sa chambre. Elle sortit son portable de son sac et sélectionna le numéro de Jasmine Dooyum pour lui envoyer un SMS. Elle inséra sa carte dans le lecteur, entra, tendit la main vers l'interrupteur et referma derrière elle. Le répondeur de Jasmine s'enclencha. La lumière crue du néon du vestibule l'éblouit. Serena leva la main pour se protéger les yeux.

« Ton pays me rendra folle, Jasmine, écrivit-elle. On se rappelle demain, j'ai plein de trucs à te raconter. »

Un appel d'air chaud fit voler les pans de sa jupe. Perplexe, elle tourna la tête. La baie vitrée qui donnait sur le balcon était entrouverte. Elle pivota, fixant la petite table qui lui servait de bureau. Son ordinateur n'y était plus.

— Qu'est-ce que…

Une main se plaqua sur sa bouche, ne lui laissant pas le temps de terminer sa phrase. Une odeur puissante de transpiration émanait de l'homme qui était derrière elle. On lui arracha son téléphone, la porta et la plaqua sur le lit. Serena manqua d'air.

Dans un réflexe d'autodéfense, elle se débattit et mordit la main qui lui lacérait les joues, puis elle hurla. Les mains la soulevèrent, la firent basculer sur le dos et elle reçut un violent coup de coude au plexus qui lui coupa le souffle et l'empêcha de hurler à nouveau. Serena écarquilla les yeux de douleur. Ils étaient deux dans sa chambre, cagoulés, l'un à califourchon sur elle, l'autre en train de retirer la puce de son portable. Tee-shirts noirs, jeans, baskets. Elle banda ses muscles et rua pour repousser son agresseur. L'homme la frappa à trois reprises au visage, raffermit sa prise, recouvrit encore sa bouche de la main et se pencha sur elle.

— Ta gueule ! cracha-t-il en anglais.

Celui qui tenait le portable l'empocha et se dirigea vers la porte. Serena le perdit de vue une fraction de seconde, puis la pièce fut plongée dans le noir. Serena voulut hurler, prise de panique, mais l'homme resserra sa prise et étouffa son cri. Ses doigts glissèrent sous sa robe, remontèrent le long de sa cuisse. Elle se cambra en serrant les jambes, elle se débattit autant qu'elle put. Nouvelle salve de coups à la tempe et sur la mâchoire. Son arcade sourcilière éclata et du sang lui coula dans les yeux.

Un claquement sonore lui parvint soudain, un souffle d'air chaud lui caressa le visage. Il y eut une succession de bruits sourds et de cris. Serena commença à manquer d'air. Elle cogna mollement de sa main libre le dos de son agresseur, puis la pression sur son ventre et sa bouche s'évanouit d'un coup et l'air pénétra brutalement dans ses poumons.

Les cris et les bruits sourds s'éloignèrent, suivis du martèlement d'une cavalcade, du rugissement d'un moteur et de coups de feu. Le silence s'abattit sur la pièce. La lumière jaillit. Serena se laissa tomber au pied du lit, bascula sur le côté, vomit un mélange d'alcool, de bile et de sang, puis elle se recroquevilla sur la moquette pour recouvrer son souffle. Corey Stander s'accroupit devant elle, une arme à la main. Il était essoufflé et en nage. Sa chemise était déchirée, du sang coulait à la commissure de ses lèvres.

— Ça va ? demanda-t-il.

Serena le dévisagea.

— C'était qui, putain ?

Stander secoua la tête.

— Une voiture les attendait en bas. Ils étaient trois. Un au volant, deux ici. Je crois que j'en ai touché un, mais ils ont réussi à prendre la fuite.

Serena se redressa sur ses coudes et s'adossa à la table de chevet.

— Merci, dit-elle en réajustant les pans de sa robe sur ses jambes.

Corey Stander saisit un oreiller, retira la housse, la roula en boule et lui tamponna délicatement la tempe et l'arcade. Serena grimaça.

— Ça pisse le sang, déclara le mercenaire. Je t'emmène à l'hôpital, il te faut des points de suture.

Onze heures du matin. Pour plus de sécurité, Corey Stander leur avait loué sous un faux nom deux chambres mitoyennes au Junbic Appartments & Suites, à l'angle de la 12e Rue et de la 6e Avenue, entre le poste de police de Kaura et les locaux de la chaîne de télévision Human Rights.

Serena était assise sur le lit. Le policier d'État prit sa déposition d'un air poli. Stander avait insisté pour rester avec elle pendant l'interrogatoire.

— Il s'est déplacé parce que tu es une journaliste française, déclara-t-il une fois le policier parti, mais il ne fera rien. Nous n'avons qu'une description très vague de tes agresseurs et je n'ai pas pu relever le numéro de la plaque de leur voiture.

Il agita le procès-verbal qu'elle venait de signer.

— Au moins, tu pourras faire jouer ton assurance pour l'ordinateur et le portable.

Serena soupira.

— Ils ont pris toutes mes notes et l'intégralité des entretiens audio, dit-elle. Cinq semaines de travail. Heureusement, je sauvegarde tout sur le serveur du journal.

Stander hocha la tête.

— Le but était surtout de te faire peur.

Serena s'étira. Ses côtes étaient douloureuses.

— Tu crois que c'est directement lié à mon entretien avec ce type de la fondation MB ?

Stander haussa les sourcils, tira une chaise et s'assit en grognant. Une ecchymose bleue s'étirait sur sa mâchoire et sa lèvre supérieure.

— Tu comptes rentrer à Lagos ?

Serena secoua la tête.

— Tu l'as dit, ils voulaient juste me faire peur, n'est-ce pas ?

Stander ne fit aucun commentaire, mais Serena savait qu'il préférait qu'elle retourne dans le Sud et prenne le premier avion pour Paris. Elle l'observa en silence un moment se masser la nuque, l'air embarrassé.

— Ce flingue, dit-elle. Tu les aurais vraiment descendus, ces types, si tu en avais eu l'opportunité, ou c'était juste dissuasif ?

Stander croisa les bras.

— Tu crois qu'ils auraient hésité à te violer, eux, si je n'étais pas intervenu ?

Serena le fixa en silence. Des bribes du récit que Jasmine Dooyum lui avait fait de son voyage et de ce qu'elle avait subi lui revinrent à l'esprit, par flashs. Ces images se mêlèrent aux témoignages des Nigérianes qu'elle avait rencontrées depuis, entre Lagos et Abuja. Un frisson lui parcourut le dos. Elle chercha son paquet de cigarettes à tâtons sur les draps et fit claquer son briquet. L'afflux de nicotine anesthésia temporairement la boule d'angoisse qui lui cisaillait la poitrine.

22

Gogwada, 24 mars 2020.

La tournée fondation MB Health & Nigeria n'en finissait pas. Peter Dirksen était sur les rotules. Depuis quatre jours, il arpentait les environs de Kaduna pour promouvoir le modèle social de Master Brewers. Les pluies diluviennes qui s'étaient abattues toute la nuit au sud de Kaduna rendaient les routes impraticables. Pour rallier Gogwada, l'objectif de leur périple, un minuscule village situé à l'ouest de Dutsi Hill, ils durent abandonner leurs voitures et se rabattre sur les chevaux qu'un paysan leur loua à la journée pour dix mille nairas pièce.

Les trois journalistes mondains d'Abuja qui les accompagnaient, lui et les membres du staff marketing, trouvaient ça follement exotique. Les chauffeurs qui passèrent la matinée à dégager les 4 × 4 embourbés jusqu'à la gueule dans de la glaise en vue du trajet retour, beaucoup moins.

Peter Dirksen avait tiré le gros lot. Son cheval n'en faisait qu'à sa tête. Il pataugeait dans la boue en queue de peloton. Peter devait constamment lui donner des coups de talons dans les côtes pour le faire avancer. Il regrettait la moquette épaisse, le champagne et les petits-fours de l'hôtel Eko d'Abuja dans lequel ils avaient séjourné la veille. Nigeria, terre de contraste. Le plan communication en deux parties, « La bière First, l'ingrédient indispensable d'un mode de vie sain », était le suivant : le 23 mars, soirée glamour MB Beer and Health Symposium, dans une salle remplie de vedettes du monde des affaires et du spectacle, le tout animé par le professeur Akpan de l'université d'Ibadan, le 24, visite d'une école financée par la Fondation au fin fond de la brousse.

Peter leva son portable en l'air, à la recherche de réseau mobile, en vain. Ulcéré, il rempocha l'appareil, roua de coups son canasson et rejoignit leur guide, un homme au visage grêlé par la variole qui ne possédait que de vagues notions d'anglais.

— C'est encore loin ?

Le type pointa du menton une colline, à une centaine de mètres de là. Il baragouina des explications que Peter ne comprit pas et fit un signe de la main qui signifiait *derrière*. Peter maugréa un juron néerlandais et réajusta sa casquette. Le journaliste du *Nigerian Tribune* se porta à sa hauteur.

— Vous ne parlez pas yorùbá ? demanda-t-il, sur le ton de la confidence.

Peter secoua la tête.

— Quelques expressions courantes, éluda-t-il.

— Vous êtes arrivé ici il y a peu ?

— 2014.

Le journaliste sourit poliment, sans commenter.

— Où étiez-vous, avant ?

Peter tira sur la bride du cheval qui cherchait à se déporter sur la droite.

— Paris, dit-il.

Le type désigna le sentier boueux sous leurs pieds en s'esclaffant.

— Ça doit vous changer de la rue de Rivoli.

Peter baissa les yeux sur les chaussures cirées du journaliste.

— Et vous des beaux quartiers d'Abuja !

L'homme épousseta une poussière imaginaire sur le col de sa veste en lin.

— Que ne ferait-on pas pour toucher notre salaire ! s'exclama-t-il avec un petit rire forcé.

Peter le sonda du regard, perplexe. Le journaliste était-il ironique ou prêchait-il le faux pour obtenir le vrai ? Son cheval vira à nouveau sur la droite. Peter lui fila un coup dans le flanc gauche et tira sur les rênes pour le remettre d'aplomb.

Il demanda :

— Vous pensez que tout ça, la responsabilité sociale de Master Brewers, les écoles, les distributions de moustiquaires contre la malaria ou de médicaments contre l'hépatite, ce genre de trucs, notre petite promenade bucolique dans la brousse nigériane, c'est du flan, je me trompe ?

Le journaliste protesta mollement. Peter ne lui laissa pas le temps de réfléchir à une réponse.

— Moi, j'y crois, dit-il.

— Sans doute, mais...

Peter l'interrompit.

— Pas vous ?

— Ce n'est pas ce que j'ai voulu dire.

Peter le toisa.

— Je crois que nous sommes responsables de nos actes, je crois que nous avons une dette envers les générations futures et je crois que nous devons battre le fer tant qu'il est chaud. Sans ça, je ne ferais pas ce métier.

Le journaliste opina.

— J'aime mon boulot, poursuivit Peter. Ça vous étonnera sans doute, mais j'aime aussi mon entreprise et j'aime ce pays où j'exerce mon boulot.

— C'est touchant mais...

Peter le coupa encore.

— J'aime le Nigeria et je serai triste le jour où je devrai le quitter. D'ici là, on me paie pour gagner des parts de marché, accroître les bénéfices de nos actionnaires, graisser la patte de nos amis journalistes…

Il lui adressa un clin d'œil complice.

— Mais je suis convaincu que notre modèle social est une bonne chose pour le Nigeria. Nous construisons des écoles et des hôpitaux partout dans le pays, nous achetons des ambulances, nous apprenons à la population à lire et à écrire, nous distribuons des ordinateurs et du matériel scolaire aux jeunes, nous nous occupons des orphelins.

Le journaliste sourit.

— Vos futurs clients, dit-il.

— Et après ? s'emporta Peter en écartant les bras. Quel mal y a-t-il à ça ?

Le journaliste se dandina sur sa selle, mal à l'aise.

— Aucun.

— Il n'est pas rare que des adolescents nigérians boivent une bière avant de partir à l'école, n'est-ce pas ?

Le journaliste opina. Peter lui tapota le bras.

— J'ai entendu une mère de famille dire que c'était bon pour écarter les maladies.

— Dans un pays qui manque de médicaments et d'infrastructures hospitalières, nuança le journaliste.

Peter hocha la tête.

— Ce à quoi nous remédions grâce au travail de la Fondation. Bien sûr, ce n'est pas parfait. Nous n'avons pas les moyens de nous substituer à l'État et d'ailleurs, nous n'avons pas cette prétention, mais au moins, nous agissons.

Il sortit une gourde de la sacoche suspendue à la selle de son cheval et la tendit au journaliste.

— Vous en voulez ?

L'homme secoua la tête.

— Vous préférez une First ? ironisa Peter.

Le journaliste éclata de rire. Peter dévissa le bouchon et but deux longues gorgées pour se désaltérer en émettant un soupir de satisfaction.

— Maintenant, laissez-moi vous raconter une petite histoire. L'an passé, j'ai eu un stagiaire, Erwan, un gamin brillant de vingt-quatre ans, major de sa promo à Harvard et qui sortait de deux mois de stage dans un gros cabinet de consulting. La crème de la crème. Brillant, vous voyez, vraiment brillant, mais cynique, comme ils le sont tous dans ces grandes écoles. Pour parfaire son CV, il avait signé avec MB pour un séjour à Abuja. Il n'avait jamais mis les pieds sur le continent, ne connaissait absolument rien à l'Afrique, mais il avait choisi MB Nigeria Inc. en raison de sa politique de responsabilité sociale d'entreprise. Après trois mois de stage à participer à l'implémentation du programme de distribution gratuite d'antirétroviraux avec des associations de Kaduna et d'Abuja, le tout financé par nous, il vantait sur tous les toits la combinaison d'idéalisme et de business à taille humaine de MB, par opposition à tout ce qu'il avait pu voir en Europe. Après des années de bourrage de crâne parmi l'élite cynique du capitalisme mondial, il était convaincu. Il parlait désormais de la Fondation comme d'une « histoire vraie et juste ». Hier, il était promis aux plus hautes responsabilités dans n'importe quelle multinationale cotée en Bourse, aujourd'hui, il est directeur d'une ONG qu'il a fondée dans le Sud-Est asiatique pour lutter contre la déforestation massive et la disparition des espèces animales autochtones.

Peter rit, comme s'il s'agissait d'une blague.

— Il se bat contre la déforestation pendant que ses anciens camarades de promotion négocient à Bruxelles le cours du stère de bois exotique et le prix du litre d'huile de palme produit à Bornéo ou en Malaisie ! Génial, non ?

Il but une gorgée supplémentaire, remisa la gourde dans la sacoche en se passant la langue sur les lèvres et alluma une cigarette.

— Voilà ce que nous faisons tous les jours, chez MB Health & Nigeria. Vous voyez les hectolitres de bière qui sortent de nos usines et nos bénéfices, mais en réalité, nous réduisons les inégalités entre nantis et démunis, nous œuvrons pour un monde meilleur. À vous de raconter cette histoire « vraie et juste » et de la relayer dans les colonnes de vos journaux pour que les politiques suivent !

Le journaliste fixa Peter un long moment, interdit. Les trois cent cinquante euros que Peter lui avait remis hier soir comme prime de complaisance lui brûlaient encore les doigts et sa peau gardait le souvenir des caresses prodiguées par la promotrice First qui l'avait rejoint dans sa chambre d'hôtel, après le dîner. On était loin, très loin d'une histoire vraie et juste, ou alors, il fallait s'entendre sur le sens des mots *vérité* et *justice*, et à qui ils s'adressaient.

Il choisit finalement d'éclater de rire.

— Vous me charriez, n'est-ce pas !

Peter l'observa avec amusement. Il chassa un moustique de la main et tira une bouffée.

— C'est pourtant ce que vous écrirez dans votre fichu papier ce soir, conclut-il en donnant un coup de talon dans le flanc du cheval pour le faire accélérer.

Ils atteignirent Gogwada vingt minutes plus tard. Une nuée de gosses arborant des tee-shirts et des casquettes First les accueillirent en criant depuis l'entrée du village jusqu'à la Community

Primary School Buhari, une école sortie de terre six mois auparavant, grâce aux subventions de la Fondation.

Gogwada n'était qu'à une vingtaine de kilomètres à vol d'oiseau de la méga-brasserie MB automatisée de Kaduna. Peter Dirksen connaissait les chiffres par cœur. Quatre cents travailleurs, cadres compris.

Deux habitants du village seulement en avaient profité, l'un comme chauffeur, celui-là même qui pelletait à cet instant précis afin de dégager les pneus à mille euros pièce de l'un des 4 × 4, l'autre comme agent de sécurité. Les autres n'étaient pas assez qualifiés. Ils avaient dû se contenter des miettes, des goodies First pour leurs enfants, un puits hors service faute d'entretien, un centre communautaire en torchis, ainsi qu'une école arborant le logo de la marque dont les murs intérieurs et extérieurs étaient entièrement peints en rouge et or, du bureau du directeur jusqu'aux toilettes. Les installations étaient rudimentaires, l'unique salle de classe surpeuplée, les toilettes n'étaient pas équipées de réservoir d'eau, obligeant les gamins à aller faire leurs besoins dans les buissons qui grouillaient de vipères du Gabon et de mambas verts. Les élèves de six à douze ans apprenaient leurs leçons dans des cahiers aux couleurs de la marque. Tous connaissaient déjà le goût amer de la bière et de la misère.

Le patriarche de Gogwada, un pasteur d'une soixantaine d'années qui avait empoché la moitié des sommes destinées à la construction des bâtiments, les attendait devant l'école. Un sourire radieux illuminait son visage.

— Mes amis ! s'exclama-t-il dans un anglais parfait. Mes bienfaiteurs !

Les journalistes dégainèrent leurs portables et mitraillèrent la scène de photos, prenant soin de cadrer le logo First et les dents blanches des sourires enfantins – Bienvenue à Gogwada, l'un des deux cents villages First du nord du Nigeria !

Peter Dirksen grimaça, pressé de repartir de ce trou à rats. Il consulta son portable, toujours aucun réseau mobile. Il apostropha l'un des enseignants et mima le geste de vouloir appeler.

— Il y a un téléphone ici ?

L'homme lui indiqua l'unique maison en briques, au centre du village. Une parabole neuve était fixée à une antenne, maintenue sur le toit par quatre câbles.

— Le pasteur a fait installer le satellite chez lui.

Peter traversa la place et se présenta à la grosse femme qui balayait dans l'entrée. Elle le guida jusqu'au bureau du patriarche aux murs duquel trônaient son portrait, grandeur nature, et celui du président Buhari. Elle désigna un téléphone blanc, sur la commode, dans l'angle, avant de retourner vaquer à ses occupations. Peter composa le numéro de Vincent Chikwe.

— Pas de réseau, désolé, je n'ai pas pu appeler avant, déclara-t-il en préambule.

Il y eut de la friture sur la ligne. La réponse de Chikwe lui parvint hachée, presque inaudible. Peter supposa qu'il lui demandait des nouvelles de leur opération communication et attendit que les grésillements cessent avant de reprendre.

— L'école tombe en ruine, dit-il, mais tout se passe bien.

Chikwe se racla la gorge.

— Qu'ils en fassent une étable, de leur école, pour ce que j'en ai à foutre ! éructa-t-il.

L'image fit sourire Peter.

— Que s'est-il passé avec la journaliste française ? demanda Chikwe.

Peter cessa aussitôt de sourire.

— Ira Gowon n'était pas disponible, j'ai dû improviser, mais tout est sous contrôle. Un de mes contacts a envoyé deux, trois hommes à lui, pour lui faire peur. Ils ont récupéré son matériel et ont mis les bouts. J'ai payé moi-même le policier chargé de prendre sa plainte. Elle a rendu les clefs de sa chambre au Prixaire Hotel. À l'heure qu'il est, elle doit être en route pour Lagos.

La friture reprit, la ligne fut coupée une poignée de secondes. Lorsque le son revint, Chikwe s'égosillait dans l'appareil.

— … toujours à Abuja, abruti ! Le récit de son agression fait la une de la presse locale indépendante. Ces salopes de Free Queens ont même publié un post sur leur compte Instagram pour dénoncer une atteinte à la liberté de la presse. Désormais, elle est intouchable !

Peter déglutit.

— Ils parlent de nous ?

Chikwe hurla :

— Merde, heureusement que non !

Peter réfléchit à toute vitesse.

— Alors, on laisse pisser, dit-il finalement. On ne peut rien contre elle et il est hors de question de faire ressurgir le spectre de l'affaire Pascal Calil, mais bonne nouvelle, elle n'a absolument rien contre nous. J'ai passé une partie de la nuit à écouter ses enregistrements, des histoires de putes pour l'essentiel, de procès en France, de passeurs et de réseaux du Nord. Rien sur MB, rien sur la Fondation, rien sur la First, à l'exception d'une ancienne prostituée appelée Joycee Naya qui déblatère sur des supposées fêtes organisées sur des bases militaires et dont nous savons, vous et moi, qu'aucun des militaires présents ne parlera, pour la simple et bonne raison que c'est illégal, que ça créerait un scandale d'État et que ça exciterait tous les fondamentalistes au nord de Kaduna. Je propose donc de ne pas s'affoler. Commenter son agression serait un aveu de culpabilité. Cette histoire ne nous concerne pas. Dès mon retour, je la fais placer sous surveillance et on l'observe pour la forme.

La ligne grésilla à nouveau, brièvement.

— Rien de compromettant dans ses enregistrements ? insista Chikwe, suspicieux.

— Non.

— Elle a pu faire des copies.

— Probable.

— Se confier à des confrères.

Peter soupira.

— Probable également.

— Vous n'êtes certain de rien.

Peter soupira à nouveau en repensant à l'échange téléphonique qu'il avait eu avec Serena Monnier, quatre jours plus tôt. Comme hier aux bureaux de la Fondation, elle était venue à la pêche aux informations, mais elle ne représentait aucune menace. Pour l'instant. Serena Monnier travaillait sur un papier concernant le procès dans lequel était impliquée une très jeune Nigériane du nom de Jasmine Dooyum. La journaliste n'était au Nigeria que pour documenter le reportage qu'elle préparait sur son histoire pour *Le Monde* et peut-être *The Guardian*. Peter gardait de la lecture de certains de ces mails l'impression d'une journaliste impliquée mais peu au fait des pratiques nigérianes. Or, MB ne faisait pas travailler de gamines de l'âge de Jasmine Dooyum. Les réseaux mafieux qui les fournissaient en filles versaient peut-être dans la clientèle pédophile, mais Peter ne trempait pas dans ces combines-là. Pas par principe moral, même si ça le débectait, simplement par pragmatisme : ce n'était pas bon pour les affaires. De surcroît, aucun débit de boissons de First nigérian ne prendrait le risque d'embaucher des adolescentes dans leur établissement. La communauté musulmane du Nord, très influente au gouvernement, ne plaisantait pas avec la vente et la consommation d'alcool chez les femmes, a fortiori chez les jeunes filles. Pour couronner le tout, Serena Monnier possédait un passeport européen, ce qui était une raison suffisante pour ne pas faire de vagues.

Peter décida de garder ses réflexions pour lui.

— Elle n'a rien, monsieur, j'en suis sûr, dit-il.

— Impossible de retracer son agression ?

Peter confirma.

— Elle peut le supposer, rien de plus.

Son regard se porta à l'extérieur, par-delà la fenêtre du bureau du pasteur et la place du village. Le journaliste du *Daily Trust*, un grand type au crâne dégarni, photographiait un groupe d'une dizaine de gamins posant avec leurs tee-shirts First, mimant le geste de boire des bouteilles de bière, sous le préau de leur école. Peter ne put réprimer un sourire.

— Je vous tiens au courant, dit-il avant de couper la communication.

23

Kaduna, 25 mars 2020.

Il pleuvait des cordes. Ira Gowon repéra par hasard la fille sur Independence Way, au moment où elle pénétrait en courant dans la galerie marchande de l'ASD City Mall. Il la reconnut aussitôt à sa magnifique coupe afro.

Elle s'appelait Britney Sule. Vingt-deux ans, athlétique, teint clair, elle portait un legging blanc, un top noir court et des Converse léopard. Deux hommes qui fumaient une cigarette à l'abri sous le porche du centre commercial se retournèrent sur son passage et l'apostrophèrent, mimant des gestes obscènes dans son dos. Sans même prendre la peine de se retourner, elle leur adressa un doigt d'honneur en tortillant des fesses, tandis que les portes vitrées automatiques se refermaient sur elle.

Gowon consulta son portable. Il était 10 h 35. À cette heure-ci, Britney Sule aurait dû être dans une salle de classe du Kaduna College.

— Petite conne ! jura-t-il en écrasant la pédale de frein.

Il gara son 4 × 4 Toyota à l'arraché sur le trottoir et s'élança à sa poursuite.

Le Kaduna College dispensait des formations aux métiers de

la vente à six cents euros l'année. Il affichait l'apparente respectabilité d'une école privée pour jeunes femmes située sur le campus universitaire, cofinancée par le gouvernement et par la fondation MB Health & Nigeria. Trois cents prétendantes triées sur le volet s'y pressaient chaque année depuis 2016. Étudiantes le jour, stagiaires, vendeuses et prostituées la nuit. Il s'agissait d'une idée tordue de Peter Dirksen, approuvée par Vincent Chikwe. Chaque vendeuse ou serveuse embauchée par MB qui le souhaitait pouvait suivre les cours durant deux ans au terme desquels l'école validait leur diplôme. Depuis la rentrée de septembre, Gowon veillait à ce que les promotrices First soient prioritaires.

La Fondation, qui siégeait au conseil d'administration du Kaduna College, touchait des subventions ministérielles pour ça. MB y gagnait sur tous les tableaux : une main-d'œuvre qualifiée, du fric pour financer sa campagne First et pour finir la caution morale du ministère fédéral de l'Éducation.

Les filles y gagnaient une formation, un diplôme qu'elles pouvaient ensuite revendiquer sur le marché de l'emploi et un avenir potentiel – en échange de faveurs accordées aux clients le temps de leurs études.

Gowon voyait cela comme une chance, mille fois préférable à ce qui les attendait si elles décidaient de confier leur sort à un proxénète ou à un passeur mafieux. C'était l'une des raisons pour lesquelles il avait accepté l'argent que MB lui offrait pour faire le sale boulot. Pas par bonté d'âme. Des devises privées et de l'argent public mobilisés pour former les filles de ce pays lui semblaient aller dans le bon sens. La plupart d'entre elles, issues de familles pauvres, se battaient pour intégrer le Kaduna College. Les places étaient chères, la liste d'attente des candidatures longue comme le bras.

Britney Sule faisait partie des trois cents élues de la promotion

2019 – 2020. Le soir, elle officiait au bar de l'Asaa Pyramid, un hôtel trois étoiles dont la clientèle était composée de riches puceaux, de golfeurs et d'hommes d'affaires qui lui laissaient entre cent cinquante et deux cents euros de pourboires par mois, de quoi envoyer du fric à sa famille originaire des quartiers défavorisés d'Ibadan et mettre de côté pour préparer l'avenir. De toute évidence, la jeune Britney ne mesurait pas sa chance.

Gowon slaloma entre les flaques d'eau et s'engouffra dans l'ASD City Mall à son tour. La galerie marchande s'étirait sur une centaine de mètres. Boutiques de mode et coiffeurs sur la gauche, téléphonie, restauration rapide et cinéma sur la droite. Le vacarme de la pluie qui tombait sur la verrière faisant office de toit couvrait à peine le brouhaha de la clientèle. Gowon chercha la coupe afro du regard. Il l'aperçut à travers une baie vitrée dans les allées bondées d'un magasin de vêtements pour femme. Britney Sule flânait au rayon accessoires. Gowon se fraya un passage dans la foule sans ménagement. Sa casquette de policier et le logo SARS dans son dos faisaient immédiatement taire les protestataires.

Britney Sule lui tournait le dos. Elle ne le vit pas venir. Il l'attrapa par le bras et la contraignit à lui faire face. La jeune femme blêmit et lâcha la ceinture qu'elle tenait entre les mains. Elle savait à qui elle avait affaire. Gowon était intervenu plusieurs fois à l'Asaa Pyramid. Elle l'avait vu tabasser le barman qui ne respectait pas les quotas First et une promotrice qui gonflait les notes des clients pour se payer et partager les gains avec lui. Le type était resté une semaine hospitalisé, la fille boitait toujours.

Gowon la secoua.

— Qu'est-ce que tu fous là ?

Malgré la peur, Britney le défia du regard en tremblant. Personne ne mouftait autour d'eux. Tout le monde connaissait l'uniforme et la réputation de la Special Anti-Robbery Squad. Gowon la guida vers la sortie. Britney trottinait derrière lui en tirant sur son bras.

Une fois dehors, sous la pluie :

— Tu sais ce qui se passe pour les filles qui sèchent les cours, n'est-ce pas ?

Britney Sule hocha la tête, le menton relevé avec dédain. Gowon la secoua davantage.

— J'ai pas entendu !

— Bien sûr, hoqueta Britney Sule, les dents serrées. Je sais.

Gowon la considéra avec colère. Un attroupement de curieux se forma sous le porche. Britney Sule vit les regards courroucés qu'ils lançaient au policier.

Une femme cria :

— C'est une honte ! Fiche-lui la paix, à cette gamine, et va faire ton boulot !

Furieux, Gowon se tourna dans sa direction.

— Un problème ?

La femme fit profil bas. Britney Sule en profita pour dégager son bras et faire demi-tour. Gowon lui courut après, la rattrapa et la ramena de force vers le 4 × 4. Des sifflets et des cris de protestation les accompagnèrent. Quelqu'un brandit un portable et filma la scène. Gowon se masqua le visage, fit monter la fille à l'avant, grimpa au volant et démarra en trombe sous les huées.

Britney Sule se cala contre la portière, le plus loin possible de lui.

— Qu'est-ce que vous allez me faire ?

Gowon la dévisagea sévèrement.

— Te ramener en cours.

Elle lui sourit avec insolence.

— Tu ne veux pas une petite gâterie plutôt, comme ton collègue Vitalis ? Ça te détendrait un peu…

Gowon la gifla sèchement pour l'empêcher de poursuivre. Sa tête alla heurter la vitre avec violence. Britney Sule porta la main à sa mâchoire, des larmes dans les yeux.

— C'est quoi ton problème, ducon, t'es pédé ?

Gowon la gifla à nouveau en rugissant et lui administra un coup dans les côtes. Britney Sule hurla de douleur et se recroquevilla en tentant de se protéger la tête et le torse de ses bras. Le 4 × 4 fit une embardée. Une voiture klaxonna. Gowon tourna le volant et réajusta sa trajectoire.

Il dit :

— Je vais te ramener au Kaduna College et tu vas me promettre de filer droit.

Britney Sule le toisa. Gowon sourit intérieurement. Cette fille avait du cran. Il ne devait pas être le premier homme à la frapper.

— Et si je refuse ?

Gowon soupira. Son sourire intérieur cessa aussitôt, remplacé par une profonde lassitude et une colère froide.

— Je vais faire comme si je n'avais rien entendu, déclara-t-il sans quitter la route des yeux.

— Et si je refuse quand même ? répéta Britney Sule.

Gowon comprit ce que comprenaient les hommes comme lui parce que leur père le leur avait appris quand ils étaient enfants : les filles comme Britney Sule n'entendaient que la manière forte. La jeune femme le prenait pour un faible parce qu'il lui avait offert la possibilité de réparer sa faute. Elle devait être punie. Il déporta le 4 × 4 Toyota sur la voie de droite, coupa la route à plusieurs voitures, pila brutalement, puis d'un mouvement vif, il lui saisit la gorge de la main droite et la cuisse de l'autre, ses doigts remontant dans le pli de l'aine, contre son pubis. Les joues de la jeune femme virèrent à l'écarlate.

— Espèce de petite ingrate de merde ! lui cracha-t-il à la figure en serrant davantage.

Britney Sule étouffait. Il se pencha encore jusqu'à se coucher sur elle et coller son visage au sien.

Il murmura :

— Les bordels des bidonvilles de Benin City te manquent ?

Britney Sule ouvrit la bouche à la recherche d'air. Gowon resserra encore son étreinte.

— Je peux te rendre à Prince Torey, si tu préfères, poursuivit-il. Ou te vendre à Boko Haram, au nord. Tu es encore assez jeune pour ça. Ou encore t'envoyer rejoindre ces deux petites putes qu'on a retrouvées sur une aire d'autoroute au nord de Kaduna, en janvier dernier.

Britney Sule écarquilla les yeux, terrorisée. Elle suffoquait. Gowon ricana.

— Tu as entendu parler d'elles, pas vrai ?

Elle lui laboura le dos de coups de poing pour se dégager. Gowon relâcha légèrement la pression. Britney Sule avala goulûment de l'air, en émettant un sifflement strident. Elle secoua la tête avec frénésie.

— Pitié ! réussit-elle à articuler.

Gowon retira ses mains, se redressa lentement, fit craquer ses phalanges et posa les deux mains sur le volant. Prise d'une violente quinte de toux, Britney Sule se laissa glisser sur le tapis de sol, en boule contre la portière. Des marques brunâtres de strangulation striaient son cou et sa nuque. Il devait y avoir les mêmes sous son legging.

Gowon enclencha la première, accéléra et déboîta sur la voie rapide.

— On file à la pension pour que tu puisses prendre un foulard pour cacher ça, dit-il en agitant l'index dans sa direction. Puis je te ramène en cours.

Gowon rentra sur les coups de 23 h 30, ce soir-là, lessivé. Il passa par la porte de la cuisine, avisa son assiette sur la table et une casserole sur la gazinière. Il souleva le couvercle. Un fond d'*efo*, une soupe aux légumes, la spécialité de Zeenat, son épouse. Il y trempa le doigt et le porta à ses lèvres. Pas assez épicé pour lui. Il reposa le couvercle en soupirant. Il se dirigea ensuite vers le frigo, attrapa une bière, la décapsula et en but une gorgée.

— Ne fais pas de bruit, dit sa mère, depuis le salon. Banji a eu du mal à s'endormir.

La vieille femme regardait une série TV nigériane sur le câble, dans le salon, ses genoux recroquevillés sous elle. Comme à son habitude, malgré la chaleur, elle avait jeté un épais châle en laine sur ses épaules et coupé l'énorme ventilateur Qazqa à télécommande que Gowon avait fait installer au plafond.

— Toujours ces insomnies, *ìyà* ? demanda-t-il en l'embrassant sur le front.

— Tu rentres tôt, aujourd'hui, dit-elle en guise de réponse.

Elle lui saisit la main, la baisa et la posa contre sa poitrine, sans la lâcher. Gowon s'assit sur le canapé, à côté d'elle.

— Comment va mon fils ?

Elle désigna le plafond de la main.

— Banji a pleuré toute la sainte journée. Ta femme ne sait pas s'y prendre avec lui. Elle dort à l'étage, depuis six heures et demie, le petit est avec elle. J'ai dû faire réchauffer l'*efo* moi-même. Il en reste, si tu veux, je peux te préparer une assiette.

Gowon soupira.

— Pourquoi n'appelles-tu jamais Zeenat par son prénom ?

Sa mère ignora sa question. Elle déposa un nouveau baiser sur ses mains, puis elle les observa en fronçant les sourcils.

— Tu t'es encore battu ?

Gowon sourit.

— C’est ce que font les policiers de ce pays, *ìyà*. Courir après les méchants, les cogner s’ils se défendent ou essaient de s’enfuir et les mettre en prison.

Sa mère passa avec délicatesse le bout des doigts sur les croûtes de sang séché qui couraient sur les phalanges de sa main droite.

— Toute cette violence que tu as en toi, cette colère, depuis que tu es tout petit, Ira, murmura-t-elle en frissonnant. Que Dieu puisse t’en libérer un jour et t’apporter enfin la paix.

Gowon ne dit rien. Il repensa à cette nuit de janvier où Vitalis Udo et lui avaient tué Victoria Namo et Musa Abwo parce qu’elles avaient accepté de témoigner contre MB Nigeria Inc. Sa mémoire lui jouait des tours. Leurs visages devenaient flous, leurs voix et leurs cris s’estompaient. Il but une autre gorgée de bière et fixa l’écran du téléviseur en silence.

Nollywood TV rediffusait *Les femmes des voisins*, une série que Zeenat et sa mère adoraient. La scène se déroulait dans un bar semblable au Tiger Bar Lugbe. La caméra zooma sur le duo d’actrices nigérianes Uche Ogbodo et Chinenye Uyanna, en larmes, attablées devant deux coupes de champagne vides. Leurs traits se mêlèrent à ceux de Victoria Namo et de Musa Abwo, leurs lèvres murmurèrent :

— On va être bien sages, maintenant. On ne fera plus d’histoires, promis, juré.

24

Kaduna, 27 mars 2020.

Le sergent Oni Goje attendait son tour dans le couloir du service de l'état civil de la National Population Commission, un exemplaire du quotidien gouvernemental *The Tide* entre les mains. La ministre des Transports Gbemisola Saraki annonçait en une la décision du président Buhari de suspendre les voyages inter-États et de fermer les parcs automobiles pour freiner la propagation du Covid-19 au Nigeria.

Un fonctionnaire masqué l'observait d'un air absent, un téléphone vissé à l'oreille. Le panneau en plexiglas transparent installé sur son guichet reflétait la lumière des néons et nimbait son visage d'un halo blanc éblouissant. Une affiche d'information sur les gestes barrières était scotchée sur le mur de droite.

Depuis qu'un citoyen italien avait été testé positif au coronavirus à Lagos, le pays était en effervescence. La menace du virus chinois ravivait le spectre d'Ebola et rendait les gens complètement dingues. Les rumeurs les plus folles circulèrent dans les médias et dans la rue lorsque le gouvernement fédéral, après des semaines de silence, lâcha le chiffre d'une centaine de contaminés et d'un décès, le 23 mars. Des stocks de masques et d'antiviraux périmés d'origine douteuse firent subitement leur apparition au marché noir. Dans les magasins, les prix des denrées alimentaires de première nécessité augmentèrent. L'entourage de la présidence Buhari d'Abuja évoqua la possibilité d'un confinement partiel du pays.

La veille, un camion transportant des produits pharmaceutiques s'était renversé sur l'A125, au nord-ouest de Kaduna. Une partie de son chargement s'était répandue sur la chaussée. Les équipes de la sécurité routière de Resa et de Ganga avaient été submergées par l'afflux de Nigérians des environs venus piller le contenu du camion. Oni Goje et sept de ses collègues de la Federal Road Safety de Kaduna avaient dû intervenir en renfort pour repousser la foule et sécuriser le périmètre le temps qu'une grue vienne dégager la voie.

Goje rongea son frein jusqu'au vendredi pour obtenir un rendez-vous au bureau central de la NPC. Le service de l'état civil n'ouvrait qu'entre 10 h et 12 h. Il avait prétexté un rendez-vous urgent de sa femme chez le médecin pour se couvrir auprès de sa hiérarchie.

Une porte s'ouvrit face à lui. Un employé obèse arborant d'épaisses lunettes en écaille fit un pas dans le couloir, un stylo à la main, et prononça son nom. Goje le rejoignit et lui présenta sa carte d'identité et son insigne de sous-officier de la FRS.

— J'aimerais obtenir le certificat de naissance de la citoyenne nigériane Musa Abwo.

— Il s'agit d'une requête officielle ?

— On va dire ça.

L'employé le considéra d'un œil torve sans bouger.

— Il me faut une autorisation signée de la Nigerian Police Force de Kaduna.

Sans un mot, Goje sortit son portefeuille, exhiba un billet qu'il déposa sur le bureau. L'homme leva les yeux au ciel, rafla l'argent et lui rendit ses papiers sans même les regarder, puis il tapota un moment sur le clavier de son ordinateur. L'imprimante derrière lui se mit à ronronner et cracha quatre feuillets affichant le logo de la NPC.

L'employé rassembla le tout, l'agrafa et le lui tendit en indiquant une petite table en formica, sur le côté.

— À consulter sur place, dit-il d'un ton goguenard.

Goje le remercia et s'installa. Sa lecture fut rapide. Le contenu des documents était sommaire. Le premier feuillet le renseigna sur Musa Abwo, née à l'hôpital Saint-Paul de Lagos, le 8 avril 1997, de Jannybliss et Timmy Abwo, tous deux décédés. Le deuxième mentionnait l'existence d'une sœur aînée, née le 23 juin 1994, sans emploi et domiciliée dans le quartier d'Idimu, à Lagos. Goje nota le nom et l'adresse dans son carnet, puis passa aux deux derniers feuillets, de loin les plus instructifs. Ils consistaient en une copie du formulaire de demande de certificat de naissance, daté du 10 septembre 2019, accompagné d'un unique justificatif motivant la demande : la photocopie d'un certificat de travail en date du 18 octobre 2019, établi par les ressources humaines de MB Nigeria Inc. et signé du directeur de l'usine de Kaduna, Olowu Nurudeen.

Goje sourit. Il jeta un œil à l'employé et attendit qu'il tourne la tête pour dégainer son portable et prendre les pièces du dossier en photo, puis il se leva, déposa un deuxième billet sur le bureau.

— Victoria Namo, dit-il.

L'employé s'exécuta en maugréant. Cinq feuillets sortirent de l'imprimante, cette fois-ci. Goje feuilleta les documents en commençant par la fin. Cinquième feuillet : le certificat de décès, établi et signé par l'officier de police Kofi Balogun le 4 mars 2020. Nouveau sourire. Goje passa ensuite au quatrième feuillet : même certificat de travail au nom de Victoria Namo, même date, même signature. Son sourire s'élargit. Ces documents indiquaient en creux que les ressources humaines de la société ne se souciaient pas beaucoup de la disparition de leurs employées puisque aucune plainte pour disparition inquiétante n'avait été déposée à l'époque, ni pour Musa Abwo ni pour Victoria Namo. Cela ne les impliquait en rien dans leur assassinat mais constituait la preuve formelle d'un lien entre Musa Abwo, Victoria Namo et MB Nigeria Inc.

Goje prit discrètement une nouvelle série de clichés et retourna se poster devant l'employé pour lui rendre les documents. Il indiqua celui de Musa Abwo de la main.

— Vos fichiers ne sont pas à jour.

— Pardon ?

Goje secoua la tête.

— Musa Abwo est décédée. Elle a été sauvagement assassinée. Son cadavre a été retrouvé le 13 janvier 2020 par le sergent de la Federal Road Safety de Kaduna Oni Goje, au kilomètre 52 de l'A11, sur l'aire de Jos.

L'employé le dévisagea sans comprendre. Goje se dirigea vers la porte, l'ouvrit et se retourna.

— Je m'occupe de prévenir sa famille, ajouta-t-il en grimaçant.

Les coordonnées de la sœur aînée de Musa Abwo indiquées dans le dossier à l'état civil de Kaduna n'étaient plus valables, mais Goje retrouva facilement sa trace sur un moteur de recherche.

Nonye Abwo possédait une chaîne YouTube qui prodiguait des conseils pour la beauté et le soin des cheveux africains. Comme cela ne rapportait que quelques dollars pour chaque millier de « vues » enregistrées, elle vendait également du beurre de karité et du savon noir sur Internet. Goje laissa un message sobre dans la rubrique *contact* de son site dans lequel il mentionna son numéro de téléphone, le nom de sa sœur et le motif de son message.

Nonye Abwo le rappela à la première heure, le lendemain matin, alors qu'il sortait de la douche. Il s'isola dans sa chambre et ferma la porte pour que personne ne le dérange.

— Elle est morte, n'est-ce pas ? demanda-t-elle dès qu'il eut décroché.

Goje se racla la gorge.

— J'aurais aimé vous l'annoncer de vive voix, mais Lagos est loin et la circulation inter-États sera interdite dès demain.

— Comment ? demanda-t-elle, des sanglots dans la voix.

Goje s'assit sur le lit et lui raconta tout ce qu'il savait, la découverte du cadavre, le double emploi comme promotrice à MB Nigeria Inc. depuis le 10 septembre 2019 et serveuse au Tiger Bar Lugbe, Victoria Namo, la prostitution, le proxénète Chidi Bissong. Il omit sciemment de prononcer les noms d'Ira Gowon et de Vitalis Udo.

Nonye tomba des nues. Elle ne connaissait pas la plupart des noms cités par Goje. Elle n'avait jamais entendu parler de Kel Ugwu, de Victoria Namo ni de Chidi Bissong. Elle ignorait tout du contrat de travail chez MB Nigeria Inc. Elle savait pour le Tiger Bar Lugbe mais pensait sa sœur partie pour l'Europe depuis qu'elle ne donnait plus de nouvelles. Elle avait croisé Rayo Dooyum une seule fois, au salon de coiffure pour lequel travaillait Musa, mais à cette époque-là, les deux sœurs se voyaient peu et ne vivaient déjà plus ensemble.

Musa était un électron libre. La mort de leurs parents dans un accident de voiture n'avait rien arrangé. Elle sortait beaucoup, elle aimait faire la fête, elle dormait à droite, à gauche, chez des amies.

Pour payer son diplôme de coiffeuse, Nonye Abwo enchaînait

les boulots mal rémunérés, les stages et les missions temporaires, sans jamais trouver d'emploi fixe. Elle se déplaçait fréquemment à Port Harcourt ou Benin City et bossait comme plongeuse dans des bars miteux pour garder la tête hors de l'eau. Fin 2018, lorsqu'une amie lui avait parlé du Centre germano-nigérian pour l'Emploi, la Migration et la Réintégration, une structure soutenant des projets professionnels, elle avait essayé de persuader Musa de lancer leur propre boutique, mais sa sœur nourrissait déjà des envies de voyage. Elle ne parlait que d'Europe, de Rome, de Paris. Elle n'avait rien voulu entendre. Nonye Abwo bénéficia d'une formation de trois mois en comptabilité et en informatique, au terme desquels elle put se mettre à son compte, louer un atelier de travail, se faire offrir des machines à coudre professionnelles grâce à un financement de l'Organisation internationale des migrations et préparer le lancement de la collection de prêt-à-porter féminin sur lequel elle travaillait d'arrache-pied depuis un an. Le site Internet et la chaîne YouTube n'étaient qu'un moyen de gagner un peu d'argent en attendant que sa ligne de vêtements prenne son envol.

Pendant ce temps, sa sœur avait quitté Lagos pour Abuja, puis Kaduna. Là-bas, elle avait trouvé cet emploi de serveuse. Le patron était un chic type, disait-elle, les clients généreux en pourboires, elle gagnait bien sa vie et lui envoyait tous les mois de l'argent pour soutenir son projet de prêt-à-porter. Les deux sœurs s'appelaient plusieurs fois par semaine. Jamais Musa n'avait évoqué la prostitution. Elle était enjouée, épanouie. Elle ne parlait plus d'Europe, mais de s'installer à Kaduna et de bosser dans le journalisme. Elle avait rencontré un type qui travaillait à *This Day*, ils avaient sympathisé, il l'initiait aux techniques d'enquête, il y avait peut-être un poste de secrétaire pour elle au journal. Nonye Abwo ne doutait pas de sa sœur. Musa était une jeune femme fantasque, mais intelligente et débrouillarde.

— Le nord du Nigeria est un endroit dangereux pour les femmes, dit-elle en reniflant. Il m'arrivait d'être inquiète quand elle me parlait de ses virées en voiture avec des amis, j'aurais préféré qu'elle revienne à Lagos, mais elle me répondait que tout ce qu'on racontait était très exagéré.

Nonye Abwo soupira longuement.

— Le problème, c'est que j'ai été aveugle et que je l'ai crue.

— Ce n'est pas vous le problème, rétorqua Goje avec amertume. Ce n'est pas Musa non plus. Le problème, c'est ce pays.

Nonye Abwo fondit en larmes. Oni Goje se tut. Il songea à cette histoire de journalisme. Il se dit que c'était peut-être une piste intéressante, si ce que Musa Abwo avait raconté à sa sœur était vrai. Elle lui avait peut-être menti là-dessus aussi. Beaucoup de gens mentaient dans cette affaire. Ils avaient peur des conséquences. Ils mentaient parce qu'il y avait toujours des conséquences.

On frappa à la porte de sa chambre. Il perçut la voix de sa femme. Il se leva, entrouvrit et lui montra le téléphone. *J'arrive*, mima-t-il du bout des lèvres, avant de refermer doucement.

Il entendit Nonye Abwo se moucher, puis sangloter.

— Je suis désolé, dit-il d'une voix douce.

Nonye Abwo ravala ses larmes.

— Vous êtes gentil.

Goje toussa. Il n'était pas gentil. Il était juste l'ancien flic qui avait découvert le cadavre de sa sœur et qui voulait que justice soit rendue.

Il ajouta :

— Je dois vous prévenir que quelqu'un de la police d'État de Kaduna vous contactera certainement pour clore l'enquête.

— Clore l'enquête ? répéta Nonye Abwo.

Goje toussa à nouveau.

— Les formalités administratives, précisa-t-il. Si vous souhaitez récupérer le corps de votre sœur.

— Le corps.

— Pour la faire inhumer avec vos parents.

— Ils vont m'interroger ?

Goje fixa la commode, face à lui. Sa femme y avait installé les portraits de leurs enfants dans de petits cadres dorés, disposés en demi-cercle autour d'un bouquet de roses synthétiques et d'une sourate du Coran gravée dans une plaque de métal noir et or qui disait « Ô vous qui croyez ! Craignez Dieu et soyez avec les véridiques ». Il se passa la main sur le visage et détourna les yeux.

Il déclara :

— Je vais être honnête avec vous, à mon avis, non. Je pense que ces policiers sont corrompus, je pense qu'ils couvrent les responsables de cette tragédie et je pense, non, je suis sûr qu'ils se foutent de l'histoire de votre sœur, qu'ils se foutent de sa mort, de votre peine et qu'ils veulent se débarrasser de cette affaire et l'enterrer une bonne fois pour toutes. Si je ne me trompe pas, je crois qu'il vaudrait mieux éviter de parler de ces histoires de journalisme.

Il réfléchit et corrigea :

— En fait, il vaudrait mieux que vous vous en teniez au strict minimum avec la police de Kaduna.

Nonye Abwo ne dit rien pendant un moment.

— Et après ? demanda-t-elle finalement d'une voix grave.

Goje secoua la tête.

— Je n'ai pas la réponse à cette question.

Oni Goje rumina tout le week-end. *Et après ?* Les paroles de Nonye Abwo tournaient en boucle dans sa tête, sans jamais s'arrêter.

Le samedi, il déjeuna en famille, il assista au match de boxe de son neveu Umar, il le consola après sa défaite, il se rendit à la mosquée avec lui, il lui expliqua comment prier, il se montra humble, patient et droit comme il souhaitait qu'Umar le devienne à son tour, ils rentrèrent pour le dîner sous des trombes d'eau, se changèrent, se lavèrent les mains, les pieds et le visage et dévorèrent la morue salée que sa fille cadette Chidi avait préparée avec de la sauce aux *egusi* et aux feuilles d'*utazi* assaisonnées au curry. Et après ? Les paroles de Nonye Abwo, la voix de Nonye Abwo. Le soir venu, Rose se pressa contre lui sous les draps, l'embrassa dans le cou, glissa sa langue dans sa bouche, mais il resta insensible à ses caresses et ils s'endormirent tard dans la nuit sans avoir réussi à faire l'amour. Et après ? Les paroles de Nonye Abwo , la voix de Nonye Abwo, les visages suppliciés de Victoria Namo et de Musa Abwo. Le dimanche, il se leva tôt, enfila une élégante djellaba longue de couleur ocre, embrassa sa femme et ses enfants sur le front et grimpa dans sa voiture. Au lieu de se rendre à la mosquée, il roula jusqu'à Kaduna Junction, longea le fleuve, le traversa au niveau de Kabala, remonta vers le Tiger Bar Lugbe et s'immobilisa. Il stationna là une dizaine de minutes, moteur allumé. L'établissement était fermé, les volets en métal baissés, le parking vide à l'exception du 4 × 4 d'une société de sécurité. Il était près de sept heures. Et après ? Goje passa une vitesse, tourna sur Chawai Road et prit la direction du nord. La circulation était fluide. Il alluma la radio.

La voix du président Muhammadu Buhari retentit en direct dans le poste, comme s'il s'adressait directement à lui :

— J'ordonne la cessation de tout mouvement à Lagos et Abuja pour une période initiale de quatorze jours, prenant effet lundi 30 mars à 23 h. Tous les habitants de ces États doivent rester à la maison. Tous les magasins dans ces deux villes doivent être fermés. Les commerces alimentaires, les stations d'essence, les compagnies de distribution d'électricité et les compagnies de sécurité seront exemptés. Cependant, leur accès sera très restreint et surveillé…

Lagos et Abuja, pensa Goje avec amertume. Pas le Nord, toujours le Sud.

— Et après ? marmonna-t-il.

Le président Buhari et les autres se fichaient de Kaduna. Le virus pouvait bien s'étendre ici, peu leur importait. Il accéléra et grimpa encore plus au nord. Il sortit après Katabu, bifurqua vers Jos, sur l'A11, suivit la piste goudronnée qui filait vers l'est, roula un moment jusqu'à arriver en vue de l'aire de repos où reposaient les cadavres, deux mois plus tôt. Sans couper le moteur, il descendit et se campa sur ses deux jambes de façon à avoir une vue d'ensemble. Rien n'avait changé depuis la dernière fois, à part la lumière et l'immense flaque d'eau dans laquelle baignaient à présent les monceaux de détritus que personne n'avait jugé bon d'enlever. Et après ? Goje huma l'air. Une odeur de charogne. Il recula d'un pas, paniqué, balayant les lieux du regard. Il inspira à nouveau, craintivement, mais ne sentit plus rien. L'odeur s'était volatilisée. Elle n'était que le fruit de son imagination. Dans son dos, la voix du président Buhari gonfla dans le poste radio, résonnant par la portière ouverte, par-dessus le ronronnement du moteur et le sifflement du vent.

— C'est une question de vie ou de mort !

Goje ricana. Il alluma une cigarette et fuma en plissant les yeux. Là, dans la lumière rasante du matin, il refit le compte de tout ce qu'il avait appris sur la mort de Victoria Namo et Musa Abwo. Il avait identifié leurs cadavres, prévenu leurs familles ou ce qu'il en restait, interrogé des proches et des témoins potentiels, vu des femmes de Kaduna vendre leur corps pour survivre, entendu leurs cris de désespoir et leurs larmes, entraperçu la beauté à laquelle elles aspiraient, sillonné les rues de cette ville magnifique et méprisée, suivi et confondu des policiers d'État corrompus et intouchables qui la desservaient, frayant avec des étrangers et des hommes d'affaires corrompus et intouchables, de mèche avec des politiciens corrompus et intouchables. Il avait isolé du chaos ambiant une chaîne probable de causes et de conséquences, mais cela ne suffisait pas.

Goje tira une dernière bouffée sur sa cigarette, regarda le mégot se consumer entre ses doigts, puis s'éteindre, le lâcha à ses pieds, repensa aux cadres photos de ses enfants sur la commode de la chambre et décida qu'il ne pouvait pas en rester là.

Le commandant Ron Garba était un matinal. Depuis sa prise de fonction, en 2015, à la tête de la Federal Road Safety de Kaduna, chaque matin, avant de commencer son service, il prenait son café au bar du Rift Valley Grill House. Garba était un homme intelligent et droit, catholique pratiquant, père de famille, un ancien militaire des forces spéciales nigérianes doté d'un esprit de corps qui lui valait des inimitiés dans les rangs de la police d'État. En septembre dernier, il avait accueilli Oni Goje à bras ouverts et approuvé sa demande de mutation avec compréhension sans jamais lui poser de questions ni produire la moindre remarque déplacée sur le massacre de l'école coranique de Rigasa ni sur sa foi musulmane. Garba se targuait d'être un officier irréprochable, respectueux de sa hiérarchie et à l'écoute de ses hommes. Il les protégeait comme ses enfants, il se montrait intransigeant avec eux pour les mêmes raisons. Goje pouvait se confier à lui sans détour. Garba l'écouterait.

Goje pénétra dans le bar-restaurant, son dossier d'enquête sous le bras. L'établissement était quasi vide. Le commandant Garba était attablé dans le fond, derrière la baie vitrée qui dominait la terrasse. Il arborait l'uniforme réglementaire de la FSR, béret bordeaux, chemise beige, pantalon noir et rangers. Goje traversa la salle à grandes enjambées et se présenta au garde-à-vous.

Garba le salua d'un hochement de tête.

— Asseyez-vous, sergent.

Goje déposa le dossier sur la table. Garba l'ignora. Il saisit sa tasse de café, la porta à ses lèvres, but une gorgée et s'adossa à sa chaise.

— Je viens ici tous les matins parce que ce bar-restaurant est le seul de toute la ville à servir des expressos à base d'authentique robusta nigérian. Ils le torréfient eux-mêmes.

Goje opina poliment. Garba repoussa le dossier sur la droite et déposa sa tasse au milieu de la table, bien en évidence. Il toucha le bord de la soucoupe du bout de l'index.

— Ce café pousse ici, figurez-vous.

— Je ne savais pas.

Garba fixa sa tasse, impassible.

— Il y a quelques années, un brave entrepreneur agricole nigérian a eu l'idée saugrenue de planter cinquante hectares de caféier sur le plateau de Jos. Pas très loin de l'endroit où vous avez retrouvé les corps de ces deux prostituées, en janvier.

Goje tressaillit. Garba releva la tête et observa longuement le sergent. Sans le quitter des yeux, il tira ensuite la tasse à lui.

— Le problème, c'est sa qualité médiocre, dit-il en fronçant le nez. Il n'y a guère que les Anglais pour lui acheter sa production. L'idée était géniale, mais les Nigérians n'en veulent pas. C'est une question de culture, paraît-il.

Goje fit la moue.

— Nous préférons l'instantané.

Garba secoua la tête.

— Nous sommes surtout incapables de soutenir nos propres producteurs quand l'un d'eux nous montre la voie à suivre.

Il siffla le reste de son expresso.

— Le pire c'est qu'ils ont raison, dit-il en grimaçant. Ce café est vraiment dégueulasse.

Goje saisit le dossier, le replaça au centre de la table et l'ouvrit. Au sommet de la pile de documents, un cliché représentant les policiers de la SARS Ira Gowon et Vitalis Udo encadrant une promotrice First, la robe rouge et or remontée jusqu'au nombril.

— J'ai un gros problème sur les bras, déclara-t-il.

Garba jeta brièvement un œil à la photo et croisa les bras.

— Un problème ou un cas de conscience ?

— Les deux, mon commandant.

Il tendit le bras pour passer à la photo suivante, mais retint son geste.

— Je peux ?

Garba acquiesça d'un air grave.

— Allez-y.

Goje saisit une liasse de clichés et les étala sur la table en silence. On y voyait Gowon et Udo à toute heure du jour et de la nuit, planquant au volant de leur 4 × 4 Toyota de fonction dans les rues de Kaduna, tabassant des employés de bars, molestant des promotrices First, entrant et sortant de l'usine de MB Nigeria Inc., en grande discussion avec Peter Dirksen ou avec Prince Torey, un proxénète notoire. On y voyait également des dizaines de jeunes femmes en robes rouge et or ou en civil, entassées dans des camionnettes, lâchées devant des bouges sordides ou des boîtes branchées, seules, en groupes ou avec des clients. On y voyait des jambes émergeant sur des banquettes arrière, des culs plaqués sur des capots de voiture, des ventres offerts à la vue de tous, des robes remontées, des bretelles baissées, des culottes déchirées, des corps trop jeunes pour des clients parfois trop vieux. On y voyait en gros plan le logo de la Special Anti-Robbery Squad et de Master Brewers Nigeria Incorporated. Enfin, on y voyait de la bière, énormément de bouteilles de bière, des hectolitres de First.

— Ces photos n'ont aucune valeur légale, précisa Goje. Je n'avais ni autorisation de ma hiérarchie ni mandat.

Garba décroisa les bras et se frotta le crâne.

— Nom de Dieu de merde !

Goje repoussa les photos et passa aux retranscriptions de ses entretiens avec toutes les filles qu'il avait interrogées. Il commença par celui de Kel Ugwu.

— Ce sont des enregistrements pirates, dit-il, pendant que Garba les lisait. Là encore, aucune valeur légale. Aucune de ces filles n'acceptera de témoigner. Elles ont bien trop peur pour leur vie. Toutes nieront avoir tenu ces propos ou prétendront que je les ai obtenus sous la menace. Elles mentiront ou elles se tairont.

Quand Garba eut terminé sa lecture, Goje alluma son téléphone, lança une vidéo et tourna l'écran vers le commandant. Extérieur jour, une baraque misérable, route défoncée et chien famélique sur le bas-côté. Zoom sur le perron de la maison. La porte s'ouvrait. On y voyait le sergent Ira Gowon et une femme d'une quarantaine d'années, les traits émaciés. Gowon exhibait une liasse d'argent en liquide. La femme saisissait l'argent, s'écartait et laissait passer une fille, vingt ans de moins, qui lui ressemblait trait pour trait. Plan large. Gowon et la fille s'éloignaient de la baraque, traversaient la rue et s'engouffraient dans le 4 × 4 Toyota. Zoom sur le dos du policier qui referme la porte derrière eux. On y lisait le sigle SARS Kaduna, surmontant le dessin d'un énorme scorpion stylisé orange. Zoom sur la plaque d'immatriculation, identique à celle des photos. Zoom sur le logo dessiné sur la portière arrière droite, un aigle rouge, ailes écartées, les serres plantées sur le dos d'un éléphant de profil, et les inscriptions THE NIGERIA POLICE et SARS Kaduna. Nouveau plan large, le 4 × 4 s'éloigne. Plan large suivant, extérieur nuit. Le 4 × 4 se gare devant un bâtiment de deux étages. Vitalis Udo et la fille en sortent et y pénètrent. Zoom sur le panneau à l'entrée de la rue, SUNNY STREET. Zoom sur l'enseigne au-dessus de la porte, PENSION CHRISTY – FOYER POUR JEUNES FILLES. Gros plan sur la façade du bâtiment, puis zoom sur l'une des fenêtres à l'étage. On y devine la silhouette du policier et de la fille, en ombres chinoises. On y devine le policier frappant la fille. On y devine le policier plaquant la fille contre la fenêtre et la violant. Le visage de la fille est très net sur le dernier plan. Celui du policier flou et non identifiable. Plan large suivant, retour à l'entrée. Le caporal Udo ressort du bâtiment et s'engouffre dans le 4 × 4 Toyota qui redémarre. Zoom sur le carré blanc sur la façade. La fille reste prostrée, la tête collée au carreau de la fenêtre. Plan large sur la façade. Une alternance de carrés blancs et de carrés noirs, de fenêtres allumées et éteintes, de silhouettes de jeunes femmes. Plan suivant, toutes les lumières sont éteintes sauf celle de la première fille, celle pour qui sa mère a touché une liasse de billets de la main du sergent Ira Gowon. Fin de la vidéo.

Essoufflé, Goje dit :

— J'en ai des dizaines comme celle-là.

— Nom de Dieu, souffla Garba.

Goje lança un nouvel enregistrement. Garba posa la main sur l'écran en secouant la tête.

Essoufflé lui aussi :

— Ça suffit, j'en ai assez vu.

Goje précisa à nouveau :

— Ces vidéos n'ont aucune valeur devant un juge. Comme les entretiens, comme les photos. Là encore, j'ai agi en toute illégalité. Je n'avais ni autorisation de ma hiérarchie ni mandat.

— Je sais, je sais, cracha Garba, écarlate. Vous me l'avez déjà dit.

— Je suis le seul et unique responsable, poursuivit Goje. Personne ne peut me couvrir, pas même vous. Mais l'enquête était close, commandant. Ces deux filles, Victoria Namo et Musa Abwo, étaient mortes, assassinées, et le policier d'État chargé de l'enquête, l'officier Kofi Balogun, a accepté un pot-de-vin du caporal Vitalis Udo pour classer l'affaire. Je tiens cette information de l'officier Balogun du commissariat central lui-même. Il me l'a avoué sous la contrainte le 4 mars 2020.

Goje rassembla les photos et les documents, les remisa dans le dossier et le referma.

— Je n'ai aucune preuve de ses aveux, précisa-t-il encore. Je ne l'ai ni enregistré ni filmé. Il niera avoir tenu ces propos. Il se taira ou il m'accusera de mentir et de l'avoir frappé.

Les yeux rivés au dossier, Garba croisa les bras, les décroisa, se gratta le crâne et les recroisa à nouveau. Goje posa la main sur le dossier.

— Voilà mon problème, commandant. J'ai tout vu, tout entendu, tout filmé, je sais tout, mais je n'ai rien de légal. J'ignore depuis combien de temps ça dure, combien de personnes sont impliquées et jusqu'à quel niveau. J'ignore également si Vitalis Udo, Ira Gowon ou Peter Dirksen sont directement ou indirectement impliqués dans la mort des victimes Victoria Namo et Musa Abwo. Je n'ai aucune preuve de leur culpabilité dans cette affaire précise, je n'ai que des suppositions, mais je sais qu'ils gèrent pour leur compte ou celui de Peter Dirksen un vaste réseau de traite de jeunes Nigérianes dont MB Nigeria Inc. est l'un des bénéficiaires, comme je sais que des policiers comme Kofi Balogun, dont j'ignore s'ils connaissent tout ou partie du trafic, les couvrent en échange de pots-de-vin. Ma question est la suivante : qu'est-ce qu'on en fait ?

Garba se redressa, à bout de souffle.

— On ?

Goje le défia du regard.

— Vous, moi, et tous ceux à qui je pourrais envoyer ces photos et ces vidéos.

Garba roula les yeux.

— Vous l'avez dit vous-même, sergent. Vous n'avez aucune preuve.

— Aucune preuve légale, confirma Goje. Je sais ce que je risque. Je ne suis pas sûr d'être prêt à l'assumer. J'ai peur pour ma femme et mes enfants. J'ai peur des conséquences.

Garba jura.

— Nom de Dieu !

Goje fit glisser le dossier vers lui.

— Je m'en remets à votre jugement.

Garba s'écarta comme s'il lui brûlait les mains.

— Vous avez ramené ces deux filles auprès de leur famille, s'exclama-t-il. Vous leur avez donné une identité, vous leur avez offert une sépulture décente et rendu leur dignité. Vous avez agi en agent de la FSR opiniâtre et en homme bien. Vous pouvez être fier de vous.

Goje hocha la tête, des larmes aux yeux

— Cela ne suffit pas, mon commandant.

Garba secoua la tête, se pencha au-dessus du dossier et planta son regard dans celui de Goje.

— Mais ça pourrait, non ?

25

Abuja, 1er avril 2020.

Dans ce pays qui n'était pas le sien.

Confinée depuis deux jours, par décret présidentiel.

Serena était retenue prisonnière au Junbic Appartments & Suites, chambre nº 102, avec une vingtaine d'autres étrangers, connectés à CNN et aux informations gouvernementales nigérianes quasi inexistantes. Interdiction de rallier Lagos, aéroports internationaux clos, axes principaux et autoroutes fermés par d'imposants barrages policiers filtrants soumis à un droit de passage.

Serena brandit sa carte de presse internationale. Le logo de la FIJ n'impressionna pas Corey Stander.

Il secoua la tête.

— En théorie, tu peux te déplacer si tu es escortée par des forces armées. Ici, tu n'es pas en France. Confinement signifie *vraiment* confinement. Braver les règles n'est pas synonyme d'amende ou de rappel à la loi. Frauder signifie arrestation, emprisonnement ou mort. Les militaires qui patrouillent dans les rues tirent à balles réelles. À moins que l'hôtel soit en flammes, je te déconseille vivement de sortir d'ici sans moi, des papiers en règle, une arme chargée et un bon paquet de fric pour payer les flics que tu croiseras.

Serena se prit la tête entre les mains.

— Fait chier !

Elle mima le geste qui signifiait *argent*.

— Il va falloir me faire un forfait spécial confinement.

Le mercenaire leva les mains en l'air, un sourire contrit aux lèvres.

— Vu le contexte, je devrais doubler mes tarifs.

Il désigna la fenêtre du regard.

— Dans moins de quarante-huit heures, ça sera la guerre, ici.

Serena passa la matinée accoudée au balcon, son nouveau portable à la main. Dès le 31 mars à minuit, un silence de plomb tomba sur la capitale, effaçant d'un coup d'un seul les cris, les hurlements, les klaxons, les basses des enceintes, le bruit des moteurs diesel et des voitures qui d'habitude saturaient l'air en permanence. Les sirènes du poste de police de Kaura ne retentirent pas avant deux heures du matin. Débuta alors la valse ininterrompue des ambulances, des camions de pompiers, des 4 × 4 et des fourgons militaires et policiers sur la 12e Avenue, sous ses fenêtres. Chacun des trois millions d'habitants que comptait Abuja était sommé de rester chez lui, pendant que les autorités continuaient de déloger, emprisonner, affamer, racketter, voler, tuer. Serena réalisa que le vacarme protégeait Abuja. Le silence devint synonyme de violence.

Le restaurant de l'hôtel ferma pour raisons sanitaires. Corey Stander prit son arme et sortit acheter de quoi manger. Serena envoya des messages à Jasmine pour avoir de ses nouvelles et tuer le temps. Le mercenaire revint une heure plus tard, la mine soucieuse. Les rayonnages des magasins étaient déjà presque vides, la police sillonnait les rues, des pillages avaient eu lieu toute la nuit et une partie de la matinée dans les grandes surfaces du centre, les autorités étaient déjà débordées. Des flics avaient tiré sur la foule, dans les quartiers de Lugbe et de Karum.

Le soir du 1er avril, la peur succéda à la sidération. Abuja plongea en apnée, les entraînant dans son sillage. Qui mourait, qui vivait, qui contaminait qui, qui avait le droit de circuler ou pas, la moindre question sans réponse amplifiait le chaos qui régnait déjà au Nigeria avant le confinement. Le silence de la ville devint vacarme sur les réseaux sociaux lorsque les Nigérians mesurèrent l'ampleur de la catastrophe et du drame humain à venir.

D'un caractère calme, d'ordinaire, Esther Lekwot consacra l'essentiel de sa soirée et une partie de la matinée du lendemain à passer des coups de fil inquiets pour prendre des nouvelles de sa famille et tenter d'obtenir des laissez-passer pour elle et Serena, en pure perte.

— Quinze jours, dit-elle. C'est bien trop long. Ils ne tiendront pas.

Serena fronça les sourcils.

— Qui ça, *ils* ?

— L'écrasante majorité des gens de cette ville et de Lagos, les pauvres, ceux qui vivent au jour le jour des revenus de leurs échoppes, de leurs bouis-bouis, de leurs stands de jardinerie, du troc, de la mendicité, les taxis, les chauffeurs de minibus, les porteurs, les cireurs de chaussures, les gamins des rues, les miséreux, les affamés, les malades, ceux qui vendent du manioc ou des beignets frits d'*akara* sur les marchés alimentaires, les prostituées…

Serena secoua la tête en pensant à tout le travail de l'ONG Free Queens à Lagos et Abuja désormais réduit à néant, à toutes ces filles et ces femmes désormais livrées à elles-mêmes dans les hôtels de passe. Elle laissa un mot à Esther sur WhatsApp, « Si je peux faire quoi que ce soit», puis elle attrapa l'ordinateur qu'elle venait de racheter et se connecta à sa messagerie. L'avocat Pierre Faure lui confirmait l'ajournement du procès Dooyum et son report à l'automne. Il demandait comment elle allait et s'il fallait qu'il essaie d'organiser son rapatriement en France. Serena archiva son message. L'Agence France Presse lui réclamait des informations sur le confinement au Nigeria. Serena leur écrivit pour leur proposer un papier sous l'angle de la prostitution. Son contact lui répondit aussitôt «Pourquoi pas?» et demanda plus de précisions. Serena écrivit : «Je t'en dis plus très vite!» Des quotidiens régionaux lui commandaient des articles sur le démantèlement d'un réseau de proxénètes nigérians à Marseille. Serena s'était rendue sur place et avait rencontré de nombreuses Nigérianes qui squattaient des logements inoccupés dans la cité Corot et racolaient à la Capelette, dans le Xe arrondissement, et à Plombières, dans le IIIe. Même modus operandi que pour Jasmine Dooyum : passeurs, voyage Nigeria, Niger, Libye, trajet en mer entassées dans des embarcations de fortune, Lampedusa, puis Italie, Allemagne, France, Angleterre à l'aide de papiers d'identité volés ou prêtés, demandes d'asile bidon, sévices corporels et viols, endoctrinement dans des gangs violents eux-mêmes issus de l'immigration nigériane clandestine. Serena fit une proposition et dit qu'elle pouvait s'en occuper dans la semaine.

Son portable émit une brève sonnerie. Esther Lekwot lui avait répondu. «Des rumeurs font état d'arrestations de femmes ayant bravé le confinement à Kaduna. Je te tiens au courant.» À la fin de son mot, un lien vers un article publié par le journal *New Nigerian* sur son site Internet, intitulé NIGERIA : ARRÊTÉES POUR PROSTITUTION, PUIS VIOLÉES PAR LES FORCES DE L'ORDRE. Serena cliqua aussitôt pour le consulter.

Le papier reposait sur le témoignage d'une étudiante,

interpellée alors qu'elle rentrait chez ses parents vers deux heures du matin par quatre policiers d'État qui lui réclamaient quatre mille nairas, environ dix euros, qu'elle n'avait pas sur elle, embarquée de force dans un véhicule de service, au prétexte qu'elle était soupçonnée de se prostituer, ce qu'elle niait, emmenée à l'extérieur de la ville, tirée hors de la voiture dans les fourrés, derrière un bâtiment industriel, puis violée par deux d'entre eux, sans préservatif.

— C'est hallucinant, cracha Serena entre ses dents.

L'article faisait le rapprochement avec des raids spectaculaires de policiers d'État et d'agents administratifs du territoire de la capitale fédérale menés à Benin City, en avril 2019. Des dizaines de femmes avaient été arrêtées dans des bars à striptease, des hôtels, des boîtes de nuit ou directement dans la rue, molestées et pour certaines violées, ce qui provoqua une vague d'indignation sur les réseaux sociaux. Le rédacteur ne signait pas de son nom, par peur des représailles. Le quotidien suivait une ligne éditoriale progressiste en matière de droits des femmes. Il était célèbre pour avoir été le premier à être dirigé par une Nigériane, la journaliste féministe musulmane Bilkisu Yusuf proche du NAWOJ, l'association des Femmes journalistes du Nigeria, à la fin des années 80. Une révolution à l'époque. Mais le ton s'était durci depuis l'offensive de Boko Haram au nord et les journalistes devaient se protéger. Le rédacteur anonyme proposait des liens hypertextes vers d'autres affaires du même genre couvertes par le journaliste Pascal Calil sur Kaduna. Il concluait sur l'hypothèse selon laquelle il s'agissait probablement des mêmes hommes qui profitaient cette fois-ci du confinement pour racketter des femmes et assouvir leurs pulsions.

Serena envoya le lien à Joycee Naya pour lui demander si elle avait des informations à ce sujet, puis elle contacta la rédaction du *New Nigerian*.

La standardiste la mit en contact avec un journaliste du nom de Daniel Okoro qui demanda qu'elle le rappelle en vidéo, afin qu'il puisse s'assurer qu'elle était bien qui elle prétendait être. Serena accepta. Daniel Okoro se présenta comme l'auteur de l'article. C'était un bel homme aux yeux doux d'une trentaine d'années. Des tics nerveux s'agitaient sur son visage dès qu'il parlait. Il lui confirma que la victime était réellement étudiante. C'était une urgentiste de l'hôpital de Millennium City Avenue, au nord de Kaduna, qui avait appelé la rédaction du journal pour dénoncer les faits. Okoro s'était aussitôt rendu sur place sous bonne escorte. La fille saignait abondamment et hurlait avoir été violée avec des objets lors de son transfert.

— Abject, conclut-il. Ses parents ont porté plainte. Un avocat proche de l'ONG Cleen Foundation est présent sur place.

— A-t-elle identifié ses agresseurs ?

Okoro soupira.

— Bien sûr qu'elle l'a fait, mais son avocat lui a conseillé de s'en tenir à des descriptions vagues pour qu'il n'y ait aucunes représailles sur elle et sa famille, une fois l'affaire tassée.

— Quelle horreur !

Le type haussa les sourcils.

— J'ai contacté le commissariat central qui s'est contenté de répondre qu'il ne serait pas disponible avant la fin du confinement. Une heure après, tombait un communiqué officiel du patron de la police d'État rappelant sobrement que la prostitution est un crime puni par la loi au Nigeria, un péché selon les deux religions dominantes, islam et christianisme, qu'elle propage le sida et ne rapporte aucun impôt à l'État.

— Nom de Dieu, ça se passe toujours comme ça ?

Okoro ne dit rien.

— Sa plainte va être étudiée, au moins, dit Serena.

Des tics déformèrent brièvement la bouche du journaliste.

— Bien sûr que non. C'est même l'inverse qui se produit.

— Comment ça ?

Okoro fixa l'écran.

— La police de Wusa, le quartier où elle a été retrouvée, a lancé un mandat d'arrêt à son encontre pour prostitution et atteinte aux bonnes mœurs. Son avocat lui conseillera certainement de plaider coupable, en échange de sa liberté. Elle sera jugée et condamnée à une amende.

— Pour avoir été violée ? s'écria Serena.

Okoro secoua la tête.

— Pour avoir osé protester, dit-il. Ici, les policiers ne sont jamais condamnés.

Serena déglutit.

— Ce ne sont pas des policiers de Wusa qui ont fait le coup, ajouta Okoro.

— Qui alors ?

— Des membres de la Special Anti-Robbery Squad, les SARS.

Serena fronça les sourcils.

— Vous n'en parlez pas dans votre article.

Okoro ricana.

— Ces flics sont fêlés. Sans preuve en béton, mieux vaut ne rien écrire à leur sujet.

Serena tiqua.

— Vous faites allusion à Pascal Calil, assassiné en janvier ?

Okoro roula les yeux.

— Je ne fais allusion à rien du tout qui pourrait conduire ces criminels à poser une bombe sous ma voiture ou à me balancer par-dessus le balcon de mon appartement.

Une sirène assourdissante retentit sur la 12e Avenue. Serena se leva pour fermer la fenêtre.

— Vous travailliez avec lui ?

Le regard d'Okoro se durcit.

— Vous allez écrire un article là-dessus et me citer ?

— Oui, j'écris là-dessus et non, je ne vous citerai pas. Vous connaissez les sources de Pascal Calil ?

Il fit *non* de la tête.

— Admettons que vous ne les connaissiez pas, peut-être vous en a-t-il parlé ?

— Admettons.

— Vous a-t-il donné des noms ou l'avez-vous entendu prononcer des noms ?

Okoro grimaça.

— Deux d'entre elles ont refait surface, récemment. Leurs cadavres ont été retrouvés le 13 janvier dernier sur une aire d'autoroute, au nord de Kaduna, et elles ont été identifiées il y a peu par l'officier de police responsable de l'enquête. Victoria Namo et Musa Abwo, des serveuses, employées par MB Nigeria Inc.

Serena attrapa un stylo.

— Deux jours après l'assassinat de Pascal Calil, dit-elle en écrivant avec fébrilité.

— On dirait bien.

— Prostituées ?

— L'avis de décès dit juste « étranglées ».

— Vous pensez qu'il y a un lien entre elles et Calil ?

Les yeux d'Okoro brillèrent d'un éclat triste.

— Je n'ai entendu parler d'aucune preuve allant dans ce sens.

— Le nom de l'officier, vous l'avez ?

— Kofi Balogun, commissariat central de Kaduna.

Serena nota sa réponse, puis releva la tête.

— Vous avez dit *deux d'entre elles* ? Il y en a d'autres ?

Okoro resta stoïque.

— J'ai dit ça ?

Serena capta le message cinq sur cinq. Elle n'insista pas. Ils échangèrent encore un instant et se quittèrent sur la promesse de se tenir au courant, en cas de nouvelles. Serena envoya un nouveau message à Joycee Naya pour lui demander si elle connaissait les deux prostituées dont Okoro avait parlé, puis elle s'enfonça dans le canapé, pensive.

Elle se connecta au compte Twitter de Free Queens et fit défiler le menu déroulant jusqu'à tomber sur la photo d'une Nigériane d'une vingtaine d'années, plutôt jolie, au cours de ce qui pourrait être une manifestation publique, portant un panneau sur lequel on pouvait lire *Real men don't rape*. Elle bloqua un instant dessus jusqu'à prendre conscience du courage de cette jeune femme qui osait descendre dans la rue pour accuser ses bourreaux, acceptait que sa photo soit publiée sur les réseaux sociaux pour servir d'électrochoc dans un pays où elle risquait la prison pour ça. « Les flics nigérians violent et tuent des femmes, voilà un fait, pensa-t-elle. L'État, les autorités, les religions et même les familles de ces femmes les couvrent, en voilà un autre. Encore un : les prostituées ont toujours tort. Et malgré tout ça, les femmes comme elle continuent de se battre et d'espérer que les choses changent. Quelle conclusion en tirer ? » Serena chercha une réponse à cette question en vain, jusqu'à ce que la sonnerie de son portable retentisse.

La voix chaude et joyeuse de Joycee Naya résonna dans l'appareil.

— Grace Ujiri, lança-t-elle.

— Qui est-ce ?

— Une fille qui tapinait avec les deux femmes dont tu m'as parlé, Victoria Namo et Musa Abwo, au Tiger Bar Lugbe, à

Kaduna. Toutes les trois fréquentaient Pascal Calil. Je ne connais pas personnellement Victoria et Musa et j'ignore si elles étaient ses informatrices, mais Grace Ujiri, oui, j'en suis sûre. Il lui a parlé plusieurs fois en ma présence.

Le cœur de Serena bondit dans sa poitrine.

— Tu la connais ?

— Je sais qu'elle est en vie et j'ai son numéro.

Serena se leva d'un bond.

— Nom de Dieu ! C'est une putain de bonne nouvelle ! Où est-elle ?

— Kaduna, mais ne t'emballe pas, ma belle, elle ne répondra pas.

— Pourquoi ?

— Elle ne veut pas parler.

Serena fronça les sourcils.

— À toi ou à une journaliste française blanche ?

Joycee ricana, comme si la réponse allait de soi.

— Victoria et Musa disparues, Pascal Calil assassiné, je te laisse deviner la suite.

— Elle a choisi de se taire.

— Pour sauver sa peau.

Serena soupira, déçue.

— Dans ce cas, qu'est-ce qui te rend de si bonne humeur ?

La voix de Joycee Naya baissa d'un cran.

— J'ai mieux que ça.

Le contact de Joycee Naya à Kaduna s'appelait Treasure Jones. Elle connaissait Victoria Namo, Musa Abwo et Grace Ujiri. Elle prétendait se prostituer depuis deux ans. Quinze jours avant, elle avait obtenu par piston un poste de secrétaire à l'université de Kaduna, mais celui qui l'avait embauchée avait tenté d'abuser d'elle le jour même, en échange de l'assurance d'un emploi pérenne. Treasure Jones avait estimé que le salaire qu'elle percevait ne justifiait pas le droit de cuissage. Le type l'avait mise à la porte.

Elle s'était rapidement retrouvée à la rue, avec uniquement son corps à vendre, pour la deuxième fois de sa jeune vie. Malheureusement, elle ne bénéficiait plus des tarifs fixés par son ancien employeur proxénète ni de la sécurité qu'il lui garantissait contre les clients violents. Elle tint peu de temps à ce rythme-là. Affamée, épuisée, sans argent, elle paniqua lorsqu'elle entendit aux informations des rumeurs appelant au confinement pour lutter contre la propagation du Covid-19 et alla frapper à la porte du Congrès des droits civils, une organisation non gouvernementale connue sur Kaduna pour aider les femmes victimes de violences.

Le Congrès travaillait en réseau avec toutes les ONG et les associations indépendantes de défense des femmes dans le nord du Nigeria, dont Free Queens. Le Congrès survivait grâce au travail acharné de Mercy Dauda, une avocate activiste féministe réputée intouchable, mariée à un richissime entrepreneur de Kano. Dauda défendait toutes les causes féminines perdues dans le grand triangle musulman Abuja – Kano – Maiduguri, dont Kaduna était le centre. Elle prit Treasure Jones sous son aile. La jeune femme lui raconta son histoire en vue d'un procès. En retour, l'avocate contacta Joycee Naya pour lui chercher du travail à Abuja, loin des réseaux mafieux qui l'exploitaient à Kaduna. Joycee Naya échangea longuement au téléphone avec Treasure Jones. La jeune femme était terrorisée. Elle redoutait de devenir une cible vivante. Elle voulait à tout prix fuir le nord du pays.

Joycee Naya écouta ses doléances et les entendit. Elle lui parla de Serena Monnier, de son travail avec l'ONG Free Queens, puis elle la persuada de se mettre en contact avec la journaliste française. Treasure Jones accepta.

Lorsque Serena appela, en présence de Favour Egbe, Treasure Jones décrocha à la première sonnerie.

— Je ne dirai rien au téléphone, déclara-t-elle en anglais, avec un fort accent yorùbá.

Serena soupira.

— Dans ce cas, on a un problème parce que je suis confinée à Abuja et vous à Kaduna.

— Venez me chercher et je vous parlerai.

— Donnez-moi une bonne raison de le faire.

Le silence se fit à l'autre bout du fil. Favour, qui avait suivi leur échange, fit *non* de la tête et des mains. « Hors de question ! » articula-t-elle muettement du bout des lèvres. Serena leva les yeux au ciel.

— Je sais ce que je fais, chuchota-t-elle en couvrant le micro de la main.

Favour leva les yeux au ciel. Agacée, Serena s'éloigna du lit et se posta devant la fenêtre.

— Qu'est-ce que vous avez pour moi ? demanda-t-elle.

Treasure Jones inspira bruyamment.

— Vous me promettez de me conduire à Abuja ou à Lagos ?

— Je vous promets d'essayer, corrigea Serena.

Nouveau silence sur la ligne. Treasure Jones était à deux doigts de raccrocher. Serena le sentait. Elle décida de la relancer.

— Qu'avez-vous à me dire sur la mort de Victoria Namo et Musa Abwo ?

— Rien au téléphone, répéta Treasure Jones.

— Qu'est-ce que vous savez sur Grace Ujiri ?

— Rien au téléphone.

Serena soupira.

— Je comprends votre réticence, Treasure, mais il va m'en

falloir davantage pour que nous prenions le risque de venir vous chercher.

Treasure Jones se racla la gorge. Serena perçut le bruit sec d'un briquet, puis le grésillement d'une cigarette que l'on allume.

— Peter Dirksen, lâcha-t-elle finalement. Il s'agit d'un type qui bosse pour MB Nigeria Inc. et qui gère la prostitution. Je sais beaucoup de choses sur cet enfant de salaud et sur ses méthodes.

Serena frissonna.

— Laissez-nous le temps de nous organiser et nous arrivons.

Treasure Jones siffla.

— Putain, y a intérêt !

Les formalités administratives pour obtenir un laissez-passer pour Kaduna prirent une semaine. L'avocate Mercy Dauda maîtrisait les rouages et les subtilités de la machine administrative nigériane. Elle leur indiqua à quelle porte frapper au ministère de l'Intérieur, comment remplir les papiers, à qui glisser un billet ou deux, et à qui ne surtout rien proposer.

Pendant ce temps, Corey Stander essaya vainement de dissuader Serena d'entreprendre ce voyage.

— Le pays est en flammes, dit-elle. Des types ont pénétré dans ma chambre au Prixaire Hotel et m'auraient probablement tuée si tu n'étais pas intervenu. Qu'est-ce qu'il peut m'arriver de pire ?

— D'être réellement tuée, cette fois-ci, argumenta Stander en la fixant durement.

Serena ne cilla pas.

— Ici ou ailleurs, qu'est-ce que ça change ?

— Ici, le danger provient essentiellement de la couleur de ta peau.

— Pas à Kaduna ? ironisa Serena.

Stander secoua tristement la tête.

— Au nord, ton passeport européen sera le cadet de tes soucis quand des flics corrompus, des gangs de mercenaires ou des fanatiques musulmans décideront que tes taches de rousseur et ton beau cul bien blanc pourraient leur rapporter bien plus que dix putes nigérianes. Si cela arrive, crois-moi, tu préféreras être morte et ne jamais avoir été secourue dans cette chambre d'hôtel, la semaine dernière.

Serena se figea.

— Mais ça n'arrivera pas, n'est-ce pas ?

Stander ne répondit rien. Il loua un 4 × 4 plus puissant que celui qu'ils utilisaient depuis Lagos et passa des coups de fil à ses contacts en place dans la région de Kaduna afin de s'enquérir de la situation sur place.

À sa grande surprise, alors que Favour y était opposée, Esther Lekwot soutint sa démarche et proposa même de les accompagner. Abuja confinée, les activités de Free Queens se limitaient à animer des réseaux sociaux devenus des défouloirs et des chambres de larmes virtuelles, à consoler au téléphone les femmes livrées à elles-mêmes et à assister avec impuissance à la montée des violences domestiques. Les audiences de procès étaient ajournées et aucune démarche administrative n'était possible. Esther Lekwot avait besoin d'action. Sa notoriété et son carnet d'adresses pouvaient leur être utiles, une fois sur place. Serena renégocia les émoluments de Corey Stander qui se contenta de hausser les épaules et le 10 avril, à l'aube, ils prirent finalement la route.

Corey Stander conduisait. Il portait une tenue civile légère passe-partout, pantalon de toile, chemise beige, casquette, baskets. Esther Lekwot et Serena étaient installées à l'arrière. Par mesure de sécurité, elles étaient voilées.

Le trajet qui se faisait habituellement en deux heures leur prit la journée. Des nuages noirs déversèrent sans interruption des tombereaux de pluie sur le pare-brise de l'imposant 4 × 4 Ford Ranger noir déniché par Stander. L'autoroute A2 qui reliait Abuja à Kaduna sur deux cents kilomètres s'était transformée en un immense torrent battu par le vent d'ouest.

Certains tronçons étaient coupés, des crues avaient emporté la chaussée, les obligeant à procéder à de longs détours par des chemins boueux aux accotements instables en rase campagne. Stander ne lâchait la crosse du semi-automatique qu'il avait calé entre les deux sièges avant que pour passer les vitesses et tenir le volant quand il fumait.

Ils durent également franchir sept barrages filtrants installés à intervalles réguliers. Le gouvernement fédéral redoutait des débordements populaires. Certaines zones souffraient du confinement plus que d'autres, des villages entiers criaient famine. Certains points de contrôle étaient tenus par des militaires, d'autres par des employés de la Federal Road Safety qui vérifièrent leurs papiers, le contenu de leur coffre, s'enquirent du motif de leur déplacement et prélevèrent au passage une taxe qui variait d'un barrage à l'autre.

L'arrêt le plus long fut le dernier, à l'entrée de Kaduna. Des policiers d'État secondaient les agents de la FRS. Après un premier contrôle par un employé de la sécurité routière, deux policiers s'avancèrent et réquisitionnèrent leurs passeports et leurs autorisations de circulation, puis ils grimpèrent dans une camionnette où ils demeurèrent près d'une heure. Il n'y eut pas de taxe, cette fois-ci, mais le regard mauvais que les policiers jetèrent aux occupants du véhicule en leur rendant leurs papiers laissait entendre que leur arrivée ne passait pas inaperçue et qu'ils n'étaient pas les bienvenus.

— Maintenant, ils savent qu'on est là, déclara Stander, dès qu'ils furent repartis.

Serena opina, distraite. Le zèle de la police nigériane était le cadet de ses soucis. Treasure Jones ne donnait plus aucune nouvelle depuis leur départ d'Abuja. Serena consulta à nouveau son téléphone pour vérifier s'il y avait du réseau. C'était le cas. Elle composa le numéro de Treasure Jones et tomba sur le répondeur.

— Fait chier ! dit-elle en raccrochant d'un geste rageur.

26

Kaduna, 11 avril 2020.

La réunion matinale avec les responsables commerciaux fut brève. Ils définirent le volume de casiers du jour et firent circuler des enveloppes d'argent liquide pour la paie des camionneurs. Le message envoyé aux transporteurs était « La bière doit passer coûte que coûte ».

Peter Dirksen était pressé. Avec le confinement à Lagos et Abuja et les restrictions de circulation décrétées par le président Buhari à Kaduna, la demande de First explosait. Peter distribua des poignées de main et des sourires, puis il se faufila vers la sortie comme s'il avait le feu aux fesses.

Les pluies diluviennes qui tombaient depuis la veille et les manœuvres des camions avaient rendu la cour principale impraticable. Son chauffeur l'attendait avec un parapluie devant la grille de l'usine MB Nigeria Inc. L'homme se précipita pour l'accueillir en sautillant entre les flaques d'eau dès qu'il le vit sortir du bâtiment.

Peter s'engouffra dans la berline en pestant. Son costume était trempé et de la boue maculait ses chaussures cirées.

— Emmène-moi chez Nurudeen, ordonna-t-il en frottant le cuir à l'aide d'un mouchoir.

Le chauffeur balança le parapluie dégoulinant sur le tapis de sol et démarra sans se faire prier. Peter jeta un œil au ciel à travers la vitre. Kaduna était cernée par les nuages. Des éclairs striaient l'horizon, à l'ouest. La météo n'annonçait aucune amélioration avant trois jours. L'état des routes, au nord, inquiétait Peter. À ce rythme-là, le Covid-19 ne serait bientôt qu'un vague souci périphérique dans un océan de latérite détrempée et de camions embourbés jusqu'à la gueule incapables de livrer la marchandise.

Il cracha dans son mouchoir et le roula en boule.

— Putain de saison des pluies ! maugréa-t-il en frottant de plus belle.

La villa du directeur de l'usine MB Nigeria Inc. trônait à l'abri sur les hauteurs de la ville, comme le bateau de Noé aux prémices du déluge. Lorsque Peter Dirksen entra, le chef de la police d'État, l'équipe de la ministre des Transports et de l'Air et le commandant Ron Garba qui dirigeait la Federal Road Safety de Kaduna devisaient joyeusement avec Olowu Nurudeen, confortablement installés dans les larges canapés disposés en demi-cercle face à la baie vitrée.

Un majordome en costume remplissait des verres de whisky. Peter lui fit signe de lui en mettre un double, puis il salua l'assemblée, tira une chaise et s'installa à la droite de Nurudeen.

— J'ai raté quelque chose ? demanda-t-il à voix basse.

Nurudeen sourit.

— Nous venons de commencer.

La discussion porta rapidement sur les mesures gouvernementales mises en place pour endiguer la propagation du virus. Les bars et les discothèques étaient fermés par décret, les évènements promotionnels sur les bases militaires annulés, mais l'État n'avait pas pour mission de se mêler de la vie privée de ses concitoyens. Les fêtes dans des villas appartenant à des particuliers demeuraient tolérées, dans la mesure où elles ne dépassaient pas plus d'une centaine d'invités et ne troublaient pas l'ordre public.

Nurudeen adressa un clin d'œil au chef de la police.

— Les gens ont besoin de se détendre, en période de crise, pas vrai ?

Le policier siffla le fond de son whisky en claquant de la langue.

— Affirmatif! dit-il en tendant son verre au majordome.

Peter grimaça.

— Reste la question épineuse des barrages illégaux montés par des groupes armés. Mes chauffeurs m'ont rapporté qu'ils se multipliaient à Gadan Gayan, Katabu et Dutsi, et qu'ils devaient payer une redevance de trente mille à cinquante mille nairas à chaque passage. Deux de mes employés ont été tabassés parce qu'ils refusaient de payer. L'un de mes camions a été pillé la nuit dernière. Six cents casiers de perte, et j'ai les gars de l'entrepôt d'Ungwan Badoi, l'un des plus gros de la ville, qui réclament une prime de risque et des armes pour se défendre.

Gêné, le commandant Garba se racla la gorge.

— Nous sommes en sous-effectifs dans l'Est et le Nord. Depuis le début du confinement, les trois quarts du personnel de la FRS ont été affectés à la surveillance des péages légaux, des principaux axes routiers et au contrôle des débits de boissons sur les autoroutes.

— Peut-être pourriez-vous en déplacer certains ? suggéra Nurudeen.

Garba leva les yeux au ciel.

— Pour rappel, mes propres agents ne sont pas armés. Sans soutien policier, je refuse de mettre la vie de mes hommes en danger.

Nurudeen fronça les sourcils.

— Nous avions des accords, commandant.

Garba haussa les épaules, l'air de dire qu'il faisait ce qu'il pouvait. Le chef de la police toussa. Il échangea un bref regard entendu avec Nurudeen, se pencha et lui murmura quelque chose à l'oreille. Peter capta les mots *confiance* et *sale connard.* Garba feignit de ne rien avoir entendu.

Sourire aux lèvres, le directeur de cabinet de la ministre des Transports tapa des mains, en signe de conciliation, et se tourna vers Peter.

— J'appellerai mon homologue à la Défense pour programmer une réunion d'urgence. Si vous nous indiquez précisément quelles routes doivent rester ouvertes et à quels horaires, nous veillerons à ce que des unités militaires de la sécurité civile fassent le ménage dans les plus brefs délais.

Il fit le geste des doigts qui signifiait *argent.*

— Je ne vois aucune raison de ne pas trouver un accord raisonnable.

Garba secoua la tête. Peter l'observa à la dérobée. Le commandant de la FRS n'avait pas envie d'être là et ne s'en cachait pas. Peter se demanda s'il s'agissait d'un désaccord moral ou simplement une façon de rappeler qu'on ne lui avait pas assez graissé la patte. Il opta pour la seconde hypothèse et nota mentalement de veiller à augmenter ses émoluments.

Son téléphone vibra. Il s'adossa au siège et consulta l'écran. Le responsable des ventes du secteur ouest s'inquiétait de l'état de l'approvisionnement des supermarchés et des épiceries des quartiers Resa et Sabon Gida, touchés par d'importantes inondations. Les pompiers empêchaient les chauffeurs de passer pour des questions de sécurité. Sept camions chargés jusqu'à la gueule étaient bloqués le long de la voie express Abuja-Zaria, au niveau de la sortie 7.

Peter rempocha son portable, finit son verre et se leva.

— Excusez-moi, messieurs, le devoir m'appelle.

Il salua l'assemblée d'un hochement de tête et se dirigea vers la porte. Nurudeen le rattrapa sur le perron.

— Comment ça se passe, en ville ?

Peter le dévisagea, surpris.

— Mieux que jamais. L'usine tourne à plein régime, la distribution se passe plutôt bien dans l'ensemble, les magasins sont dévalisés. Nous perdons sur les bars, mais les ventes aux particuliers ont augmenté dans des proportions similaires. Le marché noir se porte bien et les fêtes privées rencontrent un véritable succès. Nous nous assurons que les bons clients ne l'ignorent pas.

Nurudeen se frotta les mains.

— Ce confinement est une bénédiction.

Peter descendit une marche.

— Ce pays tout entier est une bénédiction pour les affaires, précisa-t-il en hochant la tête. Plus il pleut, plus les informations sont mauvaises à la télé, plus les Nigérians boivent de la bière. Mais vous le saviez déjà. Tout cela est stipulé dans le mémo que je vous adresse chaque matin dans votre boîte mail.

Nurudeen opina, amusé.

— Le chef de la police m'a signalé que ses hommes avaient contrôlé hier soir un 4 × 4 Ford Ranger immatriculé à Abuja à bord duquel se trouvaient une Nigériane, un mercenaire sud-africain et une Blanche munie d'une carte de presse internationale et d'un passeport français.

Une rafale de vent balaya l'escalier. Des gouttes de pluie fouettèrent le visage de Peter. Il remonta d'une marche pour se mettre à l'abri.

— Je me suis dit que ça t'intéresserait de le savoir, ajouta Nurudeen.

Peter s'essuya la joue du revers de la manche.

— Où ça ?

— Poste à péage d'Unguwan Doma, au niveau de l'échangeur de New Kachia Road.

Peter plissa les yeux.

— Je vais me renseigner, dit-il pour lui-même.

Nurudeen lui tapa sur l'épaule d'un geste amical et désigna la villa.

— Je dois y retourner.

Les deux hommes se serrèrent la main, puis le directeur fit volte-face et disparut à l'intérieur. Peter resta immobile, interdit. Face à lui, la pelouse verte et la piscine parfaitement entretenue du jardin de Nurudeen. En contrebas des haies de bougainvilliers, l'étalage de richesse obscène des villas somptueuses et des allées ombragées d'Arewa House, le quartier des résidences ministérielles, dominées par les dômes verts de la General Hassan U. Katsina House et les tours insolentes de Kajuru Castle. Au-delà, à perte de vue, les rues et les avenues parfaitement rectilignes de Kaduna, étrangement silencieuses, noyées derrière un épais rideau de pluie, de brume et de pollution.

L'air était moite, la chaleur étouffante, en dépit de la pluie. Peter alluma une cigarette pour réfléchir. Serena Monnier, s'il s'agissait bien d'elle, avait finalement osé s'aventurer dans le Nord. Son séjour à l'hôpital aurait dû la calmer pour de bon, pourtant elle était là, en plein confinement. Peter n'en revenait pas. La journaliste française le tracassait bien plus qu'il n'avait voulu l'admettre devant Nurudeen. Son passeport la protégeait à Abuja, mais les choses étaient différentes à Kaduna. Elle le savait certainement. La présence de ce Sud-Africain le prouvait.

Peter était en nage. Il tira une longue bouffée, puis une autre, et envoya valser sa cigarette dans les airs. Son mégot fumant atterrit dans une flaque, en bas des marches, et s'éteignit aussitôt.

Peter le regarda un moment flotter à la surface, puis il releva les yeux et aperçut son chauffeur qui se dandinait au milieu de l'allée, à l'abri du parapluie, en attendant qu'il l'appelle. Peter l'ignora. Il dégaina son portable et composa le numéro d'Ira Gowon.

Le policier décrocha aussitôt.

— Allô ?

Peter l'informa de ce qu'Olowu Nurudeen venait de lui apprendre.

— Trouve-la-moi, ordonna-t-il.

Gowon garda le silence, attendant la suite des instructions.

— Elle a forcément des contacts ici, continua Peter. Tâche de savoir ce qu'elle vient faire à Kaduna ou qui la fait venir et pourquoi. Renseigne-toi auprès des associations de femmes battues, des journaux aux idées progressistes et de ceux qui les financent.

La puissance du vent augmenta, rabattant la pluie par bourrasques successives sur le perron. Peter se réfugia précipitamment contre la porte d'entrée. Le chauffeur fit un pas dans sa direction. Peter agita la main pour lui ordonner de rester à sa place. Gowon siffla.

— Et après ?

Peter épousseta les pans de sa veste et ses cuisses pour en chasser l'humidité, en vain.

— Tu le sais très bien, dit-il avant de raccrocher.

27

Kaduna, 11 avril 2020.

Ira Gowon et Vitalis Udo filaient à tombeau ouvert en direction du poste à péage d'Unguwan Doma. Autour d'eux, Kaduna aux abois s'effondrait sur elle-même. La misère se nourrissait du coronavirus. Le nombre de personnes vivant avec moins de deux dollars quotidiens augmentait chaque jour confiné.

Les décisions du président Buhari plongeaient le nord du pays dans le chaos. Les marchés alimentaires avaient reçu l'ordre d'ouvrir un jour sur deux. Personne ne savait vraiment quel jour était autorisé et l'autre pas. Ni les épiciers ni les clients. Par peur de manquer une affaire et parce qu'ils avaient faim, les deux préféraient prendre le risque de se faire arrêter et se pointaient les jours pairs et impairs. La police d'État organisait des descentes pour fermer les boutiques, rafler la marchandise et récupérer des pots-de-vin les jours pairs. Parfois, les jours impairs également. Les rôtisseries qui fleurissaient habituellement sur le bord des routes avaient fermé. Les vendeurs de viande s'étaient rabattus sur des cuisines improvisées dans les cours de maisons individuelles ou dans des caves. Faute de bœuf et de chèvre, ils cuisinaient des barquettes de chien ou de furet grillés à la sauce pimentée. Les minibus et les vélos-taxis étaient suspendus. Les vieilles femmes transportant des marchandises sur leur dos ou dans des brouettes n'avaient plus le droit de circuler. Elles envoyaient des gamins affamés faire du porte-à-porte pour démarcher les clients, avec la promesse d'une double ration de pâte de manioc ou de riz en guise de salaire.

Une poignée de privilégiés jouaient aux bons samaritains. Ils lançaient des collectes de dons sur les réseaux sociaux, fondaient des associations à la hâte et assuraient des distributions quotidiennes dans les quartiers pauvres, sous la protection de militaires qui prélevaient leur part.

Au onzième jour de confinement, un sentiment supérieur à la faim prédominait pourtant : la peur. Kaduna se barricadait peu à peu. Des barrages de fortune se dressaient à l'entrée de certaines rues pour défendre les habitations des pillards. Des milices de fonctionnaires ou d'enseignants au chômage forcé, armés de machettes et de couteaux de cuisine, se formaient pour défendre le peu qui leur restait. Les téléviseurs diffusaient des images d'Occidentaux applaudissant chaque soir à leurs fenêtres, tandis qu'ici, la nuit, on sonnait les cloches des églises et on tapait sur de vieilles casseroles pour décourager les criminels et tenir à distance les affamés. Pour la plupart d'entre eux, le coronavirus n'existait que dans l'ombre de mille autres maux qui s'abattaient sur leur ville. La violence du remède occultait le mal. Le confinement dissolvait le Covid-19 dans un magma de détresse. Le virus n'effrayait personne, ou presque. Il ne tuait pas. La famine, le sida, Ebola, le paludisme, la misère et les restrictions voulues par Buhari, si. Faute de pouvoir les endiguer, le gouvernement nigérian imposait le règne d'une terreur rebaptisée Covid-19.

Un barrage de pneus en flammes barrait Soba Street. Deux policiers parlementaient avec les miliciens qui l'alimentaient.

Une foule d'une vingtaine d'excités s'était rassemblée en cercle autour d'eux. Certains tenaient des barres de fer. Udo s'avança pour passer en force sur le bas-côté, mais Gowon redoutait une confrontation violente. Il était pressé. Il ordonna de faire demi-tour et d'emprunter Fulani Road pour rattraper le pont, au sud. Udo donna un coup de volant brutal en grognant, manquant de percuter un lampadaire. Des silhouettes menaçantes se tournèrent dans leur direction. Gowon les vit disparaître dans le rétroviseur avec soulagement lorsque le 4 × 4 tourna au coin de la rue. Il tendit la main et alluma la radio.

Un type se lamentait au micro du journaliste parce que Buhari lui avait tout pris. Gowon monta le volume et s'accouda à la portière pour écouter.

La veille, dans l'État de Rivers, les autorités avaient ordonné la démolition de l'Edemete et du Prodest Home, deux hôtels de Port Harcourt, parce que leurs propriétaires ne respectaient pas les règles sanitaires. Le gérant du Prodest Home prétendait que des représentants du gouvernement local s'étaient déplacés sur les lieux, deux jours plus tôt, et avaient réclamé des pots-de-vin pour maintenir l'établissement ouvert.

— Tous mes clients sont partis, il faut bien que je survive ! braillait le type en mauvais anglais, des trémolos dans la voix. Oui, j'ai licencié les trois quarts de mon personnel à cause du confinement. Oui, je loue quelques chambres au noir, mais pas de quoi faire des bénéfices !

Le gérant avait refusé de payer les émissaires gouvernementaux. Des bulldozers encadrés par des militaires s'étaient pointés à l'aube et avaient rasé le bâtiment, sous le regard médusé des voisins.

Udo frappa le volant, hilare.

— Nom de Dieu !

Gowon secoua la tête, la mine sombre. Il pensa aux chaînes

des usines MB qui tournaient à plein régime, aux camions qui sillonnaient les routes de l'État chargés de palettes de bière, aux ouvriers qui conservaient leur boulot, à ceux qui avaient tout perdu et aux promotrices First qui se rongeaient les sangs dans les pensions, livrées à elles-mêmes ou aux proxénètes, parce que les bars et les boîtes de nuit étaient fermés. Gowon se dit aussi que le président Buhari ruinait en dix jours tous les efforts qu'il avait concédés depuis des mois. Tout s'écroulait autour d'eux et Udo trouvait ça drôle.

— Ils ne devraient pas faire ça, marmonna-t-il. Pas maintenant. Ce type fait ce qu'il peut pour garder son gagne-pain. Il ne fait de mal à personne. Ce n'est pas juste.

— Au bulldozer, putain ! s'esclaffa Udo. C'est énorme !

Gowon s'abstint de faire un commentaire. De l'index, il indiqua un raccourci, sur la droite.

— Par là, dit-il.

Udo s'exécuta en riant. Ils dépassèrent une série d'échoppes aux volets tirés, longèrent le fleuve sur trois kilomètres, puis l'autoroute A2, avant d'arriver en vue de l'échangeur de New Kachia Road. Udo enclencha le gyrophare et remonta à contresens jusqu'à la gare de péage sud. Là, il se rangea sur le parking, à proximité du bâtiment des douanes et coupa le moteur.

Le spectacle était saisissant. Sur la gauche, des centaines de voitures et de camions antédiluviens, cul à cul et alignés, attendaient sous la pluie de pouvoir entrer dans Kaduna dans un concert de klaxons et de moteurs. À droite, des véhicules garés en quinconce en travers des voies, fouillés par des agents de la Federal Road Safety, des militaires et des policiers d'État, coffres ouverts, valises béantes, leur contenu étalé à même le bitume, occupants pelotonnés sous des parapluies, hurlant, gesticulant ou résignés. Au centre, la gare de péage. La frontière.

Udo émit un sifflement.

— Je croyais que le pays était confiné ! s'exclama-t-il.

Gowon haussa les épaules. Il ouvrit la portière et posa le pied sur la chaussée.

— Attends-moi là, dit-il. Je reviens tout de suite.

Il se hâta jusqu'à la guérite la plus proche et interpella l'agent de faction.

— Où se trouve le responsable ? demanda-t-il, sur un ton autoritaire.

Le type désigna un policier de dos, casquette vissée sur la tête, assis sur une chaise en plastique, à l'abri de la pluie. Gowon le remercia d'un hochement de tête, contourna une barrière et alla se planter devant l'officier.

— Je suis à la recherche de deux individus suspects, dit-il en guise de préambule. Ils se seraient présentés ici hier soir, à bord d'un 4 × 4 Ford Ranger.

Le policier le dévisagea sans répondre, un sourire sardonique aux lèvres.

— Vous êtes ?

— Sergent Ira Gowon.

Le policier opina. Il retira sa casquette, s'épongea le front et le crâne à l'aide d'un mouchoir, remit sa casquette en place et balaya la zone de péage du regard.

— Quel merdier, n'est-ce pas ?

— Oui, monsieur, mais je...

Le policier l'interrompit d'un geste de la main.

— Dix jours que ça dure, dit-il avec lassitude. Jour et nuit. Sans interruption. C'est comme si tout le sud de ce foutu pays avait pris la route après l'annonce du président Buhari pour se donner rendez-vous à Kaduna.

Il se tourna vers Gowon.

— Qu'espèrent-ils trouver ici, sergent, vous pouvez me le dire ?

Gowon secoua la tête.

— À manger, j'imagine.

Le policier éclata de rire.

— Dans ce cas, ils risquent d'être salement déçus, pas vrai ?

Gowon ne trouva rien à répondre. Le rire du policier se mua en une violente quinte de toux qui lui fit monter les larmes aux yeux. Il exhiba à nouveau son mouchoir, y cracha un mélange de glaires et de sang, puis le replia avec soin et l'empocha.

— Mes hommes n'ont pas été payés depuis une semaine, dit-il en désignant un groupe de policiers affairés autour d'un break Toyota noir. « Quand ? » me demandent-ils. Je leur répète ce que me disent mes supérieurs : « Bientôt, les gars ! » Comme les promesses ne nourrissent personne, en attendant, ils se servent sur le dos de la bête dès que j'ai le dos tourné. Je ne peux pas leur en vouloir, hein ! Eux aussi ont des familles à nourrir et des dettes à honorer.

Il changea de position. Le plastique de sa chaise craqua, comme si elle allait s'effondrer sous son poids. Il se retourna vers Gowon en se grattant la nuque.

— Un 4 × 4 Ford Ranger noir, c'est bien ça ?

Gowon acquiesça.

— Une journaliste française.

Il brandit une photo de Serena Monnier et la lui tendit. Le policier se redressa et confirma qu'il s'agissait bien de la même personne.

— Je me souviens de la fille, dit-il en tapotant le cliché du doigt. Je n'ai pas vu beaucoup de Blancs passer par ici. Quand il y en a un, on le remarque, alors une belle brune à la peau diaphane comme elle…

Il se passa la langue sur les lèvres en gloussant et mima des formes féminines d'un geste de la main.

— Je l'ai signalée à mon chef. J'imagine que c'est pour ça que vous êtes là.

Il lui rendit la photo.

— Elle était accompagnée d'une Nigériane de Lagos et d'un Sud-Africain. Un ancien mercenaire, un costaud de chez Executive Outcomes, la société de sécurité privée, vous connaissez ?

Gowon grimaça.

— Vous n'avez pas gardé une copie de leurs passeports ?

Le policier se marra.

— Vous voyez une photocopieuse quelque part, vous ? ironisa-t-il.

Le policier de la gare de péage d'Unguwan Doma ne lui apprit rien de plus. Les laissez-passer que les occupants du 4 × 4 avaient présentés aux policiers ne mentionnaient aucun nom ni aucune adresse à Kaduna. Serena Monnier était là, quelque part. Il ne leur restait plus qu'à dénicher le trou dans lequel elle se terrait.

Gowon déploya ses antennes, laissa des consignes à ses informateurs habituels et entreprit la tournée des hôtels à Occidentaux de la ville. Comme cela ne donnait rien, il passa quelques coups de fil, réajusta les boutons de sa chemise beige de fonction et alla frapper aux portes des directrices des associations ayant pignon sur rue qui militaient pour les droits des femmes, Widows for Peace, VOWAN et Women's Rights Watch Nigeria. Il leur offrit son plus beau sourire, baissa les yeux avec déférence et leur expliqua que les autorités françaises s'inquiétaient pour la sécurité d'une ressortissante égarée à Kaduna. Chou blanc là aussi.

Dix-huit heures. Il avait plu toute la journée sans discontinuer. L'habitacle du 4 × 4 empestait le tabac froid et l'odeur âcre de la transpiration. De la buée se formait sur le pare-brise. L'estomac de Vitalis Udo gargouillait. Ils dénichèrent une épicerie ouverte sur Shagari Road, hors secteur First, et achetèrent des beignets d'*akara* à la sauce *utazi* et de la Guinness.

Pendant qu'Udo se bâfrait, Gowon relança ses informateurs par téléphone et les responsables des barrages policiers qui ceinturaient Kaduna.

— Avez-vous vu la journaliste blanche ?

Toujours la même réponse, négative. Gowon promit une prime supplémentaire de cinq cents nairas pour toute information.

— Faites passer le mot.

Udo se lécha les doigts un par un, s'essuya la bouche du revers de la main, avala une ultime lampée de bière et émit un rot sonore.

— Et si on laissait tomber pour ce soir ? proposa-t-il en jetant sa canette vide par la vitre entrouverte.

Gowon le dévisagea d'un air agacé.

— Pas avant d'avoir trouvé cette salope.

Udo haussa les sourcils.

— On a déjà fait le tour de tous les hôtels de la ville.

Gowon déploya une carte mentale de Kaduna dans sa tête.

— Roule, ordonna-t-il. On verra ensuite.

— Qu'est-ce qu'on cherche ?

— Un 4 × 4 Ranger noir immatriculé à Abuja.

Udo démarra. Gowon appela trois voitures des SARS en renfort. Ils quadrillèrent Kaduna Junction, Birnawa, Makera, Kakuri. Rien à signaler. La pluie redoubla. Ils refranchirent le fleuve en direction du nord et sillonnèrent Sabon Gari, Tudun Nupawa et remontèrent jusqu'à Doka. Le 4 × 4 de Serena Monnier semblait s'être volatilisé.

Gowon frappa du poing le tableau de bord.

— Merde !

Udo s'immobilisa au croisement d'Alkali Road et Kalapanzin Avenue. Il s'étira en bâillant et croisa les bras.

— Et maintenant ?

Gowon jeta un œil à l'horloge sans répondre. 1 h 37. Le thermomètre indiquait 32 °C. Une averse plus violente que les autres s'abattit sur la rue, martela le toit du 4 × 4, puis s'éloigna. Le souffle de la climatisation hoqueta. Udo tripota un instant le bouton qui la commandait, jusqu'à ce qu'elle se remette enfin en marche. Il alluma une cigarette et en proposa une à Gowon qui accepta. Les deux hommes fumèrent en silence. La radio de service grésilla. Les policiers des autres voitures déclaraient forfait. Ils venaient aux nouvelles. Gowon s'apprêtait à leur dire de rentrer chez eux lorsqu'il avisa deux silhouettes féminines se faufilant le long d'un immeuble, à une centaine de mètres de leur position. Une idée lui vint.

— On va interroger les filles.

Udo consulta l'horloge à son tour en soupirant, puis Gowon.

— À cette heure-ci ?

Gowon sourit.

— Dix jours qu'elles sont enfermées, dit-il en tirant sur sa cigarette. Depuis le temps que je prends soin d'elles, je suis sûr qu'elles ont plein de trucs à me raconter.

Gowon contacta des renforts et obtint onze agents supplémentaires. Pour commencer, ils fondirent sur les trois résidences du quartier d'Ungwan Kanawu, au nord. Ils réveillèrent les filles, les rassemblèrent dans les parties communes et entreprirent une fouille méthodique des chambres et des dortoirs. Ils soulevèrent les matelas, mirent à sac les penderies et les armoires. À moitié endormies, les filles se pelotonnèrent les unes contre les autres, terrorisées. Les policiers les secouèrent un peu, découvrirent des portables, des messages touchants de leurs proches, des faux passeports, des photos de famille, des livres, quelques bijoux subtilisés à des clients et une poignée de nairas, mais rien qui les reliait à Serena Monnier.

Au Double-Day Resident Inn, sur Tafawa Balewa Way, Gowon s'aperçut avec stupeur que les pensionnaires étaient affamées. Certaines n'avaient que la peau sur les os. Leur dos et leurs cuisses portaient des traces de coups. Gowon convoqua leurs gardiens. Ces derniers les rejoignirent en fanfaronnant. Ils s'amusèrent du spectacle des filles en petite tenue. Ils leur administrèrent des petites claques sur les fesses en passant et leur adressèrent des clins d'œil égrillards. Gowon et Udo les laissèrent faire un moment en fronçant les sourcils, jusqu'à ce que Gowon s'énerve.

— La plaisanterie a assez duré!

Les gardiens protestèrent. Gowon brandit une arme et fit signe à Udo de les fouiller. Udo s'exécuta. Les gardiens se retrouvèrent en caleçon, sous le regard médusé des filles, et leur chambre fut mise à sac. Udo dénicha des capotes, de l'argent liquide et des vidéos sur leurs portables sur lesquelles certaines des pensionnaires pratiquaient des fellations sur leurs geôliers ou se faisaient battre comme plâtre. Les gardiens virent rouge. Ils crièrent au coup monté. Gowon secoua la tête et arma son revolver. Les gardiens se mirent à trembler. Ils accusèrent les filles d'acheter leur silence avec de la nourriture et leur cul pour fermer les yeux lorsqu'elles sortaient. Gowon fixa les filles une par une en leur demandant si c'était vrai. Elles secouèrent la tête. Elles jurèrent que c'était faux en claquant des dents. Gowon les crut. Il se retourna vers les gardiens et braqua son arme sur la tempe de celui qui était le plus proche. Les gardiens se jetèrent à genoux, les yeux baissés, et réévaluèrent leur version. Ils avouèrent qu'ils baisaient les filles et qu'ils les rackettaient pour nourrir leurs familles ou revendre leurs rations au marché noir.

— Ce ne sont que des putes ! se lamentèrent-ils. Elles ne font rien de leurs journées. Autant qu'elles servent à quelque chose.

Gowon entra dans une rage folle.

— Ces putes paient vos salaires ! hurla-t-il.

Les types le regardèrent comme s'il avait perdu la tête. Gowon les sermonna longuement et leur promit des sanctions si le racket ne cessait pas immédiatement.

Il se rendit jusqu'au téléphone mural, au bout du couloir. Un stylo pendait, relié à un clou par une ficelle. Il le saisit et inscrivit son numéro de portable sur le mur, au-dessus du combiné.

— Si cela se reproduit, vous m'appelez, déclara-t-il à l'intention des filles.

Il confisqua ensuite les portables et les papiers d'identité de tout le monde, ordonna aux gardiens que les portions des filles soient doublées, puis il regarda l'heure : 4 h 02. Il tapa dans ses mains.

— On bouge !

Ses hommes et lui vidèrent les lieux et prirent la direction de l'ouest et des hôtels de passe de Resa et Sabon Gida.

Tout le monde dormait dans les deux premiers. Ils réveillèrent les filles et remirent ça. Leurs fouilles ne donnèrent rien. Ils récupérèrent des broutilles, trois portables, un passeport et beaucoup d'argent liquide dans les tiroirs de leurs commodes. Aucune trace de Serena Monnier.

Les filles n'étaient pas affamées, elles ne manquaient de rien, mais elles avaient des cernes sous les yeux. Gowon leur demanda pourquoi et d'où venait tout ce fric. Les filles se mirent aussitôt à geindre. Elles venaient d'enchaîner quarante-huit heures non-stop avec des clients fortunés de Peter Dirksen dans une villa des quartiers chics, à grand renfort de cocaïne et de pourboires.

Dirksen avait expressément demandé que Gowon ne soit pas mis au courant. Gowon secoua la tête, agacé, et ne fit aucun commentaire. Il renvoya les filles se coucher et laissa mille nairas aux gardiens pour qu'ils le préviennent si Dirksen faisait à nouveau appel à elles dans son dos. Il rassembla ses troupes et ils mirent les voiles.

Au Butterfly Garden, ils débarquèrent en pleine action. Malgré le confinement, l'hôtel était bondé, de la lumière, de la musique et des filles à tous les étages. Le parking était plein. Aucun 4 × 4 Ranger noir. Les policiers bloquèrent les sorties et investirent les lieux. Le vacarme des bottes dans les couloirs et le cliquetis des armes firent débander les clients et hurler les filles. Ils enfoncèrent les portes à coups de crosse, tirèrent les filles par les cheveux hors des lits et cognèrent les clients qui refusaient d'obtempérer. Udo mit la main sur le gérant dans une piaule du dernier étage et le ramena à Gowon. Le type s'appelait Moses. Il était nu et se cachait les parties génitales des mains. Il criait au malentendu. Udo leva les yeux au ciel et le frappa violemment à la tempe. Moses s'effondra à ses pieds. Gowon s'agenouilla au-dessus de sa tête et agita son arme devant lui.

— Qu'est-ce que c'est que ce bordel, Moses ?

Le gérant écarquilla les yeux. Il se recroquevilla, implorant son pardon, lui saisit les chevilles et avoua ses péchés. Il avait décidé de maintenir son activité. Les promotrices First avaient accepté, pour toute la durée du confinement. Les gardiens étaient d'accord. Les clients ne demandaient que ça. Moses ne faisait de mal à personne. Il avait donc acheté les gardiens pour qu'ils ne préviennent ni Gowon ni Dirksen et promis aux filles la plus grande discrétion. Les promotrices First exerçaient leurs talents sur la clientèle de l'hôtel. Gérant, gardiens et filles se partageaient les bénéfices.

Udo lui administra un coup de pied dans les côtes. Le type hurla. Gowon se racla la gorge.

— Et moi, Moses ? lui chuchota-t-il à l'oreille. Qu'est-ce que j'en tire, comme bénéfice, si les filles que j'ai trouvées, engagées, payées, formées et que je t'ai confiées attrapent le sida ou meurent du Covid-19 avec ta clientèle de merde ?

Le gérant blêmit. Udo le frappa à nouveau. Moses hurla, puis tourna de l'œil. Gowon se releva et ordonna que tout le monde quitte l'établissement sur-le-champ. Les clients déguerpirent sans demander leur reste. Udo tira Moses par la peau du cou. Gowon rassembla les filles sur le parking et les fit monter dans les pick-up et les camionnettes de la SARS, pour qu'elles soient conduites au Double-Day Resident Inn, en attendant une meilleure solution. Il prévint les gardiens de la résidence qui ne moufterent pas, puis il donna l'ordre du départ. Le convoi s'ébranla et disparut.

La pluie avait cessé. Le plafond de nuages s'était déchiré en deux, un croissant de lune illuminait la façade de l'hôtel. Moses se tenait prostré, face à l'entrée. À genoux dans la boue, il gémissait en dodelinant de la tête. Gowon resta seul avec lui, tandis qu'Udo s'affairait à l'intérieur. Les minutes défilèrent, il y eut ensuite une explosion sourde et des flammes s'échappèrent par les fenêtres du deuxième étage.

Udo sortit du bâtiment d'un pas tranquille et vint se poster au-dessus du gérant.

— Voilà ce qui arrive quand on ne respecte pas les règles, dit-il, essoufflé.

Gowon contempla le spectacle jusqu'à ce que le feu gagne la toiture, puis il claqua des doigts à l'intention du caporal Udo.

— On a encore du pain sur la planche, dit-il en se dirigeant vers le 4 × 4.

Le ciel rosissait à l'est quand ils se garèrent devant la pension Christy, sur Sunny Street. Gowon descendit du 4×4, s'avança au milieu de la rue et huma l'air. Le quartier dormait à poings fermés. Seuls les jappements d'un chien et le chant du muezzin appelant à la prière de l'aube perçaient le silence. Udo le rejoignit en traînant les pieds.

— Sacrée nuit, pas vrai ! dit-il en bâillant.

Gowon alluma une cigarette en guise de réponse. Le muezzin se tut, le chien aboya de plus belle. Gowon tira une bouffée, lâcha la cigarette et l'écrasa du talon.

Il désigna la pension, devant eux.

— On dirait que c'est plus calme, ici.

Udo exhiba son briquet en ricanant. Gowon secoua la tête, impassible. Il se retroussa les manches, pénétra dans le bâtiment et alla frapper à la porte du concierge.

— Debout là-dedans ! Perquisition surprise !

Le type émergea en caleçon, furibard. Il se mit au garde-à-vous dès qu'il reconnut Gowon. Il enfila rapidement un pantalon et un tee-shirt, attrapa son trousseau de clefs, et les conduisit à l'étage au pas de charge. Les gardiens de nuit somnolaient sur le palier. Il les réveilla d'un coup de pied dans les tibias et entreprit de déverrouiller les portes des chambres.

Gowon réprima un bâillement.

— Rien à signaler, cette nuit ?

Les gardiens échangèrent un regard interrogatif.

— Que dalle, répondit le plus jeune des deux.

Gowon cligna des paupières.

— C'est ce qu'on va voir, dit-il d'une voix calme. Fouillez-moi tout ça !

Udo s'engouffra dans la chambre numéro 11 et s'activa aussitôt. Les deux gardiens l'imitèrent et s'attaquèrent aux suivantes. Gowon ralluma une cigarette et s'adossa au mur pour fumer tranquillement, tandis que le concierge rassemblait manu militari les filles au milieu du couloir. Udo ressortit, en nage, secoua la tête, avant de passer à la numéro 17. Gowon tira une latte, souffla la fumée au plafond et observa les pensionnaires un long moment jusqu'à ce que le caporal Udo réapparaisse, un portable à la main.

Gowon s'avança vers lui en souriant, la main tendue. Udo lui remit le portable. Il glissa sa cigarette entre ses lèvres, et alluma l'appareil. Un clavier s'afficha, lui réclamant un code.

Il releva la tête.

— À qui est ce téléphone ?

Pas de réponse. Gowon leva les yeux au ciel, jeta un œil au numéro de la chambre d'où Udo sortait, se tourna vers le concierge et l'interrogea du regard.

— Grace ? appela ce dernier, en cherchant la fille des yeux.

Une main se leva. Une jeune femme de grande taille aux yeux immenses se détacha du groupe. Un lappa gris clair lui ceignait les hanches et le buste. Sa peau était d'un noir profond que le contraste avec le tissu renforçait. Udo la saisit par le bras et la tira jusqu'à Gowon.

— Comment t'appelles-tu, ma belle ?

— Grace Ujiri.

Gowon désigna le portable.

— Donne-moi le code.

Grace Ujiri se passa la langue sur les lèvres.

— 2788, concéda-t-elle.

Gowon ordonna à Udo de poursuivre la fouille avant de taper les chiffres. L'écran s'illumina. Il consulta l'historique des appels entrants et sortants, nota qu'un numéro entrant revenait régulièrement, ces dernières semaines. Il leva les yeux et les posa sur Grace Ujiri, soupira longuement, baissa les yeux à nouveau, parcourut le répertoire téléphonique en secouant la tête, se figea lorsqu'il identifia le nom de Pascal Calil, ouvrit la messagerie, passa rapidement sur les multiples échanges en pidgin lagotien avec des proches, s'arrêta sur un SMS en anglais signé Esther Lekwot lui demandant de la rappeler à ce numéro, puis il éteignit le téléphone et l'empocha.

Tout le monde retenait son souffle. Les seuls bruits émanaient des chambres qu'étaient en train de retourner Vitalis Udo et les gardiens.

Gowon s'approcha de Grace Ujiri.

— Qui est Esther Lekwot ? demanda-t-il.

La jeune femme déglutit et baissa les yeux.

— Je ne sais pas.

Le bras de Gowon se détendit brusquement. Il la frappa violemment au plexus. Grace Ujiri se plia en deux, le souffle coupé, et vomit. Gowon recula d'un pas pour épargner ses chaussures. Il lui empoigna les tresses, tira en arrière et la contraignit à relever la tête pour le regarder dans les yeux. Grace Ujiri renifla bruyamment, à la recherche d'air. Des bulles de bave se formaient à la commissure de ses lèvres.

— Qui est Esther Lekwot ? répéta-t-il

La jeune femme ravala sa salive.

— Je ne la connais pas, je le jure.

Gowon leva le poing. Grace Ujiri agita les mains devant son visage.

— Tout ce que je sais, c'est qu'elle m'a appelée plusieurs fois, il y a quinze jours, balbutia-t-elle. Elle bosse pour une ONG d'Abuja ou de Lagos, je ne sais plus.

Gowon baissa le poing.

— Qu'est-ce qu'elle voulait ?

— Me mettre en contact avec une journaliste française qui

cherchait des informations sur une gamine du nom de Jasmine Dooyum et d'autres filles.

Gowon lui lâcha les cheveux. Grace Ujiri se massa la nuque en grimaçant.

— Serena Monnier ?

Grace Ujiri opina.

— Je crois.

— Tu ne lui as pas parlé ?

Elle secoua la tête avec énergie.

— J'ai refusé, je le jure.

Gowon sourit.

— Arrête de jurer, dit-il d'une voix douce. Contente-toi de répondre sans mentir.

Grace Ujiri acquiesça.

— Qui est Jasmine Dooyum ? demanda-t-il.

— Je n'en sais rien.

Gowon réfléchit.

— À quelles autres filles Esther Lekwot a-t-elle fait allusion ?

La jeune femme le regarda comme si elle ne comprenait pas la question. Gowon leva le poing. Grace Ujiri croisa les bras pour se protéger le ventre et jeta un coup d'œil désespéré en direction des autres pensionnaires, derrière elle, avant de revenir sur Gowon.

Elle renifla et cracha par terre.

— C'est une ancienne prostituée appelée Joycee Naya qui lui a filé mon numéro. Elle bossait pour ce journaliste de *This Day*.

— Pascal Calil ?

Elle hocha la tête.

— C'était avant MB Nigeria Inc., dit-elle précipitamment. Avant que vous ne repreniez le recrutement des filles. Joycee Naya a tout arrêté quand Victoria et Musa ont disparu, au début de l'année.

Gowon regarda toutes les filles du couloir, en quête d'une réaction. Il ne vit rien et reporta à nouveau son attention sur Grace Ujiri.

— Tu connaissais Victoria Namo et Musa Abwo ?

Elle secoua la tête.

— Non, non, je le jure ! C'est elle, Joycee Naya, qui m'a donné leurs noms.

Elle leva la main pour jurer. Gowon lui saisit le poignet et lui tordit le bras dans le dos.

— Qu'est-ce que tu sais sur Calil ?

— Rien ! Je ne le connais pas !

Gowon cria :

— Tu lui as parlé ?

— À qui ? demanda-t-elle, des sanglots dans la voix.

— Calil, le journaliste, tu étais l'une de ses sources ?

Grace Ujiri gémit.

— Jamais ! J'ai refusé !

Gowon accentua la pression sur son bras.

— Je croyais que tu ne le connaissais pas !

Grace Ujiri fondit en larmes, le visage tordu par la douleur.

— Je ne voulais pas être mêlée à tout ça ! Oui, oui, il a cherché à me contacter, mais je n'y suis pour rien, j'ai refusé de lui parler à lui, j'ai refusé de parler à Joycee Naya, j'ai refusé de parler à Esther Lekwot. Je suis une bonne vendeuse, je n'ai jamais rien fait de mal, je suis muette comme une tombe, je suis une bonne fille, je suis une excellente vendeuse.

Gowon lui lâcha le bras pour la faire taire. Il dégaina aussitôt son arme et planta le canon contre son sein gauche. Grace Ujiri tomba à genoux en se tenant l'épaule. Le canon accompagna son mouvement et pointait à présent son front. Elle jeta un nouveau coup d'œil en direction des autres filles, puis elle désigna en tremblant l'une des pensionnaires.

Elle déclara :

— Elle, elle sait.

Tous les regards convergèrent vers une fille menue d'une vingtaine d'années. Gowon consulta le concierge.

— Kel Ugwu, dit ce dernier. Numéro 22.

Gowon se fraya un passage parmi les filles, pénétra dans la chambre et entreprit de la fouiller. Udo Vitalis le rejoignit peu après. Ils soulevèrent le matelas et l'éventrèrent, ils mirent à sac la penderie et l'étagère, les retournèrent pour vérifier qu'elles ne dissimulaient aucune cache. Ils inspectèrent le plafond et le sol, donnèrent des coups sur les murs, à la recherche de zones creuses, étudièrent le cadre de la fenêtre, l'ouvrirent, passèrent les mains sous la margelle et dans les anfractuosités du mur extérieur.

Ce fut Udo qui repéra par hasard le défaut dans l'alignement de la plinthe, côté fenêtre. Il l'arracha, glissa la main à l'intérieur et en ressortit une pochette plastique, contenant une enveloppe pleine de fric, un passeport en règle au nom de Kel Ugwu, tamponné à Tripoli le 25 janvier et à Lagos, le 5 mars, et une lettre manuscrite écrite en yorùbá.

Udo tendit la lettre à Gowon qui la déplia et la parcourut rapidement. Il repéra le nom *Jasmine Dooyum* et se désintéressa du reste. Il quitta la chambre, la lettre et l'enveloppe de billets en main, et alla se planter devant Kel Ugwu.

— Traîtresse !

Kel Ugwu serra les dents. Gowon la poussa en arrière du plat de la main.

— C'est toi qui informais Pascal Calil !

— Je n'ai rien fait ! hurla-t-elle.

Gowon secoua la tête.

— Qui t'a donné ce fric ?

Elle lui tint tête, le menton relevé.

— J'ai économisé.

Gowon la poussa à nouveau. Il ouvrit l'enveloppe, en tira la liasse de billets et évalua le montant à un peu moins de cent mille nairas.

— Ça fait beaucoup d'argent, pour trois semaines de travail, lâcha-t-il.

Il la poussa encore. Elle buta contre la paroi du couloir et se cogna le crâne. Il s'approcha d'elle.

— Qui te l'a donné?

Elle fit *non* de la tête. Gowon s'approcha encore.

— En échange de quelles informations?

Elle esquissa un sourire, sans le quitter des yeux. Gowon la gifla.

— Tu connaissais Victoria Namo et Musa Abwo.

Elle ne dit rien. Gowon lui gifla l'autre joue.

— Tu connais Jasmine Dooyum.

Kel Ugwu lui cracha au visage.

— Je n'ai rien fait, je n'ai rien dit.

Gowon s'essuya du revers de la manche et se retourna vers Grace Ujiri, d'un air menaçant.

— Elle ment! hurla la jeune femme. Elle connaissait Victoria Namo et Musa Abwo depuis Lagos. Elle était amie avec la sœur de Jasmine Dooyum. Elle en a parlé à un gars l'autre soir, au Mamah Bhukka, avant le confinement.

Kel Ugwu rugit. Gowon la plaqua contre le mur et lui barra la bouche de la main pour la faire taire.

— Le type s'est fait passer pour un client, poursuivit Grace Ujiri, mais il n'a pas bu une goutte d'alcool. Il n'était pas là pour ça.

Elle désigna Kel Ugwu.

— Il voulait la voir, elle. Il a refusé toutes les autres filles, je l'ai vu, j'y étais, je bossais à l'étage ce soir-là. Elle a joué le jeu, ils se sont isolés dans l'une des pièces à l'arrière, et après, ça a chauffé, j'ai entendu des cris, puis Kel est sortie en pétard et le type est parti de son côté.

Gowon fit volte-face et fixa Kel Ugwu.

— C'est vrai ça ?

Elle secoua la tête.

— C'était qui ? Qu'est-ce qu'il voulait ?

Il agita la liasse de billets.

— Qu'est-ce qu'il a acheté avec ce fric ?

Kel Ugwu baissa les yeux, puis la tête. Des larmes coulèrent sur ses joues. Gowon comprit qu'elle ne révélerait pas l'identité de ce type parce qu'elle avait peur de lui ou du type en question.

Il lui caressa la joue et essuya une larme du pouce.

— Je te protégerai, si tu parles, promit-il.

Kel Ugwu releva la tête et le dévisagea, puis elle se redressa, bomba le torse et le toisa d'un air fier. Elle désigna Udo du menton en souriant. Elle cligna trois fois des yeux, en prenant son temps. Son sourire s'élargit. Elle désigna Gowon à son tour.

— Il sait qui tu es, sergent Ira Gowon, déclara-t-elle d'une voix tremblante. Et toi aussi, caporal Vitalis Udo. Il connaît vos noms, vos grades. Ce n'est pas moi qui les lui ai appris. Il vous connaissait déjà avant de me rencontrer.

Elle inspira et expira.

— Il vous connaît tous les deux, poursuivit-elle. Il sait ce que vous faites et il sait pour qui vous travaillez !

28

Kaduna, 12 avril 2020.

La Peugeot 405 s'immobilisa dans un couinement de freins. Ses pneus étaient lisses, sa carrosserie dans un piteux état. Son pot d'échappement crachait une fumée opaque que les rafales de vent balayaient en direction de la file d'attente voisine. Oni Goje fit signe au conducteur de couper le moteur et de descendre lui ouvrir le coffre. L'homme s'exécuta en maugréant.

Goje se pencha pour inspecter le chargement. Deux caisses de bière artisanale, des sacs de lentilles, des bidons en plastique empestant l'essence et des paquets de courtes tiges en acier probablement volés sur un chantier et destinés au marché noir. Rien de bien méchant, pensa-t-il.

Il jeta un œil au conducteur. Côtes saillantes sous un tee-shirt crasseux, joues creuses, barbe de trois jours, cernes noirs, muscles des bras noueux et secs. Ce pauvre type crevait la dalle. Il n'avait certainement aucun papier en règle à lui présenter pour sa marchandise. Si Goje lui posait la question, il prétendrait sans doute que la bière était pour sa consommation personnelle et l'acier pour son beau-frère ou un ami, avant de lui tendre un billet de cinquante nairas pour acheter son silence. À le voir se dandiner avec nervosité, les mains dans les poches, il devait déjà être en train de préparer son boniment. Goje referma le coffre en soupirant.

— Vas-y ! dit-il en s'écartant pour le laisser passer.

Goje respirait mal à cause de la pluie. Le taux élevé d'humidité réveillait son asthme, provoquant des quintes de toux. Il n'avait pas été payé depuis quinze jours. Rose avait fait des réserves de riz et de farine de manioc, mais il s'inquiétait pour l'avenir de ses enfants, enfermées à la maison. Ses crises d'angoisse l'empêchaient de dormir et perturbaient ses prières.

Il avait été affecté au barrage nord de Kawo Bridge dès le premier jour du confinement. Sa vieille parka beige marquée du logo de la Federal Road Safety ne le protégeait ni des averses ni de la chaleur. De l'aube au crépuscule, il toussait en regardant défiler toute la misère humaine de Kaduna.

Les restrictions imposées par le président Buhari viraient au jeu de massacre. Le confinement était prolongé de quinze jours supplémentaires. « Cinquante millions de personnes testées positives à la faim au Nigeria : où en est le vaccin ? » Le message tournait en boucle sur les ondes radio et sur toutes les lèvres. À Kaduna, le Covid-19 chinois avait été rebaptisé *Hunvid-20*, littéralement en anglais le « hunger virus », le virus de la faim. La veille le gouverneur de l'État avait annoncé la mise en place de marchés alimentaires d'urgence et d'une dizaine de banques alimentaires pour distribuer des vivres aux populations les plus démunies, mais tout le monde savait qu'il s'agissait d'une goutte d'eau dans un océan de pauvreté.

Les déplacements étaient en théorie interdits, sauf pour se procurer à manger, un jour sur deux, mais rien n'arrêtait des ventres vides. La faim poussait la population sur les routes à la recherche de nourriture, au risque de se faire arrêter ou pire. Ces derniers jours, les forces de sécurité nigérianes avaient exécuté dix-huit personnes pour non-respect des mesures de confinement. Goje avait vu les vidéos de violences policières qui circulaient sur les réseaux sociaux. Sa fille aînée les lui avait montrées avant de lui faire jurer qu'il n'était pas impliqué et ne le serait jamais.

On y voyait des policiers de Kaduna détruire des étals de marché ou tabasser des femmes tentant de vendre un peu de marchandise. On percevait la corruption et la colère. Mais personne ne filmait les parties de golf des privilégiés des beaux quartiers, leurs réfrigérateurs garnis jusqu'à la gueule de brochettes *suya*, d'*okpa* et de boulettes de *foufou*, leurs piscines turquoise, ni les poids lourds et les camions-citernes de Shell, de la Nigerian National Petroleum Corporation et de grosses sociétés comme la firme australienne Cornet Minerals Limited, spécialisée dans le pillage des ressources de nickel des sous-sols de Kaduna, qui continuaient de circuler en toute liberté d'un État à l'autre sans se soucier de ceux qui crevaient sur le bas-côté.

Goje regarda la Peugeot s'éloigner, puis il pivota pour intimer l'ordre au véhicule suivant d'avancer. Plus loin, dans la file, il distingua la cabine rouge et or d'un camion de la société MB Nigeria Inc. Il se déporta sur la droite pour l'observer. Sur son flanc, la célèbre publicité mettant en scène une jeune femme sensuelle à la peau perlée de sueur, le goulot d'une bouteille de First aux lèvres, flanqué du slogan *The taste of Love*.

Le modèle ressemblait à Kel Ugwu. Même sourire enjôleur, même mâchoire carrée, même menton volontaire. Goje sentit ses poumons se contracter et des fourmillements lui irriter la gorge. Il recula jusqu'à sa voiture de fonction pour se désaltérer, mais la quinte de toux le submergea avant qu'il atteigne la portière. Les larmes aux yeux, il se plia en deux, crachant et expectorant jusqu'à ce que la crise cesse enfin. Quand il releva la tête, le camion avait disparu.

Il balaya la zone de barrage du regard et finit par l'apercevoir, trois files plus loin, au niveau des barrières de sécurité. Vitre baissée, le chauffeur tendait ses papiers en souriant à un policier de la SARS qui le laissa filer sans même prendre la peine de contrôler son chargement.

Goje le regarda s'éloigner avec écœurement. Il consulta sa montre. Il ne lui restait plus qu'une heure avant la fin de son service.

Comme chaque soir depuis trois semaines, Oni Goje ralentit sur Nidan Avenue au niveau du Mamah Bhukka House & Lodge. Le portail était cadenassé, les volets roulants du rez-de-chaussée baissés et les rideaux du premier étage tirés. Comme chaque soir, Goje accéléra, tourna sur Ungwan Maigero – Karji Road, après les grilles dorées du gigantesque temple évangélique de la Living Faith Church, puis il fila plein ouest au cœur du quartier de Kamaso.

Les rues étaient désertes, les rares échoppes encore ouvertes gardées par des miliciens armés. La pluie avait creusé de profonds sillons dans la chaussée, la rendant par endroits impraticable. Des monceaux d'ordures ménagères détrempées s'entassaient là où se tenaient des terrasses de café ou des stands de beignets frits. D'énormes rats s'en échappaient, pourchassés par d'autres rats plus gras encore. Un gosse surgi de nulle part traversa en courant, frôlant le pare-chocs, cavala sur le trottoir avant de disparaître dans un renfoncement. Goje écrasa la pédale de frein pour ne pas le renverser, cala, puis redémarra.

La complainte de Femi Kuti sur *Day by Day* résonna soudain dans l'habitacle du 4 × 4 Toyota. Goje monta le volume en frissonnant et se laissa bercer par la musique jusqu'à Gobarau Road et les rives boueuses du fleuve. Le morceau se termina peu avant qu'il déboule sur Sunny Street.

Comme chaque soir après le travail, la rue était plongée dans le noir. Goje rétrograda alors qu'il approchait du foyer pour jeunes filles Christy, mais cette fois-ci il s'arrêta net au lieu de ralentir. Aucune des fenêtres de la pension n'était ouverte, aucun plafonnier allumé à l'étage, aucune silhouette en ombre chinoise. Le carré correspondant à la chambre de Kel Ugwu était noir.

Goje se gara sur le trottoir et se précipita sur la porte d'entrée, saisit la poignée et tira. Verrouillée. Il colla l'oreille à la vitre, mais n'entendit rien. Il frappa une première fois, attendit une vingtaine de secondes, colla à nouveau son oreille, sans qu'aucun bruit lui parvienne. Il frappa encore, plus fort, mais n'obtint pas de meilleur résultat. La pension était vide.

Il retourna au 4 × 4, dénicha une barre de fer dans le coffre, revint à grandes enjambées se planter devant l'entrée, glissa la barre dans l'interstice entre le montant et la porte et poussa de toutes ses forces jusqu'à ce que le bois cède. Il jeta un coup d'œil par-dessus son épaule pour s'assurer que personne ne l'observait depuis la rue, puis il entra en prenant soin de refermer derrière lui.

Il se dirigea aussitôt vers l'escalier et grimpa à l'étage. Le couloir était silencieux, les portes des chambres grandes ouvertes, les étagères et les penderies vides et déplacées. Il s'avança jusqu'au numéro 22.

Il comprit tout de suite en entrant que Kel Ugwu était impliquée. Le matelas éventré gisait dans un coin de la pièce, les meubles étaient renversés, la plinthe derrière laquelle il avait trouvé la lettre de Rayo Dooyum avait été arrachée sur toute la longueur. Ceux qui avaient fouillé la chambre s'étaient acharnés. Ils cherchaient quelque chose qu'ils avaient trouvé et, à présent, les filles avaient été déplacées. Ou pire.

Mû par un mauvais pressentiment, Goje quitta la chambre à reculons, dévala l'escalier et courut jusqu'à sa voiture. Il fouilla dans la boîte à gants et en sortit une carte routière de Kaduna. Il la déplia, lista les hôpitaux de la ville et les marqua d'une croix au stylo. Il appela ensuite sa femme pour lui dire qu'il aurait du retard, puis il démarra et partit à la recherche de Kel Ugwu.

L'agent de sécurité de l'hôpital Gwamna Awan General de Kakuri ne réclama que deux cents nairas pour laisser Goje consulter le registre des entrées, le conduire au sous-sol et lui ouvrir le tiroir 14 de la morgue. Il était minuit passé.

— Cinq minutes, dit le type. Pas plus.

Goje opina et lui tendit deux billets. L'agent empocha l'argent et alla se poster devant la porte pour surveiller. Goje saisit la fiche et la parcourut rapidement.

Le certificat avait été établi au nom de Margaret David, 23 ans, 1 m 61, 43 kg. Le profil correspondait. Retrouvée allongée et semi-inconsciente sur Yacubu Avenue par une patrouille de police qui se rendait au travail, ce matin, la jeune femme aurait bredouillé son nom avant de tomber définitivement dans les vapes. Ramenée à l'hôpital à 7 h 35. Heure du décès : 7 h 57. Marques de coups et multiples hématomes légers au visage, au torse et sur les bras. Cause de la mort : arrêt cardiaque suite à l'ingestion d'une surdose d'éphédrine. Goje se figea. Il connaissait le nom du policier figurant sur le registre d'entrée et sur le certificat de décès.

— Encore toi, salopard ! marmonna-t-il en serrant les poings.

L'officier Kofi Balogun, commissariat central. Le même flic pourri qui avait signé l'acte de décès de Victoria Namo. Goje savait déjà qu'il était inutile de l'appeler pour le faire parler. Kofi Balogun n'était certainement pas celui qui avait déposé la fille ce matin, il n'était peut-être même pas au courant, mais ceux qui avaient inscrit son nom savaient qu'il ne dirait rien parce qu'ils le payaient pour ça.

Même s'il connaissait déjà l'identité du cadavre allongé devant lui, Goje inspira un grand coup et souleva la bâche plastifiée.

— Nom de Dieu ! jura-t-il, les larmes aux yeux.

Il tendit la main, caressa la joue de Kel Ugwu du bout des doigts.

— Eh ! gueula le vigile. On ne touche pas !

Goje retira aussitôt sa main. Il contempla un instant les traits torturés de la jeune femme, lui baisa le front, malgré les protestations du vigile, et psalmodia quelques formules de la *Salat Janaza*, la prière musulmane des morts.

— Pardonne à nos vivants et à nos morts, aux présents et aux absents, aux hommes et aux femmes, Ô Seigneur ! Celui d'entre nous dont Tu as repris l'âme, fais-le mourir dans la foi.

Il déposa un dernier baiser sur son front et remit la bâche mortuaire en place.

— Vous la connaissez ? demanda le vigile qui s'était avancé derrière lui.

Goje se retourna et le dévisagea sans répondre comme s'il découvrait sa présence jusqu'à ce que la question atteigne son cerveau. Il hocha lentement la tête, fut pris d'un bref vertige et se ressaisit presque aussitôt. Il plongea alors la main dans la poche intérieure de sa veste et en sortit son carnet. Il griffonna à la va-vite, arracha la page et la tendit au vigile.

— Donnez ceci au médecin qui a constaté le décès, dit-il froidement. J'ai indiqué mon nom, mon matricule et le numéro où me joindre.

Il désigna la pochette bleue contenant le certificat de décès, suspendue au tiroir 14.

— Elle s'appelle Kel Ugwu, précisa-t-il. Née le 16 avril 1997 à Alaka, État de Kaduna. Le nom qui figure là-dedans n'est pas le bon. Soit les policiers qui l'ont déposée ici ont mal compris, soit ils lui ont inventé une nouvelle identité pour dissimuler leur incompétence ou masquer un crime.

Goje ne laissa éclater sa fureur qu'une fois dans sa voiture, sur le parking de l'hôpital. Il cogna le volant et le tableau de bord, déversa toute la rage qu'il contenait depuis des semaines, cria les noms des victimes à la pluie, au vent et à la nuit, hurla à l'injustice, à la culpabilité, à la corruption et à sa propre lâcheté, jusqu'à ce que cette fureur se transforme en une colère froide et bicéphale prenant la forme du sergent Ira Gowon et du caporal Vitalis Udo de la Special Anti-Robbery Squad de Kaduna.

Goje savait qu'ils étaient responsables de la mort de Victoria Namo, de Musa Abwo et de Kel Ugwu, même s'il n'en avait pas la preuve. Goje savait aussi où les trouver. Goje savait enfin que le Dieu miséricordieux qu'il priait cinq fois par jour se fichait du sort de ces filles et du sien. Si Goje ne s'occupait pas d'eux, personne ne le ferait jamais.

Il s'épongea le front et la nuque, réajusta sa chemise et tourna la clef de contact. Le moteur ronronna aussitôt. Goje se dit que ces deux fils de chien devaient payer pour leurs crimes, d'une manière ou d'une autre. Il jeta un œil au rétroviseur, manœuvra, puis il commença à réfléchir à la façon de s'y prendre sans que sa famille n'en paie le prix fort.

29

Kaduna, 10 – 12 avril 2020.

Esther Lekwot et Serena passèrent leur première nuit dans l'infirmerie de l'ONG Project Alert, au deuxième étage d'un immeuble situé dans le quartier central d'Ungwan Sarki Muslimi. Leur contact sur place était une militante féministe appelée Hellen Ojo qu'elles n'avaient jamais eue directement au téléphone. Par sécurité, tout se passait par l'intermédiaire de l'avocate Mercy Dauda. Le 10 avril au soir, peu avant le couvre-feu, Hellen Ojo les attendait sur Rabah Road pour leur remettre les clefs des locaux, en leur promettant de repasser le lendemain.

Les lits de camp qu'elles occupaient sentaient l'antiseptique et la javel. Les murs étaient recouverts d'affiches de prévention contre le sida et les violences conjugales. Le système de climatisation fonctionnait mal. L'air était moite, le thermomètre indiquait 32 °C, mais au moins, elles étaient en sécurité.

Les locaux de l'ONG étaient déserts, les bénévoles étant confinées chez elles, mais le numéro d'urgence de Project Alert n'avait pas été coupé. Les téléphones du standard sonnaient dans le vide quasiment sans interruption, avant le transfert d'appel, leur rappelant à chaque seconde l'ampleur de la détresse des femmes de Kaduna.

Corey Stander s'accommoda d'un fauteuil défoncé qu'il installa dans le hall d'entrée. Il veillait, toutes fenêtres ouvertes. Il avait garé le 4 × 4 Ford Ranger à l'abri dans la cour intérieure. Au moindre bruit, il se levait pour jeter un œil à la cage d'escalier et se rendait sur la terrasse vérifier que personne ne rôdait autour du véhicule.

La nuit fut interminable. Serena dormit de manière hachée, répondant aux messages inquiets de Jasmine. Treasure Jones ne décrochait toujours pas. Serena essayait sans relâche de la contacter en se rongeant les ongles. Joycee Naya avait tenté de passer par Grace Ujiri, en vain. Son silence ne laissait rien présager de bon. Serena et Esther redoutaient que l'ancienne prostituée ait changé d'avis ou pire, qu'il lui soit arrivé quelque chose.

Tout aussi inquiétant, l'avocate Mercy Dauda ne répondait plus à leurs relances depuis ce matin. Esther et Serena tournaient en rond dans leur refuge. Stander refusait qu'elles sortent tant que quelqu'un de confiance ne décrocherait pas son téléphone. S'aventurer dans les rues de Kaduna était trop hasardeux. Il parlait de redescendre sur Abuja.

Hellen Ojo débarqua finalement en fin d'après-midi avec de mauvaises nouvelles. Depuis l'aube, des policiers nigérians de la SARS sillonnaient la ville à la recherche d'une journaliste française et d'un mercenaire sud-africain. Ils frappaient aux portes de tout ce que Kaduna comptait de défenseurs des droits de l'homme et de militants. Des journalistes de *This Day* et des responsables associatives avaient été arrêtés.

Comme beaucoup d'autres, Hellen avait été convoquée au commissariat central. Là, des policiers d'État lui avaient confisqué son téléphone portable et l'avaient installée dans une pièce aveugle surchauffée où elle avait dû patienter trois heures avant qu'un agent de la SARS vienne la questionner. Connaissait-elle une journaliste française résidant à Lagos ou à Abuja ? L'avait-elle contactée ? Quelqu'un de sa connaissance l'avait-il été ?

Hellen avait répondu par la négative à chacune de ces questions, mais elle n'avait été relâchée qu'à seize heures, déshydratée et affamée, après avoir signé un document dans lequel elle jurait sur l'honneur ne pas connaître ladite journaliste et s'engageait à prendre contact avec les forces de police dans le cas où elle apprendrait quelque chose à son sujet. Le nom de Serena Monnier ne fut pas prononcé une seule fois.

Le flic n'était qu'un sous-fifre. Ce n'était pas lui qui dirigeait l'enquête. Hellen comprit assez vite qu'il venait à la pêche aux informations et qu'il ne la soupçonnait a priori de rien. Il ignorait que l'avocate Mercy Dauda lui avait demandé de les héberger. Il n'avait rien contre Hellen en particulier. Son mari n'avait pas été interrogé. Leur appartement de Kachia Road n'avait pas été perquisitionné. Le flic lui avait même rendu son portable, dans lequel figuraient pourtant les numéros de tous ses contacts militants. Hellen Ojo était certaine de ne pas avoir été suivie à sa sortie du commissariat.

En chemin pour venir les retrouver, elle apprit que Mercy Dauda avait également été arrêtée. À sa connaissance, sa garde à vue courait encore. Voilà qui expliquait sans doute aussi le silence de Treasure Jones.

— Qu'est-ce que vous leur avez fait pour qu'ils vous en veuillent autant ? demanda-t-elle, encore sous le choc.

Serena déglutit.

— J'ai publié quelques articles généraux sur les réseaux de prostitution au Nigeria. Je n'ai fait que poser des questions à propos de Jasmine Dooyum et d'une dénommée Kel Ugwu. Je n'ai cité aucun nom en particulier, faute de preuves.

— Nous sommes justement là pour rencontrer une ancienne

prostituée qui doit témoigner contre MB Nigeria Inc. et certains de ses managers, précisa Esther Lekwot.

Serena secoua la tête.

— Nous sommes désolées pour tout ça, Hellen.

La jeune femme leva les yeux au ciel.

— Ne sous-estimez pas l'impact de votre travail, Serena. J'ai une totale confiance en Mercy Dauda. Lorsqu'elle m'a demandé de vous aider, je n'ai pas hésité. Le problème, ce n'est pas vous, mais la corruption des élites de ce pays et de la police qui est à leurs ordres. Nous, les femmes nigérianes, ne pouvons compter que sur nous-mêmes. Mercy Dauda s'occupe d'instruire près d'une centaine de dossiers pour viols, parfois assortis de meurtres, dans l'État de Kaduna depuis le début de l'année. Ce qui signifie qu'une centaine de femmes ou leur famille ont eu le courage de faire appel à elle depuis janvier, soit de leur propre chef, ce qui est rare, soit par le biais d'organisations militantes comme la nôtre. Depuis le début du confinement, ce chiffre explose certainement, mais nous sommes pieds et poings liés, et la police ne fait rien pour nous aider. Mercy Dauda leur met le nez dans leur propre merde tous les jours. Project Alert également. En réalité, toute personne susceptible de leur rappeler qu'ils ne font rien pour lutter contre les violences faites aux femmes, voire qu'ils y contribuent activement, est une putain d'épine de plus dans leur pied. Alors, je vous laisse imaginer quand l'épine est une journaliste étrangère, a fortiori française.

Hellen Ojo reprit son souffle.

— Ils peuvent nous intimider, nous arrêter, nous menacer, nous torturer, nous prostituer, nous violer, et même assassiner certaines d'entre nous, mais ils ne peuvent rien contre ce mouvement de fond qui est en train d'émerger dans tout le Nigeria. Vous savez pourquoi ?

Serena croisa le regard désabusé de Corey Stander. Esther sourit tristement.

— Parce qu'ils ne peuvent pas tuer toutes les femmes du Nigeria, dit-elle.

Hellen Ojo alluma une cigarette.

— Exactement ! Nous sommes confinées, mais nous continuons de résister, dit-elle en soufflant crânement la fumée au plafond. Le téléphone continue de sonner. Des pétitions sur Internet circulent. Les réseaux sociaux tournent à plein. Des nouveaux membres viennent gonfler nos rangs chaque jour. Des victimes. Les mères, les sœurs ou les filles de ces victimes. Des hommes aussi, de plus en plus, des étudiants, surtout. Dès que le confinement sera terminé, nous organiserons des marches dans les grandes villes du pays pour que la colère des Nigérianes puisse enfin éclater au grand jour. Nous sommes là pour dire non au viol. Nous sommes là pour dire non aux violences sexuelles. Nous sommes là pour dire non à la prostitution. Nous sommes là pour hurler aux Nigérians, mais aussi à la communauté internationale, que viol et violences faites aux femmes forment l'une des épidémies les plus graves de ce pays, au même titre que la faim ou le Covid-19.

Corey Stander secoua la tête. Esther Lekwot l'apostropha violemment.

— C'est quoi ton problème ?

Stander plissa les yeux.

— Pas de problème, dit-il en coupant court, les mains levées.

Il s'éloigna pour aller jeter un œil par la fenêtre. Esther le rattrapa par la manche et le contraignit à la regarder dans les yeux.

— Si, dis-moi ! J'aimerais bien savoir ce que tu penses.

Stander se dégagea sans geste brusque.

— Tu le sais très bien.

Esther le toisa.

— Je veux te l'entendre dire.

Un sourire éclaira brièvement le visage du mercenaire.

— Comme tu voudras... Tout ça n'est rien que des bons sentiments.

— Ah oui ?

— Vous rêvez si vous croyez pouvoir changer ce pays.

Hellen Ojo s'écria :

— Venant d'un mercenaire qui se vend au plus offrant, cette remarque ne manque pas de sel !

Serena intervint :

— Qu'est-ce que tu proposes, dans ce cas ? Qu'on laisse faire ? Que ça continue comme ça éternellement ? Qu'on se soumette ? Dis-moi, puisque tu as l'air de tout savoir mieux que tout le monde. Qu'est-ce qu'on fait ?

Stander la regarda un instant sans rien dire. Il n'y avait aucune animosité dans son attitude, juste une profonde lassitude.

— Tirons-nous d'ici au plus vite avant que ça dégénère, dit-il. Moi, c'est ce que je ferais.

Des coups frappés à la porte l'interrompirent. Stander dégaina son arme. Une voix féminine haut perchée leur parvint. Hellen Ojo alla aussitôt déverrouiller, un sourire aux lèvres, et tomba dans les bras d'une Nigériane d'une cinquantaine d'années.

— Comme je suis soulagée ! dit Hellen en s'écartant pour la laisser entrer.

Mercy Dauda était en nage. Elle portait un tailleur chic froissé et maculé de traces de poussière et d'auréoles de sueur. Elle s'assit sur la première chaise venue et laissa son sac à main choir à ses pieds.

— La situation en ville est catastrophique ! s'exclama-t-elle d'un air grave. Votre venue n'est pas passée inaperçue. Les policiers de la SARS arrêtent tout le monde. Ils font des descentes dans tous les bordels de la ville depuis ce matin. La plupart des filles avec qui j'étais en contact ne donnent plus signe de vie.

Elle désigna Serena du menton.

— L'extraction de Treasure Jones ne va pas être une partie de plaisir.

Serena la dévisagea, stupéfaite.

— Vous savez où elle est ?

Ils attendirent la nuit tombée pour quitter leur planque. Mercy Dauda possédait une maison de famille à Mashi, à l'extrême est de Kaduna. Son secrétaire et Treasure Jones les y attendaient.

L'habitacle de sa berline BMW sentait l'encaustique et le cuir. La climatisation tournait à plein régime. Serena regardait défiler l'enchevêtrement de baraques insalubres des quartiers populaires, en se demandant ce qui était le plus insupportable, la misère dans laquelle vivaient leurs habitants ou cette voiture valant dix ans de salaire moyen filant à vive allure.

— Treasure est une jeune femme intelligente et courageuse, expliqua Mercy Dauda, la main sur le volant. Mais ces derniers jours, elle paniquait complètement, livrée à elle-même, sans argent, la faim au ventre, dans une ville confinée, coupée de son ancien réseau professionnel, la trouille de tomber sur ses anciens bourreaux ou d'être dénoncée. J'ai l'habitude de ce genre de situation, croyez-moi, je craignais que la peur la pousse à faire des bêtises. Hier matin, je l'ai donc placée en lieu sûr, je lui ai retiré son téléphone et je lui ai fait promettre de m'attendre avant de tenter quoi que ce soit. Bien m'en a pris !

Une heure plus tard, un sergent de police de la Special Anti-Robbery Squad débarquait dans son cabinet de Zaria Road, avec toute une escouade d'agents qui fouillèrent chaque pièce et l'immeuble tout entier. Comme ils ne trouvaient rien, ils pressèrent l'avocate de les suivre au commissariat central.

Grâce aux relations haut placées de son mari, Mercy Dauda jouissait de nombreux privilèges, dont celui de ne pas être menottée, de conserver son portable et, quatre heures plus tard, d'être interrogée par le chef de la police d'État, l'inspecteur général des services Haruna, un homme qu'elle savait violent, corrompu, mais soucieux de ne pas faire de vagues inutiles qui pourraient nuire à sa carrière.

Leur entretien fut donc courtois et direct. Il lui présenta ses excuses pour les heures d'attente et le dérangement, lui offrit de l'eau pétillante à boire, des gâteaux secs à grignoter et lui demanda enfin si elle connaissait Serena Monnier, Corey Stander et Esther Lekwot, que ses services recherchaient activement, les soupçonnant de vouloir nuire à l'ordre public. Mercy Dauda affirma que ce n'était pas le cas, Haruna s'en contenta sans insister, ce qui la déstabilisa, puis elle téléphona à son mari pour qu'il vienne la chercher.

Isaac Dauda et Haruna se serrèrent la main, les yeux dans les yeux. Aucun mot ne fut échangé. Dix minutes plus tard, l'avocate était libre et son mari la déposait à son cabinet, après l'avoir sermonnée, puis embrassée sur le front. Mercy Dauda fit le dos rond, récupéra sa voiture et les rejoignit à Project Alert.

— Mon mari n'est pas très expansif, dit-elle, un sourire contrit aux lèvres. Mais c'est un homme libéral dans son genre. Il ne me parle pas de ses affaires et me laisse libre de défendre les causes de mon choix.

Ils longèrent l'immense centre de stockage de matériaux de construction de Babawo Block Industry et pénétrèrent dans le quartier musulman de Mashi. Ils passèrent l'usine d'abattage de viande hallal, l'hôpital Alifat et contournèrent l'immense mosquée Masjid Habibu Rasulullah.

Mercy Dauda réajusta son foulard et leur indiqua l'entrée d'une école coranique, sur leur droite.

— Voilà où va l'argent de la corruption, de ce côté-ci du fleuve. Dans l'éducation islamique, les mosquées et les associations de quartier. Pas d'alcool, pas de bars à putes, pas de discothèques. C'est la raison pour laquelle les gros bras de la SARS ne mettent jamais les pieds à Mashi. Ils n'ont rien d'autre à y gagner que leur salaire.

Elle rétrograda et ralentit. Une dizaine de jeunes filles voilées et de gamins en uniforme scolaire traversèrent devant eux, en file indienne, à la lueur d'un lampadaire. Une femme coiffée d'un hidjab les accompagnait. Mercy Dauda la salua d'un geste de la main et réaccéléra. Le groupe disparut dans la pénombre, derrière eux.

— Treasure Jones est en sécurité, ici, dit-elle d'une voix atone.

Ils roulèrent sur une centaine de mètres, avant de s'engager sur un petit chemin de latérite, troué de flaques d'eau et bordé d'eucalyptus. Au fond, une maison coquette en briques rouges, imposante parabole sur le toit de tôle, en partie isolée du voisinage par un jardin luxuriant de frangipaniers odorants, de bananiers, d'acajou et de manguiers qu'éclairaient des spots lumineux répartis sous l'auvent et aux quatre angles.

Mercy Dauda fit le tour d'un massif de fleurs, se gara derrière un 4 × 4 Hyundai beige à la carrosserie piquetée de rouille et coupa le moteur. Serena ouvrit la portière et descendit. Le ronronnement d'un groupe électrogène proche saturait l'air, supplantant le chant des grillons réfugiés dans les arbres.

Un homme en costume clair les attendait sur le perron, un portable à la main. Il jeta un bref coup d'œil antipathique à Serena et Esther, il s'attarda longuement sur Corey Stander, puis il adressa un sourire crispé à l'avocate.

— Elle est dans le salon, déclara-t-il en s'effaçant pour les laisser entrer.

Serena s'avança. Treasure Jones se tenait debout, de dos, face à un immense tableau d'inspiration impressionniste représentant une Nigériane en lappa vert émeraude, deux trous noirs aveugles à la place des yeux, comme si l'artiste n'avait pas eu le temps d'achever son œuvre. Vêtue d'un ample pantalon noir et d'un pull léger en V, elle arborait une coupe afro insolente qui soulignait la finesse de sa nuque. Serena se racla la gorge. Treasure Jones pivota d'un mouvement souple du bassin et posa un regard triste sur les nouveaux venus.

— Vous voilà enfin, dit-elle avec gravité.

Une goutte d'eau cristalline dans un océan de merde, pensa Serena. Comme Jasmine Dooyum.

De rage et de larmes. Voilà en résumé l'histoire que Treasure Jones raconta cette nuit-là et une bonne partie de la matinée du lendemain. Serena plaça son portable sur la table basse du salon et enregistra tout.

D'abord, sa prime enfance modeste à Kaduna, la détresse de sa mère lorsque son père anglais les avait abandonnées l'année suivante, son suicide cinq ans après, la violence du quartier qui l'avait vue grandir, la pension évangélique où elle avait suivi sa scolarité, l'espoir d'un avenir meilleur quand elle vit certaines des aînées de ses amies d'enfance quitter le Nigeria pour l'Europe, la désillusion lorsqu'elles rentrèrent, l'une après l'autre, brisées, la prostitution, enfin, à seize ans, comme une fatalité, parce qu'elle n'était plus vierge depuis que le fils du pasteur lui avait fait croire à l'amour. Elle avait besoin d'argent pour payer la vieille femme qui l'avait avortée en cachette. Elle se croyait plus forte que tous ces hommes qui pleuraient dans son vagin leur virilité de pacotille.

Treasure Jones avait fait la connaissance de Chidi Bissong, un proxénète soucieux d'étendre son empire sur Kaduna-la-musulmane. Son métissage et sa jeunesse, très convoités par les mâles nigérians, jouèrent en sa faveur. Elle était rapidement montée en grade. Des ruelles puantes ou des chambres de passe sordides des quartiers misérables de Randage, Turunku et Laima, au nord, elle s'était retrouvée propulsée dans les bars et les boîtes populaires du centre-ville.

C'était là, en septembre 2018, comme deux mille cinq cents prostituées avant et après elle, que Treasure Jones avait été « recrutée » par MB Nigeria Inc.

Mais Treasure Jones se lassa.

Le carnage avait fini par lui sauter aux yeux. Le miracle First ne valait que pour les hommes. Les collègues prostituées continuaient d'avorter dans la clandestinité comme avant. Celles qui tombaient malades consacraient l'essentiel de leurs revenus à payer leurs soins de santé, sans que MB mette la main à la poche. Beaucoup d'entre elles avaient sombré dans l'alcoolisme. Pour attirer le client, il fallait boire avec lui. Les premiers temps, une ou deux bouteilles de soixante-douze centilitres suffisaient, mais la dose augmentait avec l'habitude, et cinq à dix bouteilles par soir devenaient la norme. L'esprit de compétition s'était installé. Des filles se battaient, se volaient les clients, truandaient pour gagner davantage et se faire bien voir des chefs commerciaux. Elles en venaient à coucher aussi avec eux, puis avec leurs propres chefs, puis avec les chefs des chefs. Certaines grimpaient jusqu'aux Pays-Bas.

Des filles s'étaient mises à protester. En janvier, certaines avaient disparu corps et biens. Des rumeurs avaient circulé. Des filles seraient parties. Des filles auraient été envoyées dans des camps de redressement à Benin City. D'autres vendues à Boko Haram. Ou assassinées. Les rumeurs avaient enflé et distillé un climat de terreur.

Treasure Jones dormait avec un couteau de cuisine, planqué sous son oreiller.

Fin février, après une soirée VIP, elle avait dû coucher avec Peter Dirksen, le responsable marketing de MB Nigeria Inc. secteur Kaduna, et président de la fondation MB Health & Nigeria. Dirksen était un salaud de première. Il se disait de lui que la campagne de prévention sida de la Fondation ne visait qu'à lui assurer que les filles qu'il prélevait sur le stock de promotrices pour les sauter ne risquaient pas de lui refiler des maladies. Dirksen aimait le sexe sans capote. Dirksen aimait le sexe contraint. Dirksen imposait. Dirksen avait jeté son dévolu sur elle, cette nuit-là, elle n'avait pas le choix. Treasure Jones n'en avait pas envie. Elle avait dû sourire quand il lui avait demandé de lui masser les pieds. Se retenir de vomir, feindre de haleter et accepter en gloussant tout ce qu'il lui avait ordonné par la suite. Elle lui avait même laissé un petit mot et son numéro au cas où ça pourrait servir sa carrière. Elle avait honte d'elle-même pour ça.

Ce matin-là, Treasure Jones s'était réveillée avec la conscience aiguë de n'avoir jamais cessé d'être une prostituée, en dépit des promesses. Une prostituée dont l'activité principale était la promotion de la First et la satisfaction des fantasmes de ceux qui l'employaient. Une prostituée qui ne voulait plus l'être. Le produit, c'était la First. Lui seul avait de la valeur. Pas les filles comme elle.

Tout cela, Treasure Jones le raconta avec ses mots, sa peur, sa colère et ses tripes.

— Rien n'existe de pire que de faire la pute, dit-elle. Pour eux, je vaux moins qu'une bouteille de First. Je suis une munition dans la guerre économique que mène MB contre ses concurrents. Dis-le bien, dans ton article, Serena ! Il faut que tous ceux qui boivent cette bière en France ou ailleurs le sachent !

Lorsque le soleil se leva sur les quartiers est de Kaduna, ses yeux étaient secs. Personne n'était allé se coucher. Sa voix était hypnotique. Mercy Dauda se leva, vida les cendriers et leur prépara du café. Esther Lekwot se frotta les yeux. Corey Stander réprima un bâillement. Serena ne coupa pas l'enregistrement.

Treasure Jones s'étira.

— Quelques jours après, j'ai croisé ce flic, poursuivit-elle. J'avais été déclassée au Flame, un bar de merde de Rigachukwa Road, au nord. C'était une punition.

Serena fronça les sourcils.

— Pourquoi ?

Treasure Jones esquissa un sourire triste, en secouant la tête.

— Je ne l'ai jamais su. Peter Dirksen n'était peut-être pas satisfait de ma prestation. Ou ils avaient tout simplement besoin d'une fille expérimentée au Flame, va savoir. Bref, y avait ce flic corrompu qui contrôlait les bars pour MB, l'un des rares qui ne nous forçaient pas à coucher avec eux. Pas sympathique, mais différent des autres. On a discuté, un peu. Il m'a filé le contact d'un cousin qui bossait à l'université. Ils embauchaient peut-être.

Serena se pencha en avant.

— Qu'a-t-il demandé en échange ?

— Rien. C'est pour ça que j'ai appelé.

Treasure Jones saisit sa tasse de café et la porta à ses lèvres.

— J'ai eu le poste.

Elle but une gorgée et reposa la tasse.

— Mais le cousin n'était pas un type bien, dit-elle d'une traite, en plissant les yeux, puis sa voix enfla. Il a essayé de me grimper dessus dès le premier jour. Je l'ai repoussé. Alors il a baissé son froc et il m'a dit : « Si tu veux de ce boulot, tu sais ce qu'il te reste à faire, tu as l'habitude, non ? » J'ai pété les plombs. Je lui ai balancé dessus tout ce qui me tombait sous la main, dossiers, agrafeuse, ordinateur, crayons, porte-crayons, livres. Après ça, je me suis jetée sur lui et je l'ai frappé de toutes mes forces, jusqu'à en avoir mal aux mains et aux pieds, mais ça n'a servi à rien parce que j'avais encore cette boule au ventre et cette colère qui me bouffaient l'intérieur du crâne, alors je suis sortie de là en courant, pas assez vite, parce que entre-temps, ce connard a appelé les vigiles qui me sont tombés dessus dans le grand hall des amphithéâtres, devant tous les étudiants, des gamins de mon âge, ils m'ont traînée dans un local où ils se sont défoulés sur moi, puis ils m'ont laissée seule avec le cousin qui a quand même obtenu ce qu'il voulait, malgré sa gueule en sang et ses côtes qui lui faisaient souffrir le martyre, mais je peux vous garantir que j'ai pas souri, j'ai pas haleté, j'ai juste gueulé, encore et encore, en le traitant de sale porc, puis les vigiles sont revenus, ils m'ont fichue à la porte, et je suis retournée chez moi. Le proprio m'attendait. Il avait reçu un coup de fil de l'université. On lui avait expliqué que sa locataire était une pute et que s'il ne voulait pas qu'on le soupçonne d'être au courant, voire de prélever sa part, il avait intérêt à la foutre dehors. Il n'a pas hésité, il a changé les serrures de l'appartement, vendu ou saisi tout ce qu'il y avait à l'intérieur, y compris le fric que j'avais mis de côté, et il m'a dit de ne jamais remettre les pieds chez lui, et je me suis retrouvée à la rue.

Elle s'interrompit pour reprendre son souffle. Elle tendit la main pour boire son café, mais elle tremblait trop et en renversa. Elle se confondit en excuses, se redressa, attrapa une serviette en papier, tenta de nettoyer, mais la tasse lui échappa à nouveau des doigts et se brisa sur le carrelage. Mercy Dauda lui saisit les poignets avec douceur et lui dit que ce n'était pas grave, qu'elle allait arranger ça. Treasure Jones se rassit et se prit la tête entre les mains.

— J'avais faim, tellement faim, murmura-t-elle, des sanglots dans la voix. Alors j'ai fait la seule chose que je savais faire…

Mercy Dauda se rapprocha d'elle, lui caressa le dos d'un geste tendre. Treasure Jones tressaillit. Elle s'écarta, se leva d'un bond et resta là, pantelante, les bras ballants, incapable de bouger. Serena éteignit son portable.

— Est-ce que tu peux me donner des noms ? demanda-t-elle. À part ce Peter Dirksen, qui d'autre chez MB ou parmi les policiers qui gèrent le réseau des prostituées pour son compte ?

Treasure Jones se raidit. Elle posa les yeux sur Serena, puis sur l'avocate. Son regard était dur comme de la pierre.

— Quelles garanties peux-tu me donner qu'il ne m'arrivera rien si je témoigne dans un tribunal ?

Mercy Dauda grimaça.

— Aucune.

Treasure Jones se tourna vers Serena.

— J'ai plutôt intérêt à me taire, pas vrai ?

Serena acquiesça.

— Je n'ai pas besoin de te citer pour écrire mon papier, dit-elle en désignant son portable. J'ai tout ce qu'il me faut, là-dedans.

— Des noms auraient plus de poids dans ton témoignage, suggéra Mercy Dauda. Un procès…

Treasure Jones lui coupa la parole d'un geste autoritaire de la main.

— J'ai déjà payé les erreurs des autres assez cher, dit-elle en désignant à son tour le portable de Serena. Il va falloir te contenter de ça.

Serena se mit tout de suite au travail. Elle alluma son ordinateur, chargea le fichier-son de l'entretien et l'envoya au rédacteur en chef du *Guardian*, en mettant en copie du message : *Écoute ça. Je t'envoie mon article dans la journée*, avec la mention *Source anonyme, ne pas diffuser*. Elle reprit l'ensemble de ses notes, ouvrit ensuite un fichier de traitement de texte et commença à écrire.

Elle mit un point final à la première version de son texte en fin d'après-midi. Treasure Jones et Esther Lekwot la lurent à tour de rôle, pendant que Mercy Dauda passait des coups de fil pour leur trouver une nouvelle voiture, le Ford Ranger étant désormais repéré, et organiser leur évacuation sur Abuja avec l'aide de Corey Stander.

Treasure Jones précisa certains détails, lui fit retirer certains faits qui risquaient de la démasquer, elle ou l'une de ses camarades d'infortune, en ajouta d'autres. Esther Lekwot corrigea les références à Free Queens, lorsque c'était nécessaire. Elle appela Favour Egbe, lui envoya le texte pour validation. Toutes deux acceptèrent que leurs noms soient cités.

La nuit était avancée lorsque Serena posta son article au journal, à Jasmine Dooyum et à l'avocat Pierre Faure, avant d'aller se reposer un peu. Elle s'assoupit et se réveilla aux alentours de deux heures du matin, en nage. Elle attrapa son portable. Deux messages en attente. Le rédacteur en chef du *Guardian* lui annonçait qu'il était preneur. L'article paraîtrait à la première heure, le 13 avril. Il avait contacté un photographe nigérian, vivant à Lagos, lui envoyait les photos pour validation et la félicitait pour son travail. Le suivant émanait de Jasmine et disait : *Rappelle-moi*.

Serena composa son numéro. Jasmine décrocha aussitôt.

— Merci ! balbutia-t-elle, en larmes.

30

Kaduna, 13 avril 2020.

6 h 15. Le soleil brillait sur Kaduna comme s'il n'avait jamais plu. La ligne fixe et le portable sonnaient sans arrêt depuis plus d'une heure. Peter Dirksen ne décrochait même plus. Il se tenait devant son ordinateur, en caleçon, lisant et relisant l'article de Serena Monnier, à la recherche d'indices sur l'identité de sa mystérieuse source.

L'article du *Guardian* avait été mis en ligne à 4 h 15, heure anglaise. Il figurait en une de la version papier, distribuée à plus de cent cinquante mille exemplaires, puis occupait une pleine page dans la rubrique internationale. La minute d'après, des messages d'alerte se déversaient sur toutes les boîtes mail des salariés MB faisant de la veille Internet. Dix minutes plus tard, l'article était repris sur les comptes Twitter et Facebook de la presse anglophone et francophone, à commencer par le *Daily Mail*, le *New York Times*, *Le Monde* et *Libération*. Les journaux nigérians suivirent. Les sonneries des téléphones du P-DG et des principaux responsables du groupe Master Brewers se mirent à résonner, d'Amsterdam à Abuja, et dans le monde entier. Vinrent les actionnaires, les responsables marketing, les directeurs des ventes pour organiser la riposte, puis les politiciens nigérians, le chef de la police d'État et le président Buhari. Enfin, l'information gagna les réseaux sociaux nigérians et commença à se répandre par capillarité dans tout le pays.

Peter fut la première personne que Vincent Chikwe réveilla pour l'insulter. Il était 4 h 27. Son appel dura neuf minutes, pendant lesquelles Peter se borna à expliquer que la meilleure stratégie était de nier en bloc les accusations visant MB Nigeria Inc. et de replacer le débat sur un terrain plus personnel, pour noyer le poisson.

Il déclara :

— Cet article me reproche d'avoir eu une relation personnelle avec une promotrice de notre filiale nigériane de Kaduna. C'est vrai, je le confesse. C'était une relation consentie et amoureuse. Il s'agit de ma vie privée. Cela ne regarde que moi. Master Brewers Nigeria Incorporated n'y est pour rien. Ma hiérarchie ignorait tout. Cette relation est maintenant terminée parce que j'y ai mis un terme. Mon ancienne compagne l'a mal pris. Elle cherche à nuire à l'entreprise pour se venger de moi. Sa démarche est abjecte et indigne d'une ancienne salariée de MB. Son témoignage est un tissu de calomnies. La journaliste française de renom qui l'a signé s'est fait piéger. Je suis prêt à la rencontrer pour m'excuser et lui donner tous les éléments utiles. Je ne serai pas complice malgré moi d'une odieuse campagne de dénigrement. Je suis prêt à mettre ma démission sur la table si cela peut sauver l'image de Master Brewers.

Chikwe marqua une pause pour réfléchir.

— Ça peut marcher, dit-il froidement.

Peter ricana.

— Ça marche toujours.

Chikwe, sur un ton glacial :

— Qui est la fille ?

Peter pensa aux dizaines de promotrices First qu'il avait sautées en deux ans. Cela pouvait être n'importe laquelle. Ou la sœur de l'une d'entre elles. Ou un petit ami jaloux. Ou encore une de ces crève-la-dalle qui transportaient les casiers First espérant se faire du fric sur le dos de MB.

— Le plus simple est d'en inventer une, dit-il finalement.

Chikwe manqua de s'étouffer. Peter écarta temporairement le combiné de son oreille pour le laisser recouvrer son calme.

— On paie une promotrice MB pour qu'elle se présente comme la petite amie transie et déchue, poursuivit-il. On la paie bien. Ensuite, on convoque la presse, elle pleure un bon coup, récite le laïus qu'on lui a préparé, présente des excuses publiques pour le tort qu'elle a causé à ses camarades nigérians ouvriers et promotrices MB, puis on l'envoie aux frais du prince se dorer la pilule quelques semaines à Calabar Beach ou à la plage d'Ifoko de Port Harcourt.

— Personne ne gobera des conneries pareilles.

Peter bâilla.

— À nous de la rendre convaincante.

— Et si la vraie se pointe ?

Peter s'assit sur le rebord du lit.

— On l'interceptera avant.

Il y eut un bref instant de flottement.

— Nom de Dieu, y a intérêt ! s'exclama Chikwe avant de couper la communication.

Peter poussa un cri de rage et balança le combiné à travers la chambre. Ce dernier rebondit sur le mur sans se briser, tomba sur la moquette et se remit à sonner, aussitôt imité par le portable. Peter le saisit et jeta un œil à l'origine de l'appel. Olowu Nurudeen. Il décrocha et lui répéta au mot près ce qu'il venait d'expliquer à Vincent Chikwe. Il appela le sergent Ira Gowon. Il laissa un message incendiaire sur son répondeur, raccrocha et pressa la touche *bis*. Toujours sur répondeur.

— Fait chier !

Le bip retentit. Il parvint à se maîtriser.

— Retrouve la journaliste, dit-il d'une voix calme. Et rappelle-moi sur-le-champ.

Un moustique siffla au-dessus de sa tête. Il le chassa d'un geste de la main. L'insecte siffla de plus belle. Peter se réfugia dans la salle de bains. Il prit une douche rapide, enfila un caleçon, revint dans la chambre, prit le temps de lire l'article de Serena Monnier, puis il s'habilla et composa le numéro du proxénète Prince Torey.

— Il me faut une de tes filles, dit-il.

Torey bâilla.

— Encore !

Peter ignora sa remarque.

— Vingt-deux, vingt-trois ans, originaire d'un bled du sud du pays, le plus loin possible de Kaduna, idéalement orpheline, bonne élocution, anglophone et avec un cul à se damner !

Torey se marra.

— Demain ?

Peter rectifia :

— Tout de suite.

— Je la fais venir chez vous ?

Peter s'écria :

— T'es con ou quoi ? Dis-moi juste quand tu l'auras, je m'occuperai du reste.

Il s'apprêta à raccrocher, puis se ravisa.

— Tu sais lire, toi ?

Torey feignit d'être vexé.

— Dans ce cas, tu devrais acheter le *Guardian* du jour, ajouta Peter. Chidi Bissong et toi êtes en train de devenir des putains de stars internationales.

31

Kaduna, 13 avril 2020.

Gowon rentra se reposer un peu. Tout le monde dormait. Il coupa la sonnerie de son téléphone, ouvrit le réfrigérateur, dénicha une assiette de riz qu'il assaisonna de sauce piquante et rafla une cuillère dans l'égouttoir. Le moteur du ventilateur de la cuisine faisait un boucan de tous les diables. Il le débrancha, alluma la télévision, s'installa dans le canapé pour manger, puis il se laissa aller contre le dossier.

Lorsqu'il se réveilla, l'écran s'était éteint et le jour était levé. Les vagissements du bébé retentissaient à l'étage. Gowon s'étira et fila sous la douche. À son retour, les cris avaient cessé. Sa mère était en train de préparer du thé sur la gazinière.

Il l'embrassa sur le front et s'assit pour la regarder faire.

— La nuit s'est bien passée ?

Sa mère haussa les épaules sans répondre. Gowon se leva et récupéra son portable. 6 h 24. Sept appels en absence. Le dernier était de Vitalis Udo. Il composa le numéro du caporal et sortit sur la terrasse.

— Qu'est-ce qui se passe ? demanda-t-il sans préavis.

— On a retrouvé le 4 × 4 Ford Ranger noir, dit Udo. Dans Ungwan Sarki Muslimi, au 28 Rabah Road. La cour intérieure.

Gowon se gratta le crâne.

— Et la journaliste ?

Udo fit claquer sa langue.

— On a peut-être une piste.

Gowon sourit. Il jeta un œil par-dessus son épaule. Sa femme se tenait dans le salon, le bébé dans les bras. Elle regardait dans sa direction. Il la salua d'un hochement de tête, puis il détourna les yeux.

— J'arrive, dit-il en regagnant sa voiture.

La responsable de ProjectAlert de Kaduna habitait avec son mari un petit appartement coquet de Katuru Road, dans le quartier Malali. Vitalis Udo n'avait pas été long à faire le lien entre le 4 × 4 noir et l'ONG de défense des droits des femmes. Le temps qu'Ira Gowon les rejoigne, il avait récupéré son adresse au commissariat central, où elle avait passé la journée du 11 avril en garde à vue, puis ils s'étaient précipités chez elle avec des renforts.

Hellen Ojo dormait profondément lorsqu'ils défoncèrent sa porte, investirent l'appartement au pas de charge et s'introduisirent dans sa chambre. Elle commença par hurler et tirer les draps pour cacher sa poitrine. Quand elle reconnut le sigle de la Special Anti-Robbery Squad sur la casquette du policier qui molestait son mari et le plaquait au sol, elle blêmit instantanément, cessa de hurler, oublia sa nudité et tenta de s'enfuir.

Udo l'attrapa par le bras et l'envoya valser sur le lit. Elle se cogna violemment au montant, tomba dans les vapes et reprit connaissance dans la douche, sous un jet d'eau glacée.

Gowon lui administra une gifle.

— Serena Monnier, dit-il.

Hellen Ojo écarquilla les yeux en secouant la tête. Gowon soupira. Udo brandit une matraque qu'il fit jouer dans sa main de façon suggestive. Gowon saisit la mâchoire d'Hellen Ojo et la força à suivre les gestes du caporal.

— Ne m'oblige pas à lui demander de te faire du mal, dit-il en la relâchant.

Hellen Ojo se pissa dessus. Gowon leva les yeux au ciel et la gifla à plusieurs reprises. La jeune femme fixa la matraque, puis Vitalis Udo, puis encore la matraque et pour finir, Ira Gowon. Des larmes coulaient sur ses joues. Elle se recroquevilla comme elle put dans l'angle du bac de douche.

— Ils sont chez Mercy Dauda, balbutia-t-elle.

Gowon fronça les sourcils.

— L'avocate ?

Elle opina. Gowon et Udo échangèrent un regard.

— Elle était sur la liste de ceux qu'on a arrêtés hier, non ?

Udo émit un sifflement réprobateur. Il se pencha à l'oreille de Gowon.

— C'est l'inspecteur général des services Haruna qui l'a interrogée. Son mari est un ponte. Il fait des affaires avec l'entourage du président Buhari. Le chef de la police ne l'aime pas, mais lui et sa famille sont sur la liste en haut de laquelle il y a écrit *Pas touche*. Mercy Dauda est protégée.

Il mima le geste de la main qui signifiait *Danger*. Gowon fit la moue. Le mot *danger* ne l'intimidait plus. Il était devenu trop abstrait. Udo et lui avaient franchi la limite le jour où ils avaient jeté le journaliste Pascal Calil par la fenêtre et tué ces deux promotrices First. Depuis, tout n'était plus qu'une spirale ininterrompue de causes et de conséquences. Gowon décida qu'il était temps de faire le ménage.

Son téléphone sonna. Il jeta un regard noir à l'écran. Peter

Dirksen. « Je t'ai assez écouté, enfoiré de Hollandais ! » pensa-t-il. Il éteignit l'appareil sans décrocher et le rempocha, puis il dégaina son arme de service, plaqua le canon sur la tempe d'Hellen Ojo et pressa la détente. La détonation fut assourdissante.

— Pas de témoin, déclara-t-il.

Udo hocha la tête d'un air grave. Gowon s'essuya les mains et le visage dans le lavabo. Ses oreilles bourdonnaient encore quand il retourna dans la chambre et abattit le mari à bout portant.

— Je n'aime pas ça.

Vitalis Udo empoigna son semi-automatiquc, les yeux rivés en direction des deux minarets verts de la mosquée Masjid Habibu Rasulullah, émergeant au loin, au-delà de Mashi, une mer de toits de tôle surchauffés et de bouquets d'eucalyptus. Ils étaient sept agents de la SARS, Udo et Gowon compris, répartis sur trois véhicules banalisés, au croisement de Murtala Road et Millennium Avenue, encadrant l'entrée de l'impasse étroite qui menait à la résidence secondaire de Mercy Dauda. Uniquement des hommes de confiance.

Le quartier commençait à se réveiller. Les groupes électrogènes que l'on redémarrait pour lancer la cuisine, les odeurs de friture, les aboiements d'un chien, des hommes en djellaba regagnant à pied leur domicile après la prière du matin. Il fallait agir maintenant.

7 h 18. Gowon réajusta sa cagoule et jeta un dernier coup d'œil dans les jumelles. Une bâtisse rectangulaire en briques rouges, bordée de murs et de haies boisées au nord, à l'est et au sud. L'impasse était le seul accès en voiture. Aucune échappatoire.

Deux véhicules occupaient le terre-plein situé face à l'impasse. Une berline BMW noire et le Volkswagen Amarok gris de location que l'avocate Mercy Dauda avait rapporté dix minutes plus tôt. La porte s'ouvrit. Gowon tressaillit. Il leva la main, serra le poing et leva l'index pour avertir les autres agents de se tenir prêts.

Un groupe de cinq personnes sortit sur le perron et se dirigea vers les voitures. Un type baraqué qui devait être le mercenaire d'Executive Outcomes, plus quatre femmes voilées. Le costaud contourna le Volkswagen et s'installa au volant. L'avocate ouvrit la portière arrière et s'effaça pour laisser monter la journaliste et une jeune femme qui devait être la militante féministe Esther Lekwot. Longiligne et gracile, la dernière silhouette lui tournait le dos, comme si elle hésitait à les suivre. Gowon zooma sur elle et régla la netteté des jumelles. Jeans élimé, baskets, sweat échancré. L'avocate lui parla à voix basse, puis elle lui caressa l'épaule d'un geste tendre. La femme se retourna alors, Gowon entraperçut son visage une poignée de secondes.

Il la reconnut aussitôt.

— Nom de Dieu ! souffla-t-il, tandis que Treasure Jones grimpait à son tour dans le Volkswagen. Qu'est-ce qu'elle fout là, cette pute ?

Gowon se repassa mentalement le fil de l'histoire. Il se remémora Treasure Jones au Flame, le soir où il l'avait mise en relation avec le cousin de sa femme. Ce dernier lui avait raconté par la suite que la fille ne s'était jamais présentée à l'entretien d'embauche et qu'elle avait disparu dans la nature. Gowon revit sa lassitude à elle, et sa naïveté à lui. Il repensa aux appels d'Esther Lekwot et de Joycee Naya sur le portable de Grace Ujiri, au type qui était venu parler à Kel Ugwu, au Mamah Bhukka. Treasure Jones connaissait Ujiri et Ugwu. Elle fréquentait Victoria Namo et Musa Abwo jusqu'à leur disparition. Elle travaillait pour MB depuis le début. Elle savait qui pilotait les filles, qui les gardait, qui les payait, qui les transportait, qui les éliminait. Elle pouvait dresser une liste de dizaines de politiciens et d'hommes d'affaires impliqués dans des parties fines aux frais de MB. Elle représentait un parfait trait d'union entre Dirksen, MB, les filles et lui.

Gowon se traita d'imbécile. Treasure Jones était une menace directe qu'il avait jetée entre les mains de Serena Monnier et de sa clique. Une erreur qu'il allait devoir corriger.

Udo lui donna un coup de coude. Gowon releva la tête au moment où Mercy Dauda claquait la portière du 4 × 4. Elle contourna le Volkswagen par la gauche, prit place dans la BMW et démarra. Le mercenaire l'imita et vint se coller derrière elle, puis ils commencèrent à remonter l'impasse. Gowon se ressaisit et fit signe à ses hommes de patienter encore un instant. Il ouvrit la main, ses cinq doigts bien en évidence. Les trois moteurs vrombirent en même temps.

— Cible prioritaire, le 4 × 4 ! ordonna-t-il dans le poste radio. On ne touche pas à l'avocate.

Il replia son pouce. QUATRE. Udo passa la première et vérifia sa ceinture de sécurité. TROIS. Gowon attacha sa ceinture et serra la crosse de son arme. DEUX. La berline BMW passa devant eux. UN. Mercy Dauda ne vit les hommes cagoulés à bord du premier véhicule banalisé qu'à l'instant précis où ils s'avancèrent pour bloquer l'impasse et l'isoler du reste du groupe. ZÉRO. Dans un hurlement de pneus, le véhicule n° 2 se gara en travers et freina derrière le 4 × 4 Volkswagen Amarok, tandis que le n° 3 piloté par Udo percutait de plein fouet son flanc et l'immobilisait net. Le moteur hoqueta, puis cala dans un sifflement aigu.

Gowon défit sa ceinture et bondit hors de la voiture.

— On y va !

Les portières du 4 × 4 Volkswagen s'ouvrirent à la volée, côté opposé. Ses occupantes se précipitèrent à l'extérieur, tandis que le mercenaire sud-africain brandissait une arme et qu'un déluge de feu s'abattait sur les policiers. Les agents du véhicule n° 3 ripostèrent jusqu'à ce que leurs chargeurs soient vides. Udo plongea sur le côté pour se mettre à l'abri. Gowon tira à deux reprises au jugé, puis se réfugia derrière l'aile et fit signe aux agents du véhicule n° 1 de contourner l'Amarok par la gauche pour intercepter les cibles.

Les trois hommes s'exécutèrent et avancèrent, dos courbé, arme au poing. Une nouvelle salve de coups de feu retentit. Un premier, fauché, face contre terre, puis un deuxième, d'une balle en pleine tête. Le troisième s'aplatit contre le sol en grognant. Il rampa jusqu'au pare-chocs, roula sur lui-même, en position de tir, mais il n'y eut pas de réplique.

Gowon releva la tête et hasarda un regard. Le mercenaire avait disparu. Des filets de vapeur d'eau s'échappaient du capot. Gowon se redressa prudemment et s'écarta pour ne pas être ébouillanté. L'agent encore en vie se releva et se déplaça côté route en effectuant un demi-cercle pour avoir une meilleure visibilité. Une forte odeur de gaz d'échappement saturait l'air. Un klaxon résonnait de manière ininterrompue depuis la rue, quelque part à proximité, sans que Gowon parvienne à savoir précisément d'où il provenait.

Les cibles se planquaient derrière l'Amarok. Gowon pouvait voir les branches de la haie proche s'agiter à chacun de leurs mouvements.

— Par-derrière !

Udo opina. Il se faufila par la droite et rejoignit les agents du véhicule n° 2. Les trois hommes se dirigèrent vers le coffre de l'Amarok. Gowon les perdit de vue, puis une violente rafale perfora le silence, suivie de hurlements féminins, puis de trois tirs rapprochés, et enfin d'une cavalcade. Gowon vit Udo et l'un des policiers reculer et se réfugier à nouveau derrière le véhicule n° 2. Udo brandit son pouce en l'air et le retourna vers le sol en secouant la tête. Gowon courut dans sa direction et s'accroupit contre la calandre.

— On a touché deux filles, s'écria Udo, le souffle court, mais le Sud-Af a abattu l'agent Isah.

Gowon contempla le corps à terre, à découvert, dix mètres plus loin.

— Les femmes sont armées ?

Udo fit *non* de la tête.

— Qu'est-ce qu'on fait ?

Gowon réfléchit. Les cibles étaient hors de vue. Le 4 × 4 Volkswagen leur tenait lieu de bouclier, mais Gowon et ses hommes, répartis de chaque côté, couvraient tous les angles de tir. Les cibles ne pouvaient pas fuir sans s'exposer. Tant qu'elles restaient derrière, elles ne risquaient rien.

— Ils sont coincés, dit-il. On attaque. Toi, par la droite. À mon signal.

Il retourna à sa position de départ. Là, à l'abri de sa voiture, il alerta de sa présence l'agent encore en vie, lui expliqua sa stratégie par gestes, puis il leva le bras, s'assura que tout le monde se tenait prêt et le baissa d'un coup sec. Les quatre policiers s'élancèrent en même temps.

L'assaut fut bref. Des balles sifflèrent de tous côtés. Gowon courait, à découvert. Tandis que ses hommes contournaient la cible par la droite et la gauche, sans cesser de tirer, il sauta sur le capot du véhicule n° 1 et grimpa sur le toit du 4 × 4 Volkswagen. Il brandit son arme une seconde avant qu'Udo apparaisse sur sa droite. Une seconde trop tôt. Le corps d'Esther Lekwot gisait à terre, en dessous de lui. Il vit Treasure Jones et la journaliste française, de dos, disparaissant derrière un taillis d'arbustes, juste avant de croiser l'œil noir du canon de l'arme du mercenaire sud-africain.

L'homme n'hésita pas.

La déflagration prit Gowon par surprise. Une violente douleur lui cisailla l'abdomen, le coupant net dans son élan. Gowon se plia en deux, son arme lui échappa des mains, il chuta lourdement sur l'épaule. Le mercenaire recula, un sourire mauvais aux lèvres, et s'engouffra à son tour dans le taillis.

Gowon roula sur le côté et se laissa aller sur le dos, les yeux écarquillés. Il porta la main à son ventre, il inspecta ses doigts ensanglantés et comprit aussitôt que la blessure était grave. Un frisson glacé lui parcourut le dos. Des ordres claquèrent, des mains le saisirent par les jambes, sous les épaules, et le déposèrent au sol, à côté du cadavre d'Esther Lekwot.

Gowon désigna le taillis d'un hochement de tête.

— Pourchassez-les et tuez-les ! dit-il, le souffle coupé.

— Tu dois aller à l'hôpital, protesta Udo.

Gowon s'assit en grimaçant.

— Après, dit-il d'une voix dure.

Udo secoua la tête. Gowon leva les yeux au ciel. Il rafla son arme et tendit la main pour que le caporal l'aide à se relever. Une fois debout, il écarta les bras, comme pour dire *Tu vois, ça peut attendre !*, puis il renouvela son ordre et ce coup-ci, Udo obéit.

Une fois seul, Gowon vacilla et dut s'appuyer au capot pour ne pas tomber à nouveau. Il baissa les yeux. La blessure pissait le sang. La tache sombre qui maculait sa chemise s'élargissait à présent jusqu'à mi-cuisse. Gowon renifla avec colère et releva la tête.

Il visualisa le véhicule n° 1, dont le moteur tournait toujours, et estima qu'il pouvait conduire jusqu'à l'hôpital le plus proche. Il plaqua la main sur son flanc pour comprimer la plaie, inspira un grand coup, lâcha la voiture et avança d'un pas. Ça tenait. Il fit un pas supplémentaire, puis un autre. Il parvint à progresser sur une dizaine de mètres, sans flancher. Il marqua une pause et reprit sa marche jusqu'au véhicule nº 1. Il s'appuya sur la portière et se laissa glisser sur le siège conducteur.

La douleur l'aveugla un instant, puis s'atténua. Le bruit de klaxon s'intensifia. Gowon ouvrit les yeux, posa ses mains poisseuses de sang sur le volant et regarda autour de lui.

Des voitures stationnaient dans la rue, vitres baissées, des silhouettes apparurent devant les maisons voisines, quelques-unes, puis de plus en plus nombreuses, certaines s'avançaient sur la chaussée. Une sirène de police retentit, au loin. Le coin grouillerait de flics, d'ici peu.

Gowon plongea la main gauche dans la poche de sa chemise et en sortit son paquet de cigarettes. Il en fourra une entre ses lèvres, l'alluma et inhala longuement. L'afflux de nicotine dans son cerveau généra l'illusion anesthésique nécessaire. Il refoula la douleur le plus profondément possible, tira une autre latte et balaya à nouveau la rue des yeux. Il prit conscience que les regards des voisins n'étaient pas braqués sur lui, mais sur la berline BMW de l'avocate.

Il tourna la tête, intrigué. La première chose qu'il vit fut le pare-brise étoilé. Son esprit se focalisa ensuite sur le trou de la taille d'une pièce de deux nairas au centre, avant de faire le lien avec le vacarme du klaxon qui hurlait depuis plusieurs minutes. Il distingua alors le buste, affalé sur le volant, la tête légèrement de biais, posée sur son avant-bras, comme si elle dormait, un trou sanguinolent en plein milieu du front. Une balle perdue. Mercy Dauda, l'épouse de l'un des hommes les plus influents de l'État, était morte.

Gowon lâcha sa cigarette.

— Fait chier !

Il saisit son portable pour appeler Udo, lui dire d'abandonner la poursuite et de se tirer le plus loin d'ici, le plus vite possible. Son regard tomba sur le nom de Peter Dirksen en haut de sa messagerie. Une quinzaine d'appels en absence.

Il se dit que s'il existait un enfoiré capable de se sortir de ce merdier, c'était bien lui. Gowon serait le premier à sauter, s'il survivait. Udo suivrait, ainsi que tous ceux qui étaient impliqués dans le trafic de promotrices MB. Les filles retourneraient arpenter les trottoirs de Benin City pour leurs macs ou les routes pour l'Europe. Personne ne couvrirait l'assassinat de Mercy Dauda. Cette femme était intouchable. Leur hiérarchie les lâcherait pour protéger ses arrières et la réputation de la Special Anti-Robbery Squad. Même les plus corrompus de leurs chefs se tairaient et les chargeraient, à commencer par leur responsable direct, l'inspecteur général des services Haruna. Les types comme Peter Dirksen, eux, s'en tiraient toujours. Ils n'étaient pas d'ici. Ils n'étaient pas nés à Kaduna. Ils n'avaient pas ça dans le sang. Ils n'avaient qu'à brandir leur passeport européen et quitter cet enfer, une bonne fois pour toutes.

Gowon abandonna le téléphone sur le siège passager. Il fut pris d'une violente quinte de toux qui raviva sa douleur. Quand elle fut terminée, il essuya ses yeux en larmes, puis sa bouche du revers de la main. Les muscles de son bras tremblaient. Des traînées de sang maculaient sa manche.

Des coups de feu retentirent dans le voisinage, puis des cris, suivis de nouveaux coups de feu. Il jeta un œil à son portable, hésita une fraction de seconde, puis se ravisa. Il était trop tard. Les tremblements redoublèrent.

— Je crèverai ici, murmura-t-il. Et je crèverai seul.

Sa vue se troubla. Il repensa à son fils. Les conséquences de ce gigantesque gâchis s'imposèrent à lui et démultiplièrent sa rage.

Gowon se cramponna au volant en serrant les dents. Il oublia la douleur, il oublia sa blessure et l'hôpital, il oublia le caporal Vitalis Udo courant après les fuyards. Il se concentra sur sa colère, se remémora tous les sacrifices qu'il avait dû consentir pour en arriver là et chercha désespérément ce qu'il y avait gagné, mais le compte n'y était pas. Le diable avait pris sa part et n'avait rien laissé pour Kaduna.

Dans un ultime sursaut d'énergie, il claqua la portière, effectua une marche arrière et manœuvra pour éviter la BMW. Il fit signe aux personnes présentes sur la chaussée de dégager, puis, à bout de forces, il ferma les yeux et son cœur cessa de battre.

32

Kaduna, 13 avril 2020.

Les branches recouvertes d'épines leur lacéraient les bras et le visage. Treasure Jones boitait. Elle avait été touchée à la cuisse. L'adrénaline compensait en partie sa blessure. En partie seulement. La trouille au ventre, Serena devait la soutenir par le bras pour l'aider à progresser dans le taillis.

— On va s'en sortir, ne t'inquiète pas, dit-elle, autant pour réconforter la jeune Nigériane que pour se donner du courage.

Elles débouchèrent sur un jardin. Serena balaya les lieux du regard. À gauche, la rue, où les tueurs pourraient les tirer comme des pigeons. Un grillage courait dans le fond et sur la droite, séparant le jardin d'une nouvelle haie boisée. Serena opta pour le grillage et les arbres, même si elle ignorait ce qu'ils cachaient. Les deux femmes s'élancèrent.

Treasure avisa une ouverture, à bonne distance de leur position.

— Par là ! s'écria-t-elle.

Elles avaient couvert la moitié de la distance qui les séparait de la limite du terrain quand les premiers coups de feu retentirent dans leur dos. Serena jeta un œil par-dessus son épaule et vit Corey Stander débouler à son tour. Le mercenaire piqua un sprint, mais au lieu de les rejoindre, il bifurqua aussitôt vers la droite et longea le taillis sur une vingtaine de mètres pour atteindre le grillage. Il l'empoigna à pleines mains, prit son élan et bascula de l'autre côté, puis il s'accroupit, son arme braquée devant lui. Lorsque le premier tueur apparut à découvert, Stander l'abattit sans sommation, avant de tirer plusieurs fois à l'aveugle dans les branches. Des coups de feu lui répondirent, en direction des femmes.

Serena accéléra en hurlant, les yeux rivés sur l'ouverture dans le grillage. Des balles sifflèrent au-dessus de sa tête. Treasure se prit les pieds dans un trou, perdit l'équilibre et chuta lourdement. En sueur, Serena s'accroupit auprès d'elle.

— Ça va ?

Treasure Jones opina en roulant les yeux. Les tirs s'interrompirent brièvement, puis reprirent sans toutefois les toucher. Elles baissèrent la tête par pur réflexe. Stander riposta aussi sec pour faire diversion. Serena se redressa d'un bond et tira Treasure Jones de toutes ses forces pour l'aider à se relever. Ses mains moites étaient glissantes. Treasure Jones s'arcbouta et parvint à se remettre debout. Elles reprirent leur course en clopinant. Stander se déplaça à leur rencontre, sans s'arrêter de faire feu. Les tirs de leurs poursuivants cessèrent. Serena et Treasure Jones atteignirent enfin le grillage et se faufilèrent de l'autre côté.

Stander inspecta rapidement la blessure de Treasure.

— Rien de grave, déclara-t-il en glissant le bras autour de son torse et en la soulevant. Agrippe-toi à mon cou et serre très fort.

Treasure Jones hocha la tête. Stander indiqua du menton la direction à prendre, un passage étroit qui serpentait entre les arbres et ouvrait sur une rangée de bananiers.

— Je m'occupe de Treasure, tu passes devant, dit-il à Serena, avant d'ajouter : S'il m'arrive quoi que ce soit, tu cours sans te retourner, compris ?

Serena acquiesça et s'élança aussitôt. Libérée du poids de Treasure, elle progressait beaucoup plus vite. Elle atteignit la plantation, tourna à gauche, se fraya un chemin parmi les hautes herbes et se retrouva soudain à l'arrière d'un hangar, au milieu d'un bric-à-brac de ferraille, de carcasses de camions désossés et de bidons en plastique empilés en vrac les uns sur les autres, entouré d'un mur de moellons surmonté d'une balustrade en bois.

Deux coups de feu assourdis furent tirés dans son dos. Serena pivota pour demander à Stander ce qu'elle devait faire, mais ni lui ni Treasure Jones ne se trouvaient derrière elle.

— Corey ? appela-t-elle. Treasure ?

Aucune réponse. Serena rebroussa chemin, espérant les voir apparaître entre deux plants, en vain. Elle cria à nouveau leur nom, plus fort cette fois-ci, mais rien ne se produisit. Elle fit alors volte-face et retourna derrière le hangar. D'autres coups de feu retentirent, plus à gauche de sa position. Paniquée, Serena chercha désespérément du regard un passage autour d'elle, mais dut rapidement se rendre à l'évidence. À moins de retourner se jeter dans la gueule du loup, escalader la montagne de déchets qui se dressait devant elle et espérer atteindre le hangar était la seule voie possible.

Serena s'avança vers l'arrière d'un camion, grimpa sur la plateforme et enjamba un bloc-moteur rouillé quand elle perçut un bruit de pas derrière elle. Elle se retourna, pensant qu'il s'agissait de Stander.

Un Nigérian immense se tenait devant elle, les jambes plantées dans le sol, un semi-automatique à la main. Il leva l'arme et la dirigea contre elle. Serena plongea derrière le bloc-moteur et se recroquevilla, alors que des balles rebondissaient et sifflaient en rafales sur la tôle autour d'elle, avant de cesser.

Le silence qui suivit fut de courte durée. La plateforme gémit lorsque l'homme se hissa dessus à son tour. La tôle grinçait à chacun de ses pas, tandis qu'il progressait d'un pas lourd vers elle. Serena chercha du regard une barre de fer ou un objet qu'elle pourrait lui jeter au visage, mais il n'y avait rien que de la rouille brûlante et cette maudite poussière ocre qui recouvrait tout ici. Les yeux remplis de larmes de rage et de peur, elle s'adossa à la cabine, incapable de se redresser tant ses jambes tremblaient. Elle leva les poings, prête à se battre si le tueur lui en laissait le temps.

L'homme apparut finalement au-dessus d'elle. Un rictus mauvais lui barrait le visage. De près, il était encore plus impressionnant, proche des deux mètres, des biceps énormes, un torse large comme celui d'un buffle, des mains faites pour cogner. Les muscles de ses cuisses saillaient sous le tissu de son pantalon. Des griffures superficielles zébraient ses avant-bras et une vilaine blessure par balle dessinait une large auréole écarlate sur sa chemise entrouverte, à la naissance de sa clavicule gauche.

L'homme prit son temps. Il ne paraissait pas souffrir. Il ne doutait pas.

Il était là pour tuer.

Il brandit son arme en grognant et la braqua sur sa tête, l'index sur la détente. Il s'approcha à moins d'un mètre, respirant bruyamment, et s'immobilisa, jambes écartées. L'odeur de sa transpiration était forte et écœurante. Il émanait de lui une puissance magnifique et morbide à la fois.

— Tu as foutu un sacré merdier, mais te voilà enfin, déclara-t-il d'une voix caverneuse avant que son crâne explose, dans une détonation assourdissante.

Il y eut un bref flottement, comme si le corps colossal résistait à la mort, comme s'il la refusait, puis il pivota légèrement sur lui-même et s'affala pour de bon dans un bruit mat de chair, d'os et de métal. Serena cligna des yeux, pétrifiée, puis la silhouette connue de Corey Stander apparut dans son champ de vision.

Le mercenaire souriait.

— Je crois bien qu'on s'en est tirés, dit-il en grimpant à son tour.

Serena le dévisagea, regarda le corps inerte du tueur, puis revint à nouveau sur le mercenaire. De grosses larmes coulaient sur ses joues. Elle tendit la main. Stander la saisit et l'attira contre lui. Serena se laissa faire.

— J'ai cru que j'allais mourir, dit-elle, des sanglots dans la voix.

Stander hocha la tête.

— On a tous failli y passer, cette fois-ci, confirma-t-il avec gravité. Venir ici était une folie et nous l'avons payé très, très cher. Ils ont abattu Esther Lekwot. L'avocate également. J'ai descendu six ou sept pauvres flics gagnant en un mois ce que tu me paies à la journée et qui obéissaient probablement aux ordres d'une pourriture gradée bien planquée ou d'un col blanc de chez MB Nigeria Inc. Et tout ça pour quoi ? Un article subversif publié à l'autre bout du monde dans un canard occidental et qui ne changera rien au sort des pauvres gamines qui naissent, survivent, se prostituent et meurent dans ce pays.

Serena le fixa sans l'interrompre.

— Et Treasure, où est-elle ? demanda-t-elle une fois qu'il eut terminé.

Le mercenaire sourit tristement. Lui comptait les morts, Serena se préoccupait des vivants. Il s'écarta d'elle et détourna les yeux.

— Elle va bien, dit-il, l'air las. Je l'ai mise à l'abri près du grillage, le temps d'abattre un policier de la SARS qui essayait de nous prendre à revers et de voler à ton secours.

33

Kaduna, 13 avril 2020.

Oni Goje abandonna son poste au barrage nord de Kawo Bridge dès qu'il apprit pour la fusillade du quartier musulman de Mashi. En route, il appela son responsable pour lui demander des détails. Le commandant Ron Garba parla d'une opération kamikaze menée par sept policiers de la SARS, de la mort de Mercy Dauda, d'une journaliste française en vie et d'une population riveraine sous le choc.

Goje lui demanda les noms des agents impliqués. Garba était désolé. Il n'avait pas plus d'informations à lui fournir. Goje insista. Garba biaisa en évoquant une prostituée nommée Treasure Jones et une militante féministe, Esther Lekwot. Goje insista lourdement. Garba soupira et lui conseilla avec patience de ne pas en faire une affaire personnelle. Goje fut pris d'une quinte de toux qui l'empêcha de le traiter de lâche et de menteur.

— Vous devriez prendre quelques jours de congé et vous reposer, sergent, dit Garba avant de raccrocher.

À présent, Oni Goje roulait à tombeau ouvert en direction de l'est de la ville. Il traversa le fleuve Kaduna, toutes sirènes hurlantes, longea les bâtiments de Babawo Block Industry devant lesquels des cohortes d'ouvriers du BTP attendaient leur tour pour charger leurs camionnettes de sacs de ciment et de moellons et ne ralentit que lorsqu'il aperçut les minarets de la mosquée Masjid Habibu Rasulullah.

La nouvelle de l'assassinat de l'avocate nigériane commençait à se diffuser sur les ondes des radios nationales depuis une heure. Un journaliste proche du pouvoir présidentiel pérorait sur Nigeria Info Abuja. Il avait recueilli en avant-première la réaction du chef de la police d'État de Kaduna.

L'inspecteur général des services Haruna s'était aussitôt rendu sur place. Il compatissait au chagrin incommensurable de son ami, l'éminent homme d'affaires patriote et humaniste Isaac Dauda. Il parlait d'acte isolé, de policiers corrompus qui ternissaient la réputation des forces de police nigérianes. Il promettait des sanctions sévères à l'encontre des coupables de cette odieuse tragédie. Il n'évoqua pas une seule fois MB Nigeria Inc. Il ne prononça pas les mots *promotrices* et *bière*. Il évita soigneusement de rappeler le combat que menait Mercy Dauda. Il ne parla pas des centaines de jeunes Nigérianes enrôlées de force pour se prostituer dans les bars First. Il ne cita pas le nom d'Esther Lekwot, ni celui de Treasure Jones, leur préférant le statut de victime et de miraculée. Il omit de préciser que Serena Monnier se trouvait sur les lieux. Il ne mentionna évidemment pas la responsabilité dans le massacre de Murtala Road de la Special Anti-Robbery Squad qu'il dirigeait.

Écœuré, Oni Goje secoua la tête. Il éteignit le poste, remonta Murtala Road jusqu'au croisement de Millennium Avenue.

Le chef Haruna n'avait pas lésiné sur les moyens. Des dizaines de voitures de police cernaient la zone où avait eu lieu la fusillade. Des barrages filtrants avaient été aménagés à la hâte dans les rues adjacentes. Des agents de la brigade canine quadrillaient le secteur à la recherche de fuyards éventuels. Des journalistes triés sur le volet avaient été autorisés à pénétrer dans le saint des saints. Des caméramans accrédités de Silverboard Television, de Lagos TV et d'Africa Independent Television piétinaient la scène de crime en filmant les enquêteurs au cœur de l'action. Sommés de rester chez eux, les habitants du quartier observaient le grand cirque médiatique et policier depuis leur perron.

Goje se gara sur le trottoir, brandit son insigne de la Federal Road Safety pour passer le cordon de sécurité et se faufila jusqu'à l'entrée de l'impasse menant à la propriété Dauda.

La BMW Gran Turismo noire de l'avocate gisait en travers de la chaussée, portières ouvertes. Un photographe de la police scientifique prenait des clichés de l'"impact de balle sur le pare-brise et des traces de sang sur la vitre, côté conducteur. Le cadavre de Mercy Dauda avait été emporté. Quelques mètres plus loin, esseulée, une berline Toyota banalisée grise de la police d'État stationnait contre un poteau électrique. Aucune trace de freinage sur le sol. Le pare-chocs avant était à peine enfoncé, comme si quelqu'un avait simplement desserré le frein à main et l'avait poussée là. Une silhouette massive occupait le siège conducteur.

Goje s'avança, prenant soin de rester à distance pour ne pas attirer l'attention. Il reconnut le sergent des SARS Ira Gowon au premier coup d'œil. Il fit dix pas supplémentaires pour observer l'intérieur de l'habitacle. Gowon était confortablement installé contre le dossier, les paupières fermées, un sourire paisible aux lèvres, comme s'il était en train de faire une sieste. Aucun impact de balles, pas de sang sur les vitres. Goje se tordit le cou. Les mains de Gowon reposaient sur ses genoux. Elles étaient barbouillées de sang séché, comme le bas de sa chemise et son pantalon. Sur le siège passager, une cagoule noire, son arme de service et un téléphone portable.

Goje ressentit un pincement au ventre. Il crut d'abord qu'il s'agissait de soulagement, puis il réalisa que c'était juste la nausée. Ira Gowon avait torturé et assassiné, il était mort, il était mort pour ses crimes, mais ça ne changeait rien. Goje scruta chaque détail de son buste et de son visage, dans l'espoir de raviver sa colère, mais il ne vit qu'un cadavre inutile de plus. Gowon emportait ses secrets dans la tombe. Déçu, Goje détourna les yeux, fit demi-tour et remonta l'impasse.

Deux autres voitures banalisées stationnaient là, encadrant un 4 × 4 Volkswagen Amarok gris, à la carrosserie trouée d'impacts de balles. L'assaut avait été violent. Des dizaines de douilles jonchaient le sol. Trois cadavres étaient étendus, deux à l'avant, le dernier à l'arrière. Leurs cagoules avaient été remontées sur leur front pour l'identification. Goje ne connaissait aucun d'entre eux. Un quatrième corps gisait derrière le 4 × 4. Une belle jeune femme nigériane. Le voile qui couvrait ses cheveux s'était détaché et lui masquait une partie du visage. Plusieurs blessures par balles constellaient sa poitrine et son cou gracile. Un filet de sang brunâtre séchait à la commissure de ses lèvres. Ses yeux immenses et effrayés étaient ouverts sur le ciel. Un policier intercepta le regard de Goje. Il se pencha au-dessus du cadavre, lui ferma les paupières, puis recouvrit son visage à l'aide du voile.

Goje tourna sur lui-même, balaya les environs du regard, mais ne vit aucune trace de Serena Monnier ni de Treasure Jones ou du mercenaire qui l'accompagnait et qui était probablement à l'origine du carnage. Il interpella l'un des agents qui surveillaient la scène et lui demanda où étaient les survivants. D'un ton détaché, le policier lui répondit qu'ils avaient été emmenés au commissariat central pour y être interrogés en tant que témoins du meurtre de l'avocate Dauda.

Goje désigna les douilles à leurs pieds.

— Simples témoins ? s'exclama-t-il, avec ironie.

Le policier haussa les épaules et lui demanda de ne pas rester là. Goje s'apprêtait à le relancer pour en savoir plus quand il y eut du remue-ménage en provenance du taillis qui se dressait derrière le 4 × 4. Des journalistes s'approchèrent, attirés par l'odeur du sang, des flashs crépitèrent, puis une vingtaine d'agents chargés de brancards apparurent avec trois nouveaux cadavres.

Le dernier d'entre eux était colossal. Quatre policiers en nage s'employaient à le porter et à le manœuvrer au milieu de la foule. Goje dut attendre qu'ils passent à son niveau pour apercevoir enfin le visage ensanglanté et partiellement emporté du caporal Vitalis Udo. Le même pincement désagréable au ventre, la même déception, la même nausée.

Goje s'écarta pour les laisser passer. Une ambulance recula dans l'impasse. Des policiers y installèrent le corps d'Esther Lekwot. Le véhicule repartit aussitôt. Goje fit les comptes. Les assaillis : Dauda, Monnier, Jones, Lekwot, le mercenaire. Cinq en tout. Côté assaillants, Gowon, Udo et cinq agents de la SARS recrutés pour les abattre.

Les policiers s'activèrent. Le corps d'Ira Gowon fut extrait de sa voiture et rapatrié avec les autres. Les journalistes furent expédiés dans la rue. Goje recula avec la presse, jusqu'à la limite de l'impasse.

Des policiers plaisantaient. Une femme criait, depuis le barrage filtrant. Des hommes en uniforme l'empêchaient de passer. Goje réprima une quinte de toux. Il fixa une dernière fois les sept bâches noires alignées à l'ombre des eucalyptus, au loin. Il les recompta machinalement et prit conscience qu'il en manquait une. Le pincement qui lui tenaillait le ventre se resserra, la colère refit surface, plus violente encore.

— Peter Dirksen, dit-il pour lui-même en courant vers son 4 × 4. Le troisième homme.

9 h 25. Gwari Road, Sabon Gida. Le portail de la villa de Dirksen était ouvert. Sa voiture stationnait devant le perron.

Oni Goje se gara en travers de l'entrée et remonta l'allée en courant, son arme de service à la main. Il se présenta à la porte principale. Fermée à clef. Il redescendit les marches et fit le tour de la bâtisse au pas de charge. Il vérifia chaque fenêtre du rez-de-chaussée, jusqu'à se retrouver derrière, devant une piscine à l'eau turquoise. Il longea prudemment la baie vitrée, se cacha derrière un pilier en béton et jeta un œil à l'intérieur.

Le soleil levant se reflétait sur la vitre. Il y colla son visage et mit ses mains en visière pour atténuer la luminosité. Les pales de trois climatiseurs tournaient au plafond d'un salon spacieux. Derrière le canapé, il distingua trois imposantes valises et des piles de cartons, entassés en bas de l'escalier menant à l'étage. Il avança et tenta de tirer la porte coulissante, fermée également. Il recula et leva la tête. Une fenêtre était ouverte à l'étage, sur le balcon qui dominait le jardin. Il évalua la hauteur, chercha un endroit par lequel il pouvait escalader, en vain.

Lorsqu'il baissa les yeux, Peter Dirksen se tenait derrière la baie vitrée et l'observait, interdit, un portable à la main. Goje se rua sur la porte coulissante. Dirksen recula précipitamment. Goje tira de toutes ses forces pour débloquer le système de verrouillage mais la porte ne céda pas. Sa rage décupla. Dirksen aperçut alors avec effroi l'arme dans sa main. Il recula à nouveau, trébucha sur le canapé, puis il s'étala de tout son long sur le carrelage. Goje donna un violent coup de pied dans la vitre, mais rien ne se produisit. Dirksen se redressa maladroitement. Goje fit un pas en arrière, brandit son arme. Paniqué, Dirksen leva les bras pour se protéger le visage. Goje tira devant lui. La vitre explosa avec fracas à la deuxième balle. Il se rua à l'intérieur.

— Qui êtes-vous ? balbutia Dirksen.

Goje se posta au-dessus de lui et braqua son arme sur sa tête.

— Je suis l'homme qui a découvert les cadavres de Victoria Namo et Musa Abwo, le 13 janvier dernier, dit-il avec colère. Je suis celui qui a identifié le cadavre de Kel Ugwu sauvagement assassinée par vos hommes de main, Ira Gowon et Vitalis Udo.

Les traits de Dirksen se décomposèrent.

— Si c'est de l'argent que vous voulez…

Goje leva son arme et tira en l'air pour le faire taire.

— Je veux que justice soit faite.

Dirksen écarquilla les yeux. Goje désigna du menton les valises, en bas de l'escalier.

— Je veux que les salauds qui ont commandité leur meurtre rendent des comptes devant le peuple nigérian, poursuivit-il. Je veux qu'un jury populaire te condamne pour les crimes que tu as commis. Je veux que l'honneur des femmes que tu as souillées soit lavé.

Dirksen secoua la tête.

— Ils me tueront si je fais ça, dit-il. Après, ils vous tueront, vous, et votre famille. Et quand ça sera fait, ils effaceront leurs traces.

— Qui ça, ils ? cria Goje.

— Vous le savez très bien.

Goje se pencha vers lui.

— Je veux des noms, cracha-t-il. Je veux des aveux complets et je les veux maintenant.

Dirksen le défia du regard.

— Vous savez qui ils sont.

Goje agita l'arme devant lui.

— Des noms !

— Laissez-moi partir et sauvez votre peau, tant qu'il en est encore temps.

— Donne-moi leurs noms, putain !

— Vous êtes complètement fou, souffla Dirksen.

Goje tira à nouveau en l'air, deux fois. Dirksen tressaillit. Il se retourna sur le ventre et rampa jusqu'au canapé. Goje lui délivra un coup de pied dans les côtes. Dirksen se recroquevilla en gémissant. Goje le frappa à la tête avec la crosse de l'arme. Dirksen hurla. Goje planta le canon de l'arme contre sa tempe. Dirksen se pissa dessus.

— Mon système était parfait, dit-il, des sanglots dans la voix. Il y avait du fric à se faire, beaucoup de fric, tout le monde y trouvait son compte. Les gens avaient du boulot, les gens buvaient de la bonne bière, les politiciens s'en mettaient plein les poches. Il y a eu d'abord ce journaliste qui est venu fouiner. Rien de méchant, j'aurais pu résoudre ce problème, mais Gowon a merdé et j'ai dû trouver un moyen. Il ne s'est pas contenté de le pendre, il a également buté ces deux putes, puis vous êtes tombé dessus, vous vous êtes accroché comme une tique et c'est là que tout a commencé. Ça aurait pu s'arrêter là, mais Gowon vous a repéré tout de suite. Gowon est le flic le plus pourri que je connaisse mais c'est une teigne. Il ne lâche jamais rien. C'est sa plus grande qualité et son plus grand défaut. Le fric ne l'intéresse pas. Là aussi, j'ai dit : « Laisse faire, ce type de la sécurité routière, on s'en fout, il mène sa petite enquête, on est là pour le fric, ce n'est pas incompatible, ne t'occupe pas de ses petites affaires et il passera à autre chose. » Mais Gowon n'a rien lâché et vous non plus. Vous avez remué la merde, la petite journaliste française a remué la merde, des filles se sont mises à parler à tort et à travers, et toute cette sale odeur de merde est remontée à la surface jusqu'au petit nez sensible de Gowon. J'avais trouvé un moyen pour tout résoudre, j'avais une fille prête à témoigner pour tuer la polémique dans l'œuf, j'avais l'accord de ma hiérarchie, c'était simple, facile, on serait passé à autre chose, je trouve toujours un moyen, mais Gowon est une teigne, Gowon n'en a fait qu'à sa tête, et maintenant cette avocate est morte, elle aussi, tout est fichu, tout ce que j'ai bâti de mes mains pour que ce pays soit un peu moins merdique qu'avant mon arrivée, et vous voilà, avec vos questions et votre ridicule soif de justice.

Dirksen s'adossa contre le canapé. Il tendit le bras et montra du doigt ses valises.

— J'ai quatre-vingt mille dollars en liquide, là-dedans, plaida-t-il. Vas-y, sers-toi. Je te donne tout. C'est une sacrée somme, pas vrai ? Tu auras de quoi voir venir avec ça.

Goje le dévisagea, incrédule. Dirksen se méprit sur la nature de son silence.

— Sois pas con, poursuivit-il. Prends ce fric. Il est à toi, tu l'as bien mérité.

Dirksen s'accroupit et s'agrippa au canapé. Goje lui faucha les jambes pour l'empêcher de se relever, puis il déplaça le canon sur sa poitrine.

— Tu ne comprends rien, n'est-ce pas ?

Dirksen ouvrit la bouche pour protester, mais Goje le frappa encore pour le faire taire.

— Les types comme toi ne comprendront jamais rien, dit-il avant de presser la détente.

Dirksen s'affala lentement sur le carrelage, des bulles se formèrent à la commissure de ses lèvres, il émit une sorte de long râle d'agonie, avant de se figer définitivement.

Goje se redressa, stupéfait à la fois par son geste et par la banalité de la mort. Il resta là, un moment, comme suspendu au-dessus du vide, puis il avisa les valises et les cartons empilés. Il sortit le fric des valises et le fourra dans un sac-poubelle qu'il déposa à l'abri sur la terrasse, avant d'entreprendre de rassembler le reste au centre de la pièce, à côté du cadavre. Il tira la table contre le canapé, empila les chaises, une étagère, une petite commode et tout ce que le rez-de-chaussée contenait de bois, de tissu et de plastique. Il décrocha les tableaux et les babioles des murs et les balança dessus. Il se dirigea ensuite vers le bar, récupéra toutes les bouteilles d'alcool qu'il put trouver et arrosa copieusement le tout. Pour finir, il se rendit dans la cuisine et ouvrit le gaz.

De retour dans le salon, il fixa un instant le corps sans vie de Peter Dirksen et supplia Dieu de lui pardonner ses péchés, puis il craqua une allumette.

34

Lagos, 20 octobre 2020.

Favour Egbe avait les larmes aux yeux.

— On l'a fait, dit-elle, émue.

Serena sourit.

— Vous avez gagné.

Une foule en liesse de plusieurs milliers de jeunes manifestants se pressait autour d'elles. Le péage de Lekki était en effervescence. *#EndSARSnow*, le slogan tracé en lettres noires sur le drapeau nigérian, était sur toutes les lèvres. Après une semaine de mobilisation dans tout le pays, l'annonce surprise du président Buhari sur Twitter de dissoudre la Brigade spéciale de répression des vols sonnait comme une victoire.

Serena enlaça Favour avec tendresse, pensant à Esther Lekwot sans parvenir à prononcer son nom. Six mois s'étaient écoulés depuis ce matin du 13 avril où elle avait été assassinée et où elle-même avait failli mourir. Six mois qui avaient changé sa vie.

Corey Stander, Treasure Jones et elle avaient été longuement interrogés par la police d'État, ce jour-là, avant d'être relâchés, puis renvoyés à Lagos. Ceux qui soutenaient la veille encore le sergent Ira Gowon le lâchèrent et firent de lui un paria. Au terme d'une procédure pénale éclair, son équipe fut jugée par contumace et inculpée pour le meurtre de Mercy Dauda, d'Esther Lekwot, mais aussi de Pascal Calil, Victoria Namo, Musa Abwo et Kel Ugwu. Les morts ne pouvaient pas se défendre. Les morts n'accusaient personne. Toute la responsabilité de l'affaire leur fut mise sur le dos. Les brigades de promotrices First furent démantelées. Le chef Haruna s'assura que les médias nationaux enregistrent bien cette version des faits et la diffusent sur leurs canaux aux heures de grande écoute.

L'assassinat de Peter Dirksen fut passé sous silence, tout comme l'incendie de sa villa. Le coupable ne fut jamais retrouvé. Dans les jours qui suivirent son retour à Lagos, Serena continua pourtant de publier quantité d'articles à charge dans *The Guardian* et *Le Monde* pour y expliquer que des vendeuses de MB Nigeria Inc. avaient été contraintes à des actes sexuels avec des clients et des responsables de la société. Elle se souvint de la promesse qu'elle avait faite à Esther Lekwot, des mois plus tôt, et souligna le rôle central que les bénévoles de l'ONG Free Queens avaient joué dans ces révélations, grâce à la pugnacité de ses fondatrices. Elle décrivit ses rencontres avec plusieurs vendeuses First, elle cita des noms, des dates et des faits établis et documentés, elle obtint même par la suite des documents confidentiels grâce à d'anciens employés décidés à vider leur sac, ainsi que des vidéos anonymes filmées au portable montrant les exactions commises par Ira Gowon et Vitalis Udo sur les promotrices First.

Serena écrivit que la firme était au courant de ce plan commercial hors norme basé sur l'exploitation sexuelle des femmes et que rien n'avait été entrepris pour y mettre un terme, mais cela ne suffit pas à ébranler l'empire Master Brewers. Le directeur Olowu Nurudeen fut mis à la retraite avec une prime confortable, mais le président Chikwe ne fut pas inquiété, ni même le P-DG Jansen à Amsterdam, brièvement éclaboussé au conseil d'administration pour avoir été surpris au lit avec une stagiaire nigériane, en mai 2020. Serena obtint une entrevue avec la jeune femme, originaire d'Ikorodu, à l'est de Lagos, après des jours de tractation, mais au dernier moment, elle se rétracta et disparut dans la nature. Ira Gowon était mort et enterré, mais le régime de la peur poursuivait son long travail de sape.

Libérées, les promotrices First retrouvèrent l'anonymat, la misère, les trottoirs et les routes de l'immigration clandestine pour l'Europe. Le chef Haruna fut beaucoup moins disert sur cet aspect de ce qu'on appelait désormais « l'affaire Gowon ».

Exit les victimes. Les médias avaient leur coupable et leur monstre. La vie du sergent Ira Gowon fut passée au crible. Quelques photos furent prises sur les tombes de Victoria Namo et Musa Abwo, diffusées sur les réseaux sociaux et vite oubliées. Le portrait de Gowon resta et devint le symbole de la répression policière.

Début mai, le président Buhari leva le confinement. Serena rentra en France peu après pour y retrouver Jasmine Dooyum et lancer l'écriture d'un essai sur les pratiques commerciales de Master Brewers au Nigeria. Elle dénicha un petit éditeur qui programma une publication pour fin octobre. Son été fut studieux. Le Nigeria lui manquait. Son histoire avec ce pays n'était pas terminée. Quand l'automne arriva, avec ses promesses de reconfinement sur fond de crise économique et de pandémie Covid, Serena songea à regagner Lagos. Le procès des proxénètes nigérians eut lieu fin septembre. Les condamnations furent lourdes. Jasmine Dooyum fit la une des journaux, accorda des dizaines d'interviews et décida de rester vivre en France. Lorsque Serena lui annonça son souhait de retourner au Nigeria, la jeune femme éclata de rire.

— C'est le monde à l'envers, dit-elle, hilare. C'est toute l'histoire de mon pays. La femme blanche rêve d'aller y vivre et moi, je le fuis.

Le lendemain, Serena foulait à nouveau le marbre blanc de l'aéroport international Murtala-Muhammed de Lagos et tombait dans les bras de Favour Egbe, après plus de quatre mois de séparation.

— Que s'est-il passé d'important, pendant mon absence ?

Favour fronça les sourcils et bomba le torse afin que Serena puisse lire l'inscription sur son tee-shirt, *#EndSARSnow*.

— Le peuple nigérian se révolte, dit-elle. Pour la première fois depuis des décennies.

Un vent annonciateur de profonds changements se levait sur le Nigeria. Un vent en provenance du Nord. Le témoignage de Treasure Jones dans *The Guardian* et le double assassinat d'Esther Lekwot et de l'avocate Mercy Dauda par les forces spéciales des SARS avaient fait tache d'huile. L'histoire était en marche.

Le 3 octobre, des agents de la SARS abattaient en pleine rue un jeune homme conduisant un 4 × 4 Toyota Lexus coupé blanc neuf qu'ils soupçonnaient d'avoir payé avec de l'argent sale. L'action se déroulait devant l'hôtel Wetland, à Ughelli, une petite ville du sud de l'État du Delta. La bavure serait passée inaperçue si des passants n'avaient pas filmé la scène et ne l'avaient pas mise en ligne sur les réseaux sociaux. La vidéo circula. Doucement, d'abord, puis de façon accélérée, jusqu'à muter en hashtag *#EndSARSnow* et se multiplier en une courbe exponentielle.

Pourquoi maintenant ? Le moment était mal choisi. Le Nigeria fêtait le soixantième anniversaire de son indépendance. La population était à cran. Le confinement Buhari l'avait profondément éprouvée. Le mouvement Black Live Matter avait laissé des traces dans les esprits et indiqué la voie à suivre. La coupe était pleine. Lasse de subir les violences policières, la jeunesse nigériane se mit en colère.

Comme elle n'avait rien à perdre, elle fit un vacarme de tous les diables.

Avec excès.

Dès le 6 octobre, elle descendit dans la rue et se mit à raconter les arrestations arbitraires, le racket, les kidnappings, la torture. Les portraits de Victoria Namo, Musa Abwo et Kel Ugwu refirent surface. En quelques jours, elles devinrent les nouvelles figures des martyrs des violences policières. Le visage d'Ira Gowon devint celui de la colère. L'heure de la vengeance avait sonné. Les icônes afro-pop nigérianes, chanteurs, musiciens, s'exprimèrent publiquement sur Twitter et Instagram sous la bannière *#EndSARSnow* et galvanisèrent leurs millions d'abonnés. Davido et Tiwa Savage chantèrent leur rage, Runtown et Falz appelèrent à manifester, Burna Boy dépensa une petite fortune pour recouvrir les plus gros panneaux publicitaires plantés au bord des routes du pays de slogans anti-SARS.

Le mouvement s'internationalisa au fil des heures. Wizkid agita la diaspora londonienne sur les réseaux, puis il apparut en tête de cortège, à Lagos, apostrophant par caméra interposée le président Muhammadu Buhari : « Des policiers tuent des jeunes tous les jours, ici ! » Les stars Kanye West et Cardi B s'en mêlèrent. Ils ressuscitèrent Fela Kuti et l'érigèrent en modèle de résistance et de dénonciation de la corruption des élites. Les superstars planétaires Rihanna et Beyoncé entrèrent aussitôt dans la danse et crièrent à la trahison et au scandale.

En quelques jours seulement, le cri de révolte nigérian devint tendance sur Internet et résonna dans le monde entier. Le mouvement qui avait pris à Lagos gagna du terrain. Les manifestations s'étendirent à Abuja, Kaduna, Osun et Kano, puis à de nombreux États du Sud et du Nord. À l'appel d'associations et d'ONG comme Bring Back Our Girls ou Free Queens, des femmes des petits villages de Rivers, Enugu, Nassarawa, Cross River, Edo ou Delta se mobilisèrent un peu partout pour faire entendre leur voix.

Le Nigeria n'en revenait pas. Le réveil de sa population était brutal et merveilleux. Seulement quelques dizaines dans les rues, début octobre, et déjà plusieurs centaines de milliers aujourd'hui à se relayer jour et nuit sur les principaux axes de Lagos, d'Ikeja et d'Abuja, paralysant et asphyxiant peu à peu l'économie du pays. Les autorités nigérianes perdirent le contrôle. La vieille génération de dirigeants issue de la guerre du Biafra sentit le sol trembler sous ses pieds. Le pouvoir vacilla.

Le gouverneur de Lagos annonça un couvre-feu total de trois jours, à partir de 18 h, pour tenter d'endiguer le mouvement. Rinu Odule, l'une des coordinatrices influentes du mouvement, rameuta ses troupes au cri de « Votre voix a été entendue, c'est un nouveau Nigeria, nous n'avons plus peur de parler ! » Toute la jeunesse de Lagos se donna rendez-vous au péage de Lekki.

— Viens voir de quoi mon peuple est capable ! s'écria Favour Egbe.

Serena et Favour en prenaient plein la vue. L'ambiance à Lekki était surréaliste. Les gens chantaient, dansaient et riaient, là où d'habitude des colonnes de véhicules embouteillés se pressaient aux portes de la ville.

Des militants distribuaient les drapeaux vert et blanc du Nigeria sous le nez des forces de l'ordre. Une société de marketing lagotienne avait passé la journée à bâtir un décor de paillettes au milieu duquel trônaient les lettres géantes ENDSARS. Des manifestants se prenaient en photo devant, puis les postaient aussitôt sur Instagram. Des artistes avaient tendu des toiles et peignaient le portrait des volontaires. Des actrices de Nollywood avaient troqué leurs tenues d'apparat clinquantes pour des jeans et des joggings. Elles déambulaient au milieu de la foule en distribuant accolades et selfies. L'un des chanteurs du groupe P-Square trônait sur le toit de son Hummer rouge, ses managers et une horde de fans à ses pieds, haranguant la foule et crachant sa colère au micro des journalistes.

De la musique afrobeat s'échappait des vitres d'un minibus, tout proche. Les manifestants reprenaient en chœur les paroles du vieux tube de Fela Kuti, *Suffering and Smiling*.

Le portable de Serena vibra dans sa poche. Elle décrocha, échangea quelques mots, puis raccrocha, d'un air joyeux.

Favour la dévisagea avec curiosité.

— Que signifie ce sourire satisfait ? demanda-t-elle.

Serena lui adressa un clin d'œil.

— Les droits de mon livre ont été cédés en Angleterre, répondit-elle avec fierté. Il sera traduit et pourra être diffusé au Nigeria l'année prochaine.

Favour se marra.

— Ils vont le lire, et après, *fresh fish* ? Ils le rangeront sur une étagère et ils l'oublieront.

— Eh ! protesta Serena.

— Tout le monde se fout des femmes nigérianes.

Serena désigna la foule autour d'elles.

— Sauf elles-mêmes, non ?

Favour ne trouva rien à redire à ça. Elle fixa longuement Serena, puis il y eut un mouvement et un groupe d'étudiants les bousculèrent.

Serena perdit brièvement Favour de vue, avant de la retrouver, une dizaine de mètres plus loin, tentant de se frayer un chemin pour la rejoindre. Serena lui fit un signe de la main en riant.

Favour s'immobilisa soudain, aussitôt imitée par tous ceux

qui l'entouraient. Les rires s'éteignirent. Des regards noirs se braquèrent sur un point situé dans son dos. Serena pivota sur elle-même et se figea à son tour, incrédule, à l'instant précis où une centaine de policiers armés convergeaient vers le péage au pas de charge.

Il y eut un bref instant de flottement. La musique se tut. Des manifestants hurlèrent. La foule gronda et s'ébranla en sens inverse. Une femme cria un slogan qui se perdit dans la cohue. Puis la police se mit à tirer à balles réelles et des corps commencèrent à tomber.

BIBLIOGRAPHIE SÉLECTIVE

La littérature contemporaine nigériane est riche et foisonnante, drôle et subversive, irrévérencieuse et créative. Voici une brève sélection parmi les ouvrages qui ont jalonné, épaulé, souvent bouleversé l'écriture de ce roman.

Abubakar ADAM IBRAHIM, *La saison des fleurs de flamme* (2015), Éditions De l'Observatoire, 2018.

Ben OKRI, *La route de la faim* (1991), Éditions Robert Laffont, 2004.

Biyi BANDELE, *L'homme qui revint du diable*, Éditions Agone, 1991.

Chibundu ONUZO, *Welcome to Lagos*, Faber & Faber, 2016 – *La fille du roi araignée*, Éditions 10/18, 2017.

Chika UNIGWE, *Fata Morgana* (2010), Éditions Globe, 2022.

Chimamanda NGOZI ADICHIE, *L'hibiscus pourpre* (2003), Éditions Anne Carrière, 2004 – *Autour de ton cou* (2009), Gallimard, 2012 – *Americanah* (2013), Gallimard, 2015 – *Nous sommes tous des féministes*, suivi de *Les Marieuses*, Gallimard, 2015.

Leye ADENLE, *Lagos Lady*, Éditions Métailié, 2016.

Chigozie OBIOMA, *La prière des oiseaux*, Éditions Buchet-Chastel, 2020.

Oyinkan BRAITHWAITE, *Ma sœur, serial killeuse*, Éditions Delcourt; 2019.

Olivier Van Beemen, *Heineken en Afrique* (2018), Éditions Rue de l'échiquier, 2019.

Olúmìdé Pópóọlá, *When We Speak of Nothing*, Cassava Republic Press, 2017.

Sarah Ladipo Manyika, *In dépendence*, Legend Press, 2008 – *Like a mule bringing ice cream to the sun*, Cassava Republic Press, 2016.

Tola Rotimi Abraham, *Black Sunday*, Éditions Autrement, 2021.

Teju Cole, *Chaque jour appartient au voleur*, Éditions Zoé, 2018.

Yemisi Aribisala, *Longthroat memoirs: Soups, Sex & Nigerian Taste Buds*, Cassava Republic Press, 2016.

DU MÊME AUTEUR

Aux Éditions Gallimard

LEUR ÂME AU DIABLE (*prix Polar en Séries; Prix ACT – Maurice Tubiana*), Série Noire, 2021 (J'ai lu nº 13422)

LA VIE EN ROSE (*prix Arsène Lupin*), Série Noire, 2019 (J'ai lu nº 12975)

SALUT À TOI Ô MON FRÈRE (*prix des lycéens 2019 de Villeneuve/Lot*), Série Noire, 2018 (J'ai lu nº 12400)

LA GUERRE DES VANITÉS (*prix Mystère de la critique*), Série Noire, 2010

Aux Éditions Flammarion

ILS ONT VOULU NOUS CIVILISER, 2017 (J'ai lu nº 11961)

EN DOUCE (*prix Transfuge, prix Mezeray*), 2016 (J'ai lu nº 11932)

AU FER ROUGE, 2015 (J'ai lu nº 11364)

L'HOMME QUI A VU L'HOMME (*prix Amila-Meckert*), 2014 (J'ai lu nº 11012)

DANS LE VENTRE DES MÈRES (*prix virtuel du polar*), 2012 (J'ai lu nº 10318)

Autres éditeurs

LE PROJET HAKANĂ, Rageot, 2023

L'ENFER, In8, « Faction », 2021

AUCUNE BÊTE, In8, « Polaroïd », 2019 (J'ai lu nº 2897)

MON ENNEMI INTÉRIEUR, Éditions du Petit Écart, 2018

LUZ, J'ai Lu nº 11535, 2016

NO MORE NATALIE, In8, « Polaroïd », 2013

LA VIE MARCHANDISE (essai), coécrit avec Bernard Floris, La Tengo, 2013

LES VISAGES ÉCRASÉS (*Trophée 813 du meilleur roman francophone; Grand Prix du roman noir du Festival international du film policier de Beaune; prix des lecteurs du Festival de polars de Villeneuve-lès-Avignon*), Le Seuil, « Roman noir », 2011 (HarperCollins poche. Noir, nº 367)

PENDANT QU'ILS COMPTENT LES MORTS (essai), coécrit avec Brigitte Font le Bret, La Tengo, 2011

LE CINQUIÈME CLANDESTIN, La Tengo, 2011

UN SINGE EN ISÈRE, Baleine, « Le Poulpe », 2010

MARKETING VIRAL, Au Diable Vauvert, 2008

MODUS OPERANDI (*prix Plume libre*), Au Diable Vauvert, 2007

Déjà parus dans la même collection

Olivier Barde-Cabuçon, *Hollywood s'en va en guerre*
John Brownlow, *L'agent Seventeen*
Jacques Moulins, *Menaces italiennes*
Dror Mishani, *Un simple enquêteur*
DOA, *Rétiaire(s)*
Deon Meyer, *Cupidité*
Thomas Bronnec, *Collapsus*
Chang Kuo-li, *Le sniper, le président et la triade*
Jo Nesbø, *De la jalousie*
Horace McCoy, *Les rangers du ciel*
Sébastien Raizer, *Mécanique mort*
Jeff Lindsay, *Riley tente l'impossible*
Jørn Lier Horst, *La chambre du fils*
Audrey Gloaguen, *SEMIA*
Sébastien Gendron, *Chez Paradis*
Mike Nicol, *Infiltrée*
Danü Danquigny, Peter Punk au Pays des Merveilles
Chantal Pelletier, *Sens interdits*
J.P. Smith, *la médium*
Raf Vallet, *Mort d'un pourri*
Raf Vallet, *Adieu poulet!*
Jacques Moulins, *Retour à Berlin*
Jo Nesbø, *Leur domaine*
Chang Kuo-li, *Le sniper, son wok et son fusil*
Deon Meyer, *La femme au manteau bleu*
William Lindsay Gresham, *Nightmare Alley*
Jørn Lier Horst, *Le code de Katharina*
Olivier Barde-Cabuçon, *Le cercle des rêveurs éveillés*

Thomas Cantaloube, *Frakas*
Marin Ledun, *Leur âme au diable*
Jean-Bernard Pouy & Marc Villard, *La mère noire*
Parker Bilal, *Les divinités*
Pierre Pelot, *Les jardins d'Éden*
Dolorès Redondo, *La face nord du cœur*
Sébastien Raizer, *Les nuits rouges*
William R. Burnett, *Good-bye, Chicago 1928*
William R. Burnett, *Little Caesar*
Jacques Moulins, *Le réveil de la bête*
Deon Meyer, *La proie*
Jean-Patrick Manchette, *L'affaire N'Gustro*
Jørn Lier Horst, *Le disparu de Larvik*
J.-P Smith, *Noyade*
Dror Mishani, *Une Deux Trois*
Sébastien Gendron, *Fin de siècle*
Parker Bilal, *La cité des chacals*
Vlad Eisinger, *Du rififi à Wall Street*
Danü Danquigny, *Les aigles endormis*
Neely Tucker, *Seules les proies s'enfuient*
Marc Villard, *Barbès Trilogie*
Caryl Férey, *Paz*
Mike Nicol, *L'Agence*
Jo Nesbø, *Le Couteau*
Tom Piccirilli, *Dernier murmure dans le noir*
Bryan Reardon, *Le vrai Michael Swann*

Composition : APS-ie.
Achevé d'imprimer
sur Roto-Page
par l'Imprimerie Floch
à Mayenne, le 14 mars 2023.
Dépôt légal : mars 2023.
Numéro d'imprimeur : 102187.

ISBN 978-2-07-294696-7 / Imprimé en France.

395273